没有热头

还有温头

しょな

苏他 ——著

廣東旅游出版社
GUANGDONG TRAVEL & TOURISM PRESS
悦读书·悦旅行·悦享人生

中国·广州

图书在版编目（CIP）数据

盲灯 / 苏他著 . — 广州 ：广东旅游出版社，2022.3
ISBN 978-7-5570-2489-5

Ⅰ．①盲… Ⅱ．①苏… Ⅲ．①长篇小说－中国－当代
Ⅳ．① I247.5

中国版本图书馆 CIP 数据核字（2021）第 106817 号

盲灯
MANG DENG

出 版 人：刘志松
出版统筹：曾英姿
责任编辑：梅哲坤
责任校对：李瑞苑
责任技编：冼志良

广东旅游出版社出版发行
地址：广州市荔湾区沙面北街 71 号首、二层
邮编：510130
电话：020-87347732
印刷：湖南天闻新华印务有限公司
（湖南望城湖南出版科技园 电话：0731-88387578）
开本：880 毫米 ×1230 毫米　　1/32
字数：311 千字
印张：10
版次：2022 年 3 月第 1 版
印次：2022 年 3 月第 1 次印刷
定价：46.80 元

目 录 CONTENTS

第一章 / 001
你有一口獠牙，我好巧不巧看到

第二章 / 021
我有一副面具，不止遮住我自己

第三章 / 051
游戏开始了，你准备好了吗

第四章 / 071
你拿什么跟我斗，你拙劣的演技

第五章 / 098
自不量力的小东西

第六章 / 122
为什么我会在这场游戏当中

第七章 / 150
原来我不是这场游戏的发起方

CONTENTS

第八章 / 177
我赢了游戏，输了自己

第九章 / 206
火火，换你拿剧本好不好

第十章 / 235
原来你馋我

第十一章 / 251
火火，对不起

第十二章 / 283
这一次，我被你点燃

番外一 / 303
一枝蔷薇

番外二 / 311
他永远倾向于温火

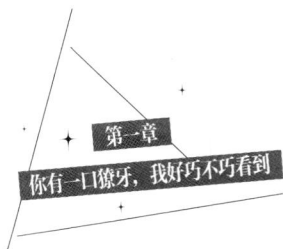

第一章

你有一口獠牙，我好巧不巧看到

【1】

国庆阅兵结束后，梁京某条大街附近一个小区的一个家庭里，刚发生过一场冲突。

温新元要把女儿温火的床换给儿子温冰，温火不愿意，但也没闹，只是把自己房门从内锁好。她自己不出去，也不允许别人进来。

温新元觉得温火不懂事，在门外训斥。温冰自顾自地吃饭，像是有没有那张床，他都没关系。

没多会儿，温新元骂不动了，温火从房里出来。

温新元以为她答应了，还想着给她些别的补偿，没承想她拎着行李箱，只是要回学校。

温火告诉他："我什么都可以让给我哥，就是床不行。"

温新元火冒三丈，正要收拾她一顿，电话响了，他就这么放过了她。

温火父母在她很小的时候就离婚了，她被判给她妈妈，跟着她去了加拿大几年，还入了加拿大国籍。后来她妈妈要结婚，她成了累赘，就又回了国，接着读高中。

她大学是在华中科技大学上的，物理专业。后来以第一的成绩考上国华大学粒子物理与原子核物理专业方向的研究生，又回到她的出生地。

她出生在王公坟的空司，而她爸温新元才算是最"根正苗红"那批子弟。

她还有个哥哥温冰，大她三岁，很小的时候脑袋摔坏了，人有点傻，除了吃就是睡，体重差不多有一百八十斤，现在在某知名周刊梁京办事处打杂。

就因为他傻，温新元对他是捧着，供着，自己这样还不行，温火也得这样。

温火从小吃什么喝什么都得等温冰挑完，温冰人傻，惹了事，她还要去帮他收拾烂摊子。她有记忆以来，温冰就是抢走她同样身为人子该有的权利的人，所以她跟他心很远，几乎没有感情。她聪明，道理讲一遍就懂，为了不让自己吃亏，大多数时候她能做到妥协，但大多数并不等于所有。

温冰的床被他半夜心血来潮跳蹦蹦床，跳塌了。家里倒是还有一张单人床，只不过他翻不了身。于是温新元就又去找温火了，可是这一次，温火没答应。

她不喜欢别人动她房间的东西，尤其是床，非常不喜欢。

其实温新元除了在一些生活琐事上对温冰有些偏心，对温火像是领养的以外，别的地方倒也显不出来。比如他一直都很支持温火对学术的追求。

也可能是因为那是他没有做完的梦。他以为温火对物理、数学的兴趣是受他的影响。

温火的爷爷以前有一辆吉普，另外有新鲜玩意也总是先出现在他家。他有成就，就有些独断，对唯一的儿子十分严苛，非得要儿子当兵，然后去奔仕途。

他没问过温新元对从政感不感兴趣，他也不在意，他就是要儿子按照自己的意愿成长。

温火出门前把自己卧室门锁了，温冰追出去，喊住她，在她手里塞了一块菠萝面包。

面包很油，油沾了她一手，她抬头看他，他傻笑着，说："妹妹，这个面包很好吃，给你吃。"

温火低头看着手里的面包，最后咬了一口，冲他笑了一下："谢谢哥。"

温火是一个很擅于管理自己时间的人，她把每天的任务按轻重缓急分配好，然后在研究所和办公室两点一线。除了面对导师，就是面对公式。

她最近在准备投到《模式识别快报》，国际模式识别协会相关刊物）的论文，三十页，反复删改，推算，结果换来导师一句她发现的这个东西物理意义不大。她很受打击，那几晚都没怎么睡。

她为了证明她的发现是有一定重要性的，已经连续两个月泡在研究所做测量了。

导师带了三个研究生，只有她一个女生。她天分是最高的，但出错率也是，她的想法总是很极端。最早他们组被 Science advances（指学术期刊《科学进步》）

推荐的一篇论文就是她一作完成的，但过程并不顺利。

她是在被退稿多次以后重塑理论，做足准备再去投稿的，过程曲折提及都是泪。

这一次的论文，她同样用了百分之二百的精力去准备，心态却不如那时候那么不成功便成仁了。

她回寝室时，室友秋明韵刚洗完澡，在擦头发，看到她还很诧异："这么快就回来了？"

温火坐到自己桌前，拿起梳子梳头发："我还是想学习。"

秋明韵笑了："我差点就信了。"

温火和秋明韵同属物理专业，但方向不一样，一个应用，一个理论，每天的任务也不一样，却也不妨碍两个人相处得很和谐。她们不能算是闺密，但说是朋友没问题。

秋明韵眼里的温火，看着乖，内心反叛，身材和脸根本就不适合出现在研究所这种地方。偏偏温火就是热爱学术，二十四了，连个男朋友都没有。

秋明韵把头发擦干，从她手里把梳子拿过来，梳着头发，问她："你知道沈诚吗？"

温火拿出手机点开了购物网站："嗯。"

秋明韵又觉得她的问法不太对："嗤，看我，谁不知道沈诚呢？"

温火在搜索框里输入"双人床"。

秋明韵梳完头发，拉开椅子坐下来，问她："他在咱们隔壁有公开课，你去吗？"

沈诚，前科学院高能所研究员，父亲是科学院院士，母亲是专拍纪录片的导演，爷爷和奶奶曾是军官。

他前几年结婚了，妻子是演艺行业的一个三线演员。第二年，他们做试管有了一个女儿。他在婚后离开了高能所，成立了一个知识产权代理事务所，做专利代理。因为有父亲的人脉和社会地位，他的成功很轻松，刚三十岁，头上就堆满了标签。当然，他最令人津津乐道的，还是他的丰神俊朗以及他事业成就。还有就是他跟他那位花一样的妻子的相恋始末。

沈诚为人低调，除了几年前的婚礼在网上大规模"屠版"，平时几乎听不到他的名字。可在内行人眼里，他却是水最少、最不容小觑的人物。说到底，还是履历太过漂亮，以至于他一个非专业人员、只是跟隔壁梁京大学合作而设的公开课，就引起大范围的讨论和兴趣，想去听的还是女生居多。

秋明韵见温火没在听，把她手机抢走："沈老师啊！火火！你就不想去吗？"

温火根本抢不到票啊，她们知道信儿的时候应该就已经没票了："你有办法可以去吗？"

秋明韵没有办法，但她觉得温火可以搞到票："沈老师也是'大院'的，跟你算是邻居吧？"

温火给她解释："要说关系，也是我爸那一辈勉强可以沾上一些，我们这一辈差不多都剥离出来了。"

秋明韵有些遗憾："好吧。"

温火接过手机，接着看双人床。两米到两米三的也就两千多块钱，温新元两千块钱都拿不出来吗？当然不是，他就是剥削温火剥削习惯了。

秋明韵唉声叹气："我是真的想去听沈老师的课啊。烦躁。"

温火最后挑中两款，准备看看卖家反馈就定了。

秋明韵见她没认真听她说话，瞥了一眼她手机屏幕："看什么这么认真？"

"买张床。"

"你家床坏了？"

"嗯。"

秋明韵没再追问，整个人摔到床上去："要便宜那些妹妹一睹沈老师的风采了！"

她踢着腿抱怨了两句，抱怨完突然坐起来："不过也没什么用，他都结婚了，她们没戏的。"

这么一想，秋明韵舒服多了，换了身衣服去约会了。

温火整个下午都泡在研究所，中途师兄来过一趟，顺便问她要不要参加晚上的学术沙龙，很多大神级的人物会到场，他正好有两张票。她婉拒了。

师兄走后，温火才发现天快黑了，看一眼时间，已经六点多了，她收拾东西离开了研究所。

她没回寝室，打车去了一个小区。

快到楼门时，她被一个漂亮女士撞到了，她双手去扶那位女士，发现那位女士在哭，她没多管闲事，进了楼门。

等电梯的过程中，走过来一位男士，身上有一种带些禁忌感的香水味，类似于教堂里用的。她不太懂，但挺爱闻。没一会儿，又走过来一位大着肚子的年轻女士。

电梯门开启，三个人一前一后进去，然后转过身来，面向门口。

电梯里，那位孕妇提醒温火，她的鞋带开了，温火道谢，正要蹲下来系好，书包从肩膀上滑落，吊在了胸前，阻碍了她的动作。

那位男士见状蹲了下来，帮她把鞋带系好了。

温火看着他给自己系鞋带，突然提了口气在胸口，高度集中的注意力让她没发现孕妇表情微妙。

那位男士帮她系好鞋带，她道了谢。

电梯到了，温火和那位男士一起出电梯，然后一前一后走到一扇门前。那位男士开门，温火就在他身后静静地等。

门开了，他先一步进去，温火随后。

门关上，他背朝着温火，做着左手解开右手袖扣的动作。仅一个背影，就比他身上的禁忌香味更叫人找不到呼吸的节奏。

温火把书包放下，很小声音地叫他："沈老师。"

他把袖扣解开，松了松领带，去给自己倒了杯水，这才说话："过来。"

温火朝他走去，就像过去一年里的每一次。她很少拒绝他的要求。

【2】

温火慢慢走近沈诚，站定在他身后。

沈诚转过身来，温火才注意到他戴着眼镜，银丝的。他换只手解另外一边袖扣，对温火说："帮我。"

温火懂，双手帮他把眼镜摘了下来。

沈诚的眼睛很好看。孟子说，我善养吾浩然之气。晏几道说，一寸秋波，千斛明珠觉未多。沈诚的眼睛给人的直观感受，就像是心中有气，明珠不及。

他有些散光，具体度数不知道，但私下不戴眼镜是够用的，这次不知道是怎么回事。

温火的体质不好，常年手脚冰凉，尤其在春、秋这样尴尬的季节。她不小心触碰到沈诚的皮肤，沈诚抬起眼来，看向她。

温火不敢动了，手拿着他的眼镜，就这么干站着。

沈诚没对温火发过脾气，但也没有温柔过，他是一个从外表到内在都无波无澜的人。当然，很有可能是他掩饰得好。

沈诚看了她一阵，从她手里把眼镜拿过来，穿过垭口，放到落地灯旁的边桌上，什么也没说。没有正常情况下，身为男士该问的那句"怎么不多穿点"。

温火也没期待，她所认识的沈诚，是说不出这种话的。

接下来，沈诚忙着他的事情，温火就把电脑拿出来，开始推算公式，完善论文。

客厅的挂表是整间房里动作最大的一个物件了，秒针一圈一圈地转，温火和沈诚之间就像只是身处同一空间下的陌生人，互不干涉地顾着自己的事。

不知道过了多久，沈诚从书房出来，拿了瓶酒进去。

沈诚的酒量不好，他放在家里的酒几乎就是给温火喝的。他的酒也多，都是朋友送的，他身边的朋友非富即贵，送的酒也是珍稀年份里少有的单支。

温火的酒量挺好的，跟了沈诚这么久，她不止一次接过他手里的酒杯，帮他喝完剩下的酒。

她胡思乱想时，沈诚走了过来，看了看她的电脑屏幕，说："你投了PRL？"

"嗯。"

沈诚手覆在她握住鼠标的手，操作着她的手滑动界面："哪里有问题？"

温火诚实地告诉他："哪里都有问题。"

沈诚拉住她手腕，把她拉走，然后自己坐在她的椅子上，帮她看起论文。

温火就知道他喝多了。她不知道他为什么喝酒，但这个样子，就是他喝多的表现。他平常都不会管她死活的。

沈诚很认真，他边看边推算温火的发现。

温火什么话都不说，就在一旁静静地看。

沈诚比她导师还有水准，可以让沈诚帮忙她会少走很多弯路。但跟他关系亲密后，她就没再请教过他了。

不过沈诚不愧是沈诚，很快就把困扰温火的几个死角挑了出来，并稍加指导。

他没有把话说得特别明白，他知道温火聪明，很多时候不用把话说清她就能懂。

温火坐下来，继续沈诚的思路往下延伸。沈诚靠在旁边，看着她学习和研究。

时间又恍若停止了一般，只剩挂表的秒针在转动。

突然，沈诚喊了他一声："温火。"

温火抬起头来："嗯？"

沈诚盯着她看了一阵，然后俯身吻住她嘴唇，只是轻轻一贴，感觉就到位了。

温火慢节奏地回应他，然后在他放开她时睁着大眼望着他。

沈诚问她："你知道我现在头脑不清醒，有没有想问我要的东西？"

温火抿了一下嘴唇，想了一下，说："公开课的票，可以吗？"

沈诚没马上回答："那你有什么可以用来交换的？"

温火想不到，没说话。

沈诚看着她："再一次。"

温火再次抬头："嗯？"

沈诚再一次亲上她嘴唇，这一次的亲吻绵长又细腻，完全是两个暧昧上头的人把持不住的样子。

他亲完，说："票明天送到你学校。"

温火低下头，摸了摸嘴唇："哦。"

【3】

秋明韵给温火买了杯咖啡，她看温火的状态不是很好："研究所待了一宿？黑眼圈都出来了。"

温火去沈诚那儿时都会跟秋明韵说一声晚上不回来了，但没说过去哪儿。秋明韵只以为她是去哪里推公式了。

温火说："但还算有收获。"

秋明韵挑眉："真的假的？"

秋明韵知道温火已经陷入瓶颈期很久了，偏偏导师还是以严格、刻薄著称的那种，就没给过她鼓励，她的处境说不上艰难，但绝对算不上舒坦。

温火彻夜未归，秋明韵就觉得她又在逼自己。

"还是值得的。"温火看起来很累是因为昨晚上一直跟沈诚整理方向。

沈诚对身体素质的管理是合格的，他在泰和院子的房子里就腾出一个开间，内置有氧无氧重量拉伸各种健身区域，他一周至少有两个下午会泡在那里。

想到早上看他黑眼圈都没有，温火提一口气，呼出去。真羡慕。

她两个多月没见沈诚了，没想到他放了她一马，还帮她的忙，她是意外的。

话说回来，他也是真的厉害，大脑简直不是人类的。

她叫他沈老师，听他开阔思路时，他俩就好像不是一个"上流社会人士"和他女朋友的关系。

秋明韵唉声叹气："我什么时候能有你这份对学术的兴趣？最近谈恋爱谈得心力交瘁。"

她有个网红男朋友，已经签了经纪公司，还没有任何作品，但已经有艺人的范儿了。主要体现在公共场合不能跟她牵手，社交平台上不能公开关系。

温火上次听她说分手了："你之前不是说……"

秋明韵知道她要说什么，没让她说完："他跟我说他是因为小时候受过伤害，就他父母。"

正常情况下，秋明韵为他辩解后，温火都不再说什么了。她能为他辩解，就是她相信，她相信，那就劝不了。可这一次她突然想说点什么："你有没有看过那本《被讨厌的勇气》？"

"岸见一郎那本？"

"嗯。"

"怎么了？"

温火说："书里有写阿德勒说过的一句话，还有作者自己的理解。'决定我们自己的不是经验本身，而是赋予经验的意义'，就是说成长过程中的伤害对人能够造成很大的影响，但这个影响主要来源于受伤害的人对这段经历赋予了怎样的意义。经历本身没有价值，经历之后的思考才有价值。"

秋明韵知道温火的意思："你是想告诉我，他在用他小时候的经历对我进行精神绑架？"

温火跟秋明韵聊天总不用把话说太清楚，她们都是聪明的人。她不再继续这个话题了："苦难这种东西不用说太多次，说太多次的目的一定不再是单纯想倾诉。"

秋明韵伸个懒腰，哼唧两声："那怎么办呢？他长得帅啊，是我喜欢的类型，我是痛并快乐着啊。虽然是痛多一点。"

说完她自嘲一笑："我俩名义上是男女朋友，但他好像只把我当备胎。"

温火没说话。

秋明韵摇摇头："算了不想了，周末去爬山？"

"周末不是有沈老师的公开课？"

秋明韵看她就是不知道："他奶奶去世了，昨天都上热搜了。且不论票能不能弄到，就说他个人，应该是没心情开课了吧。"

难怪他要喝酒。温火想。

秋明韵说完笑了两声："说实话，我还挺想看一脸伤感的沈老师的，肯定特别欲！你知道那个韩国演员李洙赫，喔，那真的，他演那种斯文矜持的角色，那劲儿就跟沈老师一模一样你知道吗？就是那个劲儿。"

温火在脑海里想象了一下。

秋明韵咂嘴："这是电视剧的人从屏幕里跳出来了啊！什么时候我那个弟弟可以进化到沈老师这种挡位呢？我都要挺不住了，养成实在是累。"

温火觉得跟年龄有关吧？

"活到三十岁，人就会荒凉起来。荒凉意味着不喜不悲，而男人不喜不悲，保持姿态，就会很有魅力。"

秋明韵知道她前半句话出自哪里："路内的《慈悲》。"

温火点头。

秋明韵赞同又不赞同："不是三十岁的男人有魅力，是三十岁的沈诚有魅力。"

温火笑了一下："好吧。"

秋明韵坐到她旁边，搂住她肩膀："像你这种为物理生，为物理死，为物理哐哐撞大墙的人，是体会不来幻想一个男人的那种美妙的，那是一种会让人颅内高潮的逍快感。"

"这就是你找一个帅哥当男朋友的原因吗？"

"你不懂，男人一定要帅，一定要有绝美的肉体，那样我才能对他无限原谅。"

温火敷衍她："你说得都对。"

秋明韵笑起来："不行我去研究两性吧？写两性文学，以后你拿诺贝尔物理学奖，我拿文学奖，咱俩互不干涉，互相成全。"

温火把手伸过去，配合她："谢谢成全，秋老师。"

秋明韵握住她手的同时也捏住她的脸："哎哟，我们这么水水嫩嫩的火火啊，还是个黄花闺女，也不知道会便宜了哪个浑蛋。"

温火想了一下，嗯，沈诚是个浑蛋。

【4】

早上，沈诚刚到事务所，就接到了阿姨的电话，说衣衣学游泳时呛水了，医生看过了，没事，但她一直在哭，沈诚就无心工作了。

衣衣全名叫沈乃衣，是沈诚的女儿。

沈诚的妻子韩白露还在西圳拍戏，所以衣衣就交由沈诚和阿姨带。

衣衣蹲在门后，手里抓着小熊饼干，脸上都是泪痕，看都不看进门的沈诚，不知道在生什么气。

阿姨很抱歉："对不起沈先生，是我的错，我应该守在旁边的。"

"没事。"

阿姨很年轻，三十多岁，主修幼儿教育，拿到了营养师的资格证，声音也很温柔，条件上是沈诚会优先考虑的，所以进入沈家门时还算轻松。

她对衣衣很好，甚至比韩白露这亲妈还要好。

这也是继辞退两个对沈诚不怀好意的阿姨后，第一个对沈诚没有想法的阿姨。当然，也可能是暂时还没有。

衣衣看到沈诚，抬起头来时小眼圈又红了，嘴也瘪着，看起来就像是受了多大委屈。

沈诚蹲下来，握住她一双小"馒头"，口吻一改平常的淡漠，稍微有那么一丝温暖："不高兴？"

衣衣泪珠子啪嗒啪嗒地掉，就不说话。

沈诚有办法治她动不动不说话、闹小脾气的毛病："你把小熊饼干倒进泳池里，让其他小朋友捡来吃，你比那些小朋友还委屈吗？"

衣衣嘴瘪得弧度更大了。

阿姨微微张嘴，有一丝惊诧，沈诚竟然知道发生了什么。转念一想，他又怎么可能不知道呢？她对他的印象就是他从没有说过错话，永远思虑周全，有至少两套方案的准备。

沈诚领着她的手到她房间，让她看着他在她的小浴缸里放满水，然后倒进一整盒小熊饼干，跟她说："把它们都吃了，我就允许你下次继续这样对待朋友。"

衣衣看着小熊饼干漂在浴缸里，本来只是啪嗒啪嗒掉的眼泪开始成串掉，哇的一声哭出来。

沈诚又在她面前把小饼干一块一块捡到盘里，递给阿姨。

衣衣哭了半天发现沈诚并不哄她，慢慢就不哭了，只剩下肩膀和小胸脯一抽一抽的。

沈诚看她消停了，重新蹲下来，把她的眼泪擦干净："女孩子不要哭，眼泪是最没价值的东西，它只会让人觉得你好欺负。"

衣衣瘪着小嘴点头："爸爸……对不起……"

沈诚顺顺她的呆毛："你没有对不起爸爸，你是对不起你的小伙伴，下次见面记得要道歉。"

衣衣很小声地应着:"嗯……"

沈诚解决完衣衣的问题,把她重新交给阿姨,然后跟她说了句话:"同样的事情,我不希望再发生第二次。"

阿姨抿了一下嘴,是个抱歉的态度:"很对不起,给您添麻烦了。"

沈诚微微颔首,跟她别过。

阿姨在沈诚走后,总算是松了口气。她身上还有"教堂香"的香味,它们在这时全都跑出来,就像是在嘲笑她的自不量力,也像是在讥讽她这点小聪明用错了地方。

韩白露的香水昂贵多样,但跟沈诚在一起时,她几乎不用香水,可想而知沈诚并不喜欢香水。

但他却意外喜欢教堂庙宇的香,阿姨听说沈老先生捐过很多寺庙,沈诚对教堂香的宽容可能是遗传。他是喜欢那个香,却不喜欢那个香用在谁身上。

韩白露下午才知道衣衣的事,打来电话指责了阿姨一顿。

的确是阿姨疏忽了,所以即便对那些话有些心理、生理的排斥,她也没顶一句嘴,就这么全盘照收。

韩白露又给沈诚打电话,这时候的态度就好很多了:"衣衣呛水了。"

沈诚一心二用,淡淡回道:"嗯。"

韩白露说:"我这部戏马上就拍完了,拍完我就能陪她了。"

沈诚继续手里工作:"不用着急,她跟你也没有很亲,你陪她的价值远不及家里的阿姨。"

韩白露这话说不下去了,准备挂了。

沈诚又突然开口:"陆幸川和场外配资的梁某、郭某等人合谋非法操盘两支股票,收益八千万余元。证监会已经启动执法协作,配合警方查获,最快下周曝光。"

韩白露蓦地脊梁发寒,半晌没说话。

沈诚继续用稀松平常的口吻说:"你知道我可以说上话,或许也可以帮他解决这些麻烦。但就是不知道你愿不愿意在这时候承认你们的关系。"

韩白露不敢挂电话,也不敢说话,呼吸都快凝滞了。

沈诚并不急,可以等到她开口。

陆幸川是韩白露前经纪公司的老板，两个人在韩白露刚参加练习生选秀时就已经暧昧上了，即便是后来韩白露阴差阳错嫁给沈诚，两个人也没断了联系。

韩白露知道沈诚知情，但他从没说过，她也默契地不提，她甚至以为沈诚会一直沉默。

是她错了。

她小声说："我不懂你在说什么。"

沈诚给过她机会了："既然你不认识，那人，我就不救了。"

韩白露刚想说等等，沈诚已经挂了电话，她再打过去他就不接了。她赶紧给陆幸川打电话，听到他手机里机械的女声说"您拨打的电话已关机"，她心一沉。

沈诚忙完手头上的事，吩咐秘书买一份蜂蜜凹蛋糕，衣衣喜欢吃。

秘书应声准备去买时，他又喊住她，说："两份。"

秘书点头："好的。"

沈诚六点左右下班，刚上车，司机正要跟他打招呼，他先一步说话："国华。"

"好的。"

快到东门时，沈诚隔着窗户看到了温火，就在水晶烤肉门口，他说："停车。"

司机把车停到路边。

沈诚拿上蛋糕，从车上下来，朝温火的方向还没走两步，一个戴着口罩、一身工装的男生跑向她，把手里的甜筒递给她一支，还笑着跟她说话。

温火也冲他笑了一下，接着吐出舌尖舔了一口手里的甜筒。

沈诚停住脚，盯着那个画面看了一阵，没什么反应，看起来也没影响到心情，最后只是转过身，返回车上，淡淡地说："回家。"

司机什么都不敢问，也什么都没问过，点头："好的，先生。"

【5】

中午，温火收到了沈诚寄来的信，浅色纹理信封上写着"温火"。这样矫若惊龙的笔势，除了他没人能写出来了。

她打开信封，是公开课的票，两张。

她没有跟沈诚说她要两张，可沈诚就是会给她两张。他都懂。

温火把票放秋明韵的桌上，去所里了。

开课的教授请假了，所以原定下午会进行的研讨会被他托付给了科学院的一位研究员。

像这种美式的研讨会，温火一周要参与两次，比同门师兄少两次。因为她不是很喜欢这种偏向于互动的授课方式，她比较喜欢听，或者思考。

研讨会开始前的半个小时，温火已经就位，坐在相对偏僻的地方推起公式，偶尔会出现一些皱眉、偏头等思考状的小动作。

第二个进来的，是所里其他组的一个男生，跟等下前来组织课程的研究员有过合作。

温火跟他相互点了一下头，算打过招呼。

过了会儿，研究员进来了，扫了一眼几人，笑了一下，说："来得挺早，还以为教授不来，你们都没兴趣了呢。"

九个人到齐，研究员来做开场白，直接避开了课题，讲了个爱情故事："为引力波正名的费曼和艾琳的爱情故事，有谁知道吗？"

查理德·费曼是天才物理学家，他的发现迄今还在帮助后辈拿到诺贝尔物理学奖。

"他千辛万苦追求妻子艾琳·格林鲍姆，却在好不容易柳暗花明时，被艾琳突然罹患的疾病击垮了信念。幸运的是，爱情没死，他们谱写了一场伟大的剧目。

"艾琳去世时他一滴泪都没掉，直到他后来在一家店看到一条裙子，当即崩溃，泪如雨下。

"他终于愿意承认，他最爱的人已经不在了。

"这件她穿来很合适的裙子，再也不能被她穿在身上了。"

物理人大多了解费曼的成就，而对于他的爱情故事只是知道些皮毛，就算是身为女生的温火也不知道。意外的是，继温火后进门的那个男生知道。

他声音很软，有点松弛，娓娓道来时的样子就像一块吸铁石，吸引着在场这几块"铁"。

研究员就他讲述的这些，慢慢延伸到课题上，完成了一个漂亮的开场。开场的成功就意味着这将是一场顺利且有收获的研讨会。

很快，研讨会完美结束，九人礼貌道别，出了门各朝各的方向离去。

温火出来后才看手机，看到秋明韵的语音消息轰炸，给她回了个电话。

秋明韵"秒接"："你好牛啊！这票怎么搞到的？"

温火实话实说："跟别人要的。"

秋明韵隔着电话亲了她好几口："晚上吃什么？我请客！五百块钱以内随便点！"

温火很久没跟她一起吃过火锅了："火锅吧，你在哪儿？我去找你，我们去超市买材料。"

秋明韵还跟男朋友在一起，犹豫了一会儿，没当下表态。

温火懂了："那你忙完打给我。"

秋明韵应声："嗯。"

电话挂断，温火看了一眼时间，四点半，她还可以去图书馆看一个小时文献。她想着就要走，那个有些松弛的声音喊住了她："温火。"

温火回头。

男生走上前，把她从包上掉的兔子挂饰捡了起来。

温火道谢，接过来。

男生看她每次出现都是这样不温不火，不争不抢，很好奇这样一个女生是怎么拿到 PRL 的。他正式跟她介绍自己："吴过。"

温火点了一下头："你好。"

吴过问她："晚上有空吗？我请你吃顿饭？"

温火婉拒："我有约了。"

吴过从包里拿出一本书，莎士比亚的《无事生非》，说："这是之前梁功生借给你的，他借给你的时候没告诉你这书是我的？你由此欠了他的情，让我这个主人有点屈得慌。"

温火看了一眼封皮，确实是之前一个师兄借给她的书，抬起头来，说："你想怎么样？"

吴过笑了笑，睫毛盖过眼睛，是个清秀的模样："让我请你吃饭，我想参考一下你的日常计划。"

温火的日常很枯燥，没什么可参考的："你请我吃饭就是再让我欠你一份情，这是方便你下次再找理由让我请回来吗？师兄是不是太过精明了？"

吴过一愣，旋即笑了，她脑子转得好快。

"那饭不请了，请你吃根冰棍吧？东门那里。"

就这样，吴过给温火买了支甜筒，然后好巧不巧被沈诚看到了。

温火吃甜筒的时候还不知道等待她的是什么，只觉得有些心慌，像是有什么恐怖的东西正在向她袭来。还好暴风雨来得很快，也汹涌，她并没有在未知的恐惧里停留太久。

秋明韵跟男朋友分开时已经六点多了，她赶紧给温火打电话，先说了通好话，后约在超市。

买东西是她们枯燥的学习生活中难得的消遣，所以她们通常会在这种时候表现出极高的天赋，总能用最便宜的价钱买到最值当的东西。

回到寝室，俩人分工洗菜，切菜，弄底料，半个小时后坐在折叠桌的两边。

秋明韵给温火倒了杯伏特加，兑了点红牛，隔着厚厚的水汽，说："我还以为沈老师会因为他奶奶的事取消这次讲课呢。"

温火喝了一小口酒，没说话。

秋明韵慨叹："韩白露是祖坟上冒青烟了吗？她一个天天跟各种演员绯闻不断的十八线女作精，为什么能拥有沈老师？"

"情投意合吧？"

"得了吧，我要吐。沈老师眼光那么差？"

秋明韵还记得韩白露给某个导演怀过孩子的新闻，刚拿起手机准备在网上搜搜过去的帖子，她男朋友发来一条消息："分手吧，韵姐。"

她放下了筷子。

温火感觉到气氛不对劲，抬起头时，秋明韵眼泪已经掉下来了。在为她男朋友哭这件事上，她从来不需要彩排。

温火也放下筷子，拿了纸抽递给她，看着她慌张地拨通她男朋友的电话。

以往秋明韵跟她男朋友有再大的矛盾，也会避开温火，她不希望自己的负面情绪影响到温火，可这一次，她顾不上了。

电话通了，她先是抹了抹眼泪，然后试探着问："怎么了？发生什么事了？"

寝室很安静，电话那头的声音那么清楚："你给我买的香水是假的！你知道因为这个假香水我被同事笑了半天吗？你怎么这么歹毒？"

秋明韵更急了："不是啊，我托朋友代购的，比专柜还贵，怎么会是假的呢？不可能啊。"

"行了你也别说了，咱俩不合适，连个香水你都买不好，我怎么能跟你过日子？"

秋明韵大哭："你就因为这个要跟我分手？还是说你早就想好了，香水就是个借口？告诉我，是不是你早就想好了！说啊！顾玄宇你是不是？"

"我说了，因为不合适，你买的香水……"

秋明韵没让他说完："你送我的鞋从没合脚过，我肿着脚跟你去爬山，你说合不合适？

"你在网上撩骚，跟有夫之妇，还跟你公司老板。被拍到你公司不管，我熬几个通宵给你写澄清声明，生怕哪个字写错了被人抓住把柄。我贷款给你买水军，我切无数个号帮你'怼'黑粉、控评。又在你粉丝群里安慰那些女友粉、老婆粉，鼓励她们接着做数据，你说合不合适？

"我第一个孩子没的时候，你跟我说那是最后一次，你哭得像个傻子，我信了！顾玄宇，我信了！然后第二次、第三次，你说合不合适？

"你在你兄弟群说就是要把我搞到怀不了孕，你说这才是男人该干的事，你兄弟说你过了，没点爷们的样，你说我不配，你现在说合不合适？

"我一个国华高才生，家庭条件不差，长得也不丑，我瞎了眼在你身上耗了两年。我以为我能等到你改，现在你刚签了个网剧你就要一脚踢开我了是吗？你能啊顾玄宇！"

…………

温火听不到那头的声音了，好像是挂了，可秋明韵没停，还在说。她那么委屈，可好像最让她的委屈的不是她为他做了什么，而是他还是抛弃她了。

温火刚才喝的伏特加好像开始上头了，她靠在墙上，看着秋明韵声嘶力竭，突然堵得慌。她拿出手机，点开沈诚的微信，打了几个字："票我收到了。"

手指在发送键停了很久，最后还是删掉，换成一句："沈老师，你知道费曼和艾琳的爱情吗？"

发完，她后悔了，这话有点憨，而且没来由，就又撤回了，但沈诚还是看见了，回她："费曼再婚了，还有了孩子。"

温火皱眉："你一定要永远保持清醒吗？"

"基本上是。"

"嗯。"

沈诚像是在她身上安了摄像头："喝了多少？"

温火抿嘴："没多少。"

"课上讲了费曼？"

"嗯。"

"那你找我，是想见我吗？"

"没有。"

"你现在在哪儿？"

"寝室。"

【6】

温火从不安慰秋明韵，因为她知道，秋明韵想得通，只是做不到。

足够聪明的成年人都会处理自己的情绪，只不过有些处理好了，有些没有。处理好的，重生，没处理好的，覆亡。就是这样。

所以无论温火对秋明韵的聪明有多少信心，这一次也还是过去抱了抱她："论文可以修修补补，修完可以过稿，但爱情不行。爱情的裂痕是活的，它会蔓延，会变异，修不好的。看上去修好的，都是暂时的，是假象。你可以爱任何人，但别忘了爱自己。你以后会知道，谁都不配。"

秋明韵搂住她的腰，眼泪弄湿了她的衣裳："其实从他脸一沉我就道歉开始，我们就该结束了。"

温火没说话。

秋明韵紧紧抱着她："可是，是他先喜欢我的啊。他说'姐姐能不能抱抱我'的时候，好像真的很爱我。是我哪里做得不好磨掉了他的热情吗？"

温火松开她，坐下来，擦擦她的眼泪，说："我记得去年你想要一张'戳爷'演唱会的票，你说这样宝藏的男孩你不去亲眼看看他，你这辈子都会有遗憾。最后你没买到票。第二个星期，你迷上了德云社的相声，你的屏保也换成了秦霄贤。你还没有得到就已经失去了兴趣，何况是已经得到的他。"

秋明韵捂住脸，肩膀大幅度抽动："为什么呢？"

温火告诉她："喜新厌旧是一个无解的课题，你觉得谁避免了？只不过有人有良心，愿意再去努努力，而有人没有良心，所以放手得那么容易。"

秋明韵妆都花了，蹭在了温火的白衬衫上，第二遍说："他那时候看起来真的好爱我，他说过他会跟我结婚的……"

"年年都有四季，四季年年不同，你都没有去年的样子了，那些甜言蜜语还会有吗？"

秋明韵不再说话，改为无声地啜泣。

可以回头看，但别往回走的道理她真的懂，只是懂跟做之间隔着一道天堑。

温火把秋明韵哄上床就走了，其实她知道秋明韵睡不着，可有些伤就得自己舔，她已经把她能做的都做了，就可以了。

她出门就看到了沈诚的车，他看着像是早就到了，但他没有打给她。

沈诚在车上听剧，闭着眼睛，靠在车座椅背上，听到温火上车也没睁开眼，更没跟她说话。

温火也不说话。

过了会儿，沈诚睁开眼，把耳机摘下来，发动了车子，拐出了学区。

沈诚把温火带到了他在建国路那边的房子，开车差不多半小时。

到停车场后，温火透过挡风玻璃，望着对面车位上的一辆辆好车，谁能想到这些都属于低调的沈诚？

沈诚不着急下车，先是把眼镜摘下来，然后说："吴过跟你准备投到 PRL 的论文方向一样，他甚至要比你完成得好。但他的思路狭窄，远不如你。"

温火没说话。

他知道吴过。

沈诚又说："你以为他为什么出现在研讨会？又为什么靠近你？你以为是你有魅力吸引了他？"

他语气一改平常的冷淡，有一点冲，温火也不好好说话了："我没这么想。"

沈诚扭过头来，伸手摸上她的脸："温火，我教过你什么？"

温火定定看着他，不吭声。

沈诚的手慢慢在她脸上游动，最后停在她嘴唇上，用力一按："酒要有我在的时候喝。"

温火就这么看着他："你是我什么人？"

沈诚停顿了一下，她真的喝多了，自从那件事发生后，每次见她，她都是麻木的。他有点惊讶，语调稍稍上扬："是你把我堵在了车门前，你说你想跟我回家。"

温火别开眼："你记错了。"

沈诚就把手机拿了过来，给她播放了一段录音。

录音里是温火的声音，跟现在冷静自持的口吻天差地别，那里的她声音松软。

"沈老师，我这道题不会。"

"沈老师，我论文写不完了，怎么办？"

"沈老师，你理理我好不好？"

"沈老师，你喜欢喝奶吗？牛奶还是羊奶？或者其他的？"

"沈老师，我口渴了……"

温火气伸手去抢，然后就在两个人意料之中地，撞进沈诚怀里。

沈诚举高手机，看着温火眼里蓄起的怒意，更舒坦了一些："我没见过你这样的学生，胆子不小。"

"我没有。"

沈诚托住她的腰："没有什么？那你跟谁学的衣服不穿好去听我的课，还假装捡东西让我看到？"

温火反击了："那你有坚持住操守吗？"

沈诚把她从副驾驶座抱到自己腿上，半仰着头看她："我是你的男人。"

温火淡淡说了句："你是韩白露的男人。"

沈诚捏住她的脸，逼她看着他："你是自愿的。"

是啊，温火是自愿的。

去年年初，温火阴差阳错上了沈诚一节课，沈诚令人耳目一新的见解和他清晰有条理的发言让她多看了他两眼。这一看，就难收回眼了。

朗朗如日月之入怀，颓唐如玉山之将崩。

《世说新语》里《容止》这篇让温火在看过沈诚之后有了强烈的代入感，第一眼的惊艳让她下课后跑到了他的车前，以"不给不让走"这种流氓方式要到他的微信。接着，她在喝了 700 毫升洋酒后跑到他的饭局，等在他车前，问他能不能跟他回家。她还记得当时面对沈诚那么多同行的围观，他是怎么解释的："她是我学生，最近压力比较大。"

她也记得当时一个"地中海"的男人接的什么话："沈老师手下都是漂亮学生啊。"

沈诚没再搭茬，把她扶进车里。

他以为到这儿就结束了，温火闹一阵也就算了，没想到她喝的酒后劲儿大，到她寝室外，她也不下车，还跟他生气："呵。"

沈诚想拿自己水杯给她倒点水喝，她一把抢过去，就这么用了他的杯子，喝完她还哼："沈老师手下都是漂亮学生，言外之意就是那人见过你其他学生。

他为什么会见过？"

她不等沈诚回答，接着说："那肯定是你带她参加过你的活动。为什么会带她参加活动？那必然是你们好上了。你可以跟她们好，为什么不能跟我好？"

沈诚皱眉："你知道你在说什么吗？"

她直接抱上去，看上去很委屈："沈老师，你带我回家好不好？我好久没睡过了，太累了。"

当时的沈诚是很反感的，打听到她家地址，把她送回了家。

温火早上醒来头昏脑涨，问过温冰才知道昨晚她被人丢在了门口。

具体发生了什么她记不太全了，但她知道昨晚上她睡着了，而且睡得很好。从那以后，跟沈诚好上就成了她的目标。

为了跟他好上，她干了太多匪夷所思的事，但她不后悔。

有句话怎么说来着，没有道德就不会被道德绑架，她就要跟沈诚好上。

为什么？

因为她有继发性失眠症，很严重，PRL 也好，Science advances 也好，各种期刊，无数发现，都是她用千百个亢奋且痛苦的夜晚换来的。

她还能再熬几年，但她野心大，她还有太多想完成的事，不想死那么早，所以她得睡觉。

明明是温火主动发的微信，却好像是沈诚更有话说，他用力摁住她嘴唇，摁得血红，几乎要沁出血来："装够了吗？"

"我得罪你了？"

沈诚掐住她的腰，往自己身上压："吴过靠近你不怀好意，你对他欲擒故纵也没怀好意。"

温火眼皮动了一下，没说话。

沈诚毫不留情地拆穿了她："吴过导师是杨引楼，你一年前本来是要上他的课，阴差阳错上了我的。你现在反水，想通过吴过接近杨引楼，是想说，你当时勾引错人了，想修正这个错误？"

温火知道以沈诚的智慧，很容易猜到吴过请她吃甜筒以及加她微信的目的。但她实在没想到，他还能猜到她允许吴过靠近她的目的。

她确实想接近杨引楼，却不是沈诚想的那样，可她还是顺着他的话说了："是又怎么样？"

"你敢。"

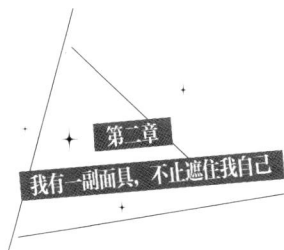

【1】

沈诚之前去了加拿大，待了两个月。那两天的见面，是他们两个月以来唯一一次。说实话，还有一点尴尬。

因为他们这期间没有联系，就是那种特别默契的你不找我，那我也不找你。

本来，温火跟沈诚的相处是温火更主动一些，因为她有所求，而沈诚没有。

沈诚走的那些日子，温火发现她可以睡着了，虽然睡眠质量跟正常人没法比，但纵向比已经很可观了，所以她对沈诚的态度冷下来了。

再有就是两个月前，发生了一件不太愉快的事，直接导致温火跟沈诚再见时客套疏远。

即使温火现在已经不需要沈诚了，她也投桃报李，愿意继续跟他好，再偶尔对他显出崇拜。换句话说，只要沈诚与她保持互不相干的姿态，温火就可以当作那件事没发生过，然后跟他以礼相待一段时间，就当是对他们这段关系的善始善终，虽然见不得光。

但显然，沈诚今天有火，非要干涉她一下。

"你敢"这两个字，算是彻底拔掉了她的气门芯："那我就让沈老师看看，我到底敢不敢。"

沈诚提醒她："杨引楼四十岁了。"

温火淡淡地说："沈老师，您也三十多了，杨教授跟我岁数差得多，您就跟我差得少了？谁还不是老牛吃嫩草？别五十步笑百步了。"

沈诚皱眉："你现在在我的车上，你跟我耍脾气？"

温火抬眼看着他："我以前也是这样跟你说话。"

沈诚看着她醉酒的眼睛。

温火帮他整理了一下领带，动作很温柔，话却一句比一句狠："别人当情妇好歹还有钱，我只会被你粗鲁地对待。我真的烦透了你那些游戏！"

沈诚慢慢松开她。

温火又面无表情地整理起自己的衣裳："我跟了你又怎么样，我后悔了，我想及时止损了不行吗？"

狐狸尾巴没藏几天就又露出来了，这才是温火，绵里藏针。

沈诚把她扯回到副驾驶座，看前方："你跟我装这两个月的小绵羊，是在表达对我的不满吗？"

"你想多了，我只是觉得之前太主动不好，我就应该恭恭敬敬地叫你一声沈老师。'沈老师，对不起。''沈老师，可以吗？'这么说话多乖啊，多好啊。"温火说。

那件事对温火是有影响的，沈诚看出来了："那个机会本来也不是你的，我没插手。"

温火不想听他说这件事："我不在乎。"

沈诚淡淡道："说谎。"

前段时间，温火有一个去剑桥学习的机会，都已经联系过导师了，导师也愿意收她了，面试一下走个流程就行了，沈诚给她搅黄了。后面他还说了一堆冠冕堂皇的话，就像刚才那句，说那个机会本来就不属于她。

沈诚又说："你在提跟别人好歹还有钱时，就是在控诉我什么都没给你。而你什么都不缺，唯一你想要而没有得到的，就是那次深造的机会。还说不在乎？"

温火酒差不多醒了，但小绵羊也不想再装了，话都说这份儿上了，以礼相待是不可能了。

沈诚话很直接："那就不是你的东西。"

温火看过去："别说我努力争取了那么久，导师都已经同意了，不可能再有变故。就说真不是我的机会，那你是沈诚啊，你动动手指头就能逆转啊。"

"你跟我要过吗？"

"是，我从没跟你要过，我就没对你提过什么要求，跟你好以后我连问题都不向你请教了，你偶尔帮我理一次思路我还要表现得感激涕零。"

"你好好说话。"

"你才是该好好说话，没事找什么茬？我就不该被秋明韵的情绪影响，给你发一条莫名其妙的微信，那你也不会在这儿说我。"

"你追求我就是为了我给你一些方便。"

"不然呢？你以为我看上你了？"

温火的继发性失眠症是真的，她看上了沈诚在物理界的影响力也是真的。

沈诚帮她入睡，她才愿意成为他的情人。沈诚给她提供一些便利，让她的发现被更多人知道，她才愿意积极地配合他的游戏。

利益的世界，温火当然不是无缘无故就跟一个已婚男人好。

当她发现跟沈诚的收益没有她想象中那么高的时候，她就会变得敷衍，敷衍让沈诚不快，那沈诚就会让她滚。

沈诚点头，像是早就知道一样："你现在发现我帮不到你，就开始用小绵羊的态度敷衍我了，然后私底下再去向其他教授示好。"

温火说这种话不用打草稿："跟你好和跟他们好都没什么区别，谁对我帮助大，我就……"

沈诚没让她说完，压上去吻住了她。

温火用力推他："你放开我！"

沈诚不放。

温火用力推开他，迅速下车，隔着车窗说："沈诚，咱俩完了。"

沈诚注视着她："上车。"

温火故意往后走了两步："跟你一点好处都没有，我要去跟别人好了。"

沈诚沉着声音："我再说一遍，上车！"

温火就不上："沈老师回家陪老婆吧，你有老婆还出来乱搞，你对得起你老婆吗？我良心发现了，我幡然醒悟了，所以咱俩就地拜拜吧。"

沈诚下车时，温火已经跑远了，他看似平静地给秘书打了个电话："我给了温火几套房？几辆车？事务所多少股份？"

秘书一愣，旋即汇报："国贸两套，浦滨两套，太杭有个花园别墅。车除了 P1 和曜影还有辆拉法。嗯，还有两个门面，在西圳。股份的话，您是说您哪个事务所的股份？"

"随便，把我给她的东西都收回来。"

秘书也不敢问发生了什么："好的。"

【2】

琥珀九号。

唐君恩等了沈诚半个小时，总算是可以点菜了。

沈诚坐下来开了瓶酒，看上去跟他平常的样子没区别，但唐君恩就知道，他心情不太好。

点完菜，唐君恩双手拄在桌上，歪头看着沈诚。

沈诚没抬头："看什么？"

唐君恩摇头："看你一脸桃花开败的模样，怎么的？受女人气了？"

沈诚抬起头来，没说话。

唐君恩看他这个反应，八九不离十了："哪位佳丽？"

沈诚放下酒杯："为什么不能是我太太？"

唐君恩清清嗓："沈诚，咱俩穿一条裤子长大的，你瞒得了我？就算你修炼得好，情绪不外放，我可是著名导演，最会看人状态了。"

他跟沈诚是发小，只不过一个娱乐圈，一个文化圈，志向不同倒也没影响交情。

沈诚被他一提醒，突然感觉有一些复杂的情绪积在胸腔，展露一个眉头微蹙的细节动作。

唐君恩笑了："火火啊？"

沈诚松了松领带，缓解胸腔压力："她今天说我什么都没给过她。"

唐君恩知道这事儿："那你不就是吗？哪有背着当事人赠与的，弄得跟遗产似的。就算是遗产，也得给人一准确的继承时间吧？你才三十岁，你想让她七老八十再知道你给了她多少东西？"

沈诚往外扔的钱太多了，他就不是个心疼钱的人，只是他跟温火本来也是露水关系，迟早会散，他想着等散的那天，直接领她去做赠与公证，好聚好散。

谁知道她比他还清楚他们之间的关系，而且比他先说出散伙的话，这就让他很生气了。

唐君恩又说："我知道，原因不过是你没想跟她长处，还想让她在跟你期间忠诚，所以不想给她甜头。但你沈诚是谁啊，你的慈善证书摞得要比电视塔高了，你能给人留下话柄？所以你一定会给她钱，还会给很多，那思来想去，就散伙的时候给最合适了，还能堵住她的嘴，让她没地儿说你。"

"我是这样的？"

"你太是了。但你太没经验了，哪有傍尖儿不给甜头的？那你不就是等着她红杏出墙？她敢跟你一已婚的处，那就是本来也没道德，你再不给她甜头，她跟谁不是跟，凭什么跟你？"

沈诚发现他两头说话："不是你说女人有钱了就会变坏？"

唐君恩被他这话惊到了："沈诚，你当年可是让一堆女生为你争得头破血流的人啊，怎么上了三十纯情成这样了？"

沈诚过了二十三就再没谈过感情，以前也是以玩为主，温火算是这几年能让他破例很多次的人了，因为她有分寸。到他这份儿上的人，尤物是远不及一个听话的玩物的。

再有就是，他们很契合。

结果她告诉他，她压根不喜欢那么玩儿，那些游戏她想吐，她表现出来的兴趣都是装的。

唐君恩提醒他："就你那温火，她本来也坏，你是不是被她那张无辜的小脸蛋骗了？还是听她叫了几声沈老师飘了？"

他边说边笑："话说回来，梁京爷们叱咤风云，什么时候受过这气？你这是阴沟里翻船了吗？"

"滚。"

"行了，合适，正好换下一个，咱也不惯着她。"

沈诚想不通："她凭什么觉得恶心？我没给她快乐？"

"那我哪儿知道？"唐君恩眼往下瞥了瞥，假模假式地咳了两声，揽住他肩膀，"拿出你在其他事上杀伐果断的劲儿来，不就被女人摆了一道吗？谁还没在女人身上栽过跟头？"

沈诚没理他。

他又说："你这翻车跟我之前那回差远了，我那对象不知道给我戴多少绿帽子。"

"你还挺骄傲。"

唐君恩想得通："那不然呢？我跟她闹？这脸面不要了？"

沈诚绕不过那个弯："她凭什么？她早说她跟我来虚情假意，我就只当她是一送上门的便宜，但我以为她好歹真心对我，什么也不图，还想着绝不亏待她……"

唐君恩知道后话："结果她把你玩了，她就是有目的而来，她根本看不上你。"

这话太实在了，也太难听了，沈诚喝口酒压了压呼之欲出的怒气。

唐君恩坐回去："算了吧，算了。这种女的不值当，你要实在憋得慌，这口气出不去，那就找个更好的，让她看着急眼。"

沈诚明天要出差，等回来就对付她，他这人有气量，但对温火没有。是她勾引他的，他一开始并不同意，她又是跟踪又是藏到他行李箱里，还给他买内裤腰带，各种暗示。后来他动摇了，坦白说自己玩得花，她表现得欣喜若狂，说她就喜欢花的，越花越好……

这才几天？她说他恶心？

他沈诚三十岁了，二十岁犯这个错误就算了，三十岁了，凭什么？

菜上了，唐君恩跟他聊正事了："你那两张皮的媳妇儿你打算怎么处理？陆幸川现在一头虱子，逮谁坑谁，我琢磨他能跟外界联系后第一个找的就是你媳妇儿。他手里应该是有不少你媳妇儿的把柄，现在问题是，你跟你媳妇绑一块儿，这对你、对咱沈家影响太大了，别到时候惊动了爷。"

沈诚是不会让他爷爷知道的："我有主意。"

唐君恩点头："有主意就行。"

说到这个，沈诚说："我爷前几天还问你，什么时候去看看他新倒腾的石头。"

唐君恩放下筷子，眼放光："爷又有新件儿了，牛啊。全梁京就咱爷这一位叫得出来的赌石户了吧？市场小，价钱大，就这条件还老能弄到新料子，不愧是爷，哈。"

沈诚的爷爷沈怀玉，除了爱国，就是爱玉。

唐君恩也好这个，比沈诚跟他爷爷更有共同话题，说到这个还来气："我觉得我跟爷比你跟爷亲啊，凭什么好事儿就想着你啊？"

沈怀玉看起来跟沈诚不亲，但要紧的东西都没给别人。财产不说，就说他攒这一辈子的声望和人脉，儿子都想不上，全都是沈诚一个人的。

以至于他们那朋友圈里后来有了一不成文的规矩：碰上沈诚的事儿，就先办沈诚的事儿。

沈诚说："亲的就是这样。"

唐君恩瞥了他一眼："你也就是占'亲孙子'这仨字儿的便宜了。"

温火跟沈诚闹掰的第一个晚上，失眠了。

第二天起来她精神状态不是很好，秋明韵也没起，她去食堂吃了饭，给秋明韵带了水煎包和豆汁儿。

回来的时候，她的医生程措给她打了个电话。

程措像是早就料到了似的："你是硬扛了一宿吗？"

温火的眼皮很沉，缓慢地眨了一下："我妈说，我的失眠症可能是隔代遗传，我没找到根据，没听说失眠会遗传。但我外婆去世前的那几年，确实跟我目前情况很像。"

程措问她："你是想弄明白这里边有什么猫腻？那你这也不是绝症，知道又怎么样呢？"

"我不能太依赖某一个人，我必须要有另外可以入眠的办法。"

程措知道了，说到这个，问她："你到现在都没有告诉我，到底是谁能助你入眠。"

温火说："你跟我说我一个人睡不着，可以找一个人陪我睡，我找了。"

程措当时是骗她的，他也骗过很多失眠的患者，当然也是因为其他办法都试过，都没有用，他才抱着死马当活马医的心态给他们出主意的。

他跟温火说，她会失眠到这种程度，或许是因为缺乏安全感不自知，导致精神变得敏感，如果无法从自身角度出发去想办法，可以考虑一下外来安全感摄入。就比如，找一个能让她安心的人，把一个人睡，变成两个人睡。

那段时间温火的各项身体指标都不正常，他当时也是没办法了，没想到她还真成功了。

温火又说："那时候我以为是谁都可以，就找了一个各方面条件都还算令我满意的，这段时间因为一些事不满意了，就跟他把话说清楚了，晚上又失眠了。"

程措听懂了："你是说，并不是谁都可以？只有这人才能让你睡着？"

温火看过很多书，知道这个现象科学根本解释不通："我也不知道是不是跟他太久了，冷不防分开有点不适应。我晚上再试试。"

程措问："那要是还不行呢？再去找他？"

温火也别有的出路："杨引楼教授的母亲，是我外婆的密友，她知道我外婆经常睡不着。"

程措持怀疑态度："知道而已又不是有办法。"

"但也没说没办法，还是要先找到她人。"

"嗯，用我帮你吗？"

"我自己可以。"

"那你现在都跟那人划清界限了，是不是能告我他是谁了？我真挺好奇，我一专门治疗心理、精神的医生，用了那么多办法，就不如他躺在你身边？"

温火也不想再跟沈诚有什么关系了，就说："就你表哥。"

程措就一个表哥，他有点蒙："你别说是沈诚……"

【3】

秋明韵醒了，眼肿了，嘴唇很干，有层皮就这么吊在上边，模样是丑了点，但状态不算太糟糕。

温火给她倒了杯水："我给你带早餐了，吃点。"

秋明韵吃不下，连她递过来的水都没喝："几点了？"

温火正好看过："七点半。"

秋明韵还有课，赶紧爬起来："我要迟到了！"

温火摁住她肩膀："我给你请假了。"

秋明韵慢慢放松肩膀，呼口气，重新躺下来，闭着眼说："我看起来是不是特糟糕？"

温火认真看了看："还好。"

秋明韵笑了一下："我就不会在你这里听到'不好'这样的话。"

温火说："我会说'不好'，是你看起来确实还好。"

秋明韵睁开眼："是吗？"

温火说："我以前目睹过别人跳楼，跳下来的时候正好被公交车撞到，整个人头朝里卡进了挡风玻璃。"

秋明韵的笑变得苦涩："你是盼着我那样吗？"

温火说："我是告诉你，那人抢救无效，还吓死了一名乘客，司机见状油门一踩到底，撞翻了一辆私家车。私家车里五岁的孩子正在吃糖葫芦，木签子扎到了脑袋。那个人的父母不仅要接受孩子离世的事实，卖房卖田筹赔偿金，还要给受害者磕头道歉，祈求原谅。"

秋明韵皱起眉。

温火坐下来，再次把水杯递给她："这样才是不好。"

秋明韵接过水来，抿了一下嘴说了句矫情话："谢了。"

温火站起来，拎起了包："走了。"

出了校门，程措来了电话。

温火接通："喂。"

程措脱了白大褂，把工作室的门锁上："我去找我表哥，你希望我说咱俩认识这事吗？"

温火走进地铁站："说它干什么？"

程措笑起来："我从没在他跟前占过上风，好不容易有个机会可以揶揄他，不想错过。"

温火进站："你能不能有点身为医生的职业道德？"

要说这个，程措没理了："行吧行吧，不说不说。"

温火要上地铁了："挂了。"

程措听到她那头嘈杂的声音："你干吗去？"

温火买早餐时接到温新元的电话，说温冰单位打来告诉他，温冰可能是吃坏了肚子，吐了几回，让她去温冰单位看看。

信号弱了，温火那边声音断断续续，程措以为她说了，他没听到，又问一句："干吗去？"

温火不太想答，敷衍了一句："找人睡觉。"

程措正要问是谁，信号没了，通话断了。

温冰在某知名周刊的梁京办事处做收文、约稿的活儿，他人虽然有点傻，但对工作认真负责，被告诉该干什么，就会按吩咐去干。

只是苦于人性参差不齐，他再努力也总因傻被欺负。善待病残对于一部分人来说太难了。

温火到办事处门口，还没进门，就看到一个跟她差不多大的小姑娘一脸嫌弃地扔给温冰一盒抽纸。温冰抬头谢她，她以为他又要吐，下意识往后跳了两步，捂住口鼻。

保洁走过去，看温冰的眼神没比看那姑娘的眼神好多少，还拿胳膊肘杵她，跟她小声嘀咕着什么。

温火看到这一幕，平静地把头发往后拢，拿出手机，点开了摄像功能。

接着，一个三十五六岁的女人从办公室出来，先是看了一眼表，然后不耐烦地说："他家怎么还没来人？这弄得工作间都是馊饭的味儿，还怎么工作？"

有人告诉她："说是他妹妹等会儿过来。"

那女人更不耐烦了："再打个电话！"

女人回办公室后，扔抽纸那姑娘又阴阳怪气起来："妹妹接哥哥，这姓温的家里还挺新鲜。我听说他妹妹是高才生，有这样的哥哥还是高才生？真够讽刺的。"

保洁搭腔："没看新闻说现在这小姑娘都勾搭老师？让老师给她分配工作。"

姑娘纠正她："阿姨，您说得对又不对，现在的导师、教授不包工作，包发论文，发一篇就上好几个台阶，谁不干呢？"

她们正聊得起劲，走来一个染着银发、梳着丸子头、穿着工装的女人："能不嘴碎吗？"

保洁和姑娘相视一眼，散了。

工装女给温冰的垃圾桶套了个垃圾袋，说："你要不去卫生间吧，在这儿确实影响人工作。"

温火保存视频，收起手机，走进了门。

温冰本来要答应工装女的，看到温火，笑了起来。

工装女顺着他眼神看到温火，点了一下头，走开了。

温火抽出张纸，蹲下来擦擦温冰的嘴角："我们回家，哥。"

温冰不着急，从工位的抽屉里拿出一个玻璃饭盒，饭盒里是苏造肉。他说："妹给你吃这个。我知道你最喜欢吃这个了，爸平时不做，今天早上他做了，我一口都没吃。"

温火盯着这盒肉，缓慢地说："那你早上吃了什么？"

温冰说："我在前门楼子吃的炸咯吱，还有一碗豆腐脑呢。"

温火皱起眉。

温冰吃不了豆制品，一吃就吐。

温火把肉接过来，装进她都是书本的包里，也不管饭盒上有没有油："走，回家。"

搀扶着温冰出门时，她顺手把刚才拍的视频发到隔壁杂志社的邮箱里。

沈诚昨晚上睡觉没关窗，吹到了胳膊，早上工作倒也没显出不对劲，但他自己知道状态怎么样，遂在中午休息时去事务所下边的茶室坐坐，熏熏香，放放松。

程措过来找他，扔给他一个牛皮纸袋："喏，你们事务所员工的心理体检报告。"

沈诚放下手里的茶杯："这也值得你专门来一趟？"

程措没说话，坐在他对面观察起他。他怎么都想不通，家里有一位当演员的漂亮妻子，他这表哥还有什么不满足的？竟然玩婚外情。

这时候，沈诚助理给他送来一件东西。

程措好奇："什么？"

沈诚把盒子拿出来，打开是个羊皮的表包。

程措知道了："表？"

沈诚解开包扣，果然是块表，陀飞轮装置。

程措一看那表壳就知道是宝玑，航海系列的，但表带是白色的，表圈有碎钻，那应该是女式的，不是给他表嫂就是给温火的，他明知故问："给谁的啊？"

沈诚现在看这块表越看越有气，她就不配，直接丢给程措："给你了。"

程措受宠若惊，沈诚这丢垃圾一样的态度着实吓到他了。这是视金钱如粪土吗？

"真假？"

沈诚满脑袋是温火对他说的那几句话，没心情喝茶了，起身朝外走。

程措不要白不要，送女朋友也是好的。但他也不白收，看似不经意地提醒了沈诚一句："说到这表啊，我一朋友今天给我打电话放我鸽子，说是找人睡觉。你说这人怎么能一点事儿都不懂呢？毫无诚信。还国华研究生呢，还物理女神呢，还发论文呢，这重色轻友的东西。"

沈诚停住脚，转过身来，盯着他看。

程措被他看得发毛："怎么？"

沈诚什么也没说，转身时打了个电话："把我下午的机票退了。"

程措点着头，虔诚地祈祷：加油，温火。

【4】

温火带温冰回家时，温新元也到家了，看见温冰脸色不好，赶忙从温火手里把人接过来，搀扶着走到沙发边："这是怎么了啊？"

温冰还惦记着冰箱里的双皮奶，扒拉开温新元，取了来递给温火："妹你带去学校吃。"

温新元不太高兴："那是我给你买的，你不是要吃吗？"

温冰摇头："我想给我妹吃。"

温新元顺顺他后脑勺的头发："傻孩子，你妹有得吃，你看她缺钱吗？"

温冰想了一下，说："我也不缺很多东西，可依然阻止不了你买给我。"

温新元语塞。

温火看他这么别扭，正好还有事，就没想多待。她走到温冰跟前，拿他手机，置顶自己的号码："有事打给我。"

温冰冲她笑了笑："嗯嗯。"

温火站起来，没管温新元对她什么态度，还是打了个招呼："爸，我走了。"

温新元矫情，半天才别别扭扭地答应了一声，彼时温火早已出了门。

他收回视线，看着自己这个傻儿子，蹲下来，边给他擦身上的呕吐物，边明知故问："冰啊，你很喜欢你妹妹啊？"

温冰大幅度地点头："嗯，没有我妹我就死了。"

温新元停住手，人也愣住了。

那时候俩孩子的妈被人洗脑了，入了歧途，想带儿子一起自杀，幸好温火及时发现。

温火当时也不知道哪儿来的天分和力气，发动了温新元的货车，开到楼底下，精准地接住了被扔出六楼窗外的温冰。最后人摔在她铺的几床被子上，没死，但傻了。

温冰苏醒后对过去都记不清楚了，唯独记得温火，记得她救过他的命，心窝子都要掏给她。

温新元呼口气，抱住温冰，摩挲着他的后背："傻孩子。"

温冰在他怀里摇头："我妹才傻，我有你保护，她只有她自己。她挨欺负都不说的，她小时候老挨打，她后脑勺有条长长的疤。"

温新元又一怔。

温火回学校前，吴过给她发了个微信："请你吃饭？"

她过了十多分钟才回："好。"

沈诚不出差了，但工作不能就此暂停，所以他把原定用来飞行的时间用来开视频会议了。

他也就这一年来清闲一些，感觉二十多岁以后，每一天都要当八天来用，留给休息的时间少之又少。平常跟人打个高尔夫，健个身，也是在跟人聊工作。

他早学会了喜怒不形于色，任何一场合作，总能让所有人体面，却并不给人虚伪的感受，这委实难得。要知道谈合作，说话的艺术和细节的把控太重要。

沈诚个人原因导致面对面的交流泡汤，为表歉意，他主动让出几个点，最后皆大欢喜。

只有沈诚自己知道，再让几个点他也赚。

这就是沈诚，一个把别人卖了，别人还笑呵呵地给他数钱的人。

收尾工作交给助理，他叫司机带他去了泰和院子。

他换上健身穿的衣服，做了半小时有氧运动，半小时重量练习，最后站在落地镜前，看了一眼，觉得不太满意，又游了半个小时泳。

阿姨给他递来毛巾，多了句嘴："先生最近睡不好吗？"

沈诚接过毛巾："怎么？"

阿姨实话实说："要不是睡不好，怎么做这么剧烈的运动呢？这一运动完不就是要身体疲惫，然后去休息吗？先生不要太辛苦了。"

沈诚没说话。

阿姨看他不想说，又问了："那先生，晚上吃什么？"

"我等下就走，您不用给我准备晚餐了。"

"好的先生。"

她是沈诚一位员工的母亲，那位员工早年得了抑郁症，行为极端，因此认识了一些极限运动爱好者。后来在跟他们做极限运动时，不慎从一百四十米高的风车上坠落，死亡。

单亲妈妈失去儿子，失去生活来源、生命意义，也准备跟儿子一道去，是沈诚给了她一份工作，让她有所支撑，这才活了下来。

这也是沈诚除了身体检查，也定期给员工安排心理检查的原因，他不想悲剧重演。

其实这也算不上善良，对于他来说，稳赚不赔的事他基本都会去做。

就因为在这件事上处理得过于漂亮，他被那个极限运动的发起方的领导人注意到了。这项由他领导的全球最顶尖的私人赛事，从此多了一个内部人员，沈诚。

沈诚从泳池出来洗了个澡，换了身私下穿的衣服，很休闲，很赏心悦目，把眼镜戴上，气质一步到位。

他在镜前最后确定了一遍自己的着装无误，然后在袖口和领口抹了点香水，弄完出了门。

刚上车，程措打来电话："哥，你把我客户都透露给我死对头了？！"

沈诚在开视频会议之前，把程措的几个客户资料给了跟他存在竞争关系的心理工作室："嗯。"

程措哭了："我累死累活攒这么几个客户容易吗哥？你别搞我啊。我就指着他们吃饭了。"

沈诚说："你告诉我温火得了什么病，我就给你介绍点新的客户。"

程措就知道这机灵不能抖，现在悔得肠子都青了："不是，哥，怎么就一定是有病呢？我俩不能是朋友吗？"

沈诚很自信："她没空交朋友。"

程措觉得这话太好笑了："那可能，嗯，呃，就是你对她了解不够深刻了。也许，没准，温火跟你想象中的不太一样呢？"

沈诚锁眉。

程措为了自己，还是把温火给出卖了："哥我跟你说，很多你知道的夜场，温火都是 VIP。"

沈诚眉头锁得更深。

程措接着说："夜店小野猫你不知道吗？她可会跳了，跟人 Battle（指较量）就没输过，那时候她睡不着，就天天去蹦迪，我跟她就是在蹦迪的时候认识的。"

这也是实话，俩人从夜店认识，加了微信，然后温火看他朋友圈知道他是个心理医生，正好就去找他治失眠症了。

程措只说到这一点，避开了温火到底得了什么病的话题，沈诚还在颠覆中，也没发现。

温火到底瞒了他多少事？

他沉着脸给她打过去，显示电话无法拨通，就是说她把他拉黑了。

他又给她发微信，界面直接出现一个红色的感叹号，就是说她微信也把他删了……

他最后给她寝室打电话，胡编了一个身份总算问到了她的位置。

聚星园。北斗七星酒店的二层。

吴过在科学院实习，有实习工资，但不多，请温火吃人均五百块钱的自助，实在是有点奢侈了。

但这不是温火该操心的事，她几乎不会心疼谁为了某一刻的高光而付出的代价。这就好像是每个人都要经历的，想要人前显贵，那就得人后受罪，谁都是这么过来的。

吴过问温火："你答应跟我吃饭，肯定不是吃饭这么简单。"

温火点头："我想知道杨引楼教授的行程，有些事想请教一下。"

吴过一副"我就知道"的神情："为什么？"

温火和着酱料："嗯？"

吴过擦擦手，手肘挂在桌上，看着温火："为什么找杨教授？"

温火坦白说："我要找的其实是杨教授的母亲，具体原因不能告诉你，但你放心，我没恶意。"

吴过信了，虽然她几句话等于什么都没说，但他还是信了，温火的脸有一种让人相信的魔力："我要是帮你约到杨教授，你能给我什么好处？"

温火听沈诚说过吴过的缺点："我可以帮你拓展思路，以后你陷入死角了都可以来找我。你知道我最大的优势就是想法多。"

"可以，成交。"

温火像是早就料到这个结果，很平静地喝着酒。

吴过还在看她："你真的很聪明，跟我想象中做学术的女生完全不一样。"

"那是你认识的做学术的女生太少了，我身边的女生都是一个人能顶一片天的。这一点不光体现在学术上。"

这个吴过也信，倒了点酒，要跟她碰杯："希望有机会能认识。"

温火没说话，端起酒杯跟他碰了一下。

吃完饭，吴过叫车，温火等在路边。

吴过看她穿得少，要把衣服脱下来给她披上，她本身是要拒绝，看到一个熟悉的车牌号后，大方地接受了，还冲他笑了一下。

吴过也笑了一下："你知道你长得漂亮吧？你这样对我笑，我可把持不住。"

温火往他身边走了两步："你觉得我漂亮吗？"

吴过心跳都快了，他也不知道是不是喝了酒的缘故："温火，你别想验证男人的兽性，你会承受不住的。男人发狂的时候，是很危险的。"

温火知道啊，她过去看了太多危险的沈诚了，已经"免疫"了："危险吗？"

吴过还是理智的，往后退了一步："要不，我们再认识认识？而且你现在也不太清醒，等你清醒之后，就不觉得我……"

他话还没说完，沈诚不知道从哪儿冒了出来，拉住温火的胳膊就要走。

吴过没反应过来发生了什么，但他认识沈诚的脸："沈、沈、沈老师？"

温火挣脱他的手："放开我！"

沈诚把她拽到车前，丢进去。

司机见状下车了，但他没想到，他刚下车，温火就把车门锁了，把沈诚锁在了车外。

沈诚站在车门外："开门！"

温火就不开，而且看都不看他，还跟吴过挥手拜拜。

沈诚音量大了一倍："温火，我再说一遍，开门！"

温火不开，还有心情刷朋友圈，刷了会儿，来了电话，她一看号码，挑了一下眉，接通了。

电话那头是焦急的女声，焦急地说话。

温火背朝着沈诚，跟她说："你让我接近，我接近，你让我停，我停，现在又反悔，韩女士，买卖不是这么做的。"

那头咬牙切齿："那你想怎么样？"

温火摸了摸嘴唇："得加钱。"

"好！"

温火挂了电话，转过身来，开了车门。

【5】

车门打开，沈诚却没马上上车，把温火拽出来才上车，然后叫司机开车。

司机蒙了一会儿，后知后觉地应声。

车发动了，车开远了。

温火就站在原地，什么反应都没有，表情也没什么变化，连一点正常人遇到这种事都会表现出来的尴尬都没有。

她站了会儿，吴过走上来，把刚才温火被沈诚拉扯时从她肩膀上掉下来的他的衣服，重新给她披上："我送你回寝室吧？"

温火偏头看他："你不好奇我跟沈老师的关系吗？"

吴过点头："好奇，不过，你要不想说，我问也没用不是吗？"

温火告诉他："他是我干爹。"

吴过瞪大了眼："啊？"

温火笑了一下，笑得很浅："开玩笑，我是沈老师担任科学院研究员期间收的学生。"

吴过恍然大悟，难怪温火的天分那么高，就像是老天硬逼她吃这碗饭。他还诧异，当代真有为物理而生的大脑吗？原来有沈诚指导。

如果是这样，那完全解释得通了，他也释然了。

想想他还曾因温火过于出色而觉得自己该转行……

幸好，他还配。

温火的聪明之处在于轻松化解他对于"她和沈诚关系"的疑惑，让他不会心里硌硬从而引出一些没必要的误会。

与此同时，让他觉得她的天分也不高，她之所以比他强，完全是因为有实力过硬的帮手。

至于她自己的努力被她说成是因为沈诚指导，她一点也不觉得委屈，她向来只要实际的东西，不要什么天才之名。她也确实不是天才，哪有什么天才。

吴过也是没想到，跟温火吃一顿饭，寥寥无几的交流，竟然有这么大的信息量。虽然他现在知道了温火有人帮忙，但依然觉得她足够聪明。

温火跟他三言两语地聊天时，沈诚就在后视镜里看着，神情与平常无异，但散发的气场不似平常。

她可真厉害，这就又聊上了？

他淡淡道："回去。"

司机点头，下个路口掉转车头，把车开了回去。

车子重新停在温火跟前，她对吴过解释过她跟沈诚的关系，吴过已经不会对沈诚突然返回表现出疑惑了，还冲她笑了一下："沈老师来接你了。"

温火见好就收，这次没再找不痛快，跟吴过道别后上了车。

沈诚在车上一句话不说，那温火也不说。

很快，车停在了沈诚早几年买的房子楼下，四百平，能把城市主干道尽收眼底。

温火以前看温冰他们的杂志，这个区域就是一些国际建筑大师在 Battle。

温火跟着沈诚进门，进门也不说话，就像以往每一次，站在离门口不远的地方。

沈诚径直走到西厨，打开冰箱，取了瓶矿泉水，拿了个杯子，倒了半杯，喝完也不理人，就好像温火并不存在似的，自顾自地去洗澡了。

温火站了没多会儿，有人敲门了，她从不给沈诚开门，所以没管。

沈诚听到了，出来："开门。"

温火看他那身材看不知道多少遍了，无论比例有多好，肌肉多性感，也像看一块腊肉一样。

她很平淡地开门，然后接过沈诚助理递来的一个方方瘪瘪的盒子。

门关上，她把盒子放在桌上，继续站着。

沈诚洗完澡穿了条运动裤，裸着上半身，光着脚，走到桌前，把盒子扔温火跟前："换上。"

温火前边刚跟他撕破脸，说她恶心，他还想让她穿？她才不穿："我不想穿。"

沈诚打开盒子，又说一遍："换上。"

温火抿抿嘴，就不动弹，假装听不到他说什么。

沈诚坐下来，半抬头，用很复杂的眼神睨着她："你不是夜店小野猫吗？给我跳。"

温火微微皱眉，心里暗骂道：程措这个叛徒。

温火这才发现，沈诚让她换的这件衣裳是她蹦迪时常穿的，她觉得她可以解释："那是在认识你之前，后来我再没去过了。"

沈诚问她："为什么认识我之后不去了？"

温火不说。

她越不说，沈诚就越想要听到："我现在还可以好好跟你说话，别作。"

温火咕哝了一句："因为我是你的人了。"

沈诚本来被气到紧绷的肌肉，突然有了一丝回转，稍稍松弛了一些。

温火说完话，时间像是静止一般，过了约莫三分钟的样子，沈诚才又开口："我不是让你恶心吗？你不是跟我玩游戏想吐吗？温火，你有句实话吗？"

温火头往下低，说话很小声："我只是对游戏恶心，又不是对你，那我是太生气了啊。"

沈诚肌肉彻底放松了，但肉眼是看不出来的，所以只要他语气还那么冷淡，就会给人他还愤怒的错觉："你凭什么生气？"

温火声音带了点哭腔，那天的每一幕都回到脑袋："你凭什么诋毁我？凭什么怀疑我？我就吃个甜筒怎么了？你又不给我买！别人给我买怎么了？我跟他吃个甜筒怎么了？我不守妇道了还是出轨了？是，我主动的，我追求你，我就没脸了呗。你想怎么说我就怎么说我，我不仅要跟你玩游戏，还要接受你所有奇奇怪怪的火气。我一点委屈都不能有，我跟自己男人委屈我还有错了我！"

沈诚的表情顿时变得丰富起来，显然是被温火这一通发泄搅乱了思路。

温火蹲下来，捡起沈诚扔给她的衣服："我那天说完那些话也不是没后悔，可我当时一气之下把你微信都删了，我也找不着你……"

沈诚又气又无奈，过去把她拉起来，从她包里把手机拿出来，重新加上自己的微信，重新存上自己的号码："回去给我背会。"

温火抽抽搭搭："嗯……"

沈诚从桌上抽了张纸巾，动作粗鲁地给她擦湿润的眼角。

温火疼，抽了口凉气。

沈诚手上动作没放轻："你也知道疼，就你疼？温火，我记得我说过，你可以有脾气，但要有分寸，别人不会迁就你。"

温火小声反驳："那你又不是别人。"

沈诚把纸扔了，捏住她的脸："你现在说我不是别人，那天说我恶心至极的不是你吗？"

温火睁着眼说瞎话："不是我。"

沈诚找回那时候的感觉了，那时候的温火就是这样的，有点小任性，会耍小聪明，还淘气，但看起来总是乖巧更多一点。

他松开她的脸，改把手搭她腰上，告诉她："这房是给你的。"

温火抬头，看着他。

沈诚又说："跟别人好歹还有钱这话，以后别说了，那些'别人'，都不会比我能给你更多。"

温火低下头，软绵绵地说了句："哦。"

第二天，天泽路，梽杞王。

这是一家寿司店，沈诚不爱吃寿司，唐君恩爱吃寿司，每回沈诚来这儿，那都是因为唐君恩要来这儿。

唐君恩把陆幸川几个避税用的皮包公司打听出来了，把资料交给了沈诚。

沈诚打开看了看那几张拍到公司招牌、营业执照的照片，点点头："效率还可以。"

唐君恩还有点得意："那不有手就行？"

沈诚把照片放回去，把资料放一旁："等会儿吃完饭，我们打个球？"

唐君恩挑眉，像是看一个外星来客似的看着他："哟，太阳打西边出来了，咱们沈老师这么空闲？您这时间不是按秒算吗？"

沈诚无所谓："那拉倒。"

唐君恩笑了："来来来，你花钱我就来，我就喜欢蹭吃蹭喝蹭球。"

沈诚拿手机看了一眼时间，动作时领子被扯了一下，脖子上一块紫红在他白皙的皮肤下尤其突兀。

唐君恩放下叉子，叫起来："哟哟哟！这怎么了？蚊子咬了？啧，这得多大的蚊子。"

沈诚下意识遮了一下，皱起眉："吃你的饭。"

唐君恩"哼哈"两句："行啊，沈诚，速度够快的啊，这就无缝衔接了？"

沈诚被他话恶心到了，不想跟他打高尔夫球了，饭也不想吃了，擦擦嘴，站起来："我想起我事务所还有事儿，球下回再说。"

走出两步他又退回来："对了，该你埋单了。"

唐君恩蒙了半分钟，后知后觉地叫出声来："要点脸行不行？"

沈诚回到事务所，叫了秘书进办公室。

秘书看不出来沈诚的情绪，以为自己犯错了，连呼吸都不敢太大声。

沈诚坐下来，问他："我之前给温火的东西，你去重新拟个单子。"

秘书懂了，这是反悔了，又要给她了："好的。"

沈诚没别的事了，叫他出去了。

秘书刚走，助理来了，说是有人寄到事务所一封信，写着沈诚收。

沈诚接过来，看了一眼信封上的字，是温火的字。

他不知道温火给他写了什么东西，正要打开，温火打来电话，接通后就听她着急地说："你是不是收到了一封信？你别看！"

沈诚本来没什么兴趣，她这么一说，他感兴趣了："什么一封信？"

温火松了口气："没收到就好。"

"什么信？"

"没事，就之前我不是把你删了嘛，我也联系不到你，就知道你事务所在哪儿，然后就……"

"就给我写了封道歉信。"

"不是道歉信！"

"嗯。"

"那，我挂了。"

"嗯。"

"你别看！收到直接丢！"

"嗯。"

"还有，我昨天好像在你脖子上印了一个那个……我不是故意的……那个，你弄得我太疼了，我就没忍住……"

"嗯。"

"好了！我挂了！"

接着，电话里传来忙音。

沈诚把手机放到一旁，拆开了温火那封信。

温火字还是挺好看的，词汇量也丰富，他粗粗看完，重新折好，放回信封里，手指在信封上敲了敲。

这是道歉信？写得像情书。

寝室里，温火从卫生间出来，秋明韵告诉她："你刚来短信了，我不小心瞥到了，写着信件签收了。这么快？刚写完，这就到了？你寄的同城？"

"嗯。"温火那封信是刚写的，根本不是她跟沈诚吵架那天写的。

秋明韵还挺好奇："你给谁写的信？"

温火擦了擦手："就，有那么个人。"

秋明韵看她不想说，也不问了："你下午是去研究所吗？"

温火点头："嗯。"

两个人日常交流后，温火就出发去研究所了，她还有一堆事没做。

路上，韩白露又给她打电话，这回态度很不好："你就不能跟他出现在公共场合吗？"

温火淡淡道："韩女士，你自己的老公，你自己清楚，他会让别人抓住他的把柄吗？你以为我带他出入公共场合，你找的那些狗仔队就能拍到了？"

韩白露沉默了。

温火接着说："而且韩女士，作为你的合作伙伴，我想提醒你一句，只要沈诚不愿意,即便你拍到他出轨的证据,你也拿不到他一分钱。你不如另想高招。"

韩白露闻言急了:"你要不能帮我弄到他的钱,我找你有什么用?"

温火说:"你只是雇我接近他,至于你能不能得偿所愿,那是你要考虑的问题,这不在我的服务范畴内。我提醒你是出于人道主义。"

韩白露又沉默了。

温火又说:"你雇我是因为你要分他的钱,你突然跟我取消合作,是因为你觉得这种方式能分到他钱的机会很渺茫。你又提出来要合作,是因为你现在非常缺钱,你没别的办法了,想赌这一把。"

韩白露看出来了,温火这个人,没那么容易被利用:"现在你知道了,那能不能帮我出出主意?我也给了你不少钱了。"

温火虽然不缺钱,但也不嫌多:"加钱吧。"

"又要钱?"

"韩女士,这跟你可能会分到的沈诚的钱一比,还叫钱吗?你要是这点钱都心疼,那没得聊了,我只挣一份钱也没什么不行。"

韩白露现在真的太缺钱了,陆幸川那边就等她救命了,她咬碎了牙才说出一句:"行!"

电话挂断,温火笑了一下,笑韩白露的天真,她竟然会觉得温火有本事跟沈诚斗。温火之所以可以在沈诚身边任性闹脾气,不过是因为温火威胁不到他啊。

【6】

沈诚开会前在脖子上贴了个创可贴,但不贴明显,贴了更明显,还有点此地无银三百两的感觉。

事务所管理层几个人相视一眼,心照不宣。

聊完工作的事,沈诚的副手李亦航留了下来,就签订股的问题跟他聊了聊。

李亦航是沈诚创立专利事务所最得力的伙伴,沈诚根据他的能力和付出,给了他一个技术入股的资格,占事务所股份百分之十二。

但因为那时他某些条件并不符合事务所规定,所以沈诚跟他签了阴阳合同。就是说他股东的身份对外是不显示的,对外他只是事务所的副手。

现在年份够了,他也符合规定了,就想跟沈诚签一份对外公开的合作合同,正式加入股东行列。

沈诚拧上钢笔的笔帽,看起来像是没有在听他说话,也像是听到了但不准备有所回应。

李亦航偏头叫了他一声："沈老师？"

沈诚放下钢笔，把脖子上让他不舒服的创可贴撕了下来，丢进垃圾桶，然后才说："等我从西圳回来吧，昨天去了一趟，事情没办完。"

李亦航的脸上有一抹说不清道不明的微妙表情转瞬即逝："您，不是取消机票了吗？"

沈诚抬起头来，投给他略显随意的眼神："取消的是去东港的机票。"

李亦航下意识一个喉结滚动的动作把他的慌张都暴露了。

沈诚又说："我昨天去了趟西圳。"

李亦航硬挤出点笑容："这样啊。那等您回来再聊也可以，我也不是很急。"

沈诚站起来，拍了拍他的肩膀："不急就好。"

待沈诚离开，李亦航腿开始抖起来。

沈诚看上去并不吓人，相反还像是挺好相处的，因为他几乎不对身边人发火。可作为跟他共事已久的半个合伙人，李亦航却知道，他不是没脾气，也并不大度。

有人温柔，有人冷漠，沈诚就介于这两者之间，好恶不言于表，让人摸不到他的节奏和情绪。

他脖子上有吻痕，就是说昨晚他跟女人在一起，但他说他昨天去了西圳，而韩白露在西圳……

李亦航拨打了韩白露的电话，却敢怒不敢言："你昨天在哪里？"

韩白露那头声音嘈杂："我昨天在拍戏啊。你给我打电话干什么？是沈诚给你股份了吗？合同签了吗？公证没？可以卖了吧？这样，我明天请个假回梁京一趟，咱俩见面说，看看……"

李亦航打断了她喋喋不休的安排："他说等他出差回来再说。"

韩白露态度更差了："那你给我打电话干什么？"

李亦航问她："沈诚真的不给你钱吗？他那么有钱，你是他的妻子，他怎么可能不给你钱呢？"

韩白露哼笑："你这话什么意思？怀疑我？我都跟你说了，他不爱我，他对于他不爱的人，别说钱了，连眼神都吝于给。"

李亦航的语气稍显卑微："我不是那个意思，就是觉得你对我忽冷忽热。如果我帮不到你……"

韩白露没让他说完："李亦航，是你在你们事务所年会上看上我了，是你加了我的微信，天天给我发早安、晚安。我凭什么要给你热脸？凭你比我老公长得丑，还没他有钱吗？"

李亦航听这话着实扎心，可比起难受，他更不想失去跟韩白露说话的机会："我以后不说了。"

韩白露要挂电话了："你什么时候股份到手再给我打电话！"

电话挂断，李亦航低下头，拿着手机的手像是没了骨头似的垂了下来。

她说她老公长得帅，还有钱，那就是说沈诚昨晚上真的跟她在一起吧？他脖子上的吻痕也是她的作品吧？

他苦笑两声，明知道她满嘴谎言，也还是选择为她自我欺骗。

现在问题是，他还要用他的股份去投喂她吗？

明知道是有去无回，明知道她拿到钱就不会再看他一眼，他还要卑微下去吗？

想想沈诚对他很好，他真的要为了一个永远不会喜欢他的女人忘恩负义，并毁掉自己的前程吗？

他不禁三连问，烦恼的同时，沈诚的智慧又在他心里加深了一些。他不知道沈诚是什么时候看出来的，但他撕掉创可贴，说他去了西圳，就一定是他知道了。

沈诚回到办公室，温火给他写的那封"情书"还在桌上，粉色带着香味的信封，旁边是一封企业家沙龙的邀请函，他走过去，把两封信都丢进了垃圾桶。

他工作都处理完了，晚上要陪衣衣看电影，所以提前下班了。

晚上九点，程措的心理工作室。

沈诚说到做到，对他坦白了跟温火相识的部分事实后，就给他介绍了几条合作渠道。

温火在研究所待到八点半，赶在程措关门前过来了。

程措在加班，有一位患者的情况不是很妙。温火等他到十点半，他送走患者，捏着眉心朝她走来："走吧？我请你吃夜宵。"

温火有其他事："你之前有没有一个叫关心蕾的患者？三十多岁，长得很黑，眼下边一颗很大的赤痣，看起来很憔悴。"

程措收过无数病人，并不是都能记住，但温火描述完，他真有印象："是有过这么一个，怎么了？"

温火下午收到吴过的微信，杨引楼的妹妹死了，接下来这段时间暂时是没有心情见面的。她打听了一下，杨引楼有个同母异父的妹妹叫关心蕾，患有非病毒性心肌炎，半夜猝死家中。

看着关心蕾的照片，温火想到了程措似乎接收过这样一个女患者，当时她在门诊外等候的时候，听护士聊过闲话。

她正好忙完了有空，就过来程措这里问了问，想了解一下她这个病为什么会找心理医生。

程措看她有口难言的样子，也不是很想跟她多聊："你知道的，我不能违背医德。"

温火知道："那我问你，你点头摇头就行了。"

程措看她坚持，知道她很迫切，他们认识那么久，她只在失眠的事情上比较迫切，那应该就是跟她的失眠症有关，遂点了点头。

温火问："她长期失眠导致过度疲惫，过度疲惫导致心脏衰竭，所以患上了心肌炎是吗？"

程措皱眉。

温火知道答案了。

程措看了她好一阵："你发现了什么？"

温火本来皱起的双眉放松下来："我外婆和杨引楼母亲不是密友，是病友。我外婆是死于爆发性心肌炎，跟关心蕾是差不多的发病过程。关心蕾是杨引楼的亲妹妹。"

程措对这个消息表现出惊慌，坐下来："你是说，你也会这样吗？"

温火暂时不会这样，如果治不好失眠，那就说不好了。女人过了二十七，身体各项机能变得缓慢，她再持续消耗自己，必定会熬光心脏养分。

程措呼口气："睡不着也不是身体没有休息，但长时间下去确实不是办法。找我的失眠患者都对那种累但很亢奋的状态束手无策，想通过心理疏导缓解。可持续运动的大脑根本不配合。所以大多是用药物治疗，很少有通过我的一些助眠方法、软性治疗睡着的。"

说着他笑笑，笑得不太自然："挺无奈的，但现在失眠的人太多了，导致失眠的原因也太多了。有时候我会感觉，怎么跟风似的。但那些患者在求我救救他们的时候，我又能体会那种希望和绝望同时在他们身上碰撞、灼烧、撕扯的痛苦。失眠不是病，但没比病好多少。"

他再次抬起头来，这次笑起来时顺眼多了："有我可以帮你的吗？"

温火摇摇头："我暂时找到了睡着的方法。"

程措咀嚼一会儿这句话，反应过来："跟我表哥又——"

温火实话告诉他："你表哥看起来还不错，就是不太好，得练。"

程措差点一口老痰憋死自己："强！"

温火解释了一句："我是说，他都不会跟我一起睡，别想歪。但也很奇怪，很多时候只要他在，我就睡得着。"

程措用心理学知识帮她分析："会不会是你在无意识的状态下，对我表哥产生了感情，所以有他在，你的大脑可以暂时得到休息？"

温火笑了笑："我从不渴望他，你能明白吗？"

程措懂了，就是说沈诚是板上钉钉的工具人。

不过温火这话太狠了，从不渴望……那他表哥是有多不好？

"杨引楼母亲过些日子再找吧，等我跟你表哥分道扬镳以后，或者，快要分道扬镳的时候。"

当然，这是温火自己的事，她自己决定就好。程措点点头："嗯。"

衣衣晚上又不好好吃饭了，阿姨轻顺着她的小脊梁，哄着："衣衣啊，你要是肚肚空空，怎么跟爸爸看电影呢？爸爸可是很久不跟衣衣看电影了，衣衣想了很久了啊。"

衣衣攥着勺子把儿，嘟着嘴，像是考虑了很久，最后挖一勺鸡蛋羹，送进嘴里。

阿姨给她擦擦小嘴："真乖。"

看着衣衣乖乖吃饭，阿姨忍不住慨叹，相对于沈诚对衣衣的需要，好像是女儿更需要爸爸一点啊。

沈诚八点半到家，彼时衣衣就坐在门口，屁股底下放个坐垫。她一看到沈诚就双眼发光，冲上去抱住他，像条小泥鳅似的蠕来动去。

沈诚把她抱起来，把她吃到嘴里的头发拿出来，问她："晚上吃了什么？吃饱了吗？"

衣衣一直点头："吃饱了啊。"

沈诚抱着她穿过观景玄关，走到楼梯口，下了负一层。

他这套别墅算是在郊区了，差不多六百平，楼上三层，楼下一层，前边有鱼池和凉亭，后边是假山，还有跟鱼池相连的人工瀑布。

4K巨幕影院在负一层，内置按摩椅六张。再旁边是私人酒窖，酒还蛮多的，要什么都有。他房很多，说是钱多烧的也不全对，主要是投资用，在房地产最热那几年，他赚了不少。

刚把衣衣放到按摩椅上面，阿姨进来了，手里拿着衣衣要喝的酸奶。

她这个时候过来，就是想要沈诚说一句"一起看吧"，但沈诚没有。

她装作只是进来送个酸奶的样子，转身离开。

沈诚喊住她。

她有些期待地转过头来。

沈诚提醒："以后在家里不要喷香水。"

她很尴尬，笑容有断裂感，答应的"嗯"干涩沙哑。

今天看的电影是《冰雪奇缘2》，衣衣有英语老师，所以可以看原声，还会学着主人公的表情，做出夸张的鬼脸，然后用话剧腔给沈诚表演。

沈诚浅浅笑着。

他很喜欢这个小家伙，哪怕她并非是他的亲生女儿。

【7】

温火回到寝室时，秋明韵没在，空荡荡的房间，不明亮的月光，好像很安静，又好像只是被她屏蔽了杂音的环境，简简单单构成了这个夜晚。

她很喜欢空荡荡的房间，喜欢那种世界仅剩自己的孤独感。这期间她忙于论文的事，很久没享受这种孤独感，如果论文过不了，那真的是辜负了自己啊。

她有天分，但天分不等于源源不断的灵感，她偶尔会去隔壁应用物理实验室帮忙找启发。

实验室老板是个法国人，看上去很和蔼，事实上自私，还有点抠门，他手里的人都被他使唤到烦了，所以他找到了温火。

温火会同意帮他打杂，搞跟自己方向不一样的测试，是因为应用物理和理论物理到了某一种层面是相通相融的，关系十分密切，她可以重塑思路。

再有就是因为这是个挺大的老板，而且是有一定本事的，或许可以帮她发论文。

六点多时，他把温火叫去，让她帮忙整理了一下账单，作为回报给了她一本翻旧的马克斯·普朗克和尼尔斯·玻尔著的量子理论的英文原版书。

温火看过，但还是收下了。

她坐下来，随手翻开这本书，发现书里夹着一张马克斯·普朗克年轻时的照片。他真的很帅，黑白照片，还是低分辨率的，都挡不住他的英气。

看着看着，她想到了沈诚，沈诚去做商人了，他要是在学术上坚持下去，百年以后，应该也会像普朗克那样，成为她这种热爱物理的女生崇拜的对象吧？

但他要是坚持学术研究，应该也不会像现在这样招女生喜欢了，就像她那些师兄弟。她又想起秋明韵对沈诚的肖想，的确，沈诚这个人，不去了解，只看脸和衣服外的身材，很容易让女人为他失去理智，了解后，其实还好。

昨晚上，沈诚帮她擦了眼泪，虽然动作很重，但他呼吸很轻，打在她脸上是淡淡的盐味。温火记得，他喜欢用咸味的牙膏，不知道什么毛病。

他问她："穿不穿？"

温火不想穿，主动穿和被迫穿她才不选被迫穿："我很久不去夜店了，真的。"

沈诚不管："你穿给别人看过了。"

温火声音很小："那你也敞着怀给别人看过啊，在唐导演的'私趴'上，我同学都拍到照片了，你身边围了很多女的，身材好，还好看。就知道说我，成天说说……"她越说声音越小，最后就变成嘟哝，没有极强的听力根本听不出来她叨叨什么。

沈诚："吃干醋？"

温火："我是在说，你得公平，不能只许你放火，不许我点灯，而且我灯都没点起……"

沈诚突然吻住她。

温火下意识睁大了眼，呆愣愣地看着他长长的睫毛。

沈诚看她老实了，放开她，声音压得很低："那么多话？"

温火缩缩肩膀，摸着嘴唇："那是你说我啊，你又不是我导师，你干吗老说我……"

沈诚把她抱起来："你不说我是你男人吗？你男人不能说你？"

温火咬着嘴唇别别扭扭："谁说你是我男人……"

沈诚拇指指腹摸着她的下嘴唇："把那衣服换上，让我看看你。"

温火就双手比个"叶子"在下巴下面，假装自己是朵花："看我啊，你现在就可以看啊。"

沈诚看着她，眼神像猛兽，似乎她再晃一下脑袋，他就把她生吞活剥了。

温火也不知道有没有发现危险，还冲他吐舌头做鬼脸，一副得了便宜卖乖的小人样。

沈诚骤然凑近，又吻住了她。

温火呜呜地叫，话也说不出来，着急都显脸上了。

沈诚看她喘不过气了才放过她，同时放她下来。

沈诚把桌上烟拿起来，拿了一根，点燃，缓慢地吹向她，他们距离很远，这烟雾都撩不到她的头发，可他就是要这么做，他要看到温火在那团白烟里慢慢显现的过程。

沈诚俯身吻住她："我厉不厉害？"

温火摇头："你都三十多了，能有多厉害……"

"三十多"这话刺激到了沈诚，他使劲咬了她一口："你追求我的时候怎么不嫌我三十多？"

温火叫着："那……我不是……被冲昏了头脑吗？"

"被什么冲昏了头脑？"

"被你的美色……"

沈诚舒服了，温柔了一些。

温火也问他："沈老师……那你呢……你是被什么冲昏了头脑？"

沈诚再度吻上她的嘴唇："还没人敢这么对我。"

温火不怕死地继续问："那沈老师看到我的时候，什么感觉？有被我吸引到吗？有喜欢我吗？有爱不释手的感觉吗？"

沈诚不说话，用行动回答。

后来，温火不动弹，像只小奶猫。

沈诚把脸凑过去："要不要再抱你到床上？给你盖上被子，给你唱歌哄你睡觉？嗯？"

温火自动屏蔽了他这话的反面意思，点头："嗯。"

沈诚左唇角淡淡弯了一下，把温火抱到了床上。

起身时，温火双手钩住他的脖子，没让他走。

沈诚看着她，她的眼睛像是醉酒后的样子，分外撩人。

温火盯着他看了一会儿，然后猛地嘬住他的脖子，嘬出了一枚吻痕。

沈诚皱眉。

温火的眉毛皱着，看起来像是生气了："你弄疼我了！"

沈诚拿掉她的手："下次更疼。"

温火不想跟他说话了，翻身准备睡了。

沈诚没跟她睡一间房，他在主卧，温火在客房。

接下来是格外安静的一夜，温火脑袋里没再出现任何乱七八糟的声音。

昨晚的记忆重回到脑海，温火竟然有点回味的感觉。

余华那本《在细雨中呼喊》里，有这么个句子：回忆的动人之处就在于可以重新选择，可以将那些毫无关联的往事重新组合起来，从而获得全新的过去。

这句话出现在文中具体是想表达什么，温火记不太清楚，但这句话太符合她此刻的心情了。她竟然通过对昨晚的回忆，觉得自己对沈诚的评价有失公允。

她身上的燥热也能说明这一点。

让自己短暂地放空后，温火发现回忆让她今夜无法独处了，就给沈诚发了一条微信。

"沈老师。"

沈诚在十分钟左右后回她："嗯？"

"你想喝水吗？"

又是十分钟，沈诚回："我叫人去接你。"

司机接到温火时，来了电话，秋明韵的。

电话里，她一句话都没说，但乱糟糟掺着几声咒骂的环境似乎在替她说，她目前很不好。这下温火有事干了，就放了沈诚鸽子。

司机很为难，拦了她一下："您跟沈老师说一声吧？我不好交代。"

温火点头："我会跟他说的，麻烦您了。"

司机客气了一声："没事。"

两个人分开，温火站在路边叫车，司机发动车子前无意间看了她一眼，想想还是下了车，冲她说："您去哪儿？我送您？"

温火看网约车一时半会儿没人接单，应了："那谢谢您了。"

司机绕到副驾驶位给她开门："您太客气了。"

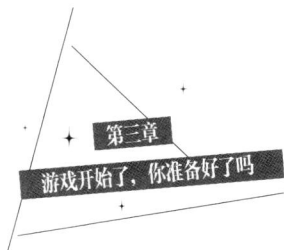

第三章
游戏开始了，你准备好了吗

【1】

秋明韵是青岛人，家庭条件不错，父亲有个造纸厂，母亲是大学老师。她个子跟温火差不多，长得挺漂亮，加上从小到大父母培养得好，所以成长过程顺风顺水。

也许是前半生太顺遂了，所以她在正式步入社会这一年，认识了顾玄宇——一个高段位渣男。

顾玄宇很帅，是那种少年感很浓烈的帅，只看他的脸，还有他在镜头前表现出来的羞涩腼腆，很少有女生不心动。

秋明韵就是动心少女之一。

但那时候她还只是给他应援的姐姐，不算粉丝，两个人缘分的开始是在一次音乐节。

醉酒后亢奋的精神状态，还有现场嗨到爆的DJ电音，氛围和节奏的双重控制等众多因素，最终助他们走到了一起。

缠绵过后，顾玄宇是想把责任推给酒精的，但一看到秋明韵手里有张百夫长卡，他就提出要跟她在一起，并承诺会疼爱她。

事实却是，从那以后，秋明韵每个月都给他两万块钱，还给他买鞋买包买衣服。她自己没空就托朋友代购，总之让顾玄宇过得像是个小富二代。

后来，秋明韵爸妈知道了这件事，让他们分手，她不分，跟父母闹僵，被没收了原本能自由支配的钱。

没钱了，顾玄宇的生活质量直线下降，就开始找碴跟秋明韵吵架了，要不就冷暴力，或者跟抖音、微博的漂亮女粉丝们聊骚。

秋明韵抓住过他很多次，开始他还有那么点悔改之意，后来次数多了，就没皮没脸了。

本来秋明韵再喜欢帅气的脸也不会那么没有理智的，说白了还是顾玄宇戏演得太好了。他总有手段让秋明韵同情他，甚至让她认为很多时候吵架都是她自己的问题。

作为秋明韵的室友，温火过去只是点到为止，不会干涉她，但现在看来，她不能那样了。

爱乐之城 Club。

顾玄宇身边围着很多女生，打完针才有的细腰长腿，加上满脸的填充物，拼成一个个人间芭比。她们一脸愤懑，像是在以"坚实的后盾"这种身份给顾玄宇底气。

再看看她们当中，霓虹灯照射下，显得何其无辜的顾玄宇。他嘴角往下瘪着，眼圈里有亮晶晶的东西，像眼泪。

这么一看，秋明韵每次妥协也不是没有道理，谁能对这个等级的尤物生气太久呢？

秋明韵蹲在路边，脸埋进双膝，受着她们这群人锋利眼神的凌迟，还有不堪入耳的责骂。

温火提提包，走过去，握住她肩膀。

秋明韵当下反应是闪躲，她在害怕，那就是说前不久她被欺负得有点惨。

温火蹲下来，歪着头去看秋明韵的脸。

她这一次没哭，妆还好好的，但看得出来，她的痛苦并没有因为眼泪缺席而消减半分。

温火轻轻摸摸她的脸："咱们走吧。"

秋明韵站起来，腿麻，还低血糖，登时头晕目眩，差点摔倒，还好温火手快，搀住了她。

两个人往能叫到车的地方走，身后的挑衅声又响起："识相点别再找哥哥了，哥哥要想谈恋爱我们不拦着，但他明显就是不想伤害粉丝，所以一直对你妥协，你别借粉丝之名缠着他了。"

还有人附和："私生不是饭！"

"哥哥正在上升期，你知道你造的这些谣足以毁掉他吗？这就是你的爱？真够好笑的。"

温火通过她们的三言两语大概明白了起因，没说话。

倒不是她尿，是她们敢当众羞辱秋明韵，而秋明韵蹲在那里都没人过去问她有没有怎么样，也就是说，目前的磁场是在顾玄宇那边。

磁场不对，就是鸡蛋碰石头，所以这步不能回头。

秋明韵走着走着，身后的声音渐渐淡了，没了，她的脑袋也清醒了，突然停住，看了一眼路边的烧酒瓶子，然后又看了一眼温火。

温火是理智的，这时候应该劝秋明韵不要冲动，但她没有，她点了一下头。

秋明韵就像是有了底气，抄起酒瓶子返回，跳起来，照着顾玄宇的脑袋就是一酒瓶子："你糟践我半天！你就有好日子过了？做你的白日梦！你秋姐姐伺候你两年了，你硬不起来的事儿我给你瞒着，谁让我生性善良！但这一酒瓶子，你必须给我接住了！这是我的青春！"

她这番动作迅猛，顾玄宇身边人都没注意到，待她们反应过来，他的脑袋已经流下血来，满脸都是。

他流的血太多了，看着就不正常，温火见状不妙赶紧叫救护车，顺便报警。

秋明韵也蒙了，本以为是出气了，现在看来，似乎是闯祸了。

救护车来得很快，秋明韵跟温火一块儿上了车，跟车的医生看了病人的情况，先止血，其间，问她们："这病人是有白血病吧？"

沈诚把衣衣哄睡着，正要出发去找温火，司机打来电话说她临时有事，不能过来了。他额上、颈上的青筋就好像是在一瞬间暴起，脸也黑得不能看了。

可以的，现在都敢放他鸽子了？

他给温火打电话，正在通话中，就给她发微信："你让我喝水，水呢？"

消息发到温火手机上时，她刚挂了派出所打来的电话，跟秋明韵说了一下情况："等会儿民警过来，你调整一下状态。"

秋明韵是个除了爱情，其他方面都很聪明的人，她会用眼神询问温火她可不可以打人，就是说她有轻松脱身的办法，所以温火才赶在别人报警之前先报了警。

这边闹起来是一定会报警的，秋明韵不会不知道。

现在事实证明，秋明韵有 Plan A（计划 A）、Plan B（计划 B），那么多方案，还是没料到顾玄宇有白血病。

温火陪秋明韵到民警过来，他们询问时，她自觉去了急诊厅外的等待区。

她拿出手机，看到沈诚发来的微信，其实是有一点不好意思的，他那句"我叫人去接你"里都是迫切，而她放他鸽子了。她想了想，回他："改天请你喝。"

"我要是就今天想喝呢？"

"都是你的，那么着急干什么？"

"你把我晾了，你还有理了？"

"我不是为你身体着想吗？"

沈诚看她回过来的消息，皱眉。说的什么乱七八糟的？他给她打电话："你现在在哪儿？"

温火不想回答："明天吧，我给你赔罪。"

"你别跟我讲条件，我问你现在在哪儿。"

"啊，信号不好，哎呀这个信号啊，真的有问题，喂？沈老师？你还在吗？你不在了啊？那我挂了啊，有什么事明天再说吧。"

装完蒜，温火挂了电话。

沈诚现在应该气死了吧？

她也没办法，谁让这事儿就那么寸呢？秋明韵在这儿也没亲戚，她不来秋明韵要怎么办？

那就只能委屈沈诚了。

沈诚看上去没什么异样，但站在车前的样子，特别像一个阴间的使者。

司机在他身后颤颤巍巍："打听了，说是有俩女的打架闹事，把人打坏了，现在应该在医院。"

沈诚转过身来："打架闹事？"

"嗯……"

行啊温火，真是惊喜不断啊。

沈诚开车门上车："去医院！"

【2】

顾玄宇的确是有白血病——急性淋巴性白血病，他自己知道，醒来后面对沉默的秋明韵，还是那副看似无害的表情，就像个天生的演员。

护士来过两趟，看他情况稳定了，给秋明韵嘱咐一些注意事项。

病房只剩下两个人，秋明韵问他："什么时候的事？"

顾玄宇挺讨厌她这个语气，都是同情，他最讨厌被同情。他实话告诉她："如果不是我有病，我还会吸你的血。现在不行了，吸不动了，也没耐心给你编我的悲惨遭遇了。"

秋明韵抬起头："你就不会好好说话？"

顾玄宇很坚定："不会。"

秋明韵看他到死也就这样了，不跟他浪费时间了，站起来："你以为我会可怜你？你要稍微有点良心，我还能给你交那五百块钱的救护车钱，现在看你这样，你那良心怕是落在娘胎里了。你怎么能到这种时候还这副嘴脸呢？"

顾玄宇手伸向门口，意思很明确了，让她走。

秋明韵也不稀罕，扭头就走。

她出来时温火刚挂掉电话，她有点抱歉，给温火叫了辆车："对不起火火，让你跑一趟。"

温火倒没什么："正好睡不着。而且如果是我打给你，你也会来。"

秋明韵揽着她肩膀，往外走："谢谢。"

"客气了。"

温火觉得她们之间这种关系就很合适，没有很近——近到那种从来不说"对不起""谢谢""没关系"。也没有很远——远到那种面和心不和，说话从来虚情假意。

太近了总有一个人会把另一个人的妥协和付出当成习惯，太远了总会因为一些鸡毛蒜皮的事就妄断对方人品。两者都不靠谱。

刚到路边，车来了，秋明韵给她开车门："回去睡觉吧。"

温火见她不走，问："那你呢？"

秋明韵抬头看看路灯，再看看月亮，说："我随便走走。"

温火问她："心软了？"

秋明韵点头，又摇头："救护车上，我是有一点心软，但刚才被他两句话打醒了。原来有些话，真的比扇巴掌还让人疼。"

温火伸出手去："你说过很多次类似的话，我都没信，这回我信了。"

秋明韵笑笑，握住她的手："好像也是，过去我一天说八百遍要跟他分手，好像只有悄无声息的这一次才是真的。"

温火揉揉她虎口的位置，这是要好的朋友之间一个安慰人的小动作："走了。"

"嗯。"

网约车开远，秋明韵双手抄进裤兜。

她以前不明白，为什么看上去很相爱的两人，突然就不爱了。如果一开始就没有爱，那是怎么做到以假乱真的？真的是她太蠢，还是他演技过于精湛？

当她从顾玄宇病房走出来，她突然就理解了。就像她因为酒精、音乐、一时冲动，跟顾玄宇万劫不复的开始那样，她也因为他死到临头还不知悔改的丑恶嘴脸，想跟他结束了。

想着想着她就笑了，谁能想到让她彻底走出来的，竟然是人渣前任的绝症消息呢？

这可跟电视剧说的一点也不一样。电视剧里，女主角都会心软，然后原谅。

就像很多深夜情感话题说，如果一个男人深爱过一个女人，那么只要她回来，后来居上的那个就会一败涂地。

还真不是，这东西，分人。

电视剧里的男人要全都跟现实男人一样，那谁还看电视剧？

所以说，不要用演出来的情深意切去美化爱情，根本没有看起来那么美。有些热情会冷却，有些承诺是扯淡，只有猜疑、恨意这些东西才没有保质期。

秋明韵吹着晚风，第一次看透她的爱情，原来是她的情有独钟给它加了一层厚厚的滤镜。

幸好，她还年轻。

这个坎，还能过。

温火回到寝室，又接到了沈诚的电话，她摁了免提，把手机放在鞋柜上，然后脱鞋："喂。"

沈诚声音压得低："开门。"

温火皱眉，扭头看向门口，门？

她没立刻开门，把手机拿起来，摁回听筒模式："开什么门？"

沈诚刚到医院就看到她走了，没跟她说，就这么一路跟她回了寝室。没办法，他要提前告诉她，她就不会回来了。

"我在门口。"

温火怀疑，但还是去开了门，看到沈诚她有那么点惊讶。他做什么好像都不夸张。

沈诚站在门口，凝视着她。

他个子很高，穿了身黑衣服，领口扣子被解开了，锁骨就好像一件精美的酒器，盛上酒，就着他的体温喝一口，应该会是种享受。

温火正想入非非，沈诚要进门。那件"酒器"越来越靠近温火，就要贴到她嘴唇时，她想都没想就把他推了出去，还把门关了。

沈诚被关在门外，他一点也不生气，真的，还能冷静地给她发微信："姓温的。"

他只打了三个字，但威慑力已经到顶了。温火考虑了一下，还是给他开了门。

沈诚再进门。

温火要放包，扭头往里走，主要是想躲他。

沈诚没让她走，拉住她的手，把她扯回来。他动作不轻，摔疼了温火的背，看到她平和的神情裂开一条缝隙，他也没松手，扶着她脖子，逼近她眼睛："你跟我欲擒故纵？"

温火是真有事："事情发生得太突然了。"

沈诚手往上走，捏住她的脸："那么巧？"

温火被他捏得脸疼，拿手机给他看通话记录："你看，那时候我室友给我打电话了。"

沈诚把她手机拿走："我记得你之前追求我的时候说什么都没我重要，只要我找你，你就在。现在到手了，说话不算话了？"

温火低下头，小声嘟囔："那你以前对付我的三连不是'我对你不感兴趣''你不要靠近我''你不要碰我'吗？后来不还是碰了？不光碰了，亲了，还……"

她故意含含糊糊，沈诚只听到几个半句，稍稍偏了一下耳朵。

温火不知道沈诚侧耳在听，说起来没完："你自己都打脸，还老翻我旧账，小气吧啦的。三十多岁的男人都这么心眼小吗？那我真长见识了。"

沈诚摁住她嘴唇，打断了她："你敢大声说吗？"

温火又不傻："我不敢。"

沈诚的喉结滚动："水呢？"

温火看着他被灯管照出一层亮光："我去给你倒？"

温火去了趟医院，吹了吹风，现在已经可以一个人享受这个夜晚了，那就是说不需要沈诚了，既然不需要了，还撩他干什么？

她走后，他看了条消息，内容是："沈老师，您找我办那事儿妥了，只要资本方放话，就没一个剧本敢再找您太太。"

"谢谢。"

"您太客气了，举手之劳。"

这边联系刚断，那边韩白露发来了消息："老公，我想要跟你坦白些事情。"

沈诚回过去："是吗？"

"我已经买了明天回去的机票，我什么都告诉你。我想过了，既然我们都结婚了，那就不能揪着过去不放了。过去的事，跟你跟我都没有关系，我们都是受害者，我不能因为恐惧就躲着你。"

沈诚粗粗看了一眼，锁了屏，把手机放在一旁。演员的戏就是快，一断她的事业，夫妻情深的戏码就安排上了。

温火倒水回来了，见沈诚在看着她，歪了一下头："我好看吗？"

沈诚说："一般。"

温火也没期待他说什么好话，走过去，停在他面前，左手搭在他肩膀上："那怎么沈老师神魂颠倒了呢？"

沈诚一只手握住她的腰，把她抄到自己腿上坐好："神魂颠倒的不是你吗？"

温火看他又要翻旧账，提前说："你没听过有句话说，最初被攻略的人，最后都是放不下的人？"

"那就试试。"

"你最后要是对我无法自拔了，我可不负责。"

"我不会。"

温火笑了："当然，你是沈诚。"

沈诚怎么能让自己对一件东西无法自拔呢？再喜欢一件东西，也是宠可以，但爱不行的。

【3】

沈诚从温火那儿离开时五点半，一路开出三环外，最后把车停在一家二十四小时营业的书店门口。

书店是金歌开的，金歌是沈诚的母亲。

金歌并不意外沈诚这个时间过来，把刚泡的茶水给他倒了一杯。

沈诚坐在她对面，看着茶杯，没说话。

金歌脸上挂着恬淡的笑，这是她的习惯。吃斋念佛的人总有一些俗人理解不了的坚持，就比如她无论面对谁都不会收起笑脸。

她是第五代导演里最不出众的一位，因为她在文艺片盛行时坚持拍纪录片，在商业片横行的时候也坚持拍纪录片。

沈诚出生之前，电影是她的一切，沈诚出生之后，沈诚就成了她的一切。

现在沈诚长大了，结婚了，孩子都有了，她也就渐渐淡化了自己在沈诚生命中角色的重要性。

沈诚工作以后人忙了，跟她待在一块的时间少了，像这半夜三更过来找她，都是因为心里有事。他也不是找她帮忙出主意，是他已经有了主意，缺一个听他主意的人。

他来了一会儿，一直没说话，茶水换了一杯又一杯，金歌先说话了："饿吗？"

沈诚端起茶杯，把茶喝了："韩白露要跟我摊牌。"

"你要跟她离婚吗？"

沈诚没说话。

"你也不喜欢她，不如就离婚，这样两个人谁都不耽误。"

沈诚还不说话。

金歌双手放桌上："五年了，可以了。"

可是再五年对沈诚来说也没什么所谓，只是让韩白露占着他妻子这个位置而已，他也没有另外心仪的人要换上去，就让她待在那儿又怎么样？

金歌给他添上茶水："再喝一杯，应该能撑到完成上午的工作。"

无论沈诚把疲惫藏得多深，金歌都能知道他晚上没睡。

沈诚毫不犹豫地喝了。他就是来喝茶的，接下来要处理的事情有点多，他需这两杯茶清理一下他的思路。

温火起床时，秋明韵已经回来了，状态好了很多。

她靠在床头，手托着脸："几点回来的？"

秋明韵换了身衣裳，看一眼桌上赛百味的塑料袋："起来吃饭。"

温火坐起来，伸个懒腰。

秋明韵突然靠过来，盯着她的脖子，慢慢摸过去："你这脖子……"

温火不知道秋明韵看到了什么，但秋明韵这反应让她猜到了，她也没挡，反正已经看到了，挡还有点掩耳盗铃。

"怎么了？"

秋明韵把椅子搬过来，坐在她旁边："开荤了？"

"嗯。"

秋明韵的表情很精彩，这几乎是她郁闷几天以来听到最让她感兴趣的话题了："跟谁？"

"我不太想说。"

秋明韵理解："那能不能告诉我，我认识吗？咱们学校的吗？"

温火没说。

"要是你师兄弟，那你就别告诉我了，我会有种我种的白菜被猪拱了的感觉。"

"不是。"

秋明韵放心了："还好。"

她不是看不上这些师兄弟，是太了解他们的日常。生活轨迹过于重合，纵使有共同语言，也总会腻烦。再加上他们都很执着，都不承认对方比自己强，那能是可以谈恋爱的关系吗？

她又望了一眼温火的脖子，吻痕很浅，但位置和面积很显眼，她突然想知道一些细节，冲温火挤眉弄眼："哎，感觉怎么样？"

温火回忆一下："这两次好像比之前感觉真实一点，强烈一点。"

秋明韵从椅子上坐起来："之前？不是，火火你不坦诚啊，我之前说你是黄花闺女你都不反驳！"

温火拉住她胳膊，把她拉到床上坐好："我要是说了你就会像现在这样，问七问八的。"

"那我问你也是关心你啊。"

温火笑得无奈："我信了。"

秋明韵耸耸肩："行吧，主要是八卦。"

温火想结束这个话题了："我起床了，今天任务好多。"

秋明韵拽住她胳膊，没让她起来："等会儿！"

温火装傻："什么？"

"火火你这就没劲了，我都跟你分享。你跟我说说，怎么样？长得帅不帅？"

温火想起秋明韵之前肖想沈诚的模样："长得应该是你喜欢的款，挺好的。"

秋明韵双眼放光："是不是啊？快快！约他吃饭！就说闺密考察！"

温火还没约过沈诚吃饭，他们很少一块儿吃饭，连在一起的时候很像一对，完事就不是了，如果沈诚给她钱，那更像是买卖。

秋明韵看她不太愿意，不逼她了："那看看照片行吗？有照片吗？我看看多帅！"

温火没有沈诚的照片，秋明韵不信，非要让她打开相册。她无奈打开，全部是文献资料，要不就是隔壁实验室的采购单，唯一一张跟学习无关的，就是她的校园卡。

秋明韵点开看了一眼，有点失望："完了，我感觉我最近都会好奇这个人。"

温火放下手机："明天你就被其他事儿吸引注意了。"

秋明韵突然挺直腰杆，像是反应过来什么一样："你再把手机给我看看！"

温火没立马答应，看着她的眼睛："还看什么？"

秋明韵直接拿过来，用她脸解锁屏幕，打开相册，想到那张校园卡的照片，放大，露出果不其然的表情："拿这张卡的手，是男人的手吧？"

温火看了一下，想起这张照片的来源了。她之前把校园卡丢到沈诚那儿了，沈诚让她去拿，她那段时间太累，编了一个很没有水平的谎话，说她没丢，是他看错，沈诚就给她拍了张照片。

谎话被拆穿，她不去也得去了。

秋明韵刨根问底："是吧？这手很好看啊，那他身材肯定很好，有腹肌吧？不行了，有画面了！"

温火佩服秋明韵伤心的时候天地都为之动容，开心的时候就好像一点委屈都没受过。她此刻对那个"男人"的兴趣真不是一般的强烈。

幸而学生的学习生活紧迫，都是争分夺秒的，秋明韵体谅温火论文还没弄完，这才放过了她。

韩白露上午的飞机，沈诚一整天都有工作，是不会腾出时间来跟她见面的，所以韩白露下飞机直接去了事务所。

事务所的人都知道沈诚结婚了，也知道韩白露这个演员，但见到本人还是会多看上两眼。

韩白露很漂亮，做过微调，调整后的五官更让人印象深刻。但在那个从来不缺漂亮女人的行业，她还远不到那种只靠脸就能吃饱饭的水平。

漂亮医生，漂亮律师，漂亮和什么放在一起都会让人记住，只有漂亮女人被遗忘率最高。

沈诚还在开会，秘书没有跟他汇报韩白露的到来，这会一开就是四个多小时。

会开完，沈诚从会议室出来，路过招待区，看到沙发上坐着的韩白露，停住。

韩白露用标准礼貌的坐姿等着他，但她的眼神分明没有感情。

沈诚把准备带到办公室处理的文件递到秘书手上，走上了楼。

韩白露看懂了，他是要把工作的时间腾出来听她坦白。她站起身，跟了上去。

沈诚的办公室很大，不是方方正正的一间，是四分之一圆。曲边是落地窗，两条直边一边是工作台，一边是客户区。

韩白露站在沈诚的工作台前，就像是他犯错的下属。

沈诚跷着腿，等了她很久，她不说话，他也不说。待他脚放下来，皮鞋的鞋底磕在地砖上，发出"咔嗒"的轻轻声响，韩白露提口气，说："对不起，老公。"

沈诚没看她："是吗？"

韩白露闭上眼，就像是做了很久的思想斗争，终于下定决心："对不起、对不起，都是因为我，如果不是我嫉妒安娜，如果不是我向你瞒着她即将分娩的事，她就不会在浴缸里难产生下死胎而死。可是，那是因为你信了，你信了她的孩子是你的，所以我才……"

沈诚面无表情。

沈诚和韩白露认识，并不是在韩白露成为演员之后，而是在她在加拿大上学时，他们就认识了。当时她有一个很好的朋友，叫安娜。

这个故事并不长，但也要好好讲讲。

乌克兰人安娜，去加拿大的第一天就碰到了沈诚，对沈诚有了很深刻的印象。

当时在机场，人来人往，沈诚一头银发，两根眉钉，一条花臂，吸引了她第一眼的注意。

第二眼是有个女孩跑过来，抱着他的腿给他下跪，哭得伤心，他看都不看一眼。最后是机场警务人员过来，他才开口说了第一句话："做点值钱的事吧，你快要让我误会了。"

可能是处于青春期，正是叛逆的时候，安娜对沈诚这种操着英腔的坏男生一见钟情，在警察局外面一直等到他出来，然后跟他走了两条街。

沈诚故意走到偏僻街口，故意被她跟丢，然后在她着急地寻找时突然出现，冷漠地看她。

她很漂亮，但性格孤僻，没那么自信，面对突然放大的沈诚的脸，下意识低头，一声不吭。

沈诚态度不太好："跟够了吗？你是她雇的？"

安娜赶忙摇头："我不认识她。"

沈诚再看她，好像确实跟刚才那个不是一路人，更懒得在她身上浪费时间了，走了。

安娜再没有忘记过他，却两年都没有再见到他。

再见时是在一家酒吧，他坐在吧台玩手机，旁边男男女女应该是他的朋友，他们勾肩搭背，吞云吐雾。

他时不时被叫到，会抬头跟他们说上两句。他不太爱笑，眼神很深邃，跟他那身街头打扮不是很搭，但好像就是因为这样，他才更加迷人。

他左耳有七八个耳饰，在酒吧紫色的灯光下，映出了其他色彩，叫她不由自主地想要靠近。

后来她经常去那边，经常看到他和他的朋友，看着他身边女人换了一个又一个，却始终没勇气去要联系方式，直到被当时跟她一起租房的中国女孩知道。这个中国女孩，名字叫韩白露。

韩白露的父母是做生意的，家里条件很好，在国内不好好上学，父母就把她送到了国外。但她没到学校多久，就被开除了。

她跟安娜是租房时认识的，两个人一个活泼，一个内敛，很互补，就这么成了好朋友。

韩白露知道安娜暗恋一个中国男生时，被勾起了兴趣，答应一定帮她把人追到手。沈诚是长得好看，但韩白露只喜欢大叔，所以那时候她是真心帮安娜追求他的。

只是人活一世，顺遂的时候太少了，很多事情开始朝着她们无法掌控的局面发展。

　　韩白露让安娜灌醉沈诚，与他发生关系，然后让他负责。她告诉安娜，中国男生无论看起来玩得多花，骨子里也都有那么点担当，他是一定会负责的。

　　安娜在韩白露帮助下成功套路到沈诚，只是最后跟她发生关系的是沈诚的朋友，但沈诚不知道。

　　当时他们两个人都喝醉了，沈诚的朋友来接人，看到醉酒的安娜，没忍住把她侵犯了。

　　安娜没有对韩白露隐瞒这件事，韩白露觉得这不是一件坏事，跟她去医院拿到性行为的证明。只要再堵住沈诚朋友的嘴，所有人都会认为是沈诚侵犯了她。

　　沈诚当时没有深究，安娜让他负责，他就和安娜在一起了。只是那时的他总给人一种如释重负的感觉，就好像他也有秘密，正好安娜贴了上来，他就利用她逃避了某些事情。

　　两人刚在一起，安娜就怀孕了，她和韩白露都知道孩子不是沈诚的，但还是错下去了。

　　孩子七个月的时候，韩白露跟她的大叔男朋友分手了，她想到安娜，想让安娜陪在身边，就像她曾经在安娜无助时帮助安娜一样。她想要一些来自闺密的温暖。

　　可那时候的安娜已经没了俩人初识时的温柔，她好像变了一个人，也好像一直都是伪装的。

　　安娜对受伤的韩白露漠不关心，一心沉浸在嫁给沈诚、以后去中国生活的美好愿景里，这让韩白露更觉得受伤。

　　伤到了一定程度，韩白露开始怨恨。

　　凭什么安娜用一个不是沈诚的孩子，用一个套路、一个谎言，就可以拥有幸福，而她那么炽烈、真诚的爱，最后却化为乌有？

　　昔日的姐妹一朝反目，韩白露就像当初帮安娜算计沈诚那样，算计安娜早产，导致安娜在出租房的浴缸里产下一名死胎，没多久便撒手人寰。

　　沈诚反应平淡，平淡到韩白露以为他早就知道她们的算计、早知道孩子不是他的。

　　后来，韩白露回了国，在家里的打点和包装下进入了娱乐圈。没多久，她就跟当时她经纪公司的老板陆幸川，相爱了。

她再见到沈诚时，是在一个著名导演的私人聚会上。

那时的沈诚染回了黑发，摘掉了耳饰，把街头潮牌换成了高定西装。就跟韩白露一样，洗白了前半生，重新披上了一层皮。

韩白露装作不认识他，他也是。

本以为事情到这儿就结束了，可从再见沈诚起，韩白露的生活就不安定了。

先是过去一些情史被扒出，她的纯情形象崩塌。

接着就是陆幸川的合作接连泡汤，他手底下的艺人开始不被市场认可，账单越积越多。本来很爱她的男人开始对她大打出手，让她又做起最初被大叔抛弃时的噩梦。

眼看自己还未红极一时就要被雪藏封杀，沈诚对她递出了救命稻草。

沈诚帮她解决掉所有的麻烦，唯一的条件就是，她要嫁给他。

韩白露那时候才知道，沈诚从没有忘记过去，他要用捆绑她一生的方式，让她为她的恶行赎罪。她坚决不同意，沈诚就开始从她父母下手。

迫于四面八方的压力，韩白露嫁给了沈诚，过上生不如死的日子。

旁人都很羡慕她，黑料满身，也没个作品，竟然还能嫁给沈诚，只有小部分人知道，她空有沈太太之名。沈诚从不碰她，也对她限制诸多，她在沈家连保姆都不如。

保姆都可以自由活动，她却不能随意出门。

巨大的精神、身体压力让她变得疑神疑鬼，她开始想办法从他身边逃走，但一次两次三次，没有一次成功过，就在她绝望的时候，沈诚的奶奶生病了。

奶奶想在有生之年看到重孙，韩白露由此想到了办法，决定为沈诚生个孩子。

沈诚同意了，却不打算跟她自然受孕、生产，他要体外受精，做胚胎移植。韩白露跟他谈条件，如果体外受精，她不要自己生。

沈诚说那就免谈。

韩白露咬咬牙，答应做了试管，于是有了衣衣。

韩白露生了孩子，奶奶病情好转，沈诚解除了对韩白露的限制，她终于可以出门工作了。

陆幸川这时候又找到韩白露，她当时是很畏惧的，总觉得沈诚在她身上安了一双眼睛，她干什么他都知道，所以她对陆幸川避而不见。

直到一次醉酒，她跟陆幸川旧情复燃。她以为沈诚不会放过她，没想到他似乎并不知道。

她胆大了，甚至在陆幸川提醒下想到一个找人勾引沈诚、然后曝光、逼他离婚的方法。

那时候她找温火帮忙，只是想以此威胁沈诚，成功离婚。试了一段时间，她发现沈诚根本不给她拍到的机会，流水似的钱到了温火手里，毫无成效，所以她叫停了。

谁知道还没几天，陆幸川就因非法操盘惹了官司，她刚放松的神经又被逼得紧张起来。

陆幸川这个人，日子好过的时候才爱她，日子不好过了，牺牲她成全自己的事他都不会有一点犹豫。他跟韩白露要钱，韩白露没办法又找到温火，继续之前的合作。

这时候，她找温火勾引沈诚的目的，就不仅仅是要离开他了，她还想要钱。

她以为她目前的处境最坏也是跟陆幸川玩完，她又要一个人跟沈诚斗智斗勇，结果沈诚下一步就封死了她的经济来源。

这就意味着，她又要回到之前被囚禁般的生活。

所以她决定跟沈诚低头。

再见面，韩白露和沈诚都没提起过去发生的一切，但他们都心知肚明。韩白露以为她永远都不会对沈诚坦白当年她做过的事，没想到打脸来得这么快。

韩白露恳求道："都是我的错，你能不能看在我为你生了孩子的分儿上原谅我，放我一马？"

沈诚听不懂她的话："我们不是夫妻？怎么会是我放过你？"

韩白露眼泪掉下来："你真不知道我过的是什么样的生活吗？我那时候为什么不想自己生，因为我的身体根本养不成一个孩子……"

沈诚轻描淡写地说："是吗？"

"求求你，安娜的孩子真的不是你的，我没有害死你的孩子，现在衣衣是你的孩子，是我们的孩子，你能不能放过我……"

沈诚垂着眼帘看着她："你是觉得工作太累了？那可以不工作了，我可以养你。"

韩白露闻言花容失色，本来就糟糕的情绪瞬间崩溃："我不要！不！"

沈诚看她脸色越来越难看，很担心："你是不是生病了？我叫医生。以后别去工作了，就在家养着吧。喜欢燕郊那套别墅吗？你就在那儿养病，孩子你也不用管，我会找人带的。"

韩白露攥住他的胳膊："我错了！我错了！我真的错了！你再给我一次机会！我愿意弥补！"

她嘴里念叨着"对不起""对不起安娜""对不起沈诚"……

沈诚看她病得不轻，叫人进来把她送回家了，还给她找了之前照料她的医生。她被带走的时候，声嘶力竭地挣扎，看上去就像真的病了。

韩白露根本不知道，沈诚提供的精子，压根不是他自己的。

也就是说，不光安娜的孩子不是沈诚的，衣衣也不是他的。

沈诚既然知道安娜的谎言，知道她和韩白露算计他，也知道她的孩子是他朋友的，为什么不拆穿？还让她们以为真的骗到了他？

就像韩白露怀疑的，沈诚那时候确实急需一个贴上来的人，帮他逼退另一个人的骚扰。

那时候他根本不知道这个行为会给别人造成多大的伤害，他本来也是二十多岁正好玩的年纪，他就觉得好玩。当他跟安娜的事在朋友间传开，那个人在一个凌晨选择了自杀。

沈诚这才知道他玩崩了，他逼退的不是一个追随他的人的骚扰，而是他往后的心安理得。

用另外一个人逼退一个人的方法真的好用，所有古往今来什么都在变，就这个自以为是的想法没变过，也就有源源不断的人在被这种方式伤害。

他以为这只是他这一生中的一个小插曲，也不觉得自己错了，但这件事却不打算放过他，他开始了长达几年之久的双相情感障碍。

回国之后，他拒绝跟家里人、朋友长时间相处，他怕自己会暴露。

他并不是喜怒不形于色，他是在极力掩饰，而掩饰的不仅仅是情绪，最主要的，还是他不想让人发现，他有严重的双相情感障碍。

被困于双相情感障碍多年，沈诚多多少少有一点扭曲，所以他娶了韩白露，准备耗死她。

没有为什么，扭曲的人要扭曲，不需要原因，他们的世界也没有对不对，就只有他想不想。他觉得同样是参与当年事故的人，韩白露日子太舒坦了，这怎么可以？

他的玩笑送走了一条生命，而韩白露却是实打实地害了两条命，她怎么能洗白呢？

于是，他从陆幸川下手，再到韩白露的父母，慢慢收网，让她无处可逃，只能嫁给他。

因为饱受精神的伤害，所以沈诚知道摧毁一个人的意志要比虐待更叫她痛苦。他就这样从心理开始，一步一步把韩白露逼成现在这样。

他跟病症抗争多年，他以为一个人的意志比天高。人是多复杂伟大的生物，怎么能受困于小小的精神折磨？却一次又一次地被它打败。

回国之前和接手沈家事业，是他生命中最昏暗的两个时期。

无助、迷惘，占据他自以为充实的内心。他表现得越是正常，精神就越是崩溃。每拿下一个成就，他都会脱光衣服站在穿衣镜前。他并不是在庆功，而是想要释放，他不知道为什么，脑袋里塞满了东西，它们好沉，他好累。他想要把脑袋撬开，看看里边到底装了什么。

他是这么想的，也是这么做的。沈诚在患病之后，有过两次自杀行为，就在这两个时期。一次溺水，一次颈动脉放血。

他是一个非常强大的人，但病魔比他还要强大。

医生救了他两次，两次的心情都像过山车一样起起伏伏。

沈诚从重症监护室出来时，医生都瘦了一圈，他的妻子心疼他，他却对他的妻子说：你不知道我的病人经历了什么。

没有人知道沈诚经历了什么，他那么骄傲的一个人，是怎么做到对自己下这样的狠手的。

医生知道，却不能感同身受，他只能看着沈诚痛苦，看着沈诚时而暴跳如雷，时而阴郁想死。他为沈诚想尽一切办法，却只是延长沈诚的生命，而不能让沈诚变得健康。

沈诚自己也有努力，但精神上的病，让他的努力像微尘一样渺小，无论他用什么方式说服自己放轻松，放空大脑，到了深夜，他还是会裸着身子站在穿衣镜前。

加拿大那个义无反顾地追随他的人，就像影子一样附在他的身上，吃他的肉，喝他的血。

近年的梁京城，雾霾天少了，阳光炽烈刺眼，皇城根的土地日新月异，就沈诚没有变，他还是在一个又一个夜晚，盯着穿衣镜中麻木的自己。

他不会掉眼泪，但他能感受到疼。

他很疼，可他是沈诚，他不能在人前暴露丝毫马脚，他就这样苦苦支撑。

就在他以为他这辈子都不会跟一个人走得很近时，温火出现了，她接受他所有的一切。

他默许了她待在身边，并不代表他不知道她跟韩白露的交易。只是她们那点小伎俩，对他来说不痛不痒，用不着他花心思提防。

他以为他跟温火的关系会在韩白露跟他摊牌后，就这么结束。他无所谓，也可以当作什么都不知道，该给温火的东西都给温火，然后好聚好散。

可是温火还没跟他散伙就当他面一套背地里一套，还搞出一堆冠冕堂皇的理由，说他恶心，说不想和他好了。

沈诚知道她满嘴谎话，也不喜欢他，但她一个收钱给别人办事的人，凭什么能这么嚣张？

既然她要玩，那他就跟她玩。

他也想看看，除了他束手无策的双相情感障碍，还有谁能让他投降。

秘书看着韩白露被送走，回来汇报："沈老师，太太送走了。然后瀚星传媒的陆幸川陆总约您晚饭的时间，说有话要跟您说。"

差不多该找他了。

沈诚应了："顺便约一下唐导演和远征工业的严总。"

秘书记下了："都约在今天晚上吗？"

"嗯。今天晚上。"

事情吩咐好，秘书出去了，电话在这时候响起，是温火打来的。

他不知道韩白露会怎么安排温火，但温火应该还不知道韩白露成了个废物，承诺给她的钱也泡汤了。反正他是不准备提醒她的。

电话接通，温火问他："沈老师，你领带丢在我这儿了。"

沈诚昨天走之前找过了，没找到，所以根本不是他丢下了，是她给藏起来了。他装作不知道："不要了。"

"很贵的，我给你送过去吧？"

"不用，我晚上有事。"

"你告诉我你在哪儿，我打车给你送过去，送到我就走，不耽误你事。"

她每一个字都透露着想见他，但绝对不是想他，她肯定又有了什么幺蛾子。

他问："你想我了？"

温火犹豫了一下，声音变小了："稍微，有那么一点点。"

"想着吧。"

温火不达目的不罢休："那好吧，沈老师要是有事我晚上就去隔壁的沙龙了，听说杨教授会露面，我都好久没见到他了。"

这就又套路起来了。沈诚淡淡道："嗯。"

温火有点疑惑了。

就沈诚的占有欲，他能允许她去看杨引楼？前几天他们还因为杨引楼吵架了。行，那她就去，再多拍几张照片，最好能拍几张合照，到时候发朋友圈专门提醒他看。

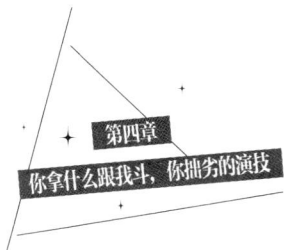

第四章
你拿什么跟我斗，你拙劣的演技

【1】

顾玄宇的经纪人坐在病床前，看上去像是对这副样子的顾玄宇看麻木了，淡淡地说："公司的意思是不跟你解除合同，你可以在合同期间不履行责任和义务。但没钱。"

顾玄宇双手叠放垫在后脑勺："知道了。"

经纪人问他："你那女朋友家里挺有钱的，你干吗在这节骨眼跟她分手？你不想活了？你知道医生跟我说准备钱的时候，我多绝望？"

顾玄宇笑了一下："我坑了她两年，够了。"

"你少跟我扯淡，你什么德行我不知道？你就是一玩咖，能玩儿仨就不玩儿俩，你跟我这装什么浪子回头呢？"

顾玄宇不说话了。

玩儿是真的，没良心是真的，辜负了秋明韵一片情深是真的，想放她一马也是真的。

他很讨厌男人被深情、薄情这样的形容词来形容，人是多复杂的动物，怎么可能区区两个字就总结了呢？不说他深情，可也没薄情这两个字这么绝对。

他以为，这才是一个正常人。

他跟秋明韵讲过的悲惨故事，其实都是真的。他父亲确实冻死在了长白山上，因为喝了酒。母亲确实因为传销，被剥夺了抚养他的资格。他确实孤苦伶仃，吃百家饭长到十六岁。

后来，他被网红孵化公司相中，被培养成个小有名气的网红。眼看他要飞黄腾达，却查出了绝症。从这绝症名字到治疗这绝症要承担的痛苦和钱财，都是能将他摧毁百遍的利器。

他不想治了，就这样吧，生死由命。

他真的喜欢秋明韵，也是真的喜欢其他女人，所以他这一病，就跟她们都断了联系。

良心未泯谈不上。

他就是没心气去维系那么多段感情了，也不想看到她们为他哭的样子，为了他，不值。

经纪人喋喋不休，还在给他出馊主意，他一句没听，突然问："你看过东野圭吾的《恶意》吗？就之前公司要翻拍权的那本。我记得老板说我们这拨进公司的都有机会上那个剧。"

经纪人以前没见他这么操心工作的事："你现在最重要的是治病，而且这IP没拿下来。"

顾玄宇不是要跟他聊工作："我开始不知道我为什么想要秋明韵在我手里慢慢枯萎的感觉，那段时间你逼我看这本书，我明白了。我对她，对所有生活在阳光下的人，都充满恶意。"

经纪人习惯了他的混账话："像你这么明白的渣男，也是少见了。"

顾玄宇大概知道自己还有多久的活头，说："我还有个蓝血品牌的广告尾款没结吧？"

经纪人点头："嗯，我在帮你催了，到手赶紧治病。"

顾玄宇说："到时候分了，大头给秋明韵，小头给小兰西和洋子她们，剩下你拿着。"

经纪人傻掉："你这是交代后事了？"

顾玄宇笑了笑："挺好的，我还有后事交代。我爸妈离开我时，连身衣服都没给我留。"

经纪人突然鼻酸，眼前这个他带了很久，固然渣，但对兄弟仗义的人，就要在这世界上消失了。是消失，再也不会以任何形式出现的那种消失。

他怅然若失："是真的不会好了吗？"

会好也算了，顾玄宇活够了："你帮我问问我这个病能不能捐器官，能的话什么能捐。"

经纪人苦笑："这是人之将死，其言也善吗？我这一进门，可听你说了不少不像是你会说的话。"

顾玄宇告诉他："你看到的我的样子，都是我要你看到的，是我可以自由创造的，你看不到的，才是我本来的样子。"

这天聊过之后，顾玄宇就不配合治疗了，经纪人为了救他的命，发动全公司给他筹到了治疗费。其中有一个很大的红包，大到可以帮他还清欠医院的账，却依然没能阻止他赴死的决心。

顾玄宇头七那天，经纪人才知道，那个很大的红包，是公司老板包的，故意没署名。

当然，这是后话了。

秋明韵知道的时候他已经变成她心里的一道疤，痕迹是有，但不疼了。

这次以青年学者为主要成员的小规模学术沙龙，在颐禾安曼酒店举行，组织者是科学院的研究员和几位实验室的老板，成员都是些高校助教和硕士博士生。

温火虽不符合进场资格，但她是被吴过带来的，吴过作为邀请到杨引楼参与的人，多少有一点特权，加上温火这人发过权威期刊，也不算混子。

杨引楼，物理学家，四十岁，苏省人。毕业于梁京大学，后来获得国外著名大学硕士和博士学位。前年，当选为科学院院士。

他身材瘦弱，个子也就一米七多，但五官端正，看得出来年轻时候也是眉清目秀的。

温火早看过他，不过离得很远，这次就坐在一间会议室里，她算是有机会细细端详他了。他跟沈诚也就差个八九岁，但看起来就像是差了二十岁。

沙龙主要围绕物理、数学领域，算是一场跨研究主题的分享活动。基本就是听听其他领域、其他方向的学术进展和研究成果，实际应用的意义不大，有点以学术为噱头进行聚会和交流的意思。所以氛围还算轻松，结束得也比较早，很快这一行人就从会议室转战到了包厢。

组织沙龙的老板把菜单递给杨引楼，杨引楼转手给了在座的几位女士："女士来点。"

大家客套了几句又聊起专业知识，吴过怕温火闷，小声跟她说话："你要是不想在这儿吃饭，我们可以提前走，我知道这附近有家烧烤店。"

点完菜就走不太合适，而且温火还没跟杨引楼拍照。她婉拒："这么多人没走，不合适。"

吴过不说什么了。

酒饭尽兴，前头还拘谨的人这会儿都活跃起来了。有几个从其他城市赶过来的助教问温火要了联系方式。

温火礼貌跟他们互加好友，然后跟杨引楼拍了合照。

杨引楼总是耷拉着一张脸，但性格还好，没有看起来那么不好接触。

温火多拍了几张合照，发了朋友圈。发完她觉得沈诚不见得会看朋友圈，而且她也不知道他微信加了多少人，要是消息太多把她顶到最下边了呢？

想着她就删了，重发了一遍，然后点了提醒功能。

远征工业的老总严治国中午到的梁京，就住在颐禾安曼，沈诚给了他一个方便，把见面地点定在了这里。

陆幸川和唐君恩还没到，严治国跟沈诚说："沈老师不用太介怀，想想也不是大事。"

沈诚稍感抱歉："这次因为我们的疏忽造成远征工业的损失，我深感抱歉，如果可以弥补，我还是希望不用我父亲的人情。"

严治国也笑了笑，当下没说话，过了一会儿才说："那就要看看沈老师弥补的诚意了。"

严治国跟沈诚父亲沈问礼有交情，他欠沈问礼一个人情。这次他跟沈诚的合作因为沈诚这边对专利技术的监管出现纰漏，导致远征工业一大批产品涉嫌侵权，严治国就想借此事还沈问礼的人情，但沈诚似乎不这么想，他不想他父亲的人情以这种方式还回来。

很快，陆幸川和唐君恩到了。

陆幸川看到这么多人还有点惊讶，但没太明显地表现出来。

唐君恩不知道沈诚要搞什么鬼，决定少说话，先看看他接下来的动作。

沈诚给几个人互相介绍，然后说到陆幸川最近操盘股市遇到了点麻烦。陆幸川心里咯噔一声，突然觉得这次见面就不是一个正确的决定。

唐君恩半握着玻璃杯，就这么看着。

严治国预感不太好，敷衍地说："哦？是吗？"

沈诚娓娓道来："陆总是先买入建仓，然后高调推荐卖出，是最基本的违反市场的操作手段，很容易被识别，但他就这么混迹了市场多年，还成为一线游资，原因是他身后有一位高人，郭公骅。"

严治国脸色突变。

陆幸川屏住呼吸。

沈诚继续说："郭公骅是 A 股顶尖的操盘手，他的操盘手段细腻到找不出破绽，据我所知，严总跟他应该是有些交情，那对于他这次落水，没什么想说的吗？"

严治国知道沈诚的来意了。

还真不愧是沈问礼的儿子，够精明的。

郭公骅是严治国的小舅子，早年就是出名的"牛散"了，在股市里有一定影响力，之前曾操作过远征工业，但那时候他不太会清理尾巴，就被举报到了证监会，是严治国造假了数据，降低了对他的处罚。

后来严治国跟他划清界限，这么多年再没联系过。

近来他听说郭公骅出事儿了，就怕当年的事暴露，毕竟秋后算账都算得太狠了，现在国家正严查，他的远征工业折腾不起。

躲了这么久，结果还是被沈诚钻到了这个空子……

沈诚又说："我相信我前段时间看到的那些数据都是真的，绝不存在造假的可能，严总怎么会干这么不爱惜羽毛的事呢？"

严治国扯了扯嘴角："是吧。当然。"

陆幸川想走。

唐君恩不易察觉地笑了一下，这都是沈诚的基本操作。

氛围越来越诡异，严治国突然站起来，身形一晃后，说："我去一趟卫生间。"

待人走远，沈诚给陆幸川倒了一杯酒，说："你觉得远征工业在国内的影响力怎么样？"

陆幸川不说话，尽量保持着镇定。

沈诚又说："你觉得你瀚星传媒的影响力呢，又有多少？"

陆幸川沉默不下去了："沈老师，您有话直说吧。"

那沈诚就直说了："你手里那些我太太的把柄，我都有数，能不能对我造成影响，你却没有数，所以你还要跟我赌吗？"

陆幸川知道沈诚当着他的面让严治国难堪的原因了，沈诚连严治国都能轻易制约，更何况陆幸川。

沈诚是个很好说话的人："我感谢你在我忙不过来时帮我照顾我太太，作为回报，我愿意收购瀚星传媒，解决你的燃眉之急。"

陆幸川吃了一惊："沈老师……你……"

沈诚微笑："这个买卖值吗？"

如果陆幸川手里关于韩白露的把柄不能威胁到沈诚，那确实没有比卖掉瀚星更快的来钱方式了。但瀚星目前就是个空壳子，要钱没有，要资源没有，沈诚要它干什么呢？

"还要考虑很久吗？"

陆幸川怕里边有诈，可目前他的处境也管不了那么多了，就答应了。

沈诚点头："那等下我安排人入场评估。"

陆幸川答应时慢了半拍。

沈诚的秘书进来送走了陆幸川，唐君恩望了一眼卫生间的方向，严治国还没出来："那老头不是掉小便池里了吧？"

沈诚喝了一口酒，想也知道他现在在打电话，确定沈诚是不是真的抓住了他的辫子。

唐君恩收回视线，看向沈诚："这瀚星传媒，你是给我弄的吧？"

沈诚没说话。

唐君恩就知道他叫自己来，不会是让自己看场戏："你是做了什么对不起我的事吗？"

沈诚说："你生日不是快到了吗？给你的生日礼物。"

唐君恩瞥他一眼："条件呢？"

"我奶死后，我爷过于沉迷他那些玉件儿，我知道他是还没走出来，所以我想你有时间就多去陪陪他。我跟他的共同话题很少。"

唐君恩没想到竟然是因为这个，他当然没问题，他打心眼儿里把沈怀玉当亲爷爷："你那是共同话题少？你那是拒绝跟他们相处。"

除了沈诚的医生，没人知道他有双相情感障碍，只知道他一直拒绝跟一个人相处太久。

聊到这个话题，沈诚就不说了，唐君恩也不跟他废话了："行吧。过两天我去找你爷住两天。"

沈诚敬了他一杯酒。

唐君恩对他这客气的行为翻了个白眼："矫情。"

两人喝着酒，严治国回来了："不好意思，早上吃坏了肚子，所以时间有点久。"

沈诚和唐君恩笑了笑，表示没关系。

严治国再坐下，把沈诚刚才带跑的话题带了回来："沈老师咱们还是先说说咱们的合作，专利技术涉嫌剽窃可是砸你们招牌的事。"

唐君恩微微挑了一下眉，这老头反应还挺快，这就想到从哪个方向反击了。

沈诚还是波澜不惊的样子："那您可能有所不知，负责您这个项目的是我们一位技术入股的股东，因为他进入事务所时并不符合我们的条件，所以没有签订合作合同。前段时间他跟我提出正式加入事务所，那我肯定要参考他为事务所做出的贡献再做打算，谁知道他小人之心陷害了我一把。"

严治国定睛看着他，分辨他这话的真假。

沈诚又说："我的数据都是可以公开的，我沈诚您是知道的，我不喜欢弄虚作假。"

眼看着话题又要扯到严治国做假数据的事上，严治国不再就这事多说："那沈老师给我们造成的损失，打算怎么弥补呢？"

沈诚拿出手机："您稍等。"

严治国和唐君恩都好奇沈诚要干什么。

沈诚给温火发了条微信："你现在到颐禾安曼餐厅来，我在这里等你。"

温火收到这条微信还以为他是看了她的朋友圈，放下筷子，想了一下，回过去："可是我在吃饭啊沈老师，你很急吗？"

"很急。"

温火以其人之道还治其人之身："哦，急着吧。"

沈诚没再回，站起来："不好意思，请等一下。"

话说完，他走出了餐厅。

他知道杨引楼的学术沙龙在颐禾安曼进行，他知道温火也在这里，所以他给严治国订了颐禾安曼酒店的套间。

他在问过服务员后，找到温火他们所在的包厢，然后在服务员引领下进了门。

众人看到沈诚时表情别提多丰富了，还有几个人直接站了起来，话都说不利索了："沈……沈老师？"

杨引楼也有点惊讶，他怎么会出现在这里？

沈诚是晚辈，先跟杨引楼打了声招呼："杨教授。"

杨引楼这才站起来："沈老师也知道我们今天这个业余的沙龙吗？那怎么

没早点过来？"

"我正好在这边有事，听说您在这儿，过来打声招呼，顺便带走一人。"

沈诚这话让大伙更疑惑了，他们都认识沈诚不假，可沈诚不认识他们啊。他能找谁呢？

一直在偏僻位置的温火慢慢低下了头，尽量让自己的存在感低一点，再低一点。

吴过一看这情况，也知道沈诚是来找温火的了，但看温火似乎不想跟他走，就没说话。

杨引楼好奇："带走一人？这些后辈里有沈老师认识的人？没听说啊。"

沈诚淡淡一笑，饶了圆桌半圈，走到温火跟前，说："走吧。"

温火脑袋要低到地底下去了，不动弹，也不吱声。

前边跟温火要微信的几个助教都傻眼了，不是吧？这个看起来低调话少的小姑娘竟然认识沈诚？这也太戏剧化了！

沈诚叫她："温火。"

温火下意识抬起头："我在！"

"走了。"

温火表情很复杂，心情更复杂，她是走还是不走呢？她是很想解释她跟沈诚是没有关系的，毕竟这里这么多张嘴，还都是她那个学术圈子的，这一人一口痰，她肯定刮都刮不干净。

沈诚看温火还在犹豫，抓住了她的手腕，硬把她带离了包厢。

果然，温火一走，包厢里的议论声就漫出来了，一副副惊诧的口吻，在包厢外的她听得一清二楚。

沈诚不说话，就拉着她往外走。

温火不知道他要干什么，停住不走了。

沈诚转过身来，看着她。

温火揉揉手腕："沈老师你信不信，不用等到明天，你跟国华学生不清不楚的新闻就会出来。"

"我不会那么没眼光，所以他们不会多想。"

温火在心里冷哼，看不起谁？

"那您纡尊降贵来找我是干吗？"

"不是你要见我吗？你说你想我，你忘了？"

温火脸变得快："我见过杨教授后就不想你了，还挺奇怪的。我现在满心思都是杨教授，他真的有一种成熟男人的魅力。"

沈诚轻轻点头："嗯，三十岁嫌老，四十岁不嫌。温火，我没发现你还挺双标。"

温火看他也没别的事，准备走了："沈老师要是没事的话，那我走了，我事儿还挺多的。"

沈诚走近两步，把她故意穿得低胸的衣服往上提了提："我让你走了吗？"

温火把衣服往下拉，跟他较劲似的："就这么穿！"

那沈诚就更用力地给她拉下来了，她胸快露出来，吸了一口气，扑进他怀里，用他的胸膛挡住她走光的部分，然后抬头瞪他："你有意思吗？"

沈诚伸手帮她把衣服提上去，动作不轻："让你长长记性。"

温火穿好衣服，要从他怀里抽身，结果被他固定住了腰，她挣扎了两下，没挣开："你干什么？"

沈诚低头看着她："回去把这件衣裳扔了，再让我看见你穿类似的，你试试。"

温火看一眼四周，天已经黑透了，偶尔会有人经过，但不多……她权衡后认了怂："我回去就扔。"

沈诚这才放过她："走吧。"

"去哪儿？"

沈诚没说，带她回到餐厅。

严治国看了温火两眼，问沈诚："这是？"

唐君恩想抢答：看不出来吗？

沈诚说："您不是问我怎么弥补您的损失吗？这是我的学生，她目前研究的方向可以帮助远征工业部分产品升级。有了理论基础，才有应用技术，产品才可以更新，继续占领市场优势。"

严治国想了很多，沈诚会给他钱，或者向他推荐新的技术，就是没想到他会安排个人过来。

温火微怔。

唐君恩倒是没感到意外，这也是沈诚的基本操作。

严治国自然是信得过沈诚的学生，据他所知，沈诚是不收学生的，既然是沈诚愿意承认的，那肯定是有一定实力的，但他怎么想都觉得被沈诚摆了一道。

他想了一下，也不跟沈诚兜圈子了："沈老师，你就实话告诉我吧，你的条件是什么？"

沈诚微笑："我当然也是有私心，希望您可以给她一个实践的机会，让她能多见见世面。"

严治国明白了，这是在给他学生铺路，顺便解决他们的产品不能升级的问题。严治国点头，慨叹出声："你比你爸还要聪明，青出于蓝。"

"您谬赞了。"

"这以后跟你打交道我得吃点补脑的东西了。"

【2】

从颐禾安曼出来，唐君恩看了一眼沈诚身后的"小白兔"，问他："怎么？出去喝点？还是你有事儿要先处理？"

这时候，司机开车过来了。

沈诚说："再见。"

唐君恩笑了笑："狗东西。"

沈诚打开车门，先上车了。

温火不动弹，就站在原地，低胸装被沈诚提得都要盖住锁骨了。

沈诚开着车门："等什么？"

温火还在想刚才的事，这沈诚不愧是她觉得不好斗的角色，他竟然连她在颐禾安曼都知道。所以他才会允许她来参加这个沙龙？

前些天，她跟韩白露达成新的合作，这一次接近沈诚变成了第二目标，想办法帮她弄到沈诚的钱成了第一目标。作为回报，韩白露会给温火她到手的百分之十二。

所以温火改变策略，决定多给沈诚一些甜头，让他戒不掉她。

她故意藏起了他的领带，就为了利用领带跟他见面。

谁知道沈诚比她还老谋深算，利用她解决他的问题，还让她闹不起来——他帮她进了远征。

远征工业是国内首屈一指的工业集团，从研发、生产、销售到服务，早有一套完整成熟的产业链。产品、资产经营包括但不限于轻、重工业，石油、矿产开发，高科技防务。

温火当然能进去，但如果只靠自己，那她会打很长时间的杂，几乎不会有学习的机会。

沈诚帮忙就不一样了，她甚至可以直接进入核心部门。她是不相信沈诚看上她了，她反而觉得他有其他的阴谋，那他是知道她跟韩白露的合作了？

不可能。

她跟韩白露几乎不见面，没联系过几次，生活轨迹更是天各一方……

沈诚没耐心了："上车。"

温火不上车："你为什么要帮我进入远征工业？你想让我给你窃取情报？"

沈诚看过去："你能给我窃取什么情报？"

温火不知道："那你是为什么？"

"你不是怪我搅黄了你去剑桥的机会吗？"

原来是这样吗？温火想了很多，就是没想到沈诚可能是在弥补……要是这样的话，那他的行为可以理解了。那她也不上车："你是承认我之前去不了剑桥，是你从中作梗了？"

沈诚看她非要让他背这个锅，那就背了："嗯，是我。"

温火眯眼："浑蛋！"

"你敢不敢大声说？"

温火超大声地说："我不敢！"

沈诚就在车上看着她，她很漂亮，她的漂亮是清纯那一挂的，但盯着她的眼睛看久了，还是会被她迷惑。

也就是说，她其实是一个会给人无限想象空间的女人。

他从车上下来，过去拉住她的手，往车门走："你要是去剑桥了，我怎么办？你撩完就要跑？那我能让你走才怪。"

温火被他拉着走得不情不愿："沈老师，你说这话真深情，可你都结婚了啊，你有老婆了啊。"

"知道我结婚了你还接近我。"

"那你可以不接受，每个男人都会面对这种诱惑，为什么别人坚守住了？还是沈老师你不行。"

"是吗？"

"你毕竟是有头有脸的人物，如果你都不能让女人着迷，那多丢脸。"

沈诚停住了。

温火还不知道危险："沈老师怎么不走了？是年纪大了走不动了吗？"

沈诚转过身来，严肃地问她："你不想活了？"

那温火还不能有点小脾气吗？凭什么他说搅黄了就搅黄了啊？她答应韩白露接近他是为了挣钱，没说她还会有损失啊。那可是剑桥啊，她损失太大了，远征工业不够赔！

她小声嘟囔："反正你让我跟你走就是没打算放过我，我为什么不痛快痛快嘴呢？"

沈诚深呼一口气："你真以为我听不见吗？"

温火露出疑惑的神情："不是吗？我妈说，男人过了三十，基本就报废了。你今年都三十二了，耳朵不好用很正常啊。"

沈诚面上染了薄怒："温火！"

温火看他生气就很快乐："在呢！沈老师叫我干什么啊？"

沈诚放开她的手，自己上车了。

车开走，温火往边上挪了挪，蹲下来，手托着下巴，手指轻轻敲着脸，心里数起数来。

数到两百，她拿出手机，给沈诚发了条微信。

"沈老师，我错了。"

沈诚的车只开出了停车场，停在了路边，这一会儿他平静地看着温火的消息，没给她回。

温火也没等他回，但她知道他肯定看到了，她又发："我第一次见你就觉得你很帅，第二次见你就想和你好。你一点也不老。"

沈诚知道她发的是假话，却不得不承认，假话总是会让人感到愉快。

温火连发两条，沈诚都不回，她也知道他不会回，接着说："沈老师，我想你。"

沈诚看到这一条，眉眼稍稍放松，稍稍，就是很浅，他觉得没有人可以察觉到。司机确实没有察觉到，但他感受到了放松的氛围，那就意味着此刻的沈诚很放松。

"回去。"

"好的。"

沈诚的车开回来，停在温火跟前，他打开车窗，看着她。

温火还蹲在地上，也看着他。

"还不上车，等什么？"

温火说："我腿麻了。"

有一抹无奈在沈诚的脸上转瞬即逝，他再次下车，把温火抱到了车上。

温火还不忘夸他："哇，沈老师好棒，老当益壮，我这么个大人你轻轻松松就抱起来了。"

沈诚把她扔到后座，隔着中央扶手箱压在她身上，捏着她的脸："你就闹。"

温火能刚能尿："你不要太过分了，我明天还要去你的公开课呢。"

"你很想听我的课吗？"

温火不是很想："嗯嗯，特别想听。"

"那我给你开小灶，你做点什么来交换。"

温火心里冷哼：狗男人，还挺鸡贼。嘴上却说："那你想要我的什么呢？"

沈诚的眼睛蒙上一层火，温火的火。

他想要温火向他求饶。

【3】

沈诚下车，温火不下，他在车外看着她："下来。"

温火指指腿："腿还麻着。"

"半个小时了腿还麻？"

温火点头，还抿嘴："嗯。"

司机在驾驶座尽量让自己的存在感很低，很低。他听了太多沈诚和温火不正常的对话了，他也知道他们是婚外情，可真的很让人耳烫，上头。

就那种男女之间你来我往，还有藏在语气里的耳朵听不出来的笑，弄得他心直痒。

沈诚解开了一枚西装扣子，这动作的意思是想呼吸顺畅一些，顺便想想他要怎么收拾她。

温火见好就收，伸手帮他把解开的那枚扣子又系上了："我好了。"

沈诚就这么看着她利落地从车上下来，然后四平八稳地走向大厅。

进家门，关门，温火要去卫生间，沈诚没让去，拉住她的手。

温火回头看他，眼神的意思是：干什么？

沈诚问她："我领带呢？"

温火转过身来，面对他："你猜。"

沈诚刚要说话，温火跑开了。

他看着自己还停在半空的手，不知道心里该想点什么。他是一个总能对突发状况妥善处理的人，因为他猜得准，准备也做得足，但刚才温火那个操作，他没做准备。

温火这一上卫生间时间就长了，沈诚预感她又在出幺蛾子，到卫生间一看，她果然趴在马桶上睡着了。

他能明显感觉到太阳穴的青筋在游动，他懒得管她，扭头出了卫生间。

洗澡，喝酒，睡觉。

躺上床，闭上眼，这个夜晚就好像该这样结束了。如果他不睁开眼的话。

还没躺十分钟，他就睁眼了，到卫生间把睡在马桶上的温火抱到了床上。

他侧着身看着她，确定了她的幺蛾子是欲擒故纵让他上瘾。他几乎可以通过温火对他的态度来判断韩白露交给了她什么任务。

加拿大回来以后，温火对他态度不积极，那时候应该是韩白露要暂停合作，加上她想去剑桥没去成，就把火全都撒在他身上了。

他那时想法很单纯，就是觉得那些话让他不舒服，他一个不吃亏的人绝不能被女人这么戏耍。

她先接近他的，她还要先说散伙，凭什么？

他还没想到要怎么收拾她呢，她又去找别的男人了。就算跟他是演的，她就不能有始有终，稍微消停一段时间？无缝衔接让他一个从未有过败绩的人感到耻辱。

那天他带着火气，准备让她服帖，然后让她滚。谁知道她进门就哭了，显得那么委屈，猝不及防。毕竟是一起经历过那么多事的女人，她示弱，他禁不住。

就这样，他在理智中做了一个不理智的决定——接着玩吧，以后再说以后。

这次和好，温火比刚开始接近他还要下功夫，是铁了心要让他动感情了，那他就帮她进入远征工业，帮她发文章等等。

就比比看啊，看看是谁先动感情，谁先哭着说"求求你爱我"。

温火突然翻了个身，钻进了沈诚怀里。

沈诚晚上睡觉穿得宽松，领口很大，温火整张脸都埋进了他的胸膛，还无意识地蹭蹭。

沈诚这么看着她，想起她这两天淘气说的话。他确实是比她大个八九岁，她正是年轻的时候，他不能说老，但也远不及她正年轻有活力。

其实他跟温火的发展，真的是预谋中的意外。

她是预谋，他是意外。

就算是在他爱玩的年纪，也没想过找一个小他那么多的，可能跟他父亲比较传统有关系。

所以在他的潜意识里，他是把自己当成一个长辈的。

他在不刻意、她不知情的情况下，教给她很多独善其身出入社会的技巧，也一直同意她称呼他为沈老师。但这不代表她就可以次次拿他年纪大来说事。

这大概就是男人矛盾的地方。

想要庇护一个人，想要做她的神，但也不要她真把他放在那个位置，时刻提醒他们的差距。

沈诚想了很多，最后给她盖好被子，出去了。

楼上的灯灭了，温火睁开眼。

她鼻间还有沈诚身上沐浴液的香味，她不知道沈诚刚才在想些什么，但肯定不是好事，沈诚这个人，睁眼、闭眼都是算计。

她想好了，到时候跟韩白露那边合作结束，她就去找杨引楼的母亲。

杨引楼的妹妹关心蕾是死了，但他母亲还活着啊，所以肯定有办法，可以阻止失眠导致的心脏病。等找到办法她就去加拿大。

学术工作她到哪里都可以进行，唯一让她难办的可能就是要跟温冰分开，她应该会牵挂他。

温火看着窗外，梁京这座不夜城把半扇天空都照成了烟火色，囫囵人间，百鬼夜行，谁的枕边躺着的是真心喜欢的，谁真心喜欢的，躺在别人的臂弯。

新欢，旧爱，谁又能想到，那么逼真的相爱都是演戏，他们根本连一秒的心都没动过。

这就是现在的爱。

随口就能说出、随便就能做到。

温火起床时，沈诚早已经出门了。

她洗漱、收拾好自己，离开沈诚的高级公寓。

这种公寓基本就是藏娇用的，温火进出这里总能看到年轻漂亮的女孩，她们一身奢侈品牌，握着一把品牌的配伞，从不拿正眼看人，但永远保持笑脸。因为她们做了厌世眼和微笑唇。当然也不绝对，只是大多数有实力的女性不会选择住在这里，即便买了房也是做其他用。

温火回了学校，下午是沈诚在京大的公开课，她得跟秋明韵一起过去。

从地铁上下来，温火碰到了吴过，他在摆摊，卖旧书。

吴过看到她便站了起来："温火。"

温火看了看他的书："你缺钱吗？"

吴过跟她开玩笑："你看我像有钱吗？我这一件衣裳一穿就是好几年。"

温火笑了一下。她没想跟他多聊，准备打个招呼就走了，他却叫住了她："昨天杨教授问我，你跟沈老师什么关系，我说你是他学生，这没关系吧？"

"嗯。"

吴过踏实了："我也是跟其他人这么解释的，杨教授也说沈老师为人正直端方，你不用担心会有乱七八糟的声音出来。"

温火想起昨天沈诚说的那句话，他们知道他不会那么没眼光，所以不会多想。他还真是够了解。

回到学校，温冰打来电话，很激动，说自己升职了，有了一间办公室，还有很大的窗户。

温火随手点开社会新闻，她之前拍的那个视频果然爆出来了。有舆论帮忙打压、监督，那些专挑软柿子捏的人应该会有所收敛，那温冰以后的工作也会顺利很多。

沈诚下午有课，早早去事务所把工作完成，回了家。

他得让韩白露和衣衣见面了，哪怕就让她们见一眼。

沈诚打开她的房门，看上去很关心地问她："吃过东西了吗？"

韩白露看见他，眼泪就顺着眼角滑落，都流进嘴里，都是苦的。

她的嗓子哑了，也没力气大吼大叫了："沈诚……我给你生了孩子……我是你女儿的亲生母亲……"

她是想说，为什么要这么对她，就为了一个欺骗他、并没有怀过他孩子的安娜？

沈诚蹲下来，看着她："等下洗个澡，我带你去见衣衣。"

韩白露看着他，眼里都是怀疑。

沈诚当然是有条件的："你把你跟温火联系的电话给我。"

韩白露闻言就像是看到活鬼一样，整个人抽搐着退到了墙角处，他知道……他知道！他什么都知道！温火……他是要对温火下手吗？

沈诚又说："还有你们具体的合作内容，你给她多少钱，她帮你做到什么程度。"

韩白露不说话，她不能告诉他。

"你不说，就在这里继续，说了，我至少会允许你定期见一次衣衣。"

韩白露干裂的嘴唇剧烈颤抖，粘腻的口水粘住她两片嘴唇，她一张嘴，银丝拉了一长条。

这间房在整幢别墅的最西边，几乎接触不到直接的阳光，所以显得昏暗。沈诚单脚脚掌全着地的蹲姿让他整个人更具主导性，似乎他只是蹲在那里，就有源源不断的压力涌入韩白露的七窍里。

她不能拒绝他。

她不能拒绝一只会隐藏真正实力的斗兽。

【4】

沈诚让人给韩白露收拾了一下，化上妆，穿上高定，她又变成那个优越的女演员。

韩白露对衣衣的感情很薄弱，如果不是她要用衣衣来向沈诚讨命，她绝对不会爱这个沈诚没有碰过她，她独立生下来的孩子。

她是有点小聪明的，知道自己处于弱势方，尽量低眉顺眼，见到衣衣只表现出她母爱泛滥的一面。衣衣虽然跟她没有很亲，但沈诚教育得很好，所以意识里是知道要尊敬母亲的。

看着面前一幅母慈女孝、其乐融融的画面，阿姨作为一个"好人"的本能露出欣慰神情，可另一个不为人知的心思却装满了嫉妒。跟所有妄想沈诚的女人一样，她们对于超出自己拥有范围的美好，都发疯地嫉妒。

就像一个人无论多善良，在纾解他人苦难时，都难以控制心里某个角落在幸灾乐祸。曾有研究表明，这是一种可以影响到脑区的情绪，它影响的脑区的主要功能就是处理生理疼痛。

这也是为什么嫉妒心会让人生理上不舒服。

阿姨就因为这点不舒服，在中午吃饭时，看似无意，又看似有意地烫伤了韩白露。

韩白露猛地站起，抓住被烫到的胳膊，眼看胳膊红起一片。她眉头高耸，脸色很难看。

衣衣被吓得睁大眼睛，不敢动弹，坐在婴儿椅上紧攥着小汤匙。

沈诚给医生打了电话，医生正在沈问礼那儿，刚给他量了血压，顺便给金歌开了些补气血的药，所以这事也就被两位长辈知道了。

沈问礼觉得不知道就算了，知道了还是要关心一下，跟金歌说："要不你去一趟？"

金歌想他也很久没见过孙女了："你也没事，要不跟我一起去。"

就这样，三人一道去了沈诚那儿。

这一去，沈问礼就在医生不自然地处理烫伤，还有时不时投给沈诚的询问的眼神中发现了猫腻，然后把医生带走问了问话。

医生不会演戏，沈问礼侵略性的发问一句接一句，沈诚和韩白露的事就没藏住。

沈问礼大怒，把沈诚叫到家里。

金歌在沈诚进书房门前拉住了他的胳膊，提醒他："你爸血压有点高，你可以讲你的观点，但不要反驳他的观点。"

沈诚点头。

沈问礼很传统，金歌不是，金歌接受了太多新时代的思想，所以能理解现在年轻人病态的行为和千疮百孔的精神。哪怕她并不认同。

就算是这样的金歌，在沈家，也坚决拥护她丈夫作为一家之主的权力：儿女不能跟长辈叫板。

这是规矩，也是传承。

沈诚进了书房，沈问礼手里握着把藤杖，面朝着齐白石的画，背朝着他。他叫了一声："爸。"

沈问礼转过身来，松弛的皮肤和眼周、嘴边的皱纹很明显了，但还是能看出年轻时英姿飒爽。他是怒目瞪着沈诚："这就是你选择的人生？"

当初沈问礼是不太愿意沈诚娶韩白露的，是在金歌的影响下，慢慢承认了沈诚早已经是独当一面的人了，可以选择自己的人生，并对自己的人生负责，这才不再干预，由着他们办了婚礼。

后来衣衣出生，沈问礼彻底消除了偏见，接纳了这个儿媳妇，谁知道今天给他这么大个刺激。

沈诚说："是。"

沈问礼往前大迈了两步，手起，藤杖落，重重打在沈诚的上臂上。

沈诚一动不动，面部平和，看不出情绪。

沈问礼第二下打在他背上："你在犯法你知道吗？这是我教你的吗？我教你的东西你都学到狗肚子里去了吗？"

沈诚保持直立，不为自己辩驳。

沈问礼第三下打在他胸膛："男人背顶天，胸撑地，走大道，行正义，你在干什么？你在欺负女人！这是我沈问礼教给你的吗！？"

沈诚始终不发一言，照单接收沈问礼的训斥，是个听话的。

沈问礼打完他，把藤杖往翡翠桌上一扔，发出清脆的一声。

金歌见书房没动静了，这才进门，端着水和药走到沈问礼跟前："吃了药再听他怎么说。"

沈问礼吃了药，坐下来，看都不看沈诚一眼："你说吧，我看看你说什么。"

沈诚把带回来的一沓纸放到沈问礼面前，说："韩白露确实患有精神病，是一种罕见的臆想症，这个病症会影响到衣衣，所以我分开了她们，并不是我强制喂她药。"

沈问礼翻开那几张纸。

沈诚在他翻的过程中又说："后面那几张，是我和衣衣的亲子鉴定报告，衣衣不是我的女儿。"

金歌猛地转头，看向他。

沈问礼直接站了起来，满脸错愕。

沈诚又说："我很喜欢那个孩子，你也是，所以我打算把她当亲生女儿养。韩白露，我也可以原谅她对我的欺骗，但我不能让她疯疯癫癫地在外面。我得顾及你跟我爷的脸面。"

沈问礼血压升高了，怎么会这样？

金歌也只知韩白露跟沈诚在加拿大认识，可能有段不太好的渊源，娶她是恨意使然。金歌曾想过相看两相厌的人日子过久了，也许就看顺眼了，所以对他的婚姻金歌一直是顺其自然的态度。

这两年，沈诚没表现出对韩白露有一丝一毫的感情，她想着到底是强扭的瓜不甜，就劝过他放手。

她是真的不知道韩白露有精神方面的疾病，而且衣衣还不是沈诚的孩子。

沈问礼理了半天，身体上接受了这个刺激，但心里还是不能够平静。

最后沈问礼原谅了沈诚对韩白露的处理，因为换作是他，不见得会比沈诚处理得更妥当。

他们不是什么声名显赫的家族，虽然传统却并不迂腐，没把家族形象看得多重要，但还是要顾念沈怀玉这一辈子的好名声。不能让这样荒唐的事败露了。

沈诚走后，沈问礼和金歌沉默地坐在书房两端，都有点不是滋味儿。

过了一会儿，沈问礼问了金歌一句："我是不是打他打重了？"

金歌没说话。

沈问礼有点自责："其实他一直很有分寸，是我总是对他要求太多，挑剔太多。他去加拿大那几年性格最叛逆，我还一直以为那是他，也是我这辈子的污点。"

金歌听到这话，站起来，走过去，握住他的肩膀："男人都有一个不成熟到成熟的过程，就算他过去有那么点荒唐，现在的他可是站在你都够不到的高度。"

沈问礼不说话了。

金歌后面那句，用近乎慨叹的声音说出口："你得承认，你有一个很优秀的儿子。"

沈问礼反握住她的手，轻轻摩挲，没说话。

沈诚对沈问礼、金歌说的半真半假。

他就是单纯地看韩白露痛苦，这会让他痛快。

韩白露被送回了别墅，然后跟父母通了电话，说最近过得很好。

她父母一点都没怀疑，沈诚这样端正的人，学识人品都是一流，既然花那么大诚意娶了他们的女儿，还广而告之，那肯定是会好好疼爱的。

韩白露有苦难言，就这样在沈诚无懈可击的摧毁中放弃了抵抗。

沈诚下午还有公开课，没跟她耗着，拿到她跟温火联系的手机，听她交代完她们合作的全过程，还有她们之间联系的频率、方式等等，走了。

秋明韵选了一条素净的裙子，穿给温火看："火火，看看行吗？"

好看是好看，但……温火说："你是去听课。"

秋明韵笑了一下："你是去听课的，我是去看沈老师的。"

温火把沈诚的领带装进盒子里："我觉得你还是不要对沈老师抱太大期望，人都是离远了看才好看，等离近了，你发现他跟你想象中的不一样，那种落差你受不住的。"

秋明韵坐下来弄头发："那我问你，如果你有机会近距离接触普朗克，你会拒绝吗？"

温火扭过头来，看着她。这问题好狠啊。

秋明韵看她那表情也知道答案了："是吧？说都会说，做都不会做。谁不知道垃圾食品有害健康呢？谁少吃了吗？我觉得人还是要给自己留任性的空间。"

温火被说服了："行吧。"

秋明韵看她总是试图让她认为沈诚没那么好，好奇道："火火，你也喜欢沈老师吧？"

温火可不喜欢："我还是更喜欢普朗克。"

秋明韵笑："那是因为你得不到沈老师，你要是韩白露，你肯定就不喜欢普朗克了。"

温火没说话。

她得到了，人得到了，别的女人想要的东西她也得到了。说到这个，她一直都没怀孕过，不知道是她身体有问题还是沈诚结扎了。

结扎其实并不是传统观念里"不是男人了""太监了"那一套，海外丁克家庭大多是男性去做结扎手术，这相对保护女性，因为女性做避孕的创伤要比男性大很多。

做了结扎手术，还是可以复通的，就是说想要孩子，就复通，谨遵医嘱，合理受孕，不会很难。

温火想着想着就想多了，其实她也不知道沈诚到底有没有结扎，但确实是那么多次她都没中。

沈诚这一次的公开课也是打个头，开启高校和各大视频平台的合作。也就是说以后一些教授、专家的公开课，都可以通过一些指定的平台听了。

因为是沈诚，所以院方不允许有人来蹭课，除了本院学生，其他人要提前报名，且有票的才能进去听。

沈诚早到了半个多小时，在办公室里跟两位熟识的教授聊着天。

他们攻克不同的方向，对对方领域知之甚少，专业方面也就聊得不深，但要说起上课的学问，还是有很多可聊的地方。

沈诚的课没有两位教授有趣，他不太会委婉地传授知识。

他这人做生意时不会把话说清楚，总留给对方猜测、揣摩的时间。上课时，那一就是一，二就是二，什么举一反三，什么给对方想象的空间，那是不可能的。

但也奇怪，像他这种只管自己讲，不管你听不听的讲课方式，却有很多追捧、推崇者。

以前有学生写过一篇文章分析这个事，总结就是沈诚长得帅，还有就是他的课相比其他教授的课，更不容易抢到听课资格，物以稀为贵，就这么被拔高了。

上课时间到了，沈诚走进公开教室，座无虚席，真的很给他面子。

助教帮调投影仪，沈诚推了推鼻梁上的眼镜。

他这个动作很小，但就是让在场女生的眼里发了光。

秋明韵太喜欢沈诚这身深蓝色纹理西装打扮了，还有他细丝的眼镜，戴在左手手腕上的表……她小声跟温火说："就说这个男人，你怎么可能不心动？"

温火看过去，沈诚今天很低调，既没戴八九十万的眼镜，也没戴四五百万的表，够懂事。

秋明韵拿手机偷偷给沈诚拍了一张照片，但她因为太激动忘了开静音，导致拍照的"咔嚓"声在课堂上飘荡了那么一会儿。

周围有人看向她们，眼神多少有点不耐烦。

秋明韵抱歉地冲他们笑笑，用口型说："不好意思。"

沈诚闻声看过去，只见温火坐在正中间，正好是他正前方的位置。

她今天扎了双马尾，他脑海中突然闪过一些新鲜画面。她好像从没有为他扎过双马尾。

秋明韵见沈诚看过来了，当下有点脸红，正想着要不要站起来道个歉，沈诚先说话了："刚刚是在拍我吗？"

秋明韵愣了一下，随即站起来："对不起沈老师，对不起。"

沈诚淡淡一笑："我比我的课更吸引你们，是吗？"

课堂上议论声冒出来了，还有笑声，有人说："沈老师就站着不动我们都觉得被知识灌溉了。"

"沈老师，你怎么看待来听你课的女生居多这件事呢？"

"沈老师！沈老师！下次公开课是什么时候？"

…………

面对大家层出不穷的问题，沈诚一个都没答，只是让秋明韵坐下，顺便说："等下课把拍的那张照片发给我。"

秋明韵吃了一惊，心里边发出鸡叫声，激动得忘了答应。

沈诚抬起头来。

秋明韵反应过来，正要说话，沈诚又说："听到了吗？温火。"

秋明韵蒙了。

全体学生都蒙了。

温火就知道她这一趟过来就不是什么好决定，她脑袋都要扎进桌下了，两根辫子像两根天线，在拼命拽她的脑袋，让她抬起头来。

秋明韵平复了一下心情，拉了拉她的衣裳，提醒她："沈诚叫你。"

温火不情不愿地抬起头来，展开一张全是假笑的脸，对讲台上的人说："好的，沈老师。"

教室里其他人固然惊讶，但很快就想明白了，她也许是沈诚以前的学生。沈诚叫得出名字的后辈还挺多的，虽然这是他第一次叫一个女生的名字。

很快，沈诚开始讲课，再没有人发出疑问了，除了秋明韵。她实在想不通，沈诚怎么会知道温火的名字。

沈诚的课上完，几个女学生凑过去问他问题，秋明韵用身体把温火的出口堵住了，眯着眼看她："火火，你是不是瞒着我什么？"

温火承认："是。"

她就知道！秋明韵坐下来："不是，你怎么不告诉我你认识沈老师啊？"

温火说实话："你也没问过我，而且我跟沈老师不是很熟。"

这是实话，她只是跟他很亲密，没有很熟。这个时代，不是只有熟人才会亲密的。

秋明韵真想生她的气，可她说得又很有道理，就叫秋明韵生不起气来，最后说："你晚上请我吃饭！"

温火点头："好。"

秋明韵把刚偷拍的照片发给她："行了，你给他发过去吧。"

温火转手给沈诚发过去，跟她出了教室。

秋明韵瞥一眼她的手机："你还有沈老师的微信，你怎么能藏那么深呢？"

温火跟秋明韵是朋友，她没必要什么事都让秋明韵知道。她可以帮助朋友，但不会对朋友无话不谈。朋友跟闺密还是有区别的。

秋明韵看她不想说，就不问了。

她跟温火都是聪明人，人跟人之间相处的分寸她是有数的。她也瞒了温火很多事，说了很多谎，所以她不会对温火双标。

两个人没走出多远，温火收到一条微信，沈诚发来的，让她去停车场。

温火还没说话，秋明韵就懂了："去吧、去吧。"

温火到了停车场，找到沈诚的车，上车，叫人："沈老师。"

沈诚正在看秋明韵偷拍他的那张照片，突然问温火："你觉得这张照片好看吗？"

"还行吧。"

"那是人好看，还是照片好看？"

温火扭头看他，认真地比较了一下，最后说："照片好看。"

沈诚点头，一边收起手机，一边松领带："再说一遍，是人好看，还是照片好看？"

温火推他："你好看，你最好看，你是世界第一好看。"

"帮我摘下来。"

他在说眼镜，温火给他摘下来，然后就被他封住了唇。

他对外是正人君子，对温火却是野兽："在外别扎双马尾。"

温火："凭什么！"

沈诚说过很多遍了："凭我是你的男人。"

"你才不是！"

"那谁是？"

"反正你不是，这个人以后会出现的！"

"那我们就看看，我会不会让这个人出现。"

"你会不会都阻止不了他会出现。"

沈诚把空调开低一挡，整理衣裳。

温火扭头看他，他正系扣子的修长白皙的手指就在她眼里成像。

都说男人最喜欢女人的唇、锁骨，各种地方，就没问过女人喜欢男人的什么地方，其实，女人也喜欢男人的腹肌、胸肌、手指、手腕，各种地方。

男女之间相互吸引，因为灵魂这说法太虚，漂亮的脸蛋和顶尖的身材有时候也是重要原因。

温火不经意间看到他胸前的红痕，像是挨了打。她下意识摸过去，撩开了他的衬衫，然后就确定了他是真的受伤了。

沈诚只是轻轻拉上衣裳，没解释什么。

温火也没问，但心里已经开始在想这道伤痕是怎么出现的了，想了很多个版本。

【5】

沈诚晚上有局，没跟温火待太久。

温火习惯了他翻脸不认人的德行，但这一次看他那个送客的架势，玩心大起，下车之前扑过去亲了他的脸一口，给他嘬了一个玫红色的印："沈老师，晚上好好吃饭哦。"

沈老师皱眉，还没来得及说她，她就已经利落下了车。

再从车内后视镜上一看，果然给他嘬出痕迹了。他伸手抹了一下，想把周围都抹红来掩盖，弄半天一点都没弄掉，还是那样。

他看向温火跑开的方向，她倒是走得挺潇洒。

温火是挺潇洒的，下了车，表情又变得淡然，跟刚才面对沈诚时就像两个人。

她约了程措，想从他那里多知道一些精神疾病患者的病况。

程措很忙，每天要诊断的病人多到数不过来。

他的诊室里常年放着一本书，《疯狂》，曼弗雷德·吕茨写的。第十二页引用了弗里德里希·尼采的一句话：疯狂罕见于个人，但对团体、党派、民族和时代来说则是常态。

他需要用这样一句话提醒自己，"不一样"才是常态，这样他才能真正走进病人的内心。

两个人约在日式烤肉店，程措把《疯狂》递给温火。

温火接过来："这不是你镇在诊室的书？你舍得给我？"

程措点了现切的牛肉，熟成的，还点了个拼盘，两百克西冷，然后说："我给你买了一本新的。"

温火笑了一下，她就知道。

程措说："我今天接了一个偏执型人格障碍患者，他跟你有一点很相似，就是他很清楚他的状态，他甚至比我都明白他那些状态是怎么发生的。"

清醒中死亡，这是现代人最常见的死亡方式。

程措双肘搭在桌上，说："他跟我说，精神疾病患者也只是想要用自己觉得舒服的状态生活，所以显得跟那些遵守约定俗成规矩的人不一样，但让人觉得他有病。"

温火同意："所以他找你看病，只是要跟你说他对于精神类问题的见解？"

"我觉得他就是想要倾诉。"

"倾诉什么？"

"这个就不方便告诉你了。"

"那你跟我提这个？"

"你这隔三岔五从我这儿打听我出了什么诊，不就是想通过他们的病症，还有我的疗法，来找治你失眠的办法吗？我就告诉你啊，这患者跟你一样清醒，但仍然纾解不了精神压力，仍然需要倾诉。所以你啊，该倾诉倾诉，该发泄发泄。失眠这个病，不是一朝成型的，那自然也不会一朝痊愈。"

说到发泄，温火好久没有主动发泄了。

跟沈诚那种被动发泄不算。

程措一看她那样，就知道她琢磨什么："夜店女王要重出江湖了？"

温火把服务员夹到她盘里的肉放嘴里："可以考虑。"

程措笑了："就咱俩？要不再叫几个？"

温火没说话，程措就在他加的蹦迪群里发了个邀请。消息一发出，妹妹们都冒出来了。

程措给常年混迹在那边的一朋友打了个电话，让他帮忙预订卡座，然后在他那儿买了点酒，算照顾了一下他的生意。

"这帮人，就蹭卡积极。"

"都是女的？"

程措挑眉："你敢找男的？"

温火看着他，有什么不敢？

程措敬佩她的勇气，点开一个兄弟群，发了个召集令。

下个月有一个科技方面的专利技术展览会，就在梁京举行，很内行，门槛高，沈诚被邀请到场参观，这次饭局就是主办人为表达邀请他的诚意。

沈诚没说过他要做国内专利技术代理的老大，但没有人不这么认为。

主办人看到沈诚脸上的红痕，没看出来是什么，还以为他是过敏了，关切地问："沈老师这脸是怎么了啊？是不是对这个蟹过敏啊？还是说对这个金箔过敏？"

沈诚说："没事，被家里的小狗咬了一口。"

主办人笑了："那您养的这狗有点凶啊。"

沈诚说："就是个仗人势的小畜生，稍微皮了一点。"

在座人哈哈一笑。

这顿饭吃得很顺利，散了场，沈诚邀请主办人汗蒸，主办人很为难，坦白告诉他："实在不好意思，沈老师，我这得赶下一场，跟一个朋友有约了。"

沈诚表现出很遗憾："那真是可惜了，我还想着跟您聊聊东峰科技那两项技术的申专事宜呢。"

东峰科技是主办人参股的科技公司，他一听这个，有兴趣了："这样啊，那这样吧，我问问我这朋友，看能不能改天约。"

沈诚提议："如果您实在有要紧的事，可以邀您朋友一起来。"

主办人当下没说话，但看得出来在考虑了。

沈诚又加了点柴火："两头都不耽误，您觉得呢？"

"行！"主办人走到一旁联系了他的朋友。

沈诚收起客气的神情，随即变得淡漠。

他之前让唐君恩帮他查的陆幸川避税用的皮包公司，是时候抖搂出来了。

他可不是什么大善人，他是买了瀚星传媒，但没说那笔钱是让他填陆幸川非法操盘的窟窿的。陆幸川还有一屁股税没缴呢，怎么能让陆幸川糊弄过去呢？

陆幸川千不该万不该，不该把主意打到沈诚身上，因为沈诚总会给他上一课。

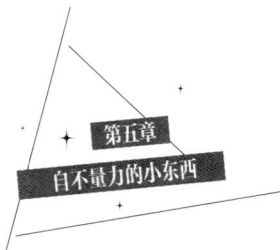

第五章
自不量力的小东西

【1】

程措叫了不少人，地方不够，就在来时改了台王，多掏了一倍的钱。

温火没回去换衣服，把衬衫脱了，就剩下吊带，露着美背和锁骨，比任何装备的杀伤力都强。

程措提醒她："我是建议你悠着点蹦，万一被我表哥知道，你这细胳膊细腿的，都不够他撅的。"

"你不说，我不说，他能知道？"

"那你就小看他了。

温火也不傻："别以为我不知道他是怎么知道我蹦迪的，除了你这张嘴，我想不到他能从哪儿知道。你当他是万能的，无所不知，我就是个白痴吗？"

程措被噎了："行吧，您蹦。我再多嘴自己抽自己嘴巴。"

温火进了舞池，程措端着杯野格，看着她的背影。

她是一个现实又清醒的女人，却有童话一样的长发和眼睛，谁都喜欢，却不是谁都胆敢侵占。

他摇头笑了笑，他也没想过侵占。有些女人，就是用来做朋友的，多一点其他感情就觉得味道不对了。程措看到温火的第一眼，就觉得他们是朋友。

收起思绪，程措搂住旁边一个小姑娘的腰，把杯递过去。

两人就你凑到我耳边，我凑到你耳边地聊了起来，聊到气氛暧昧，有人拍了一下他的肩膀："嘿。"

他烦，扭头就要骂人，看见是唐君恩，翻了一个白眼："我还以为谁这么没眼力见。"

唐君恩坐下来："又出来笙歌了？"

程措小时候总跟在沈诚和唐君恩屁股后头，就一小"催吧"的形象，长大回忆起来，老觉得那是一段黑历史，就不怎么跟他们联系了。

沈诚是表哥，那没办法，唐君恩跟他没关系啊，后来也就没一块玩儿。

唐君恩看他这阵仗："你这钱这么好挣吗？周末的大卡说开就开？"

程措说："我蹭的。"

唐君恩扭头看他身边的男男女女，都比他年轻，看着都不像富二代："谁啊，介绍介绍。下回我也蹭，自己开要开不起了。"

程措以为唐君恩不知道沈诚和温火的事儿，就给他指了指舞池里蹦得欢的温火："就那女的。"

唐君恩看过去，嚯，这不是沈诚那小宝贝儿吗？

他赶紧拍了个视频给沈诚发过去。

他都不知道，这学霸蹦迪这么带劲，这小腰扭的，挤在她周围那几个小年轻眼都直了，手一个劲儿往她身上摸。

沈诚看到这个视频的时候还泡在药汤里，裸着的上半身肌肉蓦地发紧，脖子上青筋都暴起了。

【2】

温火蹦得正欢，有个十八九岁的男生把手放在了她的腰上，还把她搂进了怀里，就好像在宣布主权："这女的，我要了。"

温火扭头对上他的脸，长得挺帅的，她正好喝了两杯酒,有点上头，就没拒绝。

男生喜欢她那个回头，那双眼甩过来，他突然有点口渴。

他问温火："你叫什么？"

"这重要吗？"

他手慢慢往上摸，就要摸到温火的胸了："你一个人吗？"

温火抬手给他指了指程措的方向，他看过去，程措和唐君恩默契地冲他举了一下杯，他骤然弹开，这样的环境里看不到他的表情，但一定很精彩。

原来这女的有伴儿。他流进了人群。

温火正好中场休息，回到卡座，倒了一点酒，喝的时候才看到唐君恩，半口酒卡在嘴里好一会儿才吞下。

唐君恩笑："看到我这么惊讶？"

温火不是惊讶，是在想沈诚的车现在开到哪儿了。

唐君恩在这儿，那沈诚肯定知道她出来蹦迪了，她前几天还跟他说她再也没去蹦迪过，这一打脸……

程措看唐君恩和温火认识，也傻眼了，急道："你……告诉我表哥了？"

唐君恩姿态悠闲地喝着酒："没有。就是发了个视频。"

程措连滚带爬地拉着温火往外走。

唐君恩喊他："你这卡怎么着啊？"

程措答都没答。

唐君恩看他也顾不上了，就叫酒保把他包厢那车酒推过来了，跟他几个朋友继承了这张台子。

沈诚跟主办人及其朋友聊完，做了个按摩，泡了泡温泉。这刚泡上，温火蹦迪的消息来了，他就待不住了，匆匆走了。

他以为他对温火没有占有欲，只是她该懂点规矩。

他也不是不让她去蹦迪，但她明明说她不去了。这是什么？这是说谎，虽然她成天说谎，但这么明显的谎，她既然敢说，就得承担后果。

沈诚这一次不想收拾她，他就想给她讲讲道理，让她知道她做错了。

没想到他扑了个空，她听说他要来，早跑没影儿了。

唐君恩看他那不太好看的脸色，咯咯地笑："沈老师这宝刀尘封多年，有点钝了啊，被一个二十多点小姑娘给拿捏住了啊。"

沈诚解开一颗西装扣子："谁说我是来找她的？"

唐君恩点头："嗯，你是来找我的。"

沈诚问他："她一个人？"

"你不是来找我的吗？打听她干什么？她就一小姑娘，就扭扭屁股，晃晃肩膀，没干别的，没被人搂腰，也没被人凑到耳边说悄悄话儿。"

沈诚看着他，神情复杂。

唐君恩就喜欢看他这副纠结的表情："年轻嘛，年轻都这样，你年轻不比她浪？胳膊、腿的都是文身，你真以为洗干净了你过去就是清纯小伙子了？"

"我是男的。"

唐君恩指着他："你看、你看。双标的嘴脸，男的，女的怎么了？依我看就是你上心了，还死不承认。大度点，别那么小气。"

"就因为我玩过，所以我知道那些人脑子想的是什么。她跟我没关系，那随她的便，你问问她，她跟我是什么关系，她凭什么。"

沈诚的话是用沉稳的语调说出来的，可分明能让人听出潮水的汹涌。

唐君恩突然意识到，他调侃的方向可能是错的。沈诚就是这么一个计较的人，跟对方是不是温火没关系。就像陆幸川弄了韩白露，沈诚也不会放过他一样。

他把"所有物"这三个字看得很重，他的东西，丢了，扔了，他愿意都可以，他不愿意，谁动一下试试。

温火，就是这件属于他的东西。

唐君恩不刺激他了，把温火丢在这边的衣裳给他："离开二十分钟了。"

沈诚接过来，走了。

路过吧台，有个女生钩住了他的胳膊："喝杯酒吗？"

沈诚抽回胳膊，没准备搭理她。

这女生喝了点酒，有点飘，喜欢征服的快感，伸腿挡住沈诚的去路："我请你喝，给个面子。"

沈诚没戴眼镜，其实他戴眼镜的时候不多，但这种时候，还是戴着的好，这样他从眼底泛出来的厌恶就不会那么赤裸，彼此也会留点体面。

这女的喝多了，神志不清，还很喜欢他这双眼，就想跟他喝酒，想加他的微信："喝一杯吧？"

沈诚说："我对送上门的都不感兴趣。"

这女生愣住，脸色逐渐难看。

沈诚又补充一句："建议你把垫在鼻子里的东西垫脑袋里点，看你不是很聪明。"

他好帅，也好讨厌，这女的瞬间酒醒，脸唰地红了。

他们说话的时候只有离他们最近的人能听到，但就这几人的眼神，也够让这女的无地自容了。

温火没回学校，沈诚知道她去蹦迪了，她还跑了，这就是在找死。她不是个听话的主儿，却是个聪明的，她知道自己干什么吃的，所以她去了沈诚的公寓。

她知道密码，却没进门，就站在门口，给沈诚发了一个定位，半句解释都没有。

沈诚过来已经是后半夜了，他开了门，她也没动弹。

沈诚也不让她进门，直接把门关上了。

温火站在门外，低头看看自己两条胳膊。她很瘦，平时看就觉得老是吃不上饭，沈诚每次一只手把她拎起时，她的瘦弱都会被放大一百倍。

她是直角肩，穿吊带最好看，她也不是那种保守的，平时学习她规矩点，这都去蹦迪了总不能裹着羽绒服。她看到沈诚把她的衣服拿进门，却不让她进门，突然觉得没劲。

沈诚要是她男朋友，她早翻脸了，就因为不是，她才不能翻脸，得跟他演。

她在门外又站了十多分钟，再给沈诚发微信："沈老师，我错了。"

沈诚洗完了澡，给她回过去："跟我装什么？你不知道房门密码？"

温火看他跟她说话了，那就是可以聊："我害怕。"

"你怕什么？"

"怕你生气。"

"我不生气，你还不配。"

"哦。"

沈诚看到她这个"哦"就生气，把手机扔一边，过去给她开门了："你在这儿给我看门呢？！"

温火抬头看着他，这就是刚跟她说他没生气，她不配他生气的人。

"进来！"

温火进门，揪着手指头，站在玄关。

沈诚走到客厅，转身看她："你不是说再也没去过了？都在骗我？"

温火解释："我上次跟你说的时候，确实再没去过了。"

沈诚发现她挺会强词夺理："所以那是提前跟我打招呼，方便下次再去？是吗？"

"我也没说我回学校，我跟朋友吃饭，吃完说去放松一下，就这样而已，我没告诉你是因为我知道你不让我去，我要跟你说了你肯定会生气。"

沈诚听出来了："知道我不让你去，你还去，你挺横。"

温火本来是要低眉顺眼地跟他承认错误的，但说着说着她就觉得不应该是这样的，态度强硬了一些："凭什么不让我去？还限制人身自由？"

沈诚不说话了，他倒要看看温火会说出什么样的话来。

"你去哪儿我问过吗？哦，你都去什么高级场合？都是人上人，西装领带，道貌岸然，聊的都是商业、政治，都很靠谱，我去的都鱼龙混杂，屁比鞋多，对吗？"

温火淡淡笑着："沈老师，咱俩差不多一个地儿出来的，祖辈有相同的身份，虽没有贵贱之分，但有高低一说。院子里高楼几座，每扇门里都是一个世界，我跟你的差距却永远不是几扇门的距离。"

她把沙发上的外套拿起来穿好："我接近你是我昏头了，你要是觉得我不听话，那算了。"

沈诚听她这话，这语气，他要不是当事人，可能就觉得是他错了。

温火想到沈诚刚才说的那句话，用在这里刚好合适："你说得对，我还不配。"

她转身往外走，莫名其妙地，她不是来跟他说真心话的，他们之间也不是说真心话的关系，可就是控制不住。她突然不想演戏了，她演技也不好，也许早就露馅了。

消极、负面的情绪覆盖下来，温火觉得自己糟糕透了，沈诚糟糕透了，跟韩白露合作糟糕透了。

沈诚看着温火走向门口，他其实可以看着她走出门的。三十二岁的他早不留给自己矫情的时间了，温火这通被情绪牵引的脾气，他看来就像一个小女孩因为没糖吃就赖在路边不走了。很没意思，他也并不动容。他可以像丢掉一袋垃圾一样，丢掉脑袋里她那些难以区分真假的委屈神情。

可他没有。

他过去摁住她握门把手的手。

沈诚的手指细长、白，微曲着，骨状透出来，死死抓住温火的注意力。

温火突然清醒过来，她正视了自己的身份，刚才那点反常很快被她融进了她的演技里——她掉了一滴眼泪在沈诚的手上。

亦真亦假。

沈诚不信，却降低了音量："我不是不让你去，是不让你自己去。就像我说，酒要有我在的时候喝，你想放松可以，但要在我看得到的地方。"

温火装出委屈："为什么？"

沈诚把她拉到沙发，坐下，自己站在桌前，说："因为每一扇门都是一个世界，每一张脸下也不都是人的灵魂。"

他把温火说他的话还回来了。

温火听出来了，他确实嫌弃那地方的人，但他无意贬低她去蹦迪这个行为，是她自己心眼偏了。

沈诚教给温火："谁跟谁都不会是一个世界的人，跟身份无关，跟思想有关。

你强调身份的差异性是因为你在意，而我不在意，就不会对我有任何影响。就算是发泄，也不要没有价值地发泄，像你刚才那通委屈，丝毫影响不到我，就是毫无价值的。毫无价值的事做多了，你的身价就掉下来了。"

温火看着他。

沈诚告诉她："你越长大就越明白，越来越难随心所欲地说话。身价，就是你随心所欲的指标、范畴。你身价高，你可以多说，身价不够高，没人听你说。"

他好现实，他把什么都跟价值画上等号，温火却不能反驳，因为他说得对。

沈诚检验她的学习成果："懂了吗？"

温火想了一下，说："不是没价值。"

只有五个字，沈诚却在话音落下时就懂了她的意思。

温火又说："你不凶我了，所以我委屈不是没价值。"

沈诚发现她很会投机取巧，不过也正是因为她聪明，这份聪明给予了她分寸感，分寸感让她舒适，所以他才愿意腾出时间来给她接近，而不是给别人。

温火站起来，走过去，去牵他的手："沈老师，那以后你带我去我再去，好吗？"

好吗？

她是多么有天赋，可以演到这种程度。

她再迈近沈诚一两步，摸向他胸膛，摸到那条类似于鞭打的瘀青，没问，但轻轻地抚摸。她的手很柔软，跟她人一样，沈诚拒绝不了。

到沈诚这份儿的人，真的什么都不如舒服这两个字，他愿意对一切让他感到舒服的人和事妥协。

温火突然亲了他一下，然后抬头看他，她好像眼里有钩子。

他把手覆在她背上："有没有人要你的微信？"

"我很漂亮，当然会有。"

沈诚眼睛好像在笑："你哪儿漂亮了？"

"那为什么喜欢我？"

"我有说过我喜欢你？"

温火埋进他怀里，鞋子踢掉，踩上他脚背："你就是喜欢我。"

沈诚退后两步，月光，灯光，美丽的温火，他忍不住拿来相机，拍了张照片，照片出来，他甩了甩，贴在玻璃墙上。

温火也看着沈诚，不知道是不是月光滤镜，他的形象从未这样甘美、柔和。

她真的错了。沈诚一直很迷人，她早应该知道的。

沈诚抬头看向她。

他是薄唇，唇形很优美，女人在微醺的状态下，都受不了眼前有这样的嘴唇一张一合，那简直会要她们的命。

温火想亲，靠近他。

沈诚明知故问："想亲？"

温火想！

"那你以后还去蹦迪吗？"

"不蹦了。"

"听不听话？"

"嗯。"

她真可爱，沈诚等不及了，凭着身体惯性和记忆将她吞没。

温火第一次觉得，当沈诚的女人好幸福。

他好厉害，好厉害，怎么能有一个男人这么厉害呢？他闻起来香香的，她好喜欢……

老男人还挺上头。

【3】

接下来一段时间，沈诚和温火之间分外和谐。

温火经常会在恍惚间觉得，沈诚的不动声色下有另外一个乖张的人格盘踞着。

最近温火的睡眠质量很好，好到她差不多要忘记，她还要去找杨引楼的母亲，去打听一下她外婆的故事。果然安逸的环境待久了，惰性就显出来了。

可能是因为没有精神压力了，温火的论文进行得很顺利，把学术放在第一位的她，看起来春光满面。

秋明韵自从跟顾玄宇一刀两断，整个人脱胎换骨，有那么点温火在学术上的精神劲儿了。

这天中午吃完饭，她把下午的任务列出来，扭头对温火说："我昨晚上看了一遍你写的那篇反粒子理论。"

温火正在看文献："怎么了？"

秋明韵说："沈老师之前也写过一篇相同方向的。"

温火抬起头来，看过去。

秋明韵咂嘴："提到沈老师你反应都多了。你真能藏啊火火，我真小看你了。"

温火说实话："我下意识以为你是要说我在他的理论基础上深入研究，或者是觉得我那篇文章有借鉴的嫌疑，我当然要做出反应。"

秋明韵笑了："难道就不是因为'沈老师'这三个字？"

"你总提到他，我哪次有很大反应吗？"

秋明韵被她这么一说，好像也是这么回事。秋明韵走到温火跟前坐下，问她："被沈老师指导过是一种什么体验？"

她只以为温火去听过沈诚的课，她太相信这两个人的为人，相信他们不会有其他关系。这也侧面说明伪装的必要性。

很多人都太容易执着于第一眼看到的画面了，不管它是不是真相。

温火说："他很专业。"

说了等于没说，秋明韵也不问了："最近没见到韩白露，她是退出娱乐圈相夫教子去了吗？还是沈老师准备金屋藏娇不让她抛头露面了？真羡慕。"

韩白露最近都没跟温火联系，但钱一直有打到她账户上，应该没什么事。

秋明韵想起一事："过两天有个电影节吧？韩白露参演的那部电影提名了，她应该会去现场吧？你说沈老师会不会去？"

秋明韵对沈诚的兴趣不是持续性的，她一般是想起来的时候就念叨两嘴，想不起来可能好几天都不会提到他的名字。

就跟随缘追星一样，有热播剧就追两天，没有就抛到脑后边。

韩白露刚跟沈诚结婚那年，沈诚就曾陪她去电影节，虽然他去可能是因为跟主办方是合作关系，但这也够娱记凑好几天的版面了。

温火说："不知道。"

秋明韵觉得沈诚会去："看沈老师那样子，还挺喜欢韩白露的。"

温火不以为意："是吧。"

秋明韵点头："我前两天才看过新闻，韩白露之前的经纪公司老板出事，是沈老师给摆平的。就是那老板太不争气了，又被查出偷税漏税，弄了一屁股泥。"

温火不感兴趣，继续看起文献："他要是不喜欢，为什么娶她呢？"

秋明韵同意："人比人，气死人。"

陆幸川非法操盘，又偷税漏税，现在是满身糨糊，抹不清楚。

唐君恩看完新闻，冲沈诚笑："牛啊！沈老师。"

沈诚闭着眼，养神。

唐君恩把手机放下："我晚上去金山街提车，你跟我去吗？"

沈诚睁开眼："不去。"

唐君恩又问："过两天那电影节，你去吗？"

沈诚没立马说话，他可能得去一趟。

唐君恩懂了："那你是以沈诚的身份去，还是演员韩白露的丈夫的身份去？"

这问题沈诚暂时没法答，他得看哪个身份对他来说收益更大。

唐君恩还有问题："你那媳妇儿最近都没露面啊，忙着干什么呢？被你下禁制了啊？你差不多行了，她在外头玩儿，你不也外头玩儿吗？干吗把自己弄成受害者。"

他不知道沈诚和韩白露过去那点事，只以为沈诚不满韩白露出轨。

沈诚没跟他聊这个话题："我爷状态怎么样？"

唐君恩被转移了注意力："白天显不出来，晚上经常会一个人到凉亭榻榻米上发呆。"

说完叹了一口气："爷真的老了，肉眼可见的。以前咱们去靶场，爷意气风发那劲头，多有感染力，跟他待一块儿都觉得自己男子汉气概足了……现在底气都不足了。"

沈诚想着忙过这几天，给沈怀玉弄个鉴石活动，让他玩玩，请一些人物，顺便聊聊生意。

唐君恩看他那眼神也知道他有点想法："你想让爷开心一下？"

沈诚没藏着掖着："嗯。"

唐君恩点头："也成。可以想个由头，叫一帮新老朋友热闹热闹。到时候还能聊点别的。"

他跟沈诚想到一块去了，不是他们有默契，是他们这样的人，已经不会没有目的地去做某一件事了。就算是玩儿，也要玩儿出价值来。

两个人吃完饭，闲聊了两句，各去各处了。

沈诚回了事务所，李亦航等他很久了，说有话要跟他说。

办公室里，李亦航噤若寒蝉，呼吸都不敢太大声，生怕打扰到沈诚，怕沈诚连说话的机会都不给他。

沈诚把早就准备好的合同放在他面前："你要是愿意，就签这个，不愿意，门在后面。"

李亦航把合同拿起来，看了一眼，这条款，是卖身契啊。他抬起头来，脸上急迫："沈老师，您这……我们不是说好我正式加入股东吗？"

沈诚左手的中指和拇指转着右手无名指上的婚戒，说："让你更方便觊觎我太太？"

李亦航一愣，面部发青。

沈诚告诉他："你不好奇为什么我太太最近没有联系你吗？因为她要在家里带孩子。你知道的，她给我生了一个女儿。"

李亦航攥紧拳头。

沈诚又说："她最近想给我生第二个，昨天买了情趣衣服，要给我穿，实在是可爱。"

每一个字都像是一枚针，扎进李亦航的骨头缝里。

李亦航跟陆幸川不一样，陆幸川对韩白露的感情是有限的，他对韩白露的感情是无限。早在看到韩白露的第一眼，他存在的意义就不是为专利了。

沈诚可以不给他股份，他虽然不爽但不会太难过，但沈诚跟他讲韩白露，就像挖他的心一样让他难以忍受。他就是这么卑微地爱着别人的妻子。

他好痛苦、好痛苦，眼前的一切都昏暗了："沈老师，你别这样对我……"

沈诚双手放在桌上："这话应该我对你说。"

李亦航跟他道歉："露露说你不爱她，你就不能成全她吗？两个不相爱的人硬要绑在一起，是两种悲哀啊。"

沈诚觉得没关系："我是一个悲观的人，我喜欢在悲观中强迫和征服，那是一种美妙的快感。"

他受不了了，他待不下去了，他要走，他要离开！

沈诚看着他像是被挑了脚筋一样跌跌撞撞地跑出去，然后看着秘书走进门来。

秘书向沈诚汇报："李亦航李工，因为跟您要股份，您当下没应，他就在我们新代理的专利技术上做了手脚，导致我们所跟远征工业的合作出现纰漏，现查明真相，李工引咎辞职。"

这就是沈诚想要的效果："很好。"

秘书接着说："现在这消息已经散布出去了，李工在这一行不会再有翻身的机会了。"

沈诚这一仗，打完了。漂漂亮亮，不愧是他。

秘书出去后，沈诚站起来，走到全景的落地窗前，看这个城市，这片混沌天空。倏然，花鸟鱼虫在他眼前乍现，它们脱了原形，变得狰狞，张着大口咆哮着扎进他肺泡管……

他跟它们争抢氧气，没抢过，最后被逼得灵肉分离。

这样的幻觉出现的次数太多了，什么东西一多，就会让人变得麻木，麻木已经让他能够没有波澜地在旁人面前掩藏情绪了。

他已经一年多不想自杀了，现在的他看起来就像一个正常人，但他做的事并不正常。

他在窗前站了一会儿，回到桌前，把韩白露跟温火联系的手机拿出来，点开微信，找到温火的头像，给她发了一条消息："怎么没进展？"

温火在十分钟后回："你自己老公你自己不了解吗？我太明显他肯定会看出来。"

沈诚坐下来，看着她的消息，想了一下，再发："他也不是一直都理智，你不会主动吗？你想办法啊，你主动一点，这都不会吗？"

温火觉得她太着急了："我够主动的了，还怎么主动？给他跳脱衣舞？"

沈诚看着这句话，摸了摸嘴唇："这个也行。"

"什么？"

"你给他跳脱衣舞吧。"

【4】

温火觉得韩白露有点不太正常，可这个语无伦次的说话方式又跟不稳重的她如出一辙，难道真的是沈诚太变态，把她逼疯了？

温火收起手机，结束了一整天的学习，打开衣柜挑了一件裙子。

换好裙子，化好妆，温火看着立身镜前的自己，突然想到一个问题，沈诚真的会喜欢上她吗？

沈诚娶了韩白露，还跟她生了一个孩子，可韩白露还是想跟他离婚，那就是说她在沈诚身上感觉不到一丝一毫的感情。

温火仅仅是沈诚一个见不得光的情人，连韩白露都不如，他会喜欢她吗？

有那么一瞬间，温火竟然觉得她并不是主导这场游戏的人。

她毛骨悚然。

吴过在这时候给她发来消息，杨引楼最近面露得多了，应该是已经从关心蕾的去世中走出来了，那就是说可以约他聊聊他妈妈的事了。

留在沈诚身边不确定性太多了，温火不喜欢这种自以为掌握了主权的感觉。

"自以为"这三个字太要命，它会模糊她很多判断力。

她胡思乱想一通，坐下来，给沈诚发了条微信："沈老师。"

沈诚在半个小时后回她："说。"

温火想了一下，没直接言明目的，发给他："我想吃鱼。"

"什么？"

"我给你跳舞，你给我买条鱼吧？你之前买过的那家，我不知道在哪儿。"

"我并不想看你跳舞。"

"脱衣舞。"

"那更不想看。"

"哦。"

"还有事儿吗？"

"没有了。"

沈诚不再回了。

温火把手机放在一边，又看了一眼镜中的自己，得想个办法让沈诚看到这样的自己。

想着，她把吊带拉下来，露出半个肩膀，侧着身子，含着锁骨，拍了一张照片。拍完觉得不是很撩人，又删掉，拉了拉胸衣，拍好，发过去。

沈诚看着她发来的照片，没什么反应，锁屏手机，放在一旁。

温火等他消息时，又点开照片看了一遍，这已经算是她最大尺度的照片了，她不信沈诚没反应，他根本就经不住她撩拨。

沈诚随手点了一下鼠标，电脑屏幕亮了，他却没有要做的事，盯着空白屏幕看了一阵，然后又拿起手机，打了一行字，没等发过去又删掉。

温火手指在桌上敲着，等他回话。

沈诚手机就在眼前，他双手交叠置在下巴，看着屏幕黑了，他点了一下，温火的照片就出现在了眼前，他不再操作，屏幕又黑下去，他再点……如此反复。

温火等不到沈诚的消息，以为是自己力度不够，发了一条语音过去："沈老师，火火想吃鱼了。"

沈诚点开那条语音，温火故意压低了声音，还有点撒娇的感觉。她很会撒娇。

她又发："要不沈老师你告诉我那家店在哪儿，我买了去找你？"

屏幕亮了，沈诚看着温火的这句话，故意等了十多分钟才回："不用了。"

温火觉得今天的沈诚有点反常。她突然想到秋明韵猜测他会不会去电影节的事儿了，下意识问出口："沈老师是觉得跟我玩腻了，想回归家庭了？"

沈诚没回。

温火没等到他的消息，直接把裙子脱了。反正她也不是很想跳舞，谁愿意取悦老男人？正合适。

温火又泡在研究所半宿，脖子开始疼的时候才走。

回寝室路上，她点开跟沈诚的聊天记录，沈诚还没回，那应该就是要跟韩白露参加电影节了。

韩白露才给她发消息，催她主动，那就是说他们的感情没有回温的可能，而沈诚这边没有回答她的问题，就是说他真的想过跟韩白露破镜重圆。

如果他跟韩白露和好了，那她算什么呢？别到时候她成了那个坏人，钱赚不到还背小三的锅。

这么想，她觉得她不能让沈诚陪韩白露去电影节。

她给沈诚打电话，沈诚还在谈工作，直接掐了。

被挂电话，温火更不舒服了，有点害怕这个剧情的发展。沈诚跟韩白露可以和好，但不能在她跟韩白露合作期间和好。他俩一和好，韩白露把她卖了，以沈诚锱铢必较的德行，她没好果子吃，他肯定不会给她钱，她要是挣不到钱，那这么长时间不是白忙活了？

温火越想走得越快，回到寝室又换上了那条裙子。

她给沈诚发了条微信："沈老师，我在公寓等你。"

沈诚看到这条消息了，但没回。

合作伙伴见他频繁看手机，以为他有急事，问他："沈老师是还有约会吗？"

"养的小狗肚子里长虫了，打算晚上给它驱驱虫。"

"沈老师养狗啊。"

"嗯。"

"养的什么品种？"

沈诚没答。

合作伙伴不问了，话题又回到轨道上。

娱乐中聊工作，时间就会过得很快，不知不觉半宿过去了，结束时已经是凌晨两点多。沈诚跟几位前辈道别，没有回公寓，而是回了家。几个小时前，医生告诉他衣衣有点低烧。

阿姨在一旁很抱歉地说："对不起，沈老师，是我没有照顾好衣衣。"

沈诚摸了摸衣衣的脸蛋，给她掖好被角，往外走，边走边说："衣衣今天上了什么课？"

阿姨汇报："上了法语课，弹了钢琴，玩了一个小时的数独，看了两部奥斯卡最佳动画片。"

沈诚走到洗衣间，从衣衣的专用洗衣机里拿出她白天穿过的衣服，展开，盯着袖口晕开的水彩笔迹，说："没有游泳课，也没有水彩课，这衣服是怎么弄的？"

阿姨慌了。

沈诚转过身来，走向保姆房，找到他事务所经手的案例，扔到她面前："医生说衣衣最近状态不好，大概是因为没有午睡。"

阿姨的肩膀开始颤抖。

"她为什么没有午睡？因为本来要哄她睡觉的你，在看我的案例。"

阿姨嘴里的唾液变得黏稠，眼珠子不知道该转到哪里。

沈诚又说："你不哄她睡觉，还给她水彩笔，让她自己玩儿，结果她不小心掉进了花池里，衣裳湿了，发烧了。"

阿姨把身子压到最低，跟沈诚道歉："对不起……沈老师……对不起……"

沈诚不喜欢自作聪明的人："你看再多我的项目，也只能是保姆。跟我共事的门槛太高，你够不到。"

阿姨聪明反被聪明误，这一步棋把自己下进死局，再无转圜可能。

沈诚可以允许他身边的人开个小差，只要有分寸。这阿姨虽然经常有不安于现状的小动作，但在照顾衣衣这件事上还算尽职，沈诚就一直是睁一只眼，闭一只眼。

但这次她触到沈诚底线了，沈诚不可能再留她。

沈诚在家待了一晚，直到第二天秘书带新的阿姨上岗，他才离开。

沈诚的公寓。

温火等了沈诚一晚上，他都没来，她看着半夜给他发的消息，他一条都没回，她也不知道怎么突然就这样了，他真的是要回归家庭了？

她拉拉衣裳，准备走了。

这时，沈诚开门进来，手里提着两个纸袋，纸袋上是黑笔画的鱼，是那家鱼火锅包装袋的LOGO。

温火就这么看着他。

沈诚把袋子拎到桌上，从西厨拿了两套餐具，摆好，抬头看她："愣着干什么？"

温火还不动弹，她等了他一宿，她委屈，她不想动。

沈诚给她把鱼端出来，盛进盘子里："你不是要吃？"

温火站着不动："你是不是对我腻了？"

沈诚给她把筷子放好，双手挂住桌沿，看过去："你觉得呢？"

温火说："我觉得你是。"

沈诚问她："那我为什么还给你买鱼？"

温火不知道："对啊，为什么呢？"

沈诚看她不过来，过去把她领到了桌前，说："因为你想吃。"

温火抿嘴。

两个人沉默时，沈诚电话响了，他接通，听筒的声音很大，他秘书的声音传来："沈老师，您一晚上没睡，我把上午的会给您改到下午吧？"

他工作了一整晚？

温火皱眉。

沈诚轻轻应一声，挂了电话，把叉子递到温火手里。

温火握着叉子，说："我给你发了一晚上消息，你好歹回我一下，那我就不会一直等你。"

"我关了微信，后面你的消息都没看到。"

"为什么？"

"因为我有工作，你给我发的那些很影响我。"

温火明知故问："哪里影响你了？"

沈诚打开手机，给她看她发给他的照片："你这个样子，我怎么工作？"

温火小声嘟囔："那你要告诉我啊，我一直等你、一直等你，我以为你要回归家庭了，我以为你要带韩白露去参加电影节了，我以为你不要我了……"

"难受了？"

温火点头："你这样不就是要跟我散伙吗？"

沈诚问她："你之前不是很横，要跟我散吗？"

温火把眼泪抹在他身上："我那都是气话，我好不容易跟你在一起了，我为什么要跟你散啊？"

沈诚说到关键了："你爱上我了，温火。"

温火很聪明："那你呢？工作了一整个晚上，还想着给我买鱼，你都要爱死我了啊，沈老师。"

沈诚没接她的话，说："电影节我会跟韩白露一起去。"

温火无懈可击的神情被撕开一道口子，但很快就被修复了，她说："如果我不愿意呢？如果我不愿意你跟她一起去呢？"

沈诚放开她："那你就要给我一个理由。"

温火定睛看着他，他铁了心要她说出爱他的话了。

"好好想，为什么不愿意我带她参加电影节。"

"不为什么。"

"很好，我不仅会带她一起去，还会带她一起走红毯，从头走到尾。"

"随你便！"

沈诚晾了温火一晚上，温火再沉得住气也会别扭，他不着急。

温火想了一会儿，走过去，拉拉他的衣裳："沈老师，我给你跳舞好不好？你别带她去行吗？"

沈诚告诉她："她是我妻子。"

温火声音很小："那我是什么呢？"

"我说了，你告诉我，为什么不能带她去，你给我一个充分的理由。"

温火的脑袋在经历一晚上不停运转后，转得没那么快了，几乎是叫出声来："因为你是我的男人！我就不愿意你带她去，我就不愿意！"

沈诚满意了，朝她伸出手："过来。"

温火把手放上去，被他拉到腿上坐下。

沈诚搂着她的腰："还有呢？"

温火音量降下来："我喜欢你，我不想你带别的女人出现在公众场合，我就是心眼小，我就是自私，我不管你跟韩白露是什么关系！我就要霸占你！"

沈诚本来也没打算带韩白露去电影节："那我带你去，行吗？"

温火愣住。

【5】

温火问他："合适吗？"

"你想去吗？"

温火不想去："我能去吗？"

沈诚说："你想去就可以。"

温火去牵他的手："只要你不带韩白露去就行了，我就不去了。我算个什么，以后有学术奖颁奖典礼你再带我去，我还勉强够个入门资格。"

沈诚不再说什么，也不知道在想什么。

温火一看他这副城府颇深的神情就心里没底，确定了一遍："你真的不会带韩白露去了吧？"

沈诚抬眼看她："不带了。"

温火知道沈诚的话可信度不高，他刚才那番逼迫的目的也显而易见，但她确实不能让沈诚跟韩白露有和好的可能，所以明知道是坑，也迈了进去。

她是韩白露雇来的，如果韩白露跟沈诚和好如初，那她的处境还能好得了吗？

她夹了一筷子鱼，本来想放自己嘴里，抬头看到沈诚，就这么放到了他的盘里："沈老师，吃鱼。"

沈诚双臂搭在桌上，盯着温火："这鱼太酸。"

"嗯？"

"醋放得太多了。"

温火心里冷笑，表面不显出来，还配合他，别别扭扭："我这人什么都吃，就是不吃醋。"

"嗯，你不吃醋，就是着急了一点，急得要给我跳舞。"

温火就知道沈诚逼她说出喜欢他的话后，免不了隔三岔五地揶揄她，或者说以后他就打算用这话来堵她。反正沈诚是不会做没有意义的事的。

她怀着鬼胎，又吃了一口鱼："我没说给你跳舞啊，你是不是记错了？"

沈诚平和的神情松动了一些。

温火吃着鱼，边吃边看他："沈老师越老越不正经了，还要看跳舞？为老不尊。"

沈诚把她吃的鱼端走："你吃饱了。"

温火看着鱼被端走了，抿抿嘴，看看他，再抿抿嘴："我才吃了两口，没饱。"

沈诚扔给她两张纸："擦嘴，我送你回去。"

温火把筷子放下："哦。"

温火到学校立刻托吴过联系杨引楼，引楼一听她有跟沈诚相关的事要说，就答应见面了。

约定日在周三，温火在周二下午腾出两个小时，去找了程措一趟。她想和程措了解一下跟杨引楼母亲这种程度的患者沟通，忌讳的地方。她还是希望这一次见面能有收获。

程措正好忙完，拿新买的露酒招待了她。

温火问他："你没病人了？"

"今天没了，等下我上大学时的学妹过来找我，我们一起去吃饭。她开车，我可以喝点。"

温火点头，聊正事了："像关心蕾这种病人，沟通时需要注意什么？"

程措说："注意她的情绪。可能你不觉得你说的话有什么，但作为倾听者，她可能会理解出一百种意思。这倒没什么，要紧的是每一种都不是积极的。"

大概意思温火听得懂，但还需要程措深入给她解释一下："怎么说？"

"你就往积极的反面去想。你是一个理智的人，理智到受伤也会分析这些伤害对身体的影响，影响大还是小，可更多女人是感性动物，这种时候占据她们思想的都是一些消极的情绪。"

程措说："失眠症患者，也叫作睡觉恐惧症，睡不着，这个世界都有错，还有什么积极可言？"

温火没说话，她的情况跟程措说的不一样，但她意外地懂了他说的那些情况。

程措擅于揣测病患的心理，他想，杨引楼母亲的失眠症如果一辈子都没有治愈，那应该是挨过了无数个撕心裂肺的夜晚吧？

他说着话，脸上显出难过。他真的好喜欢他的职业，喜欢每一个看起来不正常的人，喜欢听他们讲故事，更喜欢他们在他的帮助下，重新拥有面对太阳的勇气。

他给温火倒酒："病人真的太可爱了，怎么能有人生病了还那么可爱呢，想法都稀奇古怪的。"

温火懂了："我差不多理解那个意思了。"

程措点点头，喝了口酒："你现在急着治病，是要跟我表哥散伙了吗？"

温火刚对沈诚上瘾，可沈诚太坏了，他逼她太甚，这还只是要她说出爱他的话，要是下一次逼她在他和物理之间做选择，她怎么办？

人一定要禁得住诱惑，沈诚这样的人，绝对不是仅此一件，她失了这一件，还会有下一件。这么一想，她舍弃起沈诚来，简直不要太容易。

她跟程措说："你表哥城府太深了，我根本猜不到他的想法，我不喜欢被别人捏住命门的感觉。而且，他都三十二岁了。"

程措笑了："我表哥可能也没想到，他输掉这一局棋的关键，竟然是他三十二岁了。"

温火现在还能回忆起昨晚上胡思乱想的内容，沈诚就这么不动声色地让她一整晚都惴惴不安。这样的男人，再慕强的女人都不可能不畏惧的。

温火太理智了，理智让她可以平静地看待诱惑。

程措很尊重温火，她想怎么处理她和沈诚之间的问题，他绝不干涉，正如他会为每一个患者保密，不告诉别人他们讲给他的故事一样。他就有一种，让人不自觉对他产生信任的本事。

跟温火聊了一会儿，程措来电话了，他喝了酒，忘记到一旁去接，通话内容就被温火听到了。

温火不是故意要听到的，是声音太大了，而且对方那个声音辨识度太高了，他说："程医生，约您明天中午的时间，可以吗？"

程措在考虑。

温火呆住了。

程措考虑了七八秒左右，说："行，你约地方。"

电话挂断，温火问："是你的患者？"

"嗯，之前跟你提到的那个。"

温火记得，偏执型人格障碍，过了一两分钟，她又问："他是不是叫粟和？"

程措抬起头来。

唐君恩筹备了沈怀玉看石头的活动，忙完给沈诚打了个电话，邀他一块儿吃饭。

沈诚开完会五点多，正好赴约。

两个人碰头，默契地先叫红酒。

服务员看着二位，淡淡一笑："听哪一位的呢？"

唐君恩下巴努努沈诚："他的。"

沈诚提醒唐君恩："该你请客了。"

唐君恩脸黑下来，又把点菜的权利拿回去了。没办法，如果是他请客，就不想让沈诚点菜。沈诚这人点得太贵了。

点完菜，他看着明显得到滋润的沈诚，说："有什么好事吗？"

沈诚没说。

唐君恩眯眼："把谁家事务所拿下了？还是又遇到死心塌地的追求者了？"

沈诚还不说。

唐君恩想起俩人上高中时候的事儿了："以前咱俩一个寝室，因为你这张脸，寝室六个人，天天吃香的喝辣的。"

沈诚以前就是靠这张脸，"养活"了他们整个寝室。

唐君恩说着说着慨叹出声："现在天天我请客，你个蹭吃蹭喝的。"

沈诚还沉浸在自己的世界里，没搭理唐君恩。

唐君恩越来越好奇了："怎么了你？"

"过两天去电影节。"

唐君恩知道啊："所以呢？你现在已经沦落到参加个电影节都要偷着高兴的地步了？"

沈诚还是不说。

唐君恩猜测："跟温火有关？"

沈诚有一个眼珠转动的小动作，并不明显，但观察能力强的唐君恩看到了，确定了："她这是把你哄开心了？"

"俗。"

唐君恩结合他刚提到的电影节，再次猜测："你要带她去电影节？"

沈诚并不惊讶唐君恩能猜到个大概，他本来洞察力就强。就算不强，他们认识多年，他也知道牵动沈诚喜怒哀乐的点是什么。

唐君恩见他没回答，肯定了："你没事儿吧？你是嫌娱乐版面没你的新闻啊？"

沈诚重点并不在温火以及电影节上，而是在温火吃醋他带韩白露去电影节这件事上。

沈诚外放的情绪并不丰富，没跟他打过交道的人都看不出来他有反常，但唐君恩在某些方面太了解他了。他能看出沈诚所有微小的表情。

"你打算怎么操作？"

沈诚说："你认不认识参与这个电影节主题设计的人？"

唐君恩挑眉，猜到了一半："干吗？"

"让他把电影节整个主题的方向往学术那边靠一些，可以邀请一些业内权威人物，再有就是一些年轻血液，比如已经发过权威期刊的。"

唐君恩可以办到，但是——"我有什么好处？"

"我给你一份空白承诺书，你随便填，我都满足。"

唐君恩给沈诚竖起大拇指："不愧是你，三十岁的真心机、假纯情老男人。"

沈诚搅着蘑菇汤，没搭茬。

唐君恩是真佩服温火这个小姑娘，同时也觉得她真可怜。被沈诚惦记上，无论他是要捧还是要杀，那都不是一般人承受得住的。

【6】

唐君恩的效率很高，吃着饭就把沈诚找他办的事儿办妥了。这也从侧面说明一个问题，术业有专攻，对旁人来说复杂多变的难题，对业内人士来说，就是一个电话的事。

他放下手机，跟沈诚说："这顿饭你请。"

沈诚可以请客："那你再帮我办一件事。"

唐君恩嘴角掉下来："那没事了，我请，不就请客吗？我请、我请！"

沈诚停住搅汤的手："你不问问是什么？"

唐君恩不想知道："从小到大，你就没干过吃亏的买卖，我不用问都知道你得占多大便宜。"

沈诚觉得唐君恩不够了解他："我讲道理的。"

"你讲个头。"

沈诚不说话了，他懒得跟唐君恩讲道理。

唐君恩想到温火："你给温火那么多特权也是因为讲道理吗？"

沈诚说："她吃那么大的醋，我给她点特权有什么？"

唐君恩真不想扎沈诚的心，但他忍不住："你是真看不出来吗？她要跟你去参加电影节是想着宣示主权啊，你真觉得她看上你了吗？"

沈诚知道温火是韩白露雇来的，但他认为，温火不想他带韩白露去电影节，是真情实感。

唐君恩有时候觉得沈诚心机很深，有时候又觉得他是真蠢。难道这就是跟女人打交道必不可少的环节？感觉英雄在遇到美人后都是傻子。

沈诚说："宣示主权还不能代表她的意愿？"

唐君恩给他分析："你必须承认，除了钱，你没有任何吸引她的地方。"

沈诚冷目面对他。

唐君恩说："她才二十多点，长得也标致，找个同龄的，没有难度好吗？她干吗要跟你耗下去？还不是因为你有钱，有社会地位！"

"那至少我还有。"

唐君恩服了："你能不能把你脑袋里对温火的偏心先放一放，听听我的话。"

沈诚说："她不是好人，我也不是，但这跟她吃醋了不冲突。"

唐君恩不废话了："你说得对，她就是爱你，爱死你了，你要带韩白露去电影节，她醋性大发，她都要疯了。"

沈诚也没这么不理智："她现在还看不透她心里的想法，但迟早会看透的。"

唐君恩都被他气笑了："沈老师，我要收回说你真心机、假纯情的话，你是真纯情，纯得透亮。"

沈诚当然知道温火对他的殷勤都是因为韩白露的钱，但温火下意识的反应，他不会认错。她就是在意了，只是她不愿意承认。

唐君恩吃着饭，想了半天沈诚的过去，他过去可是很睿智的，谁的小心思他都知道……

现在是怎么了？老了？

他边吃边摇头，恍惚间回到跟沈诚同窗的时候。

那时候的沈诚，是校草，学校一半的女生都喜欢他，他人傲，经常不把人放眼里，但就因为他傲，那小姑娘都跟雨前的蜻蜓一样成群出现，对他表达爱意。

热脸贴冷屁股是不解之谜，无论屁股多冷，都会有人控制不住自己贴上去。

再看看现在的沈诚，他还是不看了，没眼看。

他喝了一口酒："要不是我最近没戏拍，我真懒得隔三岔五跟你吃顿饭，你这智商飘忽不定的，可太影响我的判断力了。"

沈诚是不会看错的，温火没感觉不会是那个反应。她在感情方面开窍得晚，所以不认为自己泥足深陷了，这很正常。

他既然玩了这游戏，那就会玩到结果出来为止，他说过，他一定要让温火求他爱她。

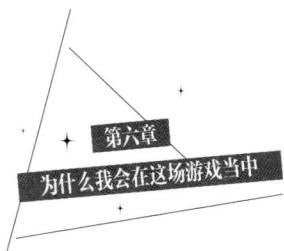

第六章
为什么我会在这场游戏当中

【1】

程措眯眼："你认识粟和？"

温火记得他的声音，他早年因为那玩意，得了咽炎，喉头水肿，嗓子废掉了，所以声音辨识度很高，只要是熟人，都能听出来，何况他们之间还有段很深的渊源。

"算认识。"

程措想到粟和白皙的皮肤，曜石一样的眼睛，还有深凹的眼窝，全都暴露了他混血的身份。

"他中加混血，你也知道？"

温火点头。她就是在加拿大认识他的。

程措八卦心理作祟，道："你们俩，有过一段？"

温火还没得及答，程措的女同学打来电话，说到工作室门口了。

程措准备下班了，看温火一个人，觉得自己就这么去吃饭，有点不够义气，就客气了一句："要不一块儿？"

温火要回学校，她还有任务没完成。

正常情况下，程措是不会管温火的，但可能是跟温火的话题没聊完，他突然想带她一块儿了："一起走吧，我问问粟和现在有空没，咱们组个局。"

温火皱眉。

程措还说："正好你们认识，说不定跟你聊两句，他的病情能有所改善呢？"

温火没话要聊："这是你的工作，你不能让我给你做。"

"我少给你干活了？我还帮你瞒着我表哥呢，你帮我聊个患者还觉得亏了？"

他这么一说，温火就没话说了。

就这样，温火答应了去程措的局，到场看到他的部分同学，还有粟和。

温火好久没见到粟和了，看到他那张脸，她还有一点类似慌张的情绪产生。为了不被看出情绪波动，她站得很远，尽量不跟他正面对上，可他却一眼就锁定了她的位置。

程措看粟和从进门视线就没离开过温火，眉梢若有似无地挑起，展开一副看戏的姿态。

他旁边的女同学是国家一级运动员，练体操的，退役后在做舞蹈老师，气质上她称第二，在场的人没人敢说自己是第一。

她跟程措一直保持联系，不是因为他们之间暧昧，有往其他关系发展的可能，而是她曾为了拿到沈诚的课表，请程措吃了一个学期的菠萝包。

后来交易变交情，两人成了要好的朋友，有事没事都会聚上一聚，聊聊现状，互损两句。

当然，她主要的目的还是打听沈诚的近况。

毕竟是年少时的欢喜，尤其还是从没得到过的，就没那么容易忘记。

朱砂痣，白月光，没有得到的都是最好的，甭管岁月更迭，时光被消掉了多少厚度，爱而不得的人都会被裹上几层滤镜，封存在内心深处。

沈诚是结婚了，可他永远是那个在篮球场打球，让她怦然心动的少年。

程措组局的时候确实有那么点想看戏的成分，他想知道就这几个人，这几个身份，坐在一张圆桌前，能产生怎样的化学反应，但他没想到，沈诚和唐君恩就在隔壁吃饭。

梁京真的太小了。

其实也不能赖梁京，排得上号、聚会条件好的就那几个地儿，撞车率太高。

饭吃到一半，熟悉这种场合的人开始在包厢里自由活动。

温火喝了两杯黑桃A香槟，去了卫生间。粟和在她之后也出了包厢。

程措那女同学楚添冲他使眼色："你那病人从进门就一直看那女孩，这是一见钟情？"

程措喝了一口酒："他俩认识。"

那没问题了。

楚添不聊他们了："过段时间那电影节，沈诚参加吗？"

程措哪儿知道？就说："没听说他去不去。"

楚添的学生应聘了电影节的礼仪小姐，这两天在接受培训，楚添借她学生的光，有到后台的资格，要是沈诚去参加，肯定会走红毯，楚添想在他走红毯之前看到他一身矜贵样儿。

说来奇怪，她明明难以忘记少年感的沈诚，却又对成熟、掌控一切的他有无法言表的好感。

温火上完卫生间，洗手时，身后传来熟悉的声音："好久不见，温火。"

温火没什么反应，洗完手，擦干，这才说："好久不见。"

粟和靠在墙上："你不好奇我为什么来到中国吗？"

温火擦干手，转过身来："中国和平，政府作为，百姓安居乐业，谁都想来中国，我不好奇。"

粟和笑了一下："我是跟一个你认识的人来的。"

温火敷衍地问："是吗？"

粟和挪了一下脚，他半扇身子被灯光照射到，黑色、微卷还及肩的头发无端添了几分忧郁，白到发光的皮肤跟沈诚有些像，但比沈诚嫩，毕竟二十多岁，很有那么点日系美男的感觉。

温火再见他跟之前感受不同了，但觉得他漂亮的想法没变过。

男人漂亮太容易让人印象深刻了，尤其是其他方面并不突出的，漂亮这一点就会特别突出。

像沈诚这种其他方面特别突出的，除非是被他近距离盯着看，否则温火都不会想起他也是个可以靠脸和身材吃饭的男人。

粟和走到她跟前，把粘在她头发上的纸屑拿下来："我会在中国待很久，我可以常找你吗？"

温火回神，还没来得及想沈诚怎么会出现在她脑海里，沈诚就走到了她跟前。

粟和在国外长大，不怎么看重男女之防，见温火不说话还刮她鼻子，就像过去一样，然后他就被一股未知的力量从后面扯开了。

温火看着沈诚把粟和从她面前拽走，脑袋里全是：这老男人跟踪她？

粟和扭头看到一张不悦的脸，皱起眉："你是谁？"

沈诚没搭理他，拉着温火的胳膊往外走。

粟和立刻拉住她另一只手。

温火没想到有一天她会被两个男人在厕所门口抢，说实话，没有电视剧里说的那样虚荣心爆棚，她就觉得尴尬，还有一点丢人现眼。

两相僵持不下，程措及时出现，把沈诚邀到他的局中，勉强化解了针尖对麦芒的局面。

唐君恩闻信也过来了，看到人不少，挺乐。

程措安排入座，很懂事儿地把温火安排在了沈诚旁边，粟和不用安排，直接坐在了温火另一边。

唐君恩见状跟程措相视一眼，交换了一拨看戏的神情。

楚添身为女人，最敏感，第六感也最准，沈诚一进门，她就觉得呼吸急促，那不是看到心上人的反应，是感觉到他为了别人而来的反应。

粟和明显没把沈诚放在心上，坐下就跟温火说："你之前的联系方式都联系不到你了，你要告诉我你的微信吗？我最近一直在用这个，还挺好用的。"

说着话，他把手机递给温火。

温火接过来，刚要输入自己的微信号，沈诚就拉了她的椅子一把，连人带椅，把她拉到怀里。

所有人就这么看着，谁也不说话。

唐君恩淡淡笑了一下，刚才还信誓旦旦说温火吃醋了，这看上去也不像吃醋的样子啊，给别人输自己的微信号那么熟练，一看就没少帮别人加自己微信。

反观沈诚，就那张看起来正常的脸，他作为一个对沈诚还算了解的人看来，太穿帮了。

程措夹了一块肉，掩饰自己想上扬的嘴角。

楚添才是现场唯一一笑不出来的人。

温火跟沈诚说："沈老师，你这样合适吗？"

沈诚反问："你不在研究所做研究，出来联谊，你觉得你这样合适？"

温火解释："就是组局吃饭，联谊这词说得太80后了。"

她又内涵他老，沈诚不跟她说了，看向程措："你自己无所事事，不要拉上别人。"

程措冤得慌："不是，表哥，就是吃个饭。"

沈诚不听："那你知道别人还要发文章吗？她把时间都浪费在这种没有营养的聚会上，她拿什么发文章，拿她的想象力吗？"

程措被堵得哑口无言。

唐君恩提醒沈诚："你不用'别人别人'地说，这里就温火要发文章。"

沈诚瞥过去。

唐君恩识趣地闭上嘴。

粟和看出来了，这沈诚跟温火认识，而且两人应该是还不错的关系。

粟和问温火："他是你叔叔吗？"

这话让现场陷入冰点。

温火悄悄看了沈诚一眼，他看起来好正常，正常得好不正常。

她跟粟和说："他是我老师。"

粟和明白了，冲沈诚伸出手："老师你好，我是温火的朋友。"

温火提醒他："我们见面时不总是握手的。"

粟和点点头："是吗？"

温火顺便给他讲了一下中国的礼仪，她讲着讲着，就搬着椅子挪到粟和跟前去了。

粟和听得很认真，后来因为热，无意识地解开了衣裳的扣子，半个胸膛露出来，肌肉若隐若现，拿走了在场女性的注意力。

唐君恩跟旁边的女孩儿议论："还是年轻好啊，你看这腹肌。我像他这么大的时候也有腹肌，这一上岁数什么都顾不上了。"

女孩儿这才觉得粟和这个混血儿吸人目光："他不愧是混血儿啊，模样真的是上乘。"

程措闻言，看了一眼粟和，他在外表上，的确很优越。再看一眼沈诚……算了不看了，程措越看越觉得他会把这条命交待在这儿。

沈诚不喜欢温火，但他的占有欲强，程措把温火弄来，沈诚不把他撕碎了都是他皮实。

温火看粟和衣裳敞开了，提醒："像你这样敞着怀，在公开场合都是不礼貌的。"

粟和点头，把扣子系上了。

这时候，服务员进来送汤，沈诚让地方，但因为挪椅子的动静太大，服务员心一慌，没端好，整碗汤就这么泼在了他胸前，他穿的衬衫瞬间贴在了肉上。

程措赶紧站起来："怎么回事？"

服务员立刻道歉，拿纸要给沈诚擦。

沈诚躲开她的手。

程措看沈诚胸都透出来了，那胸肌，腹肌，纹络分明，一块一块的，完全不像三十二岁的男人该有的身材，就这么给在场人看光了。

唐君恩小声咂嘴，沈诚这该死的好胜心。

温火看着他的胸，脑海里突然闪出几个片段……

粟和看沈诚衣裳湿了，把自己外套脱了，递过去："老师穿我的吧。"

他这一脱，身上就剩一件无袖背心了，肱二头肌让几个女性倒抽了一口凉气。这又是沈诚，又是混血小帅哥，她们太有福气了。

沈诚没要："你自己穿吧。"

粟和很热情："您穿，您年纪大了，不能着凉的。"

唐君恩没憋住，笑出声来。

温火看一眼沈诚的脸色，她觉得她要倒霉了，站起来准备结束这场没意义的 PK。

沈诚在这时候解开了衬衫的扣子，他像是雕出来的胸膛就这么在一枚一枚扣子松开时被解禁。二十二岁有这样的身材不稀奇，年轻，代谢快，随便练练就成。三十二岁的男人还能有这样的身材，那就不容易了，他需要保持运动量，而运动本身就是会为他增加魅力的行为。

温火过去给他把衬衫又扣上了："沈老师，你喝多了。"

她扭头跟在场人说："我送沈老师回家。"

粟和不放心："我开车了，我送你们吧？"

温火带着沈诚往外走："不用了，别扫你们的兴。"

粟和客气、纯粹的神情在温火和沈诚的身影离开后变了，就像是恶魔短暂地收起了獠牙，配合人间的生灵玩了一个角色扮演的游戏，现在游戏结束了，他褪掉了伪装。

这样子的他，只有程措看到了。

楚添不想待下去了，跟程措说了一声，也提前离场了。

她是不相信沈诚会出轨，可他明显在争什么，除了温火，她想不到他刚才那些行为还能是为谁。

唐君恩参与到程措的聚会中，晚上又有着落了，就没走。

他还有闲心调侃："就沈诚那个鸡贼样，温火那个小丫头片子真不见得是对手。"

程措瞥他："你俩约饭就不能远离人群吗？这是什么运气，碰上你俩。"

唐君恩耸肩："这可能就是缘分。"

"滚！瞅你就来气！就没一回能给我带来好运气。"

温火把沈诚带出来，从包里拿纸巾，给他擦胸上的汤。

沈诚攥住她的手："你是故意的？"

温火不是故意的："我之前在国外时跟他认识的，这次碰上是偶然，我也没想到。"

"久别重逢？"

温火解释："久别重逢是形容朋友和亲人的，我跟他既不是亲人，也不算是朋友。"

沈诚点头："嗯，不是朋友有那么多话聊，我以前也没见你这么健谈，还这么有耐心，你对上我的时候可是牙尖嘴利，还不耐烦。"

"沈老师你能别找碴儿吗？"

"姓温的，你跟我深情表白连两天都没过，你这移情别恋得有点快。"

温火把纸扔在他身上："我不就跟他说了两句话吗？我们同龄，有共同语言，他长得也帅，我说两句怎么了？我说两句就是有别的想法了？"

沈诚气死了："那叫长得帅？"

温火觉得挺帅的啊："那还不帅？"

沈诚想掐死她："同龄？有共同语言？你现在嫌我跟你没有共同语言了，堵在我车前不让我走的不是你了？天天叫沈老师，说你想我，都是装的？"

越说越离谱，温火从另一个角度反击："楚老师的视线一直在你身上，那我不是没介意吗？我就是跟认识的人说两句话，你至于心眼那么小吗？举世无双的沈老师，你能不能干点成人的事？"

沈诚看着她："你为什么不介意？"

温火气结，不想跟他说了，扭头就走："你自己回去吧！"

沈诚一把拉住她："温火！你别跟我任性！"

温火扭头就给了他小腿一脚："现在是谁在任性？！沈老师，我刚要不拦着你，你就在大庭广众之下脱衣服了，就你这个胸肌、腹肌能给别人看吗？"

"给别人看怎么了？"

温火瞪他："我的东西凭什么给别人看！"

沈诚莫名其妙被取悦了，火气消了大半："谁说是你的东西？"

"就是我的！反正是我的！"

【2】

沈诚把温火带到了他在郊区的别墅。

沈诚抱她去洗了澡，温火突然不想自己睡，在沈诚把她抱上床、准备离开时，拉了拉他的衣角。

沈诚扭头看她。

温火说："沈老师，你可不可以不走？"

沈诚没答，走了。

温火看着他走出门，竟然有一点如释重负。她不知道她为什么会这么说，但沈诚没留下来，真好。要是他留下来了，他们之间就走不下去了。

她躺在床上，双手抱住双臂，是个保护自己的姿势。

她不知道跟沈诚的关系还会维持多久，她是很想让他爱上她的，只要他爱上她，他可能就会主动跟韩白露提出离婚，到时候她提供一些沈诚出轨的证据，韩白露拿到钱，她也拿到钱。再跟沈诚摊牌，说自己其实并不爱他，沈诚让她滚，水到渠成……

可是，沈诚要什么时候才能爱上她呢？

沈诚最近好像对她有些上心，但她知道，昙花一现，就像刚才他哪怕犹豫一下再走都没有。

正爱不释手的玩具突然有叛离的征兆，哪怕是她也会多放一些注意力在它身上，何况是心眼多的沈诚。说来可笑，温火明知自己是玩具，还是未经大脑地挽留了他。很多未经大脑而做的事，就是潜意识里想做的事。

温火不想承认她潜意识对沈诚有了一些期待，因为无论是他的外表，还是他最近虚幻的关爱，都是一个正常人无法抵抗的。无法抵抗就是诱惑，可大多数的诱惑是不正确的。

什么样的诱惑是正确的？

比如她喜欢推公式，总有稀奇古怪的发现，并愿意不吃不睡去为她的发现佐证，为的就是正确两个字，她要她的发现是有意义并且正确的。这种诱惑就是正确的。

她跟沈诚从一开始就是一场安排，当然安排下事情的发展无法掌控。但从一开始就是错的事，能纠正过来吗？那么她跟沈诚之间那么多叫人上头的行为和氛围，就是不正确的诱惑。

清醒如她，第一次有了不清醒的趋势，这让她顿失安全感，不得不抱住双臂企图增加一些勇气。

她拉拉被子，闭上了眼。

五分钟左右，门被打开，她睁开眼。

沈诚走到她床边，躺了上来。

温火支起上半身，看着他："沈老师？"

沈诚平躺在床上，闭着眼睛："睡吧。"

"你要在这儿睡？"

"不是要我陪你？"

温火哑口无言，她突然无法形容她的心情，说开心好像没有，说郁闷更不是，好像类似于惊讶，可她惊讶的时候不是这样的。

她想不通了，第一次琢磨不透自己了。

她躺好，看着吊灯，说："沈老师，你再这样我真的要怀疑你爱上我了。"

沈诚淡淡地说了一声："嗯。"

温火扭头："嗯？"

沈诚说："你这两天一直在吃醋。"

温火可不认："我没有吃醋啊，你别自作多情。"

"嗯，没吃醋，就是酸。"

"就算是酸了，跟你也没关系，你不用这样。"

沈诚翻身面对着她："我在哄你。"

温火更奇怪了，像是有什么东西无形中捂住了她的嘴，叫她说不出一句话。她转过身，背朝着他，她要压住她的心跳。

沈诚有时候直，显得呆，感觉在男女相处之道上一点都不开窍，可有时候吧，他说的话就很让人大脑一片空白，完全不知道接下来该怎么办。

这话不断在温火脑海里重播，她睡不着了，翻来覆去就是睡不着。

沈诚把胳膊伸过去。

温火看了一眼，没回头，说："干什么？"

"给你枕的。"

"不用。"

沈诚把胳膊收回去。

温火转过身来："这就收回去了？"

"你不是不用？"

温火心一横，滚进他怀里，拉住他胳膊，枕上去："哼，你不知道女人很口是心非的吗？"

沈诚搂住她的腰："哦，那是我误会你了。"

温火咬了一口他的手指，给他咬了一排牙印。

沈诚抬起手来，看着她的牙印："你属狗的？"

温火往他怀里蹭，她真喜欢他的胸膛，真有安全感，还有一股檀木香味……

沈诚要被她挤到床边了："别挤我。"

温火就要挤，还要哑着嗓子问他："沈老师你喜欢我吗？"

沈诚不喜欢："这个重要吗？"

温火摇头："不重要，但你要说喜欢，我会开心的。"

沈诚说："我不讨厌你。"

温火又问："那你可以为我做到什么程度呢？会不会离婚呢？"

沈诚不说话了。

温火觉得自己太着急了："没关系，我只要可以拥有你，见不得光也没关系。有些女人就是这样，她们不要名分的，她们只要人。比起得不到你的韩白露，我好很多了。"

沈诚摸着她的头发："装得挺像。"

温火忽略了这句话，尽量让自己看起来很诚恳，歉意十足："沈老师，我之前跟你说谎了。"

沈诚双手垫在脑袋后边："是吗？"

温火说："我接近你并不是因为你可以帮到我，也不是因为虚荣心，更不是因为看上了你的钱，我就是喜欢你，我没见过一个男人这么好看，身材这么好，我天天晚上做梦都是跟你在一起。"

沈诚看着她："我怎么相信你呢？"

温火俯身亲了他嘴唇一口："我都投怀送抱那么久了，你还看不出来吗？我是个学物理的，很古板的，什么都给了你，我死都要死在你身上的。"

反正已经说了喜欢他，那多说几次、说多一些，也没关系了，以后就走这个路线，天天甜言蜜语、狂轰滥炸，她就不信炸不到他。

他不就喜欢听这些吗？逼也要逼她说出来，那她就说啊。

沈诚突然笑了，笑得不深，很撩。

温火看着，心跳都快了，沈诚是真勾人啊！她以前怎么没发现呢？

沈诚问她："真心的？"

温火点头："特别真。"

沈诚："温火。"

"嗯。"

"你还有没有事瞒我？"

温火装出来的深情突然被按了暂停键，她以为自己流畅的演技就这么被他否定了，数秒时间，她脑袋里过滤了太多他们相处的画面，她在竭力搜索沈诚已经知道她跟韩白露合作的可能。

沈诚看她反应这么大，没逼问下去，强行转移了话题重点："比如跟那个混血儿的关系。"

温火松了一口气，趴在他肩窝上："混血又怎么样，我喜欢的只有你啊。你干吗？不自信了吗？那么多人会因为你抬头、说话，这些稀松平常的动作尖叫，你有什么不自信的？"

沈诚不再说话。

温火也不再说。

但他们都知道，两个人之间有一层窗户纸，这张窗户纸具体隔着的是什么，是温火的阴谋，还是沈诚的将计就计，都不知道，但有就是了。

他们在这一晚上看似走心，其实没有。他们在交谈中，认清了他们之间有一层窗户纸，都没捅破。

这就让人有点惧怕了。

温火和沈诚眼里都氤氲着各自的秘密，但谁都不说，似乎是为某一天的爆发埋下了伏笔。

【3】

程措和粟和的私人时间。

粟和喜欢这个茶馆。

程措的品味其实还挺不错的，可能跟他出身有关，长辈都是社会上有头有脸的人物，他在他们的影响下也不至于上不得台面。

程措看他还挺喜欢这环境，放心了："其实明天见也好，但既然今天我们碰头了，那就聊一聊。"

粟和把手机放桌上："我得十二点前赶回去。"

程措看一眼手表，十一点，一个小时够了："嗯。"

粟和手捧着杯子："我其实并不觉得药可以治好我，但你给我开的药我都会吃的。"

程措笑了笑："我也有一个病人不爱吃药，自己研究出了克服自己病症的方法，还挺管用。虽然不值得推荐，但不得不说，很多病其实并不是只有吃药这一条路。"

粟和抬起头来："可被送进精神病院的病人每天都要吃药。有时我会想，他们真的有病吗？"

程措也想过这个问题，那些人是想通了还是没想通呢？其实疯了未尝不是一种对人生的选择，可以逃避很多苦难，永远活在自己的世界里。

他遇到很多理性的人，比如温火这样注定会成为物理学家的，他们很难理解心理学、精神病学。

程措以前还会跟他们辩论，从事这行业时间久了，他反倒理解他们了，就像约翰·舒勒一本书里写的，很多心理学家一样认为心理学混乱不清。

原话他记不清楚了，但意思是这样。心理比人性还不好揣摩，人性复杂，心理则是荒谬。

粟和又说："你是临床心理学家，还是精神病专家，你为什么不选择投身学院，或者去医院？我认为你的价值不应该被限制在这一间工作室里。"

程措笑了："我只想帮助人而已。"

很简单的一句话，粟和再无疑问。

程措也给病人用过电击，打过镇静剂，灌过麻醉药，他也曾无所谓他们幻听的声音、虚妄的梦境、几个人格、几副面孔……

当他是一个严格意义上的临床医生，他自己都会觉得，他只需要控制住他们发疯，给他们开药，那他的任务就算完成了。

突然有一天，他所在的精神病院里出现了一个正常人，可他们没分辨出来，最后把他逼疯……

程措才终于知道，他学了那么多东西，全学狗肚子里了。

致使他们发疯的原因，还有他们会听到的声音、看到的画面、怪异的行为，这才是他需要注意的主观因素，而不是在某一个人有发疯趋势时，只想着怎么去抑制。

就算是身为心理医生的程措，也不否定一点：没有人愿意听精神、心理有问题的人说话，也没有人愿意相信他们这些发疯的话里，其实有很多是真的。

举个例子，听到"抑郁症"这三个字，更多人的反应都是矫情、装蒜、哗众取宠、逃脱责任……

非要到患者自杀了，这帮人再短暂地哀悼一会儿，好像是在惋惜一条生命，其实只是在试图缓解自己的罪恶感。他们需要用这样感动自己的方式来抹掉他们在死者生前对其伤害的罪孽。

程措说："患者很需要帮助，但很少有人真情实意地帮助他们。这就是隐患。当他们发现，帮助他们的人并不真诚，于他们的病情来说只能是雪上加霜。信任被颠覆其实比从未被信任受到的伤害大很多。我想做那个真诚的人，无论他们能不能痊愈，我都想值得他们信任。"

粟和有短暂的失神。

他不知道该怎么形容程措，但他确实想错了程措，程措其实是一个很通透也很简单的人。

程措不跟他聊这个了："你的病是真的，但你找我看病，目的却不真。"

粟和挑眉。

程措并不想拆穿粟和，可温火是他的朋友，他不想她成为被算计的对象，更不希望自己是推波助澜的那个人。

粟和眼看瞒不住了，也不再掩饰："是，找你就是因为你跟温火认识。"

程措双手搭在桌上："为什么？"

粟和更好奇他是怎么看出来的："你是怎么知道的？"

程措说："我是心理医生，你在聚会上太针对沈诚了，这不该是对一个刚认识的人的反应。"

"你为什么不觉得我在吃醋？我一眼看出他跟温火关系不一般，我不喜欢他靠近温火，我忍不住说话带刺。"

"你刺不过他，他暂时没跟你一较高下只是因为他注意力在温火身上，等他一个人独处，你的一切都将不再是秘密。"

"你是说他会找人调查我？"

程措不知道，但沈诚心眼太小了，他锱铢必较，没人可以占他的便宜。他暂时不知道粟和的段位，但绝不会比沈诚高，沈诚是他见过心思最缜密的人，没人能算计到沈诚。

他是真的为粟和考虑："我建议你不要给自己找刺激，你的病情并不稳定，还是安分点。"

"你说这番话是因为沈诚是你表哥吗？"

程措端起茶杯："是因为你是我的病人。"

粟和微怔，随即卸下心防，跟程措交代了此次来中国的目的。

原来他跟温火在小时候就认识了，那时候温火刚随母亲到加拿大，英语说不好，都是他和他弟弟在教，三个人情同手足。

后来因为一些变故，温火回了国。

他阴差阳错知道她的近况，知道她回国之后就染上了失眠的病，很大程度地消耗她的精气神，他正好有机会来中国，就试图用过去的事帮她。

他听说失眠或许是因为心里有牵挂，他想着她应该是有牵挂，毕竟从加拿大离开之前发生了太多事，她并不愉快，他想要打开她的心结，心结打开，她应该就好了。

"温火你还是别操心了，她是个很有主见的人，她并不需要任何人的帮助，你也好，沈诚也好，她都看不上，她理性到你诧异。我还没见过哪个女人能有她这份理性，所以你担心的情况根本不会发生，聪明的人都不会让自己受哪怕一丁点的委屈。"程措说。

粟和淡淡笑了一下，没说话。

程措又说："既然你找我看病，那我会帮助你，其他的就算了。我尊重、呵护我的病人，但我永远站在我表哥和我朋友那一头。"

粟和给他满上茶："我也永远站在温火那头。"

程措通过他的表现，愿意相信这一点："那我就放心了，你偏执，我会尽全力帮助你的。"

【4】

温火早早起床，想先回学校把一整天的工作量压缩到一上午完成，为下午跟杨引楼的见面腾出时间。

她其实不用那么小心翼翼，但这样贸然拜访，还是要聊人家的病情，总归是不太礼貌的。

她想自己礼数上做到周全，至少不让人反感。

她醒来时沈诚不在，洗完澡他出现在餐厅。桌上是纳豆村的寿喜锅，她有点惊讶，这个点，开门了吗？他从哪儿搞来的？

沈诚叫她："过来。"

温火走过去，站着。

餐具就在桌上，沈诚没伺候她："自己吃。"

温火坐下来，想问早上吃寿喜锅会不会太腻，沈诚就把柚子水端了过来。她没话问了，坐下吃饭。

纳豆村的寿喜锅是温火吃过印象比较深刻的日式火锅，她跟秋明韵去吃的。

在这之前，沈诚跟温火吃过的饭一只手都数得过来。

她跟他在一起时为增添情趣，提到她爱吃什么东西。

这倒给沈诚提供了思路。

温火想着过去，沈诚是真的过分，谁知道下一次他是不是更过分？

往这个方向去琢磨他，温火就有点不高兴了，脾气也上来了，嘴角往下瘪着。

沈诚看她吃着吃着不高兴了，问她："这不是你要吃的？"

温火抬头，因为自己脑补的内容，还在生沈诚的气，语气不善："我什么时候说过？"

"在我办公室。"

温火刚想说她什么时候去过他办公室，眼前突然闪出一个画面……

沈诚看她那表情："想起来了？"

温火想起来了，当时她说饿了，想吃火锅，沈诚恍若未闻，把她送走了。

沈诚给她倒了一杯柚子水："喝了，我叫人送你回学校。"

温火端着杯子，看了一眼杯里的柚子肉，再看一眼沈诚。

他总是起得很早，早早就把自己收拾好。他最常穿的是西装，他有很多西装，衬衫也有很多，他今天穿了一件白色的，嗯，严格意义上来说是白色浅蓝纹。

他穿上衣服显不出肌肉，温火以前看健身教练穿西装都有点像大猩猩，实在不好看，可沈诚不是，沈诚穿上衣服显得清瘦。而且他的手漂亮，袖扣系上，顺着他的胳膊看向手，她都会屏住一会儿呼吸，没办法，他那双手真的叫人欲罢不能。

想着，她目光就落到了沈诚的手上，她近来是越来越能理解秋明韵了。

她以前是真不知道沈诚有什么好，岁数那么大，还结婚了，虽然有钱，但有钱的海了去了……原来她是身在福中不知福。

沈诚看她走神了，过去捏住她的脸。

温火醒了，皱起眉："干什么？"

"你再看一会儿就去不了学校了。"

温火还有事儿，她得去学校，收敛了："不看了、不看了，不就是男人嘛，我们学校有的是。"

沈诚无动于衷。

温火好奇："我说这话，你不吃醋吗？"

"你要是看得上你学校的男人，就不会死皮赖脸缠着我了。"

"谁死皮赖脸缠着你了，沈老师别给你脸上贴金好吗？你怎么对你长相那么自信呢？再说，你要是我看不上我，我也撩不动啊。"

沈诚真想把她那一排小尖牙给她拔下来，看她还敢不敢成天气他："你还去不去学校了？"

温火见好就收："去去去！"

中午，沈诚刚忙完，接了金歌一个电话，金歌说有事找他，他开车去书店接上她一起去吃了饭。

点完菜，金歌直接问沈诚："衣衣是单亲户口，对吗？"

沈诚没有反应，也没说话。

金歌懂她的儿子："你没跟韩白露结婚，你撒了个弥天大谎，可你为什么要瞒着家里人？"

他大办婚礼，昭告天下，除了可以更自由，他也想给自己减少一点麻烦。

太多女人往他身上扑了，防不胜防，而且扑过来的女人都很聪明，手段过于高明，他可以应付，但不想应付，他很烦去应付女人。

那么结婚就能够方便有效地避免这些问题，虽然还是有些冥顽不灵的，但确实少多了。

优秀女性是不会让自己陷入破坏别人家庭的丑闻中的，剩下那些一般优秀的，沈诚完全不用放在眼里，她们即便想办法出现在他眼前，也没机会跟他说话。

他回答金歌的问题："我以为这是我自己的事，我可以自己做决定。"

"可是儿子，你有妈啊，你什么都自己做决定，我还有什么用呢？我现在是连一个倾听者的身份都不配有了吗？"金歌有点难过。

沈诚神情有一丝动容："不是这样的，妈。"

金歌想起以前："我知道我跟你爸曾做错过决定，这影响到了你的性格，可我们是第一次做父母，第一面对那样的情况，我们出于保护你，不得不那样做，然后你就走了好几年，音信全无。后来你回来，我们以为你想明白了，结果却是我们连一句你的实话都换不来吗？"

沈诚去加拿大那几年也不光是因为那件事，他也想找到真正的自己，只是没想到，他还未想清楚，更大的刺激接踵而至，他因此患病。

他对父母没有怨念，他们很爱他，给了他一切，他其实生活在一个很幸福的家庭，只是一个人会成长成什么样子，家庭只是一部分原因。

他觉得这样精于算计的自己没什么不好，他可以保护自己，也可以保护他想要保护的人，身为男人，可以做到这两点，足矣。

所以在他的概念里，很多事不必让更多人知道，因为没用，没有用的东西就不是东西。

金歌这饭是吃不下去了，她并不怪沈诚的做法，她只是难过他瞒着她："你可以告诉我，在加拿大，到底发生了什么吗？你是不是还在怪我？"

沈诚不想回忆，他不太确定加拿大那段经历该用恶心，还是该用遗憾来形容，也不确定当年让他出走的原因到底还能不能影响他："妈，你从不逼我的。"

【5】

金歌没再逼沈诚，毕竟亏欠过。

沈问礼看金歌垂头丧气地回来，放下手里的书："见儿子去了？"

他们家客厅是下陷式的，金歌走到沙发区，坐下来，不想说话。

沈问礼给她磨了一杯杏仁水，端到她手边。

金歌道谢，说："你就知道我是去找他了？"

沈问礼坐下来："我自己的妻子和儿子，我还是了解的，你这些年来只会因为儿子露出这样哀伤的神情，这眉头皱得死死的。"

金歌放下杯子，摸摸脸："是吗？"

沈问礼把她的手拉过来，握住："他做了什么？"

金歌为沈诚保密了，只是说："我想起我们之前送走他朋友的行为，我越来越觉得我们错了。"

沈问礼不这样认为："我们身为父母不能让他被温水煮青蛙，这也是对他的负责。"

沈诚那时候才十几岁，正值青春期，他想不明白为什么父母突然变得陌生，他们明明很开明，不干涉他交朋友，为什么突然就变了，而他的好朋友，为什么突然就不联系他了。

他开始敏感多疑，他纾解不了这种情绪，遂逃到国外，开始过跟之前不一样的生活。

金歌那时想过把他带回来，但贸然送走他朋友，已经对他造成影响，她不想再伤害他。

沈问礼却不这样想，他还是很固执的，他一气之下跟沈诚断了联系，表示他要是不回来，他是死是活都不再跟他们有任何关系。

金歌想偷偷接济沈诚，可他不要，他在加拿大交了一堆乱七八糟的朋友，社会上的，学校里的，还有一些企业的高层。

沈家夫妇高明的交际手段，这时全在他们儿子身上体现出来了。

后来金歌知道，沈诚上学了，他到底还是知道了上学的好处。

他学了物理，对物理表现出了空前的兴趣，并得到很多学者的认可。这都是后来他们知道的。

再后来，沈诚回了国，脱胎换骨，成长成沈问礼和金歌万万没想到的样子。

沈问礼开始给他铺路，他有好的底子，人也聪明，更有实力在手，他后面的成功顺风顺水，只不过他再也不愿意跟他们一起生活。

夫妻俩心里就这么埋了一颗疙瘩，总消化不掉。

金歌摇头："可我们那个决定还是让我失去了他。他是我的儿子啊，他好像看不到我了。"

沈问礼看金歌太难过了，抱住她肩膀："没事的，他很优秀，我们的儿子很优秀，他能想通的，那件事不会在他心里存在太久的。"

金歌手都在抖，她抬起头来："做一个优秀的人，很辛苦吧？"

沈问礼怔住。

金歌说："你看，你都觉得他很优秀，所以他一定要想通。如果是这样，我真的很想他平凡一点，普通一点，不必那么优秀。"

沈问礼因为金歌的话也陷入了迷惘中。

"优秀"这顶高帽，好像真的委屈了"有能力者"。

温火被吴过带去了杨引楼休息的地方。

她拿沈诚当敲门砖，杨引楼不仅会见她，还会表现出极大的积极性。

像杨引楼这样德高望重的人物，傲气是有的，毕竟身边人不会说他的不对，长此以往，他会沉浸自己是宇宙中心的幻觉里。

但毕竟是德高望重，没一定实力也没人围在他身边，所以他很容易调整过来。

他对沈诚就是很虚心的态度，他不否认自己是前辈，却也认可沈诚的成绩，并且愿意跟他交流。只是两个人忙于不同领域，几乎没有过甚接触的机会。

第二次见面，杨引楼多看了温火两眼，她的眉毛长得像部分男性，就是剑眉，却不锋利，刚刚好，柔情和英气参半。

吴过给两个人正式介绍："杨教授，这是温火，之前沙龙咱们见过，她是沈老师的学生。"

杨引楼点头："你找我，跟沈老师有关系吗？"

他比较直接，温火也就直接说："对不起杨教授，我提沈老师，只是因为这样容易见您。"

杨引楼有些不高兴了："那你找我是什么事？"

温火把她外婆和杨引楼母亲的照片拿出来，推到他面前："这里边戴发带的是我外婆，她死于爆发性心肌炎，心脏方面的病是过度消耗造成的。"

杨引楼不快的神情被惊讶代替，他拿起照片端详一番，然后看她，似乎在寻找她和照片中人眉眼间的相似之处。看了一会儿，他说："你想说什么？"

温火再把自己的病历本推给杨引楼："我也是失眠症，我想活下去。"

吴过闻言忘了表情管理，感觉全身精血都聚在了脸上，呆愣愣地看看温火。

杨引楼有一瞬失常，但毕竟道行深，那点慌张很快便散了。他随手翻翻温火的病历本："虽说你找我帮忙我不帮很不通人情，但你这样算计我帮你，好像更不礼貌。"

温火说实话："如果我不提沈老师，您会见我吗？"

杨引楼不说话了，他确实不会见。

温火以前觉得吴过可以帮忙引荐，后来通过跟他接触，发现他做不了杨引楼的主，也就是说，绕来绕去，她还是得用沈诚大名，才能达到目的。

杨引楼思考了一番，原谅了她的行为，跟她说："我母亲已经过世很久了。"

温火如遇雷殛，最后一点希望在心底崩塌，众人践踏。

电影节如期而至，韩白露得去参加，因为有她参演的电影获得提名。

这次，沈诚亲自来接她。

他当然不是善良，只是她现在还不能出事。

从杨引楼那里回来，温火就不对劲了。

杨引楼的母亲早就离开了，也就是说他母亲的病没有治好。这个病治不好，因为它本质上就算不得是病，只是失眠而已。

她本来以为她有退路，她可以在跟韩白露结束合作后潇洒远走，可现实告诉她，她没有退路，她不能离开沈诚。她还淡定得了？

她给韩白露发微信，打了一行字，觉得没重点又都删掉，最后说："你当时为什么会找我？"

沈诚早问过韩白露，韩白露会找温火完全是因为他不允许女人靠近，但对物理宽容，对学物理的人都相对和善。

沈诚没回答温火，反问她："你当时为什么会同意？"

当然是因为他可以帮她入睡，或许还能帮她在学术方面上一个台阶，其次是因为韩白露给她的钱不少。

但她不会这么说，她说："因为钱。"

沈诚不回了。

温火话还没说完："你要找我来恶心他，恶心自己，这是你的事，我拿钱办事，我不必过问。但你有没有想过，我要是爱上他呢？"

沈诚看着这句话，眼眸变了颜色。

他回复："你现在爱上他了吗？"

温火没有："我不知道。"

沈诚用韩白露的口吻跟她说："那就快点让他身败名裂！如果你不能帮我顺利离婚，我也不是就能吃这哑巴亏的！你别想好过了！"

温火跟她说了两句话，被她坚定了信念，确实，温火不能动长久地留在沈诚身边的心思。

她跟沈诚的开始是一场交易，如果沈诚知道，她绝对没好果子吃。她不能因为她想抑制失眠，慢慢习惯了他在身边就忘记这一点。

沈诚对她的好都是建立在以为她是一个解决他寂寞的小白兔的基础上。

等他发现，这只小白兔有一口獠牙，把他从头算计到了尾，他不会让她好过。

她为什么不希望沈诚带韩白露参加电影节，就是因为要杜绝他们一切和好如初的可能，她怕他们回头一起对付她。她可以解决一次这样的危机，能解决所有的危机吗？

　　纸是包不住火的，她长时间待在沈诚身边，迟早露馅，所以她不能拖了，得快点结束。

　　至于失眠，杨引楼那边的法子断了，她可以换一个人，她并没有试过其他人，说不定比沈诚还好用呢？她总得去尝试。

　　如果不行，那也没关系了，她接受。

　　她也活得够久了，总不能天让她死，她还死皮赖脸吧？

　　她并不是一个消极的人，哪怕会像狗一样活着也要活下去，所以她那么努力想要治病。可就在杨引楼告诉她，她母亲去世多年时，她突然觉得坚持不住了。

　　她在杨引楼母亲身上抱的期望太大了，她以为一定会有办法，她一定会睡好每一晚……

　　期望太高时，失望似乎是既定的。

　　她对心理学知之甚少，说到期望，她只会想到概率论和统计学，想到数学期望。这跟她对于杨引楼母亲会有治疗方法的期望是两码事。

　　在这件事上，她似乎只是出现了认知失调。她凭着现有的条件，去猜测合理性最大化的结果，她以为稳操胜券，实实在在地忽略了那些条件的来源是不是可靠。

　　这一次的打击，让她开始质疑，那么努力地活着有什么用呢？

　　为了家庭？可他们都能好好照顾自己，她存在的价值根本不大。

　　为了物理？她是热爱物理，物理帮她确定了人生方向，但也不是她费尽心机活着的理由。

　　她突然不知道自己为什么那么想要活下去。

　　她突然觉得她做的所有事都多此一举，都无聊到了极点。

　　以前看书，书上说人活着就是在浪费时间，她不以为然，现在想想，她这些年都做了什么呢？她看不明白了，她的理智不够用了。

　　当她出现这种厘不清思路的情况，她会清零思想，想着怎么去结束。

　　她给韩白露回微信："沈诚近来给了我很多特权，也提出带我参加晚上的电影节，我没答应，我准备悄悄去给他一个惊喜，届时想办法让现场媒体注意到我们，坐实他出轨。"

沈诚从容地回："到时候你也会成为众矢之的。"

温火说："沈诚不会允许媒体曝光的，为了他自己他也不会，所以这件事只会被小范围知道。到时候我们借题发挥，一起逼他做选择。他被逼到一定份儿上，会答应你的请求的。"

沈诚冷眼看着这行字，打过去："你为什么认为他能被两个女人逼到一定份儿上？"

温火这段时间这么卖力地撩拨他，她知道看似和谐的相处都只是逢场作戏，她前几天还能冷静地分析沈诚对她这种昙花一现式的好感，比谁都清楚他会爱上她的可能性很小。

但她顾不上了。

她破罐子破摔了，想赌这一把："我赌他或许有一点喜欢我，如果没有，钱我全都退给你。"

【6】

电影节的票是温火在网上买的，不贵，只不过只能以观众的身份坐在离颁奖台最远的观众区，从红毯仪式起就要被挡在一米线隔离栏和媒体之外。

她虽是以观众的身份到场，却没做观众的事，所以她梳妆打扮一番，换上精美的礼服。

韩白露参演的电影是由中国古典文学名著改编，电影名叫《彭公案》，她在里边饰演女配。

因为沈诚和韩白露的关系，她的经纪团队忽悠带骗，给她弄到了很多戏份。

这个本子很好，团队也精良，加上她确实有演技，至少在各导演的眼里，是超过及格线的，所以获得提名在意料之中。

温火在红毯仪式前一个小时就到了，还是没抢到一米线隔离栏最近的位置。

她被媒体和内部人员挡在外面，幸好她的礼服并不是那种以博眼球为主的，平常也穿得出来，所以她站在群众中并不尴尬。

身旁有人注意到她，觉得她漂亮，还有人给她让位置。

她道了谢，接受礼让。

红毯仪式开始，主持人走到签字墙前，红毯进场处的来宾在场控安排下已经准备进场了。

这场面看着盛大，其实就是人多，一米线外里三层外三层，等红毯仪式结束，进场落座，也就显不出什么了。这么一想，对于局外人来说，最高潮的部分就是红毯仪式了。

先走来的是前辈，媒体推推搡搡，拿着摄像机猛拍，话也多，总有问题要问，还都是些让人难堪的问题。这种问题有个好处，一定会引起主人公侧目。

接着是俊男美女，赏心悦目。

短时间内，尖叫声、哭声，还有粉丝整齐划一的口号声，几乎要刺破这个夜空。

轮到特邀嘉宾进场，温火提起一口气。

她知道沈诚要出场了。

前边没看到韩白露，温火没当回事，沈诚跟她说，他不会带韩白露参加电影节，她就以为韩白露缺席了。但看到韩白露挽着沈诚手臂进场的那一刻，温火出现了耳鸣，眼也开始花，整个天地都颠倒。

沈诚为人低调，除了内行人没人能知道他的价值，部分媒体知道，但不会把镜头分给他多少，因为新闻写出来是要给人看的，这个"人"是指大众。

沈诚的热度在大众眼里还不如一个当红流量，但他跟韩白露一起出场就不是了。这是一对金童玉女的组合，嫁入豪门的演员永远是头版头条的材料。

媒体疯了，争先恐后地挤向他们，话筒和收音都戳到他们脸前，现场保镖拦都拦不住，耳膜都要被尖锐声弄成重伤。

温火被他们吵得清醒过来，再看向沈诚，他今天戴了眼镜，一身深色细格子三件套西装，一双牛津鞋，线条锐利，衬得他腿修长……

再看韩白露，她比上次公开亮相时瘦了，不过这种骨感还挺显气质的。他们站在一起，确实般配。

可是，他明明说过不带她过来的。

温火不知道自己是什么样的心情，但绝对比吃了一口苍蝇还恶心。

沈诚骗了她，她根本没资格跟韩白露赌，他是不会叛离家庭，他也不会因为她的哭闹、撒娇就为她更改决定。

这个结果让温火感觉糟透了，她刻意挑了自己最贵的衣服，虽然是赌，可她也做了很多准备，也在心里偷偷期待，怎么就这样了呢？

她站不太稳了，往后撤了两步。

旁边人注意到她的低气压，扶了一下她的胳膊："你没事儿吧？"

媒体和粉丝还在狂热地叫着沈诚和韩白露的名字，主持人也在签字墙前对这一现象表示惊讶，实时转播沈诚和韩白露公开出现的热闹场面。

没有人注意到三层人群外的温火，她就像个局外人，看着光鲜的绅士和他美丽的妻子。

韩白露是沈诚的妻子，他带她来是应该的，他允许她挽着他的胳膊是应该的，他介绍她时说"我太太"是应该的。就她温火，才是不应该的。

她赌什么，她连一块筹码都没有。

她不想待下去了，说她委屈、别扭、生气都行，她就是不想待下去了。

她推开好心人扶住她的手，转身往外走。

没意思，没意思透了，从知道自己一定会死，到亲眼看着沈诚言而无信，她又开始觉得她那么拼命活着没意思了。

秋明韵进寝室门时还在打电话，看灯黑着，以为温火还没回来，打开灯看到她还被吓了一跳。

秋明韵把电话挂了，走到她床边，摸摸她的额头："怎么了？"

温火睁着眼，看着房顶，礼服没换，妆也没卸。

她没哭，一滴眼泪都没掉，可她心里堵得慌，时不时还会心跳加速，压得她喘不过气，她开始摁着心口的位置，舒服一些，但太短暂。

睁眼、闭眼都是韩白露挽着沈诚手臂的画面，沈诚怎么能这样呢？

而她又很清楚，他为什么不能这样？

秋明韵有点担心她了，搬来椅子，坐在她床头："到底是什么了？"

温火说："人都不真诚吗？"

说完她突然觉得这问题不该从她嘴里问出来，她也没有真诚地对待过沈诚，她根本没资格因为他带韩白露去电影节就委屈。

她天天说着违心的话，还能装得人模狗样。

进入研究所，她就是一个好学的、有天分的学生。

导师、师兄妹眼里，她执着于学术，是标杆，是他们心目中最洒脱恣意的物理女神。

换一个场景，她搔首弄姿，放浪形骸……

这样的她，凭什么问出"人都不真诚吗"这个问题？

她配吗？

秋明韵不知道温火发生了什么，但她在温火的眼里看到了自我否定，她拉起温火的手："火火，利己是常态，并不是非常态。当然可能在道德要求低的今天，利己可以，不伤害他人是底线。但只考虑自己怎么可能不伤害他人呢？我们都不是好人，我们只是一般善良，我们对人对事一般善良就好。"

谁能说谁真的纯善呢？

善良也是分等级的。有些人可以对他人的贫苦和磨难潸然落泪，倾囊相助，但对自己家人从没什么耐心。有些人对家门口的求助视而不见，但却愿意为罹患重症的亲友捐一颗肾。所以善良从来都不是底色，它是这些奇形怪状的事为底色时，绘制在上面的图案。

温火明白，但就像她安慰秋明韵时那样，明白和释怀是两码事。

秋明韵不再说什么，让她自己消化。

经历过顾玄宇的事，她才发现自己的委屈只有自己能够安慰。

温火心里太难受了，她没经历过这种，就有点尴尬，觉得自己自信过头了，也有点怨念。

凭什么呢？

这场博弈她小心翼翼，明明都是她占上风啊。她以为她至少可以有一点胜算，沈诚这一巴掌打下来，她才发现，不愧是沈诚啊，他说她演，他演得比她好。

韩白露在这时候给她发来消息，问她电影节都进行一半了，她人怎么不在。

她不知道该说什么，没理。

过了一会儿，她拿起手机，给韩白露回过去："我等一下把钱打你账户里，这买卖我不做了。"

收到这条消息的沈诚在圆桌前微微蹙眉。

秋明韵正好看到电影节的热搜，点进去看了一会儿直播，正好主持人提到了韩白露，问她是有什么秘方，可以在嫁给大众男神后没有任何压力，仍然是个孩子样。

这话有点不礼貌，应该倒过来问，问沈诚为什么可以娶到韩白露这个女神。

韩白露淡淡笑着，镜头转到她时没有一丝不自然，还能饱含爱意地看一眼沈诚，说："嫁对了人吧？而且想到大众男神是我先生，我没理由不像孩子一样开心。"

秋明韵咂嘴："也就是演员，说这种酸话眼都不带眨一下的。"

温火翻个身，不想听这个。

秋明韵注意力在直播上，就没发现温火的异样，还在说："营销号说韩白露那裙子是沈老师给她特别定制的,蓝血品牌特别定制,比高定听起来还有牌面,沈老师这是有多喜欢她?"

温火听着烦,那种无所适从感又强烈了一点,她开始觉得寝室里空气不好,要憋死了。她从床上起来,想要出去走走。

秋明韵叫住她:"干吗去?"

温火说:"出去走走。"

秋明韵站起来:"我陪你。"

"我没事。"

秋明韵不太放心,温火脸色太差了。她从床上起来,才发现温火穿了一条平常不会穿的裙子,这样的反常加重了她的担心:"不行,我陪你。"

温火晃晃手机:"我打电话。"

秋明韵这才没坚持。

温火走着走着就坐上了车,去了沈诚送给她的那套公寓。

沈诚突然给她打来电话。

她没接,摁掉了,她不想跟他说话。

沈诚给她发微信:"你来电影节了?"

温火也不回,她烦透了。

沈诚再发:"你走什么?"

温火看到这句,忍不住了,回过去:"我走什么?看着你跟韩白露出双入对吗?沈老师你天天说我没一句实话,你有吗?你说你不带她的,现在是什么意思呢?"

"我不需要跟你解释我的决定。"

温火懂了:"那你管我去不去电影节,又走不走呢?沈老师咱俩完了,我腻了,特腻,你回归家庭吧,祝你跟韩白露琴瑟和鸣,白头到老。"

沈诚问她:"你现在在哪儿?"

"管得着吗?"

"温火,你在跟谁耍脾气?"

"是,我没资格,我不配,那你管我干吗?你能不能不骚扰我了?我说了,咱们完了,以后你当你万人敬仰的沈老师,我做我的研究生。远征工业算了吧,您搭的桥我不敢上,万一是豆腐渣工程呢?我再摔死,那我真是倒血霉了。拉黑了，别回了。"

　　温火用尖锐的语言掩饰她此刻的酸和疼。她把手机扔在一边，趴在床上，蜷成一个小团子，脸和眼睛都是红的。

　　沈诚还跟她冷言冷语，她从未感到如此委屈。

　　温火越想越不舒服，心里越憋闷。

　　凭什么？

　　她温火什么时候这么好摆弄了？沈诚凭什么？

　　她突然觉得自己吃了太多亏，一时间愤怒大于委屈，就又返回了电影节现场。她甚至忘记了是她算计沈诚在先，也忘了理智上，她其实并没有损失。

　　电影节进行到下半场了，温火刚坐在观众席没多久，电影人公布了这一届摇光奖最佳女配角的获奖者，韩白露。

　　韩白露上台前还冲沈诚笑了笑，笑得好甜，眼里都是感激，温火是外行人，看不出有演的成分。

　　她的座位离圆桌位太远，只能看到谁是谁，看不到他们的表情，可温火就觉得，沈诚此刻一定是那种"吾家有女初长成"的神情，就像秋明韵说的，他看起来很爱韩白露。

　　韩白露感谢剧组，感谢经纪团队，最后感谢她的"丈夫"沈诚，感谢他对她事业的帮助和支持。

　　听着她大方得体的获奖感言和她柔软的声音，温火又觉得好像没必要。

　　她吃什么亏呢？不就是沈诚骗了她吗？她从小到大挨的骗还少吗？怎么就那么计较呢？他一个老男人，三十二岁了，她那么在意他骗不骗她干吗？

　　她又想回去了。

　　沈诚在这时突然朝她的方向看来，她跟他隔着人海四目相对。

　　灯光很晃眼，温火看不清沈诚的脸，可她觉得自己看清了他的眼睛。他好像很不爽，可他凭什么不爽？凭他答应了又做不到吗？

　　温火不想再看他了，他那张脸突然就不好看了。

　　中场休息，温火还是决定走了。她再回来是想着闹一场，让沈诚难堪的，可冷静下来想想，最后难堪的可能只是她。

　　沈诚不会允许这场闹剧曝光，私下解决的话还是会回到那个问题：韩白露和她，他选谁。

本来她觉得自己有百分之二三十的胜算，现在看来，她其实根本没有跟韩白露相提并论的资格，她高估自己了，也被沈诚演出来的疼爱迷惑了。

　　电影节的出场口跟后台在一面，出场往前走，后台往后走。

　　温火刚走出两米，有工作人员喊住她，说沈诚找她，她下意识拒绝，转念一想，说清楚也好，这一年多的肌肤之亲，总不至于配不上一场完整的落幕。

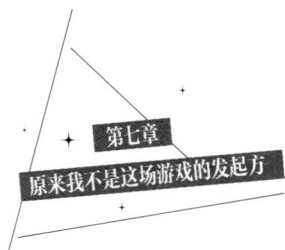

第七章
原来我不是这场游戏的发起方

【1】

休息室里，不见韩白露，只有沈诚。

温火站在离门口不远处，不想靠他太近，不想看着他的脸想起他跟韩白露走红毯的那幕。

沈诚摘下眼镜，用擦镜布擦了擦，放进眼镜袋里，抬头看她："你说不来，又来。"

温火声音冷漠："你说不带她，不也带了？"

沈诚还是那句话："我为什么要跟你交代？"

温火冷笑："是，你不用跟我交代，我是谁啊，拿我当个人那我能说自己是奴隶，不拿我当人，我就一工具！"

沈诚眸色变深，这话让他愤怒，温火看出来了，她还有更让他愤怒的话没说："本来只是一场游戏，你非逼我说爱你，我说了，你呢？你明明说过你不带她来的，你明明说过！就是我便宜呗，送上门就是没必要在乎我的感受，你要给她特别定制，还要领她走红毯。"

算了吧。

真的，算了吧。

温火想着，又说："算了吧沈老师，我给你道歉，我立刻马上滚。"

沈诚站起来："我以为最佳女主角的奖，应该颁给你。"

温火又冷笑几声："不敢当，没有沈老师演技高超。"

沈诚走向她。

温火往后退。

这一间面积不小的休息室突然变得狭窄，空气也开始稀薄，温火退到门上，背贴着门板。两个人之间的氛围从未如此怪异，就像是有深仇大恨。

窗户没开，百叶窗拉着，灯瓦数不高，没那么亮，很有那种什么东西在酝酿的感觉。整个空间落针可闻。沈诚脚步很轻，但踩在木地板上仍然像鼓槌敲在鼓面上一样，咚，咚，咚。

温火心跳不自觉快了，口腔里水分也倏然蒸发了，嘴唇粘在一起，艰难地吞了口口水。

沈诚站定，保持跟温火一步之遥的距离："好玩儿吗这个游戏？"

温火听不懂："你说你自己吗？我也想问，好玩儿吗？既然你没改变主意，那为什么要逼我说爱你？戏耍别人你很快乐吗？"

沈诚摇头："跟我在一起，你睡得很安稳吧？"

他话音落下时，温火大脑一片空白，心跳约莫上了两百，太多声音同时灌入她耳里，她不再认为这里阒静了。

沈诚的目光似乎冒着寒气，打在脸上，她打了个寒战。

温火这才发现，沈诚的眼里除了愤怒，其实还有些别的成分，只不过被愤怒压得太死，她险些没有看见。那些成分她似曾相识，就像在照镜子。

沈诚突然捏住她的脸，很用力："我在问你话呢！有我这样一个睡眠工具，你睡得很安稳吧？"

温火的脸变了形，她有点疼，疼得眼泪都出来了，困难地呼吸着，说不出一个字。

"说！"

温火不说。

沈诚咬牙切齿："温火，你磨尽了我的耐性！"

温火太疼了，好像不是脸疼，是心疼，她用力推开沈诚，想要开门离开，沈诚把她扯回去，锁上了门，然后一步一步靠近："你是不是在想，沈诚真蠢，这时候才知道我利用他。"

温火没有这样想，但她没机会为自己辩驳，沈诚整个人压了上来。

她抵死挣脱："你放开我！沈诚！"

她终于当着他的面叫沈诚了。他真想咬死她，她这个骗子。

用他的名字见杨引楼，是她走错的一步棋。杨引楼必然会用温火找过他这件事，来做找他的敲门砖。沈诚也就知道了温火有失眠症，她总是睡不着。

他也就明白，她跟程措熟识的原因。如果只是蹦迪认识的，没必要什么聚会都带着她。

沈诚知道如果去问程措，他一定不会说，他有原则，所以沈诚找了程措的学生，程措工作室的实习心理医生。他阅历太浅，信仰也不坚定，沈诚稍微用了一点手腕，他就坦白了。

原来温火找他是因为他可以帮她睡着。

所以她接近他这件事，并不只是要挣韩白露的钱。

他以为她藏得最深也只能是跟韩白露的交易了，是他错了，温火真如她说的那样深不见底。她是一只披着兔子皮的狼崽子。

他一气之下叫唐君恩取消了电影节学术类电影的竞赛单元，还带韩白露走了红毯。

如果他不知道这件事，他可能会因为温火在微信里跟韩白露说的那番话，满足她更多的需求，他的态度从来是他会宠她，只要她听话。

可他知道了她接近他的根本原因，再看她那几条消息，只觉得可笑。

温火穿着她最贵的裙子。她第一次为沈诚花小半天的时间打扮自己。

她是准备逼他做选择，好尽快结束跟韩白露的合作，可她也是真想漂漂亮亮地来见他。

原来坏事真的会接踵而来。

她不再反抗，让自己看起来像一条死鱼。

沈诚看她这样子，突然什么兴趣都没了。

他想到她说要散伙，说散就散，好像前两天跟他撒娇任性的不是她，他觉得太没意思了。他竟然被同一个女人气到过两次。

他千躲万躲，以为自己挑了一个理智有分寸的，就算坏也不至于触到他底线，可是结果让他都要否定自己了。他防所有人，就是没防她，到头来就她骗他最深。

她想离开？她还想离开？她想都不要想！

他连韩白露都没放过，怎么会放过真的骗到他的温火。

他说："怎么不趾高气扬地指责我了？心虚了吗？温火，你也会心虚吗？"

温火自知理亏，既然被戳穿了，那也没必要再死鸭子嘴硬了，所以不再为自己辩解，状态上跟刚才气焰嚣张的她就像两个人。

这时候，有人敲门了，沈诚不慌不忙地转身开了门。

是唐君恩。

唐君恩瞥了一眼沈诚，他脸色不太对劲，再一看房间里，是温火，懂了。唐君恩拍了他一下："我帮你说了一声，你可以提前走了，没影响的。"

沈诚转身，牵住温火的手，往外走。

唐君恩提醒他："外边都是媒体，要不我带她出去？别因为这个再做一拨公关。"

沈诚恍若未闻，就这么领着温火朝着出口走去。

唐君恩看他不太对劲，他这个样子，唐君恩也惧怕，所以没敢再说什么，但帮他挡住媒体视线。

沈诚要"宰"了温火。

就在今天。

【2】

场外人也不少，演员的团队，应援的粉丝，还有一部分不入流不在受邀行列的媒体，就等着抓拍发文章。

沈诚叫人送走韩白露，自己领着个年轻貌美的姑娘走出数字基地，这新闻可太大了。一时间，摇光奖最佳女主角的奖项都没那么有吸引力了。

多功能颁奖大厅出口到停车场还挺远的，一路上全是人，等待的，闲聊的，稀稀拉拉占满行道。

电影节的颁奖晚会和开放旅游观光、鼓励文化交流，这两个目的是齐头并进的，所以这几天场内外人多且杂，热闹非凡。

唐君恩一直防着，也无法让他们忽视沈诚领着温火走出来的画面，沈诚目标真的太大了。

温火目光呆滞，跟着沈诚，沿着他的脚步，对周遭惊讶和看戏的神情视而不见。一旦有了消极情绪，再大的刺激都不能让她有所反应。

沈诚的手冰凉，攥得她很紧，都把她攥疼了，他哪里有温柔的时候呢？他其实从不温柔。

以前的沈诚，没有跟她发过脾气，因为他不需要，他一个眼神、一个动作就能清楚表达他的不满，即便是不聪明的人，也会因那份气场和压力收敛自己。

现在的沈诚，跟过去比，总有那么点喜怒无常，他没有温火印象中那般冷静自持。也或许，他本来就是这样的，只是他擅于隐藏和伪装。

秋天的晚上，天有些混沌，一束束灯光下蚊虫集会，恍若回到初夏，燥热不安感像一团高密度的浓雾，充塞在整个暮色之下。

走到车前差不多十分钟，这十分钟里，颁奖现场的节奏乱了，媒体陆陆续续往外赶，想吃最后一口螃蟹，赶在别家稿子出来之前，占领版面。

几乎没用多久，"沈诚抛弃原配，公然携美离场"的新闻就被各家媒体逼上了热搜。

上了车，温火如同行尸走肉。

沈诚看似平静地给她系上安全带。他很少自己开车，因为他休息的时间很少，所以在车上的时候都是闭目养神的。

车开了一个多小时。这一个多小时里，两人只字未言，能让人体升温的星空顶都救不了满车舱的低气压。

到家，沈诚从车上下来，给温火打开车门，温火下车。

沈诚走向电梯，温火没动弹。

沈诚感觉到她没跟上来，停住，转身看她。

两个人之间隔着七八米的距离，只是面对面站着，故事就好像在某位隐形的记录者笔下开始了。

温火向下看着，高档小区停车场的车位线都画得那么标准、好看呢。

她慢慢抬起头来，看着沈诚那张她摸过、亲过的属于别人的脸，叫了他一声："沈老师。"

沈诚看着她。

温火淡淡地说："可以就这样吗？我们之间。"

她声音乍一听跟平常一样，可能是他们情绪都不稳定，沈诚听出了区别于平常的绝望，她这个从头到尾骗他的人，竟然也会绝望。

他没说话，走过去把她抱起来，走向电梯。他既然带她回来，就不是要跟她"就这样"。

温火闭上了眼。

秋明韵看到热搜的那一刻，把一大碗黄焖鸡泡饭全都打翻在桌上。原来，温火的自我否定是来自沈诚带韩白露出席了电影节。

原来那个人，是沈诚。

金歌正在跟人聊新的纪录片计划，想把大西北的风光都收进她的作品里，中间对方去卫生间，她看了一眼手机上的时间，也看到了推送的新闻。

沈诚跟一个眉眼中有英气又不失清纯的姑娘手牵着手，众目睽睽。

她突然忘了拿手机的力度，指甲刮过手机壳，发出一道尖锐刺耳的声音。

她没见过沈诚主动牵住一个女孩子的手，她一时不知道是该开心，还是该难过。

程措抿着嘴看完这条新闻，再看向一脸歉意的学生，恨铁不成钢。

学生很抱歉："老师，我也不知道我当时是怎么了，就把病人的情况透露出去了……但我真的不是故意的，老师你相信我……"

程措相信他，但这跟把他开除没关系。

一个心理医生，竟然被一个外行人揣摩到了弱点，并被攻击，最后成功利用，他真的不适合干这一行，程措留下他是对病人的不负责任。

现在沈诚知道温火拿他当睡眠工具的事了，以他这种只能算计别人，不允许别人算计他的双标人设，程措不知道温火会面临怎样的困境。

程措有一点为她担心。

担心之余也有点惊讶，沈诚竟会昏头，这么堂而皇之地公开温火，要知道这对他没有好处。

粟和看了一眼新闻就关掉了，正好阮里红回来，看到他躺在床上，有些不悦。

粟和把毛巾被拉过来盖上。

阮里红脱掉高跟鞋，摘下耳环："今天去找工作了吗？"

粟和裹着毛巾被站起来，走到阮里红身后，搂住她，下巴垫在她肩膀上："你不是说会养我吗？"

"我养你跟你去自我实现价值冲突吗？"阮里红卸掉口红。

粟和说："我是你的男朋友，不是你儿子。"

阮里红纠正他："你不是我男朋友。"

粟和也无所谓，还跟她说："看新闻了吗？你的宝贝女儿当小三被曝光了。"

阮里红看了，有什么关系呢。

温火有失眠症这么私密的事，粟和会知道当然不是因为阴差阳错，是她亲生母亲告诉他的，也就是他怀里这个四十多岁的女人，阮里红。

他还记得阮里红带他来中国的目的，她要给温火治病。

阮里红以前有些迷信，因为她母亲迷信，她母亲说她成宿成宿睡不着，是因为"小鬼儿"，说"小鬼儿"告诉她这病遗传，她信了。因为有诉求，而且迷信，她很容易被人忽悠，误入歧途。

自儿子受伤后，她清醒过来，接受了正规的精神引导。而那个年代还没有心理治疗这个概念，她被关进精神病院接受了很长一段时间的磋磨，濒临半疯之后，才明白是她迷信。

她没有精神病，只是被灌输了太多神神道道的东西，太容易被欺骗。

这往精神病院一关，各种强制手段在她身上一用，也不都是坏事，她从此成了一个唯物主义者。

出院她就跟温新元离婚了，那时候她让温新元选要儿子还是女儿，温新元要了儿子，她就带女儿出了国。

除了过去有点迷信，被人洗脑走上歧途，阮里红其实是一个很负责任的母亲。

在加拿大的几年她一直把温火照顾得很好，后来她跟一个来加拿大的巴基斯坦人相爱了，准备结婚，温火就回了国，考大学，考研究生，做她的学术研究。

温火失眠是从她回国开始的，后来在跟阮里红通话时她讲到过。阮里红得知她都到去看医生的地步了，很担心，就想跟那人分手，但他不让。

他说阮里红要是跟他分手他就跳楼。

阮里红差点害死儿子，对跳楼这个词有点生理性惧怕，就这么被拖住了，跟他耗了一年多。

她搬去加拿大的那一年，租的是粟和家的房子，低头不见抬头见，就跟这一家熟识了。

粟和有一个双胞胎的弟弟，两个人长得就像是两家人的孩子，没有一丁点相似之处。

后来她才知道，他们并不是一个父亲所生，是罕见的异卵异精双胞胎。

粟和的父亲接受度很高，主要是因为家里有条件，就教养孩子这件事上来说，养一个养两个没什么区别。再有就是他是个出轨惯犯，却从未想过离婚，自然也能容忍妻子的不忠了。

所以他们这个家庭还挺和谐的，彼此都"渣"，彼此都宽容。当爱情演变成亲情，不再爱但离不开时，就没那么多计较了，绿帽子还是红帽子有什么区别吗？

两个孩子成长过程还算顺利，感情也好。

温火来加拿大以后，就一直跟他们兄弟两个玩儿，他们比温火大几岁，一直把她当妹妹。后来温火回国，阮里红跟粟和在一个雨天，在酒精的催化下，擦枪走火了。

巴基斯坦人接受不了，远走南极，结果撞上浮冰，跟同船的几人一起丢了性命。

他生前是做羊绒制品生意的，兼玩宝石，很有钱，这一走，钱都到了阮里红手里。

阮里红能理解他远走的原因，他是一个偏执的人，对于接受不了的事情绝不容忍。她当初迷恋上他也是因为他那股偏执劲儿。她喜欢一个人要么爱，要么死的气质。这也是为什么，她会跟粟和搞在一起。

粟和也有偏执型人格障碍，后来她在跟粟和相处中，知道他跟他弟一直都很明白，他们不是亲兄弟，也从来不耻于他们父母在爱情方面的貌合神离。

所以他们对人对事过分忠贞，一旦认准，就一条道走到黑。

再后来，夫妻俩发现他们的儿子也在跟他们演，他们装出来的和睦终于走进了坟墓。这人啊，坚持多年的信念一旦坍塌，那紧随而来的就是身体的祸患了。

夫妻俩相继患病，每况愈下，虽不致死，但太耽误事，本来挺富裕的生活因为没有人经营管理，慢慢萧条，变得拮据，最后沦落到受阮里红接济的地步。

没多久，阮里红挂念女儿，想念儿子，带着粟和回了国。回国后她没有露面，也没有告诉温火，她准备通过粟和弄清温火的近况。

可能是女儿长大了，要不就是温火本来也是个不喜沟通的人，阮里红发现温火几乎不跟她讲心里话。虽然能感觉到温火对她这个母亲的爱，但就是进不到她心里面。

所以她派出了粟和。

阮里红就是那个对家门口的求助视而不见，但对亲人会倾尽所有的、谈不上善良、没道德的人。

故去的巴基斯坦人，活着的粟和，都不如她一双儿女。她并不是爱情至上的人，爱情只是她生活的调味剂，进不了正餐的菜单。

她以为，她这一生犯过最大的错，就是意志不坚，被人洗了脑，差点害死儿子。

多么坏的一个女人，事实就是这个世界上，有很多她这样的女人。

粟和比谁都清楚，他对阮里红的需求是大于阮里红对他的需求的。他也知道，她迟早会转入另一个男人的怀抱，但这依然不妨碍他想跟她在一起。

四十多岁梁京大院儿出身的女人，上过山，下过海，自杀过，也住过精神病院。

离婚，出国，辗转，流连。

疯疯癫癫地爱，轰轰烈烈地恨……

有可以写进书里的丰富阅历，还有魔鬼一样的身材，更有三十岁的脸蛋，他当然会爱到不能自己。

男人喜欢二十岁的、四十岁的，或者六十岁的，其实跟年龄无关，有关的是他喜欢的这个人，让他感觉到迫切和渴望。

【3】

沈诚把温火扔到沙发上，她无悲无喜的样子就像一个现代派画手笔下的画，没有很多情绪，只有唯美的模样和身姿。

温火心如死灰。

她其实在沈诚提到她的睡眠问题时，就知道是杨引楼把她卖了。没关系了，她骗了杨引楼，杨引楼就利用她去跟沈诚认识。聪明人都是这样，换作是她，她也会这样。

她允许了。

在沈诚这里已经不具备说话资格的她，好像也没不能允许的事了。

沈诚又被温火骗了，她居然还有秘密，她怎么能有那么多秘密？跟他好上难道要有一百个好处她才愿意吗？

她还口口声声说喜欢他所以接近他，这就是说，拿韩白露的钱，过来算计他，然后利用他睡着都是顺带的了？

他越看她越生气，过去一把拉起她："你到底有没有一句实话？"

温火不说话。

她这副样子真让人讨厌！

他们之间仿佛有一把沙砾，温火被这把沙砾研磨，痛苦至极，却也不叫，不踢开他，不求饶。她面色惨白，嘴唇也发紫。

沈诚真的气极了，如果她想要睡着，她告诉他啊，她为什么不说呢？她就一定要骗他。

她在电影节开始前跟韩白露说合作结束了，就是说她要走了，他就这么让她厌恶，她连钱都不要，觉也不睡了，就要离开他。

沈诚要她说话："可是温火，你骗了我。好玩吗？骗我好玩吗？"

温火咬着下嘴唇内里的嫩肉，说话时嗓子已经不能要了，她也不知道怎么就哑成这样了："沈老师……"

沈诚抬头看她，他发量是叫人羡慕的，发际线也完整，两鬓是汗，汗弄湿了他的脸，还有眼睛。

温火伸手去摸他，摸到他胳膊，轻轻覆着："我们就到这，行吗？"

她还是要走，她就想走。

沈诚瞬间变得恐怖，这次他才是完全的"野兽行为"。

暴风雨过后，沈诚离去，她望着名贵灯饰，审视自己，仍然决定要走。

变坏的事情好多，人财两空了，沈诚不会再信任她了，她撒娇任性都不再管用了。她太坏了，她这么玩弄他，他真的气坏了。

她没有资格生沈诚的气，他带不带韩白露都跟她没关系，她不能理智上认为自己不该，但情绪上就像是受了莫大的委屈。她全身都是谎，她哪里有资格委屈。

本来她打算走了，沈诚又知道了她的秘密，这一晚之后，他们还是像大院儿的每一扇门，关上过自己的日子，这般好了。再别遇见，再别有交集。

她想通后，光着脚到客厅时，正抽烟的沈诚看了她一眼。

她没说话，往外就走。

沈诚碾灭烟头，快步过去拉住她手腕，举起："没让你走！"

温火抬头看他，疲惫和心死都在她脸上、眼里："沈老师，我找不到留下的理由，你也找不到。我不想来了，我以后都不来了。"

她又说了类似的话。

沈诚决不允许她就这么走，捏住她的脸："你不是要睡着吗？我跟你睡，我天天跟你睡，不好吗？你再也不会失眠了。"

温火被捏得脸疼，说不出话。

沈诚又想到什么似的，说："对，你还要钱，你签了合同的。"

温火怔住。

沈诚声音里的讽刺满到溢出来："韩白露不给你钱了，我给你啊！"

温火眼睛慢慢睁大，睁到她目前乏累状态下最大的程度。

沈诚知道她跟韩白露的交易！他连她是因为钱接近他的都知道！

她如遇魍魉，魂被吓飞了，只知道目瞪口呆地看着他。

这个可怕的男人，还有他不知道的吗？

沈诚很满意她这个表情，他就是要她知道，她玩儿的那些把戏，他都知道。

温火挣开他的手，像是再没有顾忌地吼出口："你问我好玩吗？你没有玩吗？你明知道我为什么接近你，你一样接受了我。你让我跟你玩，你利用我不能拒绝你，你玩了命地羞辱我！"

她说着话，脸涨得通红，她这几天的压抑，这一晚上跌宕起伏的心理转变，全都被她碾碎了磨成水，润了她的嗓子，让她可以通通发泄出来："沈诚！咱俩谁比谁更坏？！"

沈诚看她身子轻晃，明明他也很生气，却还是下意识想要扶她。

温火甩开他的手："如果我们之间没有这些事，只有我跟韩白露的合作这一件事，我按照她的剧本接近你，你知道我和她的买卖，你绝不会让韩白露的阴谋得逞。到头来我根本赚不到一分钱，还要白跟你好下去，白被你羞辱，一年又一年！"

他怎么能这样呢？

温火好难受，感觉肝脏部分都在疼了："你问我喜不喜欢你，你凭什么这么问！你配吗？"

温火捂着心口，指着他："从现在开始！我温火不想再跟你有一点关系！我恶心！我恶心！我恨透了你！我巴不得你死！"

她喊劈了嗓子，跑出了沈诚家门，没穿鞋。她抬不起手，她真没用。

她整个人失落，失望，失意，就像是失去了整个世界。

她哭，憋一整天都没掉下来的眼泪全都来了。

她是个坏人，她平静地接受沈诚的愤怒，可他明明知道，她还有一个原因是跟韩白露的交易，他却当作不知道，就这么接受她的投怀送抱，而她跟韩白露的计划永远不会成功……

他怎么能这样呢？

他知道就拒绝下去啊，说清楚啊，他怎么能这样呢？他说她耍他，他就不是耍她吗？

温火害怕了，她不要再跟沈诚有任何牵扯，她害怕，他好可怕，他不动声色，他全权掌握，他怎么能那么可怕呢？

她泪如雨下，她最贵的裙子又接待了她咸腥的眼泪，它真惨啊，就跟她一样。

沈诚不会让温火走的，除了因为她现在情绪不稳定，还有一个原因是唐君恩发微信告诉他，外边都是媒体。温火出去一定会被堵着问问题的，他赶紧跟出去。

温火跑得快，已经下电梯，到大厅了。

沈诚紧随其后，在温火被媒体记者们发现之前，攥住了她的胳膊。

温火甩开，她看见媒体了，她宁愿被媒体堵着，也不要跟沈诚待在同一空间。

沈诚要发火了，唐君恩及时出现，从沈诚手里接过温火，跟他说："你先去应付媒体，她交给我。"

沈诚不愿意。

唐君恩举起手来："我保证，我给你照顾好了。"

沈诚看挤过来的媒体，保安已经拦不住了，他没别的办法，同意了。

唐君恩带她下了停车场。

沈诚留下来。

说实话，这些媒体来势汹汹，却不如温火临走前声嘶力竭的一句话叫他惧怕。

她不想再跟他有任何关系。

【4】

唐君恩给温火一瓶水，温火不接，双手抱着双腿，脚踩在他的沙发上，头搭在膝盖上，脸朝下趴着。

他把水放下，坐下来："你放心，他不会让这件事持续发酵的。"

温火听来只觉得可笑，就是沈诚要曝光的，还说他不会让事情持续发酵？这是哄孩子的把戏吗？她已经二十多岁了。

唐君恩把那瓶水的盖子拧开，再递给她："我要是你，就让自己好好的，自己状态好，才能让他好不了。"

温火喝不下，也听不进他的"鸡汤"。

就是这些肤浅的，只让人上头，不对症的假大空的话，才让那么多本来可以避免再次受伤的人又苦苦挨了很多年，受更多伤。

何必劝人？她真的想不通吗？

唐君恩强迫不了她，他发现她跟沈诚还挺像的，都挺倔。他看了一眼热搜，还没撤，看样子沈诚还没采取行动，他开始皇帝不急太监急了，沈诚在干什么？

他坐不住了，站起来，在客厅来回踱步。

沈诚这么一闹就是坐实婚内出轨，别说媒体，就是网友，这一人一口唾沫，也淹死他了。

他还有一个事务所准备挂牌上市，这么大的新闻出来，这后续工作怎么弄？他本身有投资公司，所以挂牌申请文件这些东西他能弄，但证监会的审核阶段避免不了。

资本市场里，即将上市企业的管理层直接影响该企业的估值。

核心人物不能光有业务能力，也得有人品，这不然，拼后台把登记存管与挂牌手续弄完，直接吃跌停板？然后眼看着总价值缩水蒸发？

唐君恩跟沈诚在少年时经常一块儿玩儿，后来他搬离大院儿，跟父母住上了别墅，他们之间联系没断，但交情浅了。

沈诚出国几年，回来就吃着他家老底把事业做起来了。

唐君恩那时候正好跟沈怀玉走得挺近，都爱好赌石，他跟沈诚就又这么把交情拾起来了。

沈诚这个人，事业心强，但感觉不到他费了什么劲。他的成功特别顺利，至少在旁人看来是这样。

唐君恩以前也觉得他拥有这一切过于轻松，渐渐地，他发现沈诚之所以轻松，是沈诚只走自己算好的路。

遇到什么人，看见什么事，哪个路口向哪儿转，他都在出发前确认清楚，以保万无一失。

这样的他，今天却把自己置于这么大风险之中，唐君恩控制不住为他担心。

金歌联系不到沈诚，就给唐君恩打了电话，电话来时，他还没说话，金歌就问："那个女孩，在你那儿？"

唐君恩知道金歌一定看到新闻了，坦白道："嗯。"

金歌在那头沉默了。

唐君恩怕她多想，解释说："沈诚可以处理好的，您别太担心。"

金歌知道自己这样会很唐突，但她还是想见见这个姑娘。如果沈诚真的喜欢，她和沈问礼、沈怀玉甚至整个沈家都可以帮着处理这次危机，给这个姑娘和韩白露一人一个交代。

她道明意思："我可以见见她吗？"

唐君恩有点为难："您是不放心沈诚的能力吗？还是觉得这女孩儿有问题？不会的，沈诚的眼光您知道的，有脏心思的都近不了他身。"

金歌说：“我只是想去表示一下歉意，看看有什么可以弥补的。”

话到这份儿上，唐君恩不好拒绝了，何况他知道金歌为人，她不会为难温火的，就把这住处的定位发过去了：“您到楼下给我打电话，我下去接您。”

电话挂断，唐君恩呼了一口气，虽然目前事态发展还没有到无法挽回的地步，但他就是觉得有什么危险的东西猫在暗处蓄势待发。

他可好几年没这种感觉了。

沈诚逍遥快活醉倒温柔乡，弄得他跟着心惊肉跳。

唐君恩暗骂了他两句，给他发了条微信，告诉他，他妈要来。

但愿他有时间看微信吧。

这新闻倒是实时跟进，但他不太信他们记录的。娱记的文章还是太主观了，而且有很大的博眼球成分。

阮里红换上一身风衣，把名贵的宝石项链戴上，最后穿上她新买的鞋。

粟和侧躺在床上，撑着脑袋看她：“你要出去吗？”

“嗯。”

“找温火？”

阮里红是不指望温新元去找温火的，他注意力都在儿子身上，估计都还没看到新闻，这样一来，温火就是一个人在战斗。

她本以为事情不严重，温火也不是小孩了，应该可以处理，但看到最新消息，她不放心了。

粟和坐起来：“新闻上说她被唐君恩带走了，他是一个导演，你知道他家在哪儿吗？”

阮里红回来这么长时间没去找温火，就是在交朋友。她既然想长久地留在国内，总要想办法挣钱。她知道坐吃山空的道理，所以她要钱生钱。

那这第一步，就是以外资的身份进入企业家协会，参加他们私下的活动。

像唐君恩这样知名但随和的人，肯定是比沈诚这种知名但神秘的人好了解一些。

她收拾好自己，补了补唇妆，转过身来，说：“走了。”

“等一下。”粟和从床上下来，走到她跟前，抿了一下嘴唇，“是不是她来了，我就要走了？”

阮里红不认为他们的关系有隐瞒的必要，但看新闻上说，温火目前状况不好，她还是不想让这些乱七八糟的事占用她的大脑资源："你先去住酒店。"

粟和懂，他就是要讨点好处："那你能不能安慰我一下？"

阮里红睨着他："怎么安慰？"

粟和在她面前总是腼腆多一点，当然，都是装的，他喜欢把自己扮成一个小可怜，他对这个游戏乐此不疲。

他搂着她的腰，像小鸟一样啄了一下她的嘴唇："像这样。"

阮里红说："过两天再去找你。"

粟和的笑容像花一样灿烂。

窗外的太阳正在冉冉升起，又是新的一天了啊。这一晚上，发生了好多事，温火的一颗心起起伏伏。

就在她误以为是谁住进她身体，走马观花了一生，留下了一些不属于她的记忆，让她有了这番难挨的情绪时，沈诚的影子跳进了她的幻觉里。

原来都是他啊。

他明明可以戳穿她的，他若有委屈，可以在她靠近时就挑明，愤怒，发泄，她能跟韩白露签合同，就能接受所有意外发生。

可他没有。

他装作不知道，享受了她一年多的投怀送抱，还要摆着高高的姿态，捏着她靠近的目的，对她百般羞辱。

就像他什么错都没有，他委屈至极，错的只有温火，她罪无可恕。

道理是这样讲的吗？

明明都是坏人，为什么还要把错和责任都推给对方，这样就会显得自己清白无辜吗？这是真的看不清自己还是纯粹丧尽天良呢？

温火紧箍着双腿，指甲都抠进肉里。

有没有什么办法，可以从来都没有遇到过沈诚呢？能不能就不遇到他呢？

唐君恩到楼下接了金歌一趟，上来就在门口看到一位相较金歌打扮更年轻，更显华贵的女性。

她看起来跟金歌是同一年代的，但身上没有金歌那份稳重和端庄，整体风格西式一点。

他迟疑着问出口："您……找谁？"

来人是阮里红，她表情平和，淡淡道："我来接我女儿。"

唐君恩猜到了，但还是问："您女儿是……"

阮里红指指他家那扇门："就是被你带回来的，被沈诚曝光在大众面前的，我女儿。"

唐君恩从未如此尴尬，沈诚的妈和温火的妈都聚到他这里了，他这座小庙，容得了这两尊大佛吗？一向擅长处理人际关系的他，突然手足无措。

金歌倒是大方，走上前，自我介绍："您好，我是沈诚的母亲。"

阮里红看她气质不凡，早知道是个人物，没想到是沈诚的妈妈，那正好，她酝酿已久的下马威可以提前释放出来了。她提了提包："您看起来大方得体，怎么儿子这么欠教育呢？"

唐君恩只觉得耳朵"砰"的一声，炸了。

金歌微微点头："目前我还不知道发生了什么，所以我保持无过的立场，要真是沈诚的问题，我会给您、给您女儿一个交代。"

阮里红本着她要是说难听的话，就让她好看，没想到她态度蛮好，是个讲理的人，阮里红就也退了一步。

唐君恩控制不了这个局面，两位都是长辈，他谁的主都做不了，脑子一转，先把两人请进门了，有什么话关上门说，也不至于隔墙有耳，被人看了笑话。

只是，无法掌控的东西，一扇门又怎么关得住呢？

【5】

沈诚没跟媒体周旋，直接叫了保镖来，还给物业打了电话，这帮人就这么被他轰到了大街上。接着他就被乱写一通，说他推搡记者，出言不逊，绅士人设崩了。

合作上有过摩擦的小人这时候出来看戏，阴阳怪气，能踩两脚就不踩一脚。

沈诚包括沈家的处境一时间"掌握"在大众嘴里。

他返回公寓，看到唐君恩报平安和金歌要见温火的微信，马上上楼换衣裳。准备出门时，秘书打来电话，就给耽误了。

已经到了上班时间，他几个事务所的传真和邮箱开始收到一些谩骂。还有同办公大楼的其他公司员工到门口偷窥，带着幸灾乐祸的表情。

韩白露的粉丝煽风点火，推波助澜，整理出一些沈诚并不爱她的"实锤"。比如韩白露在嫁给他后状态一天不如一天，瘦得很快，代言没了，演技也下降了。

他也不知道她演技下降为什么都能算到他头上。

媒体截取韩白露化过特效妆的脸，断章取义，说这都是嫁给沈诚后，她真实的样子。

容易被煽动、毫无判断力、风往哪儿吹就往哪儿倒的网友看到这些照片，纷纷站出来同情她，整齐划一的指责、脏话都吐给沈诚和温火。

沈诚已上市的公司股价开始受到影响，事务所正聊的几个专利，专利所有者要取消合作。

温火被"人肉"，个人信息，家庭成员，在哪儿上过学，跟谁是朋友全都被曝光在网上。就连她排队时跟人发生口角，都可以作为判定她人品的依据。

事情持续发酵，沈诚的私人电话都被打爆了。合作接连泡汤，本来计划出席的各种活动，也被主办方打来电话，婉言终止合约。

最后连温火发过的文章都被质疑是沈诚代笔，要不就说是沈诚走了关系，跟几位权威期刊的审稿人私交甚密，暗通款曲通过了温火的文章。

越说越真，温火有个智力残疾的哥哥也能成为他们攻击她的理由——

有这样的哥哥，她能是健全的人？家庭教育和环境很重要，她一家都不会是什么好东西。

感觉全世界都沉浸在这种"伪正义，真行恶"的狂欢中，只有沈诚和温火身边的人，急得像是热锅上的蚂蚁，想要解决问题却又无从下手，无处使力。

沈诚相对这些人，还有为他担心的身边人，显得冷静多了。

他还可以在宽敞的办公室里打室内高尔夫球，看看盘，翻翻新的专利投稿。

秘书都觉得他疯了。

温火看到阮里红有些反应，松开了抱住腿的手。

阮里红看到她，心疼在眉间流窜，随即凛起目光，转向金歌，满脸"我看你要怎么跟我交代"。

唐君恩解释着，尽量表达得像是沈诚和温火小情侣闹着玩，希望熄灭阮里红的怒火。

阮里红没理，走到温火跟前，蹲下来，小心翼翼地去摸她的手，冰凉的触感让她缩回手指。她宝贝了这么多年的女儿，怎么就给人弄成这样了呢？

她绝对不要听沈诚说一句话！

什么解释，补偿，交代，她都不要，她就要他怎么对温火的,温火怎么还回去！

阮里红小声叫她："火火……"

温火看着她的脸，好久没看到她了，看不到的时候不觉得，看到了发现好想她。

阮里红心疼死了，抱住她，又怕她疼，手都不敢太用力："疼不疼？很疼吧？怎么这样了呢？"

温火经常失眠，一晚上没睡没什么关系，可这一晚上经历了太多事，她又哭过，就有些水肿，主要体现在眼周。这双肿起来的眼睛，血丝密布，模糊了她的感情："妈。"

阮里红松开她，轻手把她的碎发别到耳后，点着头："我在。"

温火不想再跟沈诚相关的人和事有牵扯，她就算是死，也要死在离沈诚最远的地方。她嘴唇翕动，说："我想回家。"

突然，解释，补偿，交代，阮里红都不想要了，报复也抛却了，她现在就想她的火火好好的。她点头："嗯，妈带你回家。我们回家。"

唐君恩不能让她们走，坦白说："您是温火的母亲，您要带走她无可厚非，可我答应沈诚照顾好她，我得做到，他跟我要人的时候，我不能……"

阮里红没让他说完："说这话不怕天打雷劈？照顾好她，你们照顾好她哪一块地方了？"

唐君恩亦有话说，金歌没让他说："您可以带走她。"

阮里红很傲："当然！她是我女儿！"

唐君恩看着阮里红把温火带走，已经想象到他要面对怎样一张臭脸了，沈诚这心眼小的，肯定会把从他身上摸到的油水，吸回去。

唐君恩扭头跟金歌说："干妈，您得给我说好话，我这没法跟沈诚交代了。"

金歌本来以为事情有得谈，可看到温火这样，她拿什么跟人家谈呢？她后知后觉地意识到，沈诚似乎对他们隐瞒了什么。

他拒绝跟他们长时间相处，或许并不是跟他们心远了，而是他生病了。

她被自己这个念头吓了一跳，这么多年的平静日子突然就分崩离析了，没有一点征兆。

做错了事，无论多久，报应都会找上门。金歌知道了。

沈诚看起来并不在乎外边那些毁谤，他淡定得不正常。

当他的员工开始考虑要不要辞职时，他还是跟以前一样，处理工作，在办公室打球。衣服天天换，吃饭也不委屈自己。唯一不同的地方就是他频繁看手机，似乎是在等谁的消息，但每次只是看时间而已。

好像稀松平常，但他明明戴了表。

吴过和杨引楼对这结果有些唏嘘，说不出是什么滋味。吴过挺欣赏温火，更尊敬沈诚，就情感上来说，他比杨引楼更不好接受一点。

杨引楼更多是愧疚，他觉得如果不是他的私心，事情或许不会发展到这一步。

他并不知道发生了什么，但直觉告诉他，事情会发酵至此，跟他多嘴有很大关系。

他只是想认识沈诚，想跟沈诚交流，没有其他想法，他也不是拈酸使坏的人，现在这个局面就让他有一种"我不杀伯仁，伯仁却因我而死"的罪恶感。

事与愿违总是会让人惆怅。

杨引楼这些天都有些心不在焉。

温火的导师、同学全都蔫了，他们跟温火熟，又没那么熟，但他们不相信温火是这样的人。那些一直都很看不上温火的，到处宣传，添油加醋。

秋明韵电话也被打爆了，他们都想通过她来确定真相，却又不接受她说那些都是假的。

也就是说，他们只想听到"是，温火就是个小三。她破坏了别人家庭。"除了这个说法以外，其他都是假的。

秋明韵这几天一直在跟他们对骂，她的暴脾气，决不允许温火被这么糟践、这么污蔑。

哪怕她根本不知道，温火到底有没有介入沈诚和韩白露的婚姻。

有些女人就是这样的，她们的道德水平有多高，要看对象。

温冰通过同事知道温火出事了，想请假去看她，主编不批。主编不知道听谁说之前曝光他们苛待员工的是温火，加上温火出事儿了，主编对温冰的态度比之前更恶劣了。

温冰执意要走，主编就说，要走可以，工作得完成，之后又暗示其他人把工作都交给他。都是他没做过的，做起来就很困难，但他心里想着妹妹，又不觉得困难了。

他加班了一晚上，就为了第二天可以去看温火，结果第二天他面部神经受损，面瘫了。

温新元带他去医院，半路上听他说，才知道温火出事了。温新元恍然大悟，难怪近些天邻居看他的眼神都不一样了。

他虽然下意识会偏心温冰，但温火也是亲骨肉，她在跟温冰无关的事情上受到委屈，他也是心疼的。但这一次，他心疼归心疼，还是觉得温火错了。

破坏别人家庭，就是错了。

他跟阮里红那种"我的孩子就是对的"不一样，他只对温冰这样，对温火，就客观多了。

温火被阮里红带回了家。

她不再说话了，阮里红也不敢搅扰她，怕她不喜欢被吵。

外面闹得很凶，从网上到现实，温火介入沈诚和韩白露的婚姻这件事，真真儿的满城风雨。原因无非韩白露是个演员，而且刚拿到最佳女配角奖，还跟沈诚秀了恩爱。

谁知道颁奖晚会都没结束，就戏剧性反转了，再有不怀好意的人"助力"，就越闹越大。

阮里红使了不少钱撤热搜，但已经众人皆知的事，撤热搜也没用。

本来她是无所谓这种事的，她认为做人就应该洒脱一点，反正好人坏人都有人说，做好人要让所有人开心，而做坏人只要自己开心就好，为什么不能就做一个坏人呢？

但她不想温火受委屈。

她已经把温火从唐君恩那儿带回好几天了，可温火抱住双腿的画面还没从她脑袋里消失。

阮里红给她炖了乌鸡，还给她蒸了年糕，都是她小时候爱吃的，端到她跟前她也不吃，她就靠在窗边，抱着双腿。

她还是会推公式，看文献，看物理学家纪录片，要不就是动手做应用物理的实验。

她看起来不难过，但就是没点生气。

她回来这几天都没睡觉，感觉她就要把自己那点精血耗光了，阮里红又担心又着急，脸上愁容就没散下去过。

温火看她实在太难受了，终于开口："我没事，我也承受得住。"

一语双关。

她在说她失眠的病，也在说跟沈诚的新闻。

大阪寿司。

唐君恩点完菜，看一眼跟他并排坐在长桌前的沈诚，沈诚好像瘦了一圈，脸色也明显差了很多。他又把视线转向眼前一碟龙虾沙拉，说："你要是想她，就打个电话，听听声儿也好。"

沈诚语气很淡："想她怎么一百个心眼接近我？"

唐君恩说："我也没说是温火啊，你这自己对号入座。"

沈诚不说话了。

唐君恩这些天才勉强知道些沈诚和温火的事儿。沈诚嘴严实，就是不说，他拿温火她妈和金歌碰到说了什么跟他交换，他才透露一点。

反正唐君恩现在是知道温火跟韩白露交易的事儿了，也知道她有失眠症，跟沈诚只是想要睡着。他一直没想通一点："我觉得你应该高兴啊，你至少还有个哄她入睡的功能。"

沈诚喝了一口滑菇汤，说："要是这样才能睡着，那跟别人也可以。"

唐君恩明白了，沈诚计较这一点，计较温火是跟韩白露交易，顺便利用他来让自己睡着，而他只知道其中一个阴谋，感觉事情没有完全在自己掌控之中，恼羞成怒了。

当然，他会这么介意，还有就是他发现温火跟他的原因中，就是没有爱他这一点。

这个局中人啊，看不清自己了。

唐君恩也不戳破他，还刺激他："行吧，反正也散伙了，就这样吧。估计她这会儿已经找着下家了，你也不用操心了，现在就好好琢磨你这绯闻怎么处理吧。"

沈诚饭就不吃了，看起来没什么，但就是让人瘆得慌，他还是那副死样，周遭气压太低了，冻得唐君恩冷不防打了个寒战。

唐君恩看他要憋出内伤了，叹了一口气："何必呢？你就跟她争，赢了又怎么样？你把心输了啊。"

沈诚明天就要开记者发布会了，这场闹剧最大程度也只能是闹成这样了，他就是要在这样的情况下，公开去做一些事。

他从来不是没有准备的人，也从不干损害自己利益的事。

看起来,这个意外他并不会输,还能赢,而且会赢得漂亮,但又能怎么样呢?他突然发现他有什么东西被人拿走了。

这让他感觉不到一点即将取得胜利的喜悦。

他又拿起手机,打开微信,那个熟悉的头像,朋友圈已经变成一条横杠。他又点开相册,看着满屏他拍的温火的照片,有点头疼。

明明是这个骗子耍了他,他不过是将计就计,怎么她还委屈了?

他给她车,给她房,以前偷着给,后来言明了,都是她的。他什么时候这样对待过别人?她还不满意,她还委屈,她还说再也不想跟他有任何关系……

道理是这样讲的吗?

她怎么就这么委屈?不是她揣着一颗黑心过来算计他?不是她本来也要利用他睡着?

他真的想不通,他把手机扣放在桌上。

唐君恩就在一边看着他,几乎是把他整个痛苦的过程都尽收眼底。这是不是爱情他不知道,但温火在沈诚心里的分量,绝对比他想象中重很多。

半分钟不到,沈诚又拿起手机,点开了相册。

就这个动作,从吃饭开始,他一直重复到埋单。他就这么看着她,什么也不干,就看着。

【6】

沈诚和韩白露的发布会,当事人除了温火,其他都到了现场。

韩白露这才知道沈诚公开了温火,她惊讶温火真的做到了,却也有一些说不出道不明的负面情绪令她愁眉不展,开心不起来。

安娜也好,温火也好,都是让沈诚低头的人,韩白露的前半生,都是在为别人低头。

她很小的时候,就希望有一天,有一个男人可以牵着她的手,向全世界公布他们的关系,亲吻,看她的眼神饱含爱意……

眨眼三十年了,还只是一个希望而已。

她被囚禁的时候,不止一次想起安娜,她确实对不起安娜,可要是再来一次,她还是会做跟当年一样的事。

她对一切走捷径获得成功的行为嗤之以鼻,生理厌恶。

温火成功让沈诚公开她,也更让韩白露相信了爱情的虚伪性。韩白露那么赤诚地去爱，都不如两个用算计的人更能达成心愿，这世上还有真爱可言吗？

在后台，沈诚单人的休息室里，韩白露被他找的化妆师像打扮芭比娃娃一样打扮。卷完最后一绺头发，化妆师"功成身退"了。

韩白露以为这会是她和沈诚的婚姻中最后一次谈话，她不想他们之间还跟过去一样尖锐。

沈诚在看手机，同时等待被邀请的合作伙伴、官方媒体签到完成。

韩白露不敢转头看他，就背朝着他，说："即便你知道我跟温火的交易，她也还是成功接近你。我不想在这时候跟你说输赢，但求你放我一条生路，以后你们如何，我如何，都不再有关系。"

沈诚放下手机，也没有看她："风向还没定，别急着跟我讲条件。"

韩白露摇头，她冷静下来后，其实能想明白很多事。她过去就是太不冷静了，才总是说话办事被人抓住把柄，在沈诚强制她面壁思过的这段时间，她甚至明白了温火一个小姑娘作为被雇佣的人，为什么还能底气那么足地跟她讲话。

温火是一个冷静的人，她没有那么多情绪，不会让人摸到弱点。

没有弱点在别人手里，她当然底气足。

韩白露说："我知道就算她成功接近你，你也不会让我得逞，我计划着想分你财产的事，也不可能实现。我现在其他都不要了，只要衣衣。"

沈诚淡淡笑了一下，没说话。

韩白露知道他不信，也还是说了："我对衣衣的感情不深，但感情是可以培养的，何况她是我的亲生女儿，她流着跟我一样的血。"

沈诚也道明他的立场："让你来是让你听结果，不是让你做选择的。你从算计安娜难产而死开始，就失去了选择的机会。"

韩白露转过身来："我害了一个安娜，但我赔给了你一个温火啊。"

沈诚不再说话，正好工作人员进来提醒发布会开场，来宾也都介绍过了，就等他入场了。

沈诚站起来，朝外走。

韩白露紧随其后，但在出门前，被沈诚的秘书拦住了。他给她打开房间里的电视，正是发布会的现场直播，说："您在这儿听。"

韩白露虽有异议，但也想知道沈诚要说什么，暂时接受了这个安排。

沈诚走上舞台，充满科技感的设计让他似乎置身在星河宇宙，到场嘉宾、媒体、观众，本以为开幕式已经是登峰造极的视觉盛宴，没想到沈诚出场才仅仅是一个开始。

激光投影将全息影像和现实虚虚实实地结合，点和线连接成多维空间，科技的温度由此展现。

观众看来，他似乎不是来做澄清的，而是在做一场表演，让大家看到人文和科技的相得益彰、蓬勃发展。

只有内行人非常确定，他在打广告。

沈诚的专利事务所挂牌上市后会开发新的板块，投入大量资金，用于支持更多科技人员研究、创新。一旦得以立项，沈诚的团队会从头跟到尾，解惑，答疑，代理申报。

这也就是说，沈诚要把代理专利的范围扩大了，领域不再单一，涉及面更广。

他很聪明地没有开场就把他那点心思暴露，所以不懂行的人还只以为他是重视这场发布会，给来宾准备了节目单。

背景音乐淡去，沈诚切入主题，拿着话筒："自我介绍免了吧？我想先讲讲我跟韩白露的相识。"

他的声音不是低音炮，更不是高音，他声音的厚度刚刚好，听来只让人觉得清透。非正常情况下说话，他会有一些语气词，那些语气词总会让人身心都得到放松。

他娓娓道来："我跟韩白露是在加拿大认识的，在我年轻的时候，二十多岁。

"那时候我女朋友是她的好朋友，我们不过是点头之交。后来我女朋友意外去世了，我们很长一段时间没有见过了。回国后我们重逢，过去的记忆如流水，全都涌回到脑海。"

他说话时还有些怀念的神情流露："彼时我们已是事业至上的人，就默契地想到了结合。

"我们也是这么做的，趁着一次醉酒，荒唐地把证给领了。那时候我身边人都劝我，我都是听听，从未在意。

"因为我们之间没有爱情，只有惺惺相惜和合适。

"我需要一个有独立事业、可以随我出入各种场合、大方得体的太太，她需要一个可以做她的靠山、帮她遮风挡雨的丈夫，而我们又认识，算是知根知底，我们再合适不过了。"

沈诚说完这一段像是自嘲一样笑了一下，又说："可能是因为不爱，所以她第二天就后悔了，以胁迫为由，我们去民政局撤销了结婚证。"

屏幕上随即亮出沈诚的户口证明，显示未婚。

全场讶然。

沈诚接着说："我不怪她，也允许她离开，但她又觉得她在演艺圈孤立无援，她还是想要一个依靠。这里我不想揣测她有其他心思，我只认为她把我当成一个依靠。

"当时我们约法三章，就这么以夫妻的身份生活下去，直到其中一个人有了另外的爱人。

"很多人会好奇，为什么我会做这样的妥协，因为那时候的我，不相信爱情，也顾不上爱情，所以我的婚姻，就可以没有爱情。

"我们维持着有名无实的婚姻，直到衣衣的到来，一切都变了。"

沈诚朝前走了两步，隐形机位就在他面前，大家更能看清他的表情。

他说："衣衣不是我的孩子，也不是韩白露的孩子，是我一位已经病逝的朋友的孩子。"

现场快要爆炸，媒体记者起立。

屏幕上出现沈诚和韩白露分别跟沈乃衣的亲子鉴定报告，他们二人确与小丫头没有任何血缘关系。紧接着是一封来自沈诚朋友的亲笔信。

信中写道，拜托沈诚照顾好他的女儿，落款是姜堰。

韩白露在休息室里面目全非，浑身发抖，她从来没想过，衣衣竟然不是沈诚、也不是她的孩子。这怎么可能呢？是她生的啊。

此刻在其他地方关注这场新闻直播的金歌和沈问礼，握紧彼此的手。

姜堰是沈诚的儿时玩伴。

沈诚说："我跟韩白露都知道衣衣不是我们的孩子，但大众不知道，她就借着这一点慢慢露出了本来面目。第一步，就是跟她前老板陆幸川旧情复燃。

"我们约定，若有外人，我们之间关系就可以结束，她不要，她要占着沈太太这个名号。

"她利用我不会公开衣衣真实身份这一点，一面要求我为她获取资源，一面跟各种男人不清不楚。这些男人当中，除了陆幸川，还有我事务所的股东。"

沈诚说着话，展出新证据——他收购瀚星传媒的合同，以及李亦航引咎辞职的书面证明。

"我一忍再忍，忍到陆幸川出事，她求我帮忙，我收购了陆幸川的公司，帮他解决了燃眉之急，但我有一个要求，就是跟她解除约定，我们之间再无关系。

"她答应了，却转头就跟我的股东串通好，设计了我事务所新代理的专利技术是剽窃品的戏，搅黄了我司跟远征工业的合作。

　　"我们之间的关系也到达冰点，我第一次跟她发火，希望她适可而止，结果她开始装病。"

　　沈诚看起来很无奈："我为了衣衣，为了我的家人、事业，想跟她彻底划清界限，就让她提要求，我满足，然后好聚好散，我也保证不在公开场合透露关于她的任何真相。

　　"她答应了，要求我陪她出席川谷电影节。至于财产，她不说我也会给。可我没想到……"

　　沈诚抬起头来："我没想到她竟然把我的朋友带到电影节，灌她很多酒，想让媒体误会。这样我们划清界限的原因就变成了是我背叛她。

　　"她就可以卖惨博得同情，从此不缺乏资源和出路。

　　"我会领着我的朋友离开是因为她醉了。你们回顾那天的新闻也会看到，她的状态很不对劲。"

　　沈诚把韩白露另一个跟温火联系的手机当成证据摆到屏幕上，证明了韩白露和温火认识，侧面证明了沈诚这部分说法的真实性至少有百分之八十。

　　加上前边百分之百真实性的证据，看客就这么忽略了这个地方证据是否不足。

　　这就是他的高明之处。

　　现场当真是在沈诚这番沉稳叙述中不断达到高潮。他越平淡，他们越抑制不住心跳。他们想过沈诚会解释，但没想到他是揭露，而且缜密到每说一个真相都有证据。

　　他们的表情在这短短半个小时里不断翻新，不断突破，除了震惊，还是震惊。

　　沈诚说完了，屏幕又恢复成具有超强观感的全息影像作品。

　　剩下的时间就交给沈诚的秘书了，他把"黯然神伤"的沈诚接下去，总结发言："沈老师真的很辛苦，我看着他一路隐忍，承受了很多。他本意是希望好聚好散，不要伤害到别人，可这世上就是有那么多事与愿违。他从不要求他的善良有所回报，可也不想得到这种杀人诛心的回馈。"

　　说着他也承认："当然，我这番话太主观，我的老师，我就认为他善良。可能一些合作伙伴觉得他城府深，但做生意的人，哪个心思单纯？沈老师只是工作上比较认真负责罢了。"

　　他接连叹气，演技跟沈诚竟也有那么些不相伯仲："沈老师公开这些事，就是跟韩女士彻底分手的意思，既然他们二位没有婚姻之实，那以后就各自安好吧。这也是沈老师的意愿。"

烟动完大家的情绪，他开始说主题了："我相信大家也看到我们的全息影像了，科技，就是我们事务所接下来的方向。本来是要开发布会的，但沈老师不想占用过多公共资源，所以就把澄清和新项目发布会合成了一个。当然，沈老师不否认，他也是趁着今天人多，关注度大，才做了这个决定。"

如果秘书没有说后边这句话，肯定会有人质疑沈诚是在变相打广告，但沈诚这边自己坦白，他就是在打广告，就让人哑口无言。

这就是沈诚。

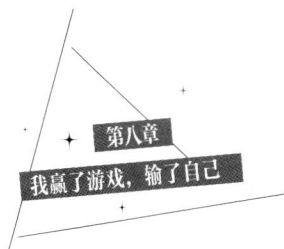

第八章
我赢了游戏，输了自己

【1】

唐君恩看完整场发布会，摇头鼓掌，心说，这还是个人？

韩白露得罪了他真是倒了八辈子血霉。

现在好了，彻底反转。

这么一看，这年头也不是没有说不清楚的事，只要锤够硬，证据够真实，能呈上法庭的那种真实，理智的人还是会认清真相的。

他这白为沈诚操心了那么多天，还真是皇帝不急太监急了。

沈诚回到休息室，冷眼看着韩白露，也不说话。

韩白露斗不过沈诚，没有人斗得过沈诚，她想活下去，她要一条活路。她可以把姿态放到最低，但她必须知道，为什么衣衣不是她的孩子："衣衣为什么不是我的孩子？如果她不是，那我生的是谁的孩子？我生的孩子在哪里！？"

沈诚在下台的那一刻，并未感觉到一丝一毫的舒心，也不觉得一身清白就是一身轻松，他还是觉得身子很沉，像是千斤重物压在了他的肩头。

他不想放过韩白露，只要他不想，就总能让事情合理，说得过去，但他太累了。

他想放过她了，不知道为什么，就是想放过她了。

他说："你没有生孩子的那十个月一直在生病，我带你去治疗，你丢失了一部分记忆，然后我告诉你，我们做试管成功，生了衣衣。"

韩白露浑身发抖，像傻了一样。

沈诚不想跟她浪费时间了，他在她身上浪费了太多时间："你可以走了。"

韩白露还没从认知被颠覆的巨大压力中醒过神来，沈诚就放过她了，她难以置信，身子定格了许久，试探着问："我，可以走了吗？"

沈诚越过她，坐到沙发上，单手扯开领带，捏眉心："走可以，嘴要严，要是做不到，那你害安娜的陈年旧案就会被翻出来重审。"

这是威胁，韩白露只得按照他说的做，从此缄默不语，当个哑巴。

沈诚看着韩白露落荒而逃，还在想他是为什么没有在发布会上公开她害安娜一事，他当然不是一个善良的人，直到手机响起，他下意识想到会不会是温火的消息，他明白了。

他会放过韩白露，是因为她把温火送到了他身边。

【2】

温火没看沈诚的大戏，她没空。她跟沈诚闹掰之后，再也不用琢磨怎么让他爱上她，她有更多时间用于搞学术了，论文进度比平时更快了。

其实就算是跟沈诚"谈情说爱"，温火也没忘记她是干什么吃的，都在学习。

阮里红看了整场发布会，虽然沈诚为温火澄清，但要不是他，温火也不会被曝光在大众视野中。挨那么多天的骂，他轻描淡写地说一句"我朋友"，就没了？

她这一生，走南闯北，朝乾夕惕，虽是被迫涨经验，但总不能白涨，至少得护好了闺女。

他这样对温火，她能让这事儿就这么过去？

阮里红把给温火烤的牛肉从烤箱里拿出来，走到她房间，站在门口，敲了敲门。

温火门没关，抬了一下头。

阮里红走进来，把烤肉端到小圆桌上，又返回西厨，给她端一杯鲜榨果汁。

温火看着盘里已经切好的牛肉，阮里红除了"走火入魔"时弄伤过温冰，其实很好。但温火不能热烈地回应，因为她并不擅长。

阮里红迷信时，正好是温火性格养成的时候，阮里红无暇顾及她，她也就野蛮生长了。

温火可以对沈诚演戏，撒娇打滚，那是因为她知道本来也是假的。

所以对沈诚，她在开始时是没有心理负担的，也不觉得良心该受到谴责。

但她不能那么对阮里红，阮里红是真的，她们之间是铁打的血缘关系，她不会对阮里红伪装。

想到沈诚，她觉得身上被他掐到的地方又开始疼了。

她低头看向搭在桌上的胳膊，小臂上有一块淤黑，是沈诚攥她时太用力造成的。她看了一阵，伸手摁了一下，那天的疼痛在一瞬间全都回到脑袋。

她快修补好的情绪就像碰到了其中一块多米诺骨牌，散了一地。

修修补补好几天，三秒回到"解放前"。不愧是沈诚，都散伙了还像鬼魂一样搅扰着她，让她讨厌。

她突然没了胃口，推开盘子。

阮里红进来正好看到她推盘子的画面，把果汁递给她："不饿就先喝点水。"

温火接过来，勉强喝了一口。

阮里红看她学习一天了，有心帮她换换心情，就在她旁边坐了下来："还有事儿吗？"

温火看她："怎么了？"

阮里红笑笑："没事儿了咱娘俩聊聊。"

温火转过身来，面对着她："聊什么？"

"什么都行，我们平时聊得太少了，你发生什么都是在你发生之后，像通知一样告诉我一声。"

温火不管她是不是要听沈诚相关的事，都硬是把话题重点从自己转到她身上："我知道你跟粟和的事，在我来之前，他应该是住这儿。"

阮里红挑眉，没有否认："你是怎么知道的？"

温火说："他心眼挺多的，在很多角落留下了他的东西，我只要走一圈，就能看到。他的行为就像是我小时候有了新玩具，不想拿出来跟大家分享，但又忍不住想要炫耀，就偷偷放在显眼的地方，等到别人问的时候，我再站出来惊讶地说：怎么在这儿啊。"

她停顿了一下，又说："他想要炫耀你，也想你公开他。"

阮里红拉起她的手，握住："你那么能分析，那你没分析过你自己吗？"

又绕回来了。温火不说话了。

阮里红擦擦她脸上沾到的实验工具上的灰，说："我就是想知道，你受了多大的委屈。"

温火的委屈她可以自己消化，而且理智上说，她根本没有受委屈，而是自作自受。只是在情感上，她无法控制自己被这些事情影响。

阮里红看她不想说，也就不再问了："好几天没出门了，今天咱出去走走？"

温火下午有事：“我下午要出去一趟。”

阮里红没问去哪儿：“我送你。”

温火去远征工业。那边一直给她打电话，问她什么时候可以入职，已经给她安排好了。她想亲自去说她不打算入职了，也算是她对这个一直想去的企业的尊重。

“不用，地铁很快。”

阮里红到玄关拿了车钥匙过来：“先开着，过两天我带你去提车。别说不用。你现在不习惯开车，以后想去哪儿的时候找不到司机，就有你急的了。本儿都考好几年了，车没碰过几回。”说完她又怀疑了，“还知道怎么开吧？”

“嗯。”

“那就行。”阮里红说着把钥匙再次递给她，说，“车无所谓，人不能有事。你要实在不行，我就送你，反正我也没事儿。”

温火知道阮里红下午有个招商会，不想耽误她的事：“我行。”

阮里红一语成谶。

事实证明，温火不太行。

唐君恩开始筹备拍卖会了，就拍石头，主要是为了沈怀玉，其次是帮沈诚。

当然，他也是要借着这次活动，看有没有能够揽为己用的资源。

沈诚到了，唐君恩也在，刚把沈怀玉逗得开心，看见沈诚，挑了一下眉，意思是：老爷子现在很高兴，你有什么话趁现在赶紧说。

沈诚什么都没说，跟沈怀玉打了声招呼就进了茶室，拿起了沈怀玉常看的书。

沈问礼和金歌晚到了，却正好赶在了饭点。

金歌做妈妈的，进门第一件事就是找儿子，见沈诚在看书，才没打扰。

沈问礼以前还觉得沈诚是他儿子，还有教育他的资格，经历过他在发布会上种种后，沈问礼意识到，沈诚是他儿子，却不是个孩子了。

他也在想，过去那件事，是不是他真的做错了。

他走进茶室，在沈诚对面坐下。

沈诚放下书：“爸。”

沈问礼的声音能听出疲惫：“我本来有话要跟你说，可一坐下，似乎也没有。”

沈诚知道他的顾虑，并解决他的顾虑：“我回来，就是给你交代。”

沈问礼前边那句话要是显得他累，那后面那句就暴露了他已经接受了自己半截入土的事实，突然就显得他老了："儿子，如果是因为当年姜堰的事，你难过了，那爸跟你道歉，行吗？"

沈诚静默地注视着他。

沈问礼希望沈诚顶天立地，可到底是他亲儿子，他也心疼："你别憋着。"

金歌跟他说沈诚心理上可能是出现了问题，他整宿睡不着，翻来覆去想着沈诚回国之后反常的地方。

他想给沈诚打电话，拨了号码又删掉，要不就是拨通了，立马就挂断。

以前听人说，什么时候跟孩子说话支支吾吾、犹犹豫豫，就说明孩子已经不再需要他的羽翼了。他这两天半夜里，坐在阁楼的观景台，念着这句话，一坐就是一宿。他儿子很优秀，好像也很委屈。

沈诚独自一人的时候，到底经历了什么呢？怎么会变成发布会上那个让他陌生的样子呢？

沈诚给沈问礼斟茶，说："您教过我，先为人，再为其他，立事之前先立人，我一直记着。发布会上的我是真的，坐在这里给您斟茶的我也是真的。我对谁都不一样，某一刻的我并不是全部的我。"

沈问礼喝了沈诚这口茶，踏实了一些，也不知道是茶好，还是他这两句话好，抑或是他斟茶又给他解释的这个行为好。

沈诚又说："我对于您和我妈的行为震惊更多，后来知道原因，就释然了。"

沈问礼看着他，想找到他在说谎的可能性，但没有，他很真诚。

"姜堰到美国后，结婚生了孩子。"

沈问礼明白了："你是说衣衣是那个孩子……"

沈诚点头："姜堰患有 AIS，渐冻症，跟他父亲一样的病，那自然也是跟他差不多的命。他跟衣衣的亲生母亲后来分开了，他一个人带着衣衣。他不知道他还能活多久，每个医生的说法都不一样，所以他找到了我，把衣衣托付给了我。"

沈问礼像是听书一样，这些年轻人实在是任性，胆大妄为。

沈诚跟沈问礼坦白："韩白露因为生病，出现了记忆混乱的情况，我告诉她，我们做了试管，她生了衣衣。"

"什么！？"

"其实她没有生孩子，姜堰把衣衣交给我的时候，我对她说这是我们孕育的。"

沈问礼明白了。也就是说，韩白露没有生孩子，她因为生病失去了过去的一些记忆，沈诚趁机给她灌输他们做了试管，她生了孩子的"事实"，让她误以为衣衣是她生的。

这番偷天换日，瞒天过海，简直是荒唐至极！

沈问礼做好了心理准备，听他说完仍觉得不顺气，这么大的事瞒得滴水不漏，而且怎么能这么对待韩白露呢？纵使她做了错事，也有法律来约束，怎么就轮到他来越俎代庖了？"

"你们太荒谬了。"

沈诚知道沈问礼会是这个反应："过去婚姻讲媒妁之言，新婚夫妻婚前并不认识，现在多少人睡过一张床都不会有结果。社会进步，时代发展，您不能用过去的眼光看现在的人。生在不同时代，就做不同时代会做的事。这也是您教给我的道理，我觉得能用在这里。"

"你这是强词夺理！"

"我只是不愿意委屈自己。"

沈问礼怔住。

儿子搬出这句话，他没得可说了。他过去的一些决定，到底没考虑他的感受。他不再执拗和纠结，儿孙自有儿孙福，他们的事就让他们自己去处理吧。

现在衣衣的身份明确了，沈问礼和金歌倒是不会对这个孩子有什么意见，但他们还是问："你自己呢？就打算一辈子养着别人的孩子了？"

沈问礼知道沈诚一定不爱听这话，他把衣衣抱来养可能是在逃避婚姻，但他要说。

沈诚不说话了，金歌过来叫俩人吃饭，这个话题也就没继续下去。

饭桌上，唐君恩说等会儿有块料子送过来，让沈诚陪着爷爷一起鉴鉴。

沈怀玉瞥一眼沈诚，说："他？他才没空跟我看石头，忙，忙人，脚不沾地。"

沈诚淡淡笑了一下："今天我哪儿也不去，就陪您。"

沈怀玉听了沈诚发布会的事，他跟沈问礼不一样，沈问礼是搞学问的，规矩多点，他从小当兵，水里来、火里去，能容的事儿太多了，而他也相信他孙子的品质，不操心。

"你这张嘴就糊弄我有一套。我是眼神不好了，耳朵不灵光了，又不是脑袋迟钝了。"

唐君恩替沈诚答话："他要做不到，咱爷孙俩就把他腿卸了，让他以后连门儿都出不了。"

沈怀玉觉得这主意不错，拍声巴掌："那就这么办。"

话音刚落，沈诚来电话了。

唐君恩觉得不会这么"寸"，可偏偏就这么"寸"，沈诚接完电话回来很不对劲，对沈怀玉说："爷，这条腿我先欠着您，等我回来您卸两条都成，我没二话。"

唐君恩看他有点急，他一般没这种时候，不自觉地站起来："怎么了？"

沈诚没说，更没顾沈怀玉、沈问礼不高兴，匆匆离开了。

远征工业那边打来电话，说温火撞车了。

【3】

温火倒车入库时有人加塞儿，就这么撞上了，她人没事，但车屁股跟对方保险杠受损都挺严重的。

对方态度很好，下车就道歉，还把名片递了上来："您好，我有急事，我能先去处理吗？这是我的名片，您可以给我打电话，或者您把您电话给我，等我忙完了打给您，咱们再看怎么解决。"

这场小事故是这个男人全责，但他有心解决，温火就没为难，接过了名片。

本以为事情到这里就结束了，谁知道温火从远征工业出来就看到车屁股又被撞了，没法要了，比下午撞车时严重多了，之前的肇事车辆也不在车位了。

她拨了他名片上的电话，是个空号，网上搜他公司也没有，她被骗了。

还好她下午留了一个心眼，拍了他的车牌号，所以才有这会儿到远征工业的安保部门查出入车辆和监控的机会。

接待温火的主管闻讯赶来，帮她一起查："真抱歉，在我们这儿出现这样的事。"

车有保险，事儿不算大，温火说："没事，在哪儿都有可能遇到这事。"

主管关注了温火跟沈诚、韩白露的新闻，本来对严治国要安排一个理论物理的研究生进研发部她没意见，她相信严治国不会损害公司利益，但听说这个人作风不正派，就有点不大乐意。好在事情有反转，沈诚开发布会澄清了这件事，她就消除了对温火的偏见，还挺欢迎温火。

没想到她不愿意了，那他们不会强人所难。

说到反转这事，主管对于她情绪转变的过程没摸太透，感觉她前一秒还真情实感地替韩白露打抱不平，后一秒就觉得韩白露心机深沉，可怜了温火一个小姑娘被韩白露利用。

主管压根没去想，这就是网络现状。

主管更没去想一向可以分清楚是非黑白的自己，竟然在无意识的状态中，参与了这场网络暴力，就很离谱。

安保部找到了肇事车辆，车主名跟他给温火名片上的一致，就是说车主资料一直都是假的。

这是远征工业的过失，主管为了维护远征工业严谨的形象，把这事汇报给了上级领导。上级领导听说是温火的事，又报给副总。

副总能管，但温火是沈诚的学生，跟沈诚谈合作一直都是严治国亲自来，他不敢越权，就又跟严治国说了一声。

严治国一听是温火，电话就打到了沈诚那儿。

主管让温火稍等，说联系人查查车主，温火觉得麻烦，懒得计较了："算了，别麻烦了。"

俩人说话的时候，沈诚已经到了，但被接待领去了严治国的办公室。

严治国今天正好在，把他请进门先夸了夸他事务所接下来的方向很有前途，或许会成为一个风向标，长成一棵摇钱树，接着话里话外都是想跟他合作的意思。

沈诚不是来谈合作的，他很急，出于礼貌让严治国说了半分钟，现在时间到了，说："我学生在哪儿？"

严治国当下没反应过来，愣了一下才想起："对，看我这记性，那小丫头现在在安保……"

他话还没说完，沈诚点头致歉："对不起了。"说着他走了。

严治国这儿水还没烧开。

温火不准备查了，给阮里红打了一个电话，说了一下情况，想让她跟保险公司说一声。

阮里红一听急了，自己正忙着抽不了身，就让粟和去了一趟。

粟和和保险公司业务员一起到的。

保险公司检查备案，温火在旁边看着。

粟和说："这辆车在中国买要一百多万，交车还没一个月，你就把它撞成二手了。"

温火没看他："你现在都开始替我妈心疼钱了？"

阮里红给粟和打电话，让他过来，他就知道温火已经知道他和阮里红的事儿了。

"我跟她的事，你不怪我吗？"

"我怪你，你就不撩拨她了吗？"

"撩拨，是什么意思？"

"就是勾引。"

"我们是相互吸引，发生得很自然。"

温火不想听细节："别跟我说，我没意见，尊重你们。"

粟和觉得她跟上一次见面不太一样了，上一次在程措饭局上重逢，她还没这么冷淡。

如果不是因为他跟她妈在一起的事，那就是她跟沈诚的事影响到了她，粟和说："你比我上次见时瘦了很多。"

温火睡不着觉，当然会瘦。

粟和提议："如果中国治不了你的失眠，可以去其他国家试试。"

温火之前有这个想法，也打听了国外权威的心理专科医院，得出结论：德国柏林有个医院还挺权威的。现在她已经没想法了，爱睡不睡吧。

当她不再因为生还是死紧张在意时，她前方的路突然就清晰多了。

粟和还想跟她说什么，无意间看到她胳膊上黑了一块，下意识拉起她胳膊："这怎么了？"

温火看过去，是沈诚掐的，沈诚手指那么细，掐人却挺疼。

她又开始生理不适了，紧随而来的就是情绪的不稳定，她想回去了："我们回去吧。"

话音刚落，沈诚迎面走来。

正好风吹来，秋天的、不黏腻的风，轻轻吹动温火的发梢。那点想要压制下去的不稳定的情绪，瞬间猛烈，气势汹汹地压迫而来。愤怒，委屈，怨恨，跳过理智，充塞在她脑袋里。

沈诚还是从头到脚一丝不苟的样子，而她从头到脚都很狼狈。

她要走，否则他们之间一定会闹得很难看，她不想再跟他重复过去的每一幕，她必须要拒绝跟他再有任何接触。

粟和也看到沈诚了，而粟和还拉着温火的胳膊，扭头看温火好像不太想见到他，答应了一声："嗯，我的车在外面。"

温火跟保险公司已经沟通过了，跟主管说了一声，说完就要走。

沈诚去了安保部门，被他们告知温火现在在停车场，他一来就看到她跟那混血儿在一起，脸色都不能用"不好看"来形容。她果然是找到替补的了，动作真快。

粟和、温火跟沈诚擦肩而过，温火闻到他身上的味道，眉心无意识地紧了一下，有什么地方开始隐隐作痛。

沈诚攥住了她的胳膊。

温火停住。

粟和转身看到，想拿掉他不礼貌的手，却因没他手劲大作罢，改成口头警告："先生请自重。"

沈诚不理他，眼看着前方，话说给温火听："见到老师都不打声招呼了？"

"谁是我老师？"温火的语气淡又浅。

沈诚身子又开始沉，拉着她胳膊往B区的停车位走。

粟和也不松手："这位老师，不要太过分了。你不能违背她的意愿带走她，这是犯法的。"

如果是以前，沈诚会问温火"我违背你的意愿了吗"，温火总是会说没有，那时候她还热衷于以他为生活中心，哪怕是装的。现在撕破脸，他不敢这么问了。

沈诚说："我就违背了。"

粟和突然想用汉语中的一个形容词来形容他这种行为，想了半天没想到，就在他犹豫的时候，温火被沈诚强制带走了。

"你松手！别碰我！我要报警了！"温火挣扎着，但没用，主管他们人已经走了，没人能救她。

粟和反应过来，追上去，沈诚早已经把温火带上了车，锁了车门。

多么熟悉的情景，她以前就是坐在这个位置，跟沈诚亲吻，拥抱……

粟和过来敲车窗："你放开她！"

沈诚抬眼看向他，然后在他的注视下，托住温火的后脑勺，用力吻下去。他就是要吻给粟和看，他要让粟和看清楚。

粟和在车外看蒙了，人都疯了，他要怎么跟阮里红交代！他急得用英文骂出来，死命敲着车窗。

车里的温火也在反抗，推他，打他，打在脸上，给他打出手掌印，才让他放开了她。

她喘着气，冷眼看着他："你有意思吗？！"

沈诚不说话，只是看着她，哪怕做出这么无耻的事，他也还是精致的，还是那个沈老师。

温火的情绪现在已经满仓了，她压不住了，在沉默了那么久之后，再次爆发出来："你不是觉得我骗了你吗？我现在已经遭报应了，我钱退了，退出你们夫妻争斗，我臭名昭著，我成了过街老鼠。你明知道我接近你的目的不单纯，你也接受，你侵占了我一年多，我认了，我就当了这个玩具，你还想怎么样？是不是只有我死了你才能放过我？那也快了，你就不能在你的世界里安安静静等着我死的消息吗？就一定要让我死之前也安生不了吗？"

沈诚像是没听她说话，拉起她的手，看都没看，精准地找到他之前掐疼她的地方，轻轻握住，再俯身吻住，就像他从加拿大回来那次见面，在电梯给她系鞋带的样子，说："你跟他好了吗？"

温火莫名其妙，情绪化到了最大程度，抽回胳膊："你有病！沈诚你有病！你就是有病！"

她扭头死命扒车门，沈诚真的有病，她要走！她必须走！

沈诚神情突然变得哀伤，身上散发出来的那种绝望，只有跟他一样经历过的人才能看出。他说："你看出来了。"

温火打不开车门，扑到中控台去解锁，这个行为避免不了要扑到沈诚身上。沈诚顺手抱住她，那么柔软的人，他好久没抱到了，他把脸埋进她头发里，缓慢地吻着。

温火往后仰，挣不开，放弃了，气急败坏，眼泪掉在他肩膀上："你能不能……你能不能……"能不能放开我，让我走……

沈诚想听温火叫他沈老师了："你能不能再叫我一声沈老师？"

他绝望，温火也绝望，她哭湿了他的肩膀："我求你了……你让我走吧……我妈还在等我……"

沈诚轻轻抚摸她的背，抚摸的都是他之前太用力碰到的地方，都是温火有瘀青的地方："再叫我一声沈老师，温火。"

粟和在车窗外嗓子都骂哑了，沈诚这个老男人，大白天的，对温火做这些事，他骂着骂着突然想起是哪个形容词能形容他了，不要脸，这个老男人，真不要脸！

温火问他："是不是我叫了……你就放我走……"

沈诚不想放，但他不能留她了，他不稳定的情绪也快要抑制不住了，他不知道他会对她做什么："嗯。"

"沈老师……"

沈诚慢慢松开了她。

温火立刻解锁车门，抓上手机下车。

粟和不想放过他，但温火看起来太难受了，他看着难忍，顾不上跟沈诚算账了，先带着她走了。

沈诚靠在车座靠背上，面色陷入死寂。

她叫他沈老师的时候都不会撒娇了，小东西已经长成了小狼崽子，还冲他龇牙，把狠话都吐给他……她还跟别人走了，她怎么能跟别的男人走呢？她还让他碰她的手臂……她对他说的话，做的事也对别人做了？那都是他专属的啊，她怎么能对别的男人说呢？她怎么敢！

突然，车里就好像没了氧气，他不再呼吸了，脸和眼睛充血，太阳穴、额头青筋清楚地分布……

停车场管理员过来敲他车窗，敲了很久，他才醒过来，吸了几口气。

管理员嘴在动，好像说着什么，但他听不到，他满脑子都是温火。

他一副病身，皆是算计，已经做好孤独一生的准备，他没想过有一天能抱到一个柔软的身体，还会因为突然抱不到而感觉天都压在他肩膀上。

是不是爱他不知道，但她很重要，她对他来说很重要。

重要到他会突然产生把温火两个字写进他户口簿里的念头。

那里空了太久，但就好像是为她空的，他突然想看到她的名字被印在那里，想要别人讲起她时，说：哦，那个女人，是沈诚的妻子。

【4】

温火坐在副驾驶座，眼泪已经停了，只看表情会觉得她刚刚没遇到过沈诚，但她身上沾了沈诚的味道，她的心跳还没有恢复平静。

粟和从开车后就一直在骂，以前在多伦多时他骂人就是一套一套的，还带着地方口音。

他父亲是曼尼托巴人，曼尼托巴紧邻美国明尼苏达州，说话腔调有点美式，粟和、粟敌两兄弟说母语时，温火总有听不明白的时候。

她听着粟和骂，突然想起了粟敌："你要在中国待多久？"

粟和收起一半情绪："看红姐吧。"

"那你不是很久都不能去看粟敌？"

粟和顿时出现一些跟他平时的展现大相径庭的微小表情："你也很久没有去看他了。"

温火扭头看向窗外。

粟和不跟她聊粟敌，接着说："你希望我跟红姐说，我们遇到沈诚的事吗？"

"不希望。"

"我也想答应你，但她一看我，我什么都会对她说。"

温火把脸转回来，看着粟和的侧脸。他说这话时有点无奈，也有点甜腻，他真的很喜欢阮里红。

粟和见她在看他："怎么了？"

"除非你想看她生气、难过。"

粟和不说话了，他不想看到。

沈诚再回到沈怀玉那儿时，已经是下午三点多了。料子送来了，唐君恩陪沈怀玉鉴了，沈怀玉还亲自上手切了，可以做两对上好的镯子，他心情还不错，沈诚的两条腿也就保住了。

沈家人都没问沈诚发生了什么，他们没有这个习惯，除非他前后状态差很多，但沈诚回来时，已经比他离开时好多了。

他就是这样，你觉得他已经崩溃了，要死了，下一秒，他已经站起来，看起来就像什么都没有发生过。

也正是因为这样，他才骗了金歌这样细腻的人这么多年。

只要面子不烂，里子再烂，也只有自己知道。

沈诚早被扎成马蜂窝的心只要一天不掏出来给人看，他就是沈诚，就是那个没有软肋，刀枪不入的沈诚。

金歌走到吧台，看着沈诚从酒窖拿了两瓶巴克龙，就戴上了手套，从他手里把酒接过来，给他开酒，倒进醒酒器里。

她是靠在红木长桌上的，暖黄色的灯光把她的脸照得更立体。

沈诚脸型随她，是线条感分明的那一种，这样的脸会把她嘴唇和眼梢的柔和消掉一些，不会给人一股温柔感。

就等于是中和了一下，不显得那么纯粹。

沈诚已经解决了沈问礼的疑惑，当然也得解决金歌的疑惑，只是金歌问的不是衣衣，不是韩白露，而是温火，这让他没料到。

金歌问他："那个小姑娘我看过了，你把人欺负坏了。"

沈诚知道金歌跟温火，以及温火她妈妈碰面的事："她骗了我。"

这就是问题的关键，金歌说："她骗了你，让你生气，你把她弄成那样，却还是在发布会上把她择出去了。你解释她的身份解释得轻描淡写，不就是要让别人知道她与这件事没关系吗？"

解释太过，适得其反，越是三言两语，越能让细心的人看出问题。

他在保护那个小姑娘。

沈诚不说话了。金歌不知全貌，只听他两句话就能看出他的心思，温火天天跟他耍小聪明，小机灵鬼儿似的，就看不出来？

他低下头，不想被金歌看出他无懈可击的神情出现了裂缝。

金歌却把手伸过去，用母子该有的距离和姿势，慢慢捧起他的脸："儿子，你不用憋着。"

你的家人都在你身边，你可以不用那么累的，这里每一个人都很爱你，你说一句这世界太讨厌了，他们每一个会为了你站在这个世界的对立面。

沈诚像是听到她未道尽的话，眼帘动了一下。

金歌只能说到这儿，如果沈诚不愿意对他们坦白他怎么了，是不是生病了，生了什么病，她也不会去逼他。如果生病也是他选择的，她要怎么逼？

就像永远也叫不醒一个装睡的人。对意志坚定、永远知道自己在做什么的人，她再苦口婆心也像是刮痧，渗不进肌理，遑论改变他的决定。

但她会更换心态，以后再面对沈诚的事，她也会更宽容，甚至会带着沈问礼一起宽容。

他喜欢那个小姑娘，他们就跟他一起喜欢，把她当女儿。他想要把沈家的招牌从沈怀玉、沈问礼身上卸下来，挂在自己身上，那以后沈家当家作主的，就是他。

金歌作为这家里唯一的女主人，是可以说这个话的。

事实上，用不着她来说这个话，沈怀玉和沈问礼就已经承认了青出于蓝这个事实，主动退出建设沈家的舞台，什么都交给沈诚一人。

沈诚闹起的这一场风波，就这样在金歌的宽容中淡了下去。以后，韩白露就像一个从没有存在于沈家的人物，再没被提起。

除了她刚离开时，沈诚对衣衣解释了几回她为什么会离开。

衣衣从小就没被韩白露带过，对韩白露感情是真的不深，更多是尊重，以及沈诚教给她的，要爱自己的妈妈。这也从侧面说明，沈诚这个人的心机深沉。

不过慧极必伤，沈诚已经尝到苦头了——

好像从认识起，他就一直在温火的事上失控，还总自以为一切尽在掌握……

唐君恩跟沈怀玉说了一下下个月的赌石拍卖会，赞助拉到了。

沈诚把拍卖会主办方的有关权限给了唐君恩。

沈诚过来时，唐君恩刚跟沈怀玉汇报完，顺手把他拉到一边，先问了问他刚火急火燎干吗去了。

沈诚没说话。

唐君恩猜："咱们宝贝儿又出什么幺蛾子了？"

沈诚瞥过去。

唐君恩打嘴，修正："好好好，你的宝贝儿。是不是她又出事了？"

"撞车了。"

"真的假的？"

"人没事。"

"那还行。那见着了吗？你俩说上话了吗？"

沈诚看唐君恩就像一个五十多岁的碎嘴老太太，成天打听别人家两扇门里的事儿："你很闲？"

唐君恩一听就知道怎么回事了："又让她刺激了一回？不是我说，这小丫头片子是个白眼狼啊，你都给她澄清了，她还看不清形势呢？"

"她还不知道发布会的事。"沈诚听她说她现在臭名昭著，就知道她还不知道，他在等她知道以后的反应。

唐君恩点了点头："那你接下来打算怎么办？"

沈诚把手机拿出来，等温火的电话。

唐君恩没看懂他这个动作："给她打电话？"

沈诚没说话。他在车上亲温火时，她手机掉在了座位上，他顺势调换了她的手机，所以他手里的是温火的手机，他的手机在温火那儿。

他以前什么都不想要，那可以什么都不要，现在他想要一个温火，她凭什么能逃？

他不愿意，谁都不能让他放手。

温火回到家，被阮里红问了很久。

阮里红不知道温火和沈诚遇见了，就听粟和打电话说温火没事，所以一直问。粟和知道啊，拦下了，不顾阮里红眼神警告，坚持放温火去休息了。

阮里红察觉不对劲，问他："是不是还发生了点其他的事？"

粟和一对上她的眼睛，就变成个透明的人，他永远不能对阮里红说谎，就坦白了。

阮里红闻言咬了一下后槽牙，咬肌位置抽动两下，接着打了一个电话，接通后，对电话那头的人说："张总，您说那个沈家的拍卖会，我想了一下，去也行。"

对方自然是开心的，珠宝翡翠是一家，阮里红想要在国内打开市场，去沈家的拍卖会就对了。

她在沈家露了头，以后内外两行，就知道她这号人物了。那他们之间合作的价值，可是会翻几番，谁又会嫌自己钱赚得少呢？

温火进房间先掏手机，放在桌上，屏幕亮了，黑色屏保。她的屏保不是黑的，拿起来时想到沈诚亲她时还搂她腰了，把她手机弄掉了。

她走时也着急，没看就拿走了，看来是拿错了。

她把它扔进垃圾桶。

她不想换回来了，那还得跟他碰上，碰一次，她口子就被撕开一次，碰一次，撕一次……她已经很久没睡着过了，隐约感觉到心脏在疼了，她不想连死都是拜他所赐。

她不想跟他再有任何关系了，她就算不睡了，就算心脏衰竭而死，但也要是为自己。

她转身躺到床上去，蜷着身体，抱住双腿。她又瘦了，胳膊细得要死，抱住两条筷子腿，再配上她那张快要脱相的脸，看起来像是饿了半个月。

回来那么久了，身上沈诚的味道就是散不掉，她脑子里总是浮现出他抱着她的画面。

她控制不住去想，又从床上爬起来，把他手机捡起来，摁了一下屏幕，有密码。她想了一下沈诚的生日，输进去，不是。

在想下一个密码时，她突然闪过一个让她呼吸屏住的念头，她手指点了一下屏幕，又缩回去，像是内心在挣扎，挣扎了很久，最后输入了自己的生日。

幸好，也不是。

她把手机放一边，不想管了。

这时候电话响了，是一个陌生号码，但她就觉得是沈诚，她摁掉了。

对方还打，她接了，没说话。

确实是沈诚，他等不到温火的电话，只好给她打了，他告诉她："密码是四个零。"

温火不想知道他密码是多少，既然他打来了，她也接了，口子也裂开了，那再开个口子也没什么关系了："怎么换回来？"

沈诚说："我最近都没空，暂时换不了。"

"那我扔了。"

"可以。但里边有我事务所的机密文件，价值不低。"

温火听出来了："你故意的？"

"我要筹备拍卖会，确实没空，如果你可以给我送来，那最好了。"

温火闭上眼，他好不要脸。她睁开眼时下意识说道："沈老师，你能不能不拨你的算盘珠子了？我听着烦。"

她没注意到她又叫了沈诚"沈老师"，她是真的习惯了，习惯太可怕了。

那么多人叫他沈老师，沈诚却只想听温火叫他沈老师。

他缓慢地说："火火，房、车的赠与合同我拟好了，你有空时我跟你去做个公证。"

温火心里的口子又被撕了一下，口子被撕得更大了，她想挂电话了。

粟和问阮里红："温火看起来是有些介意沈诚的，你看出来没有？"

"什么介意？"

粟和不知道怎么表达，也不知道自己用词对不对："就是沈诚会轻易让她有很大的情绪起伏。"

阮里红也不是没脑子，虽然她区分不了温火对沈诚是什么态度，但他肯定是有分量的。只是温火不说，更不让她说，也抗拒听到，她就当不知道，没看出来。

是与不是有什么关系呢？温火既然决定不去想通这一点，这层窗户纸，她拒绝捅破，那她能说什么呢？替沈诚说话吗？休想！

她只会尊重温火，然后不放过沈诚。

粟和摸了摸阮里红的手，她也瘦了，他真不忍心："你要是累了，我晚上留下来陪你好不好？"

阮里红要守着温火："你回去吧，等火火好一些，能睡着，能吃进东西，再说。"

粟和很委屈："你都不担心我吗？"

阮里红抬头看他，眉心紧皱，眼睛也水盈盈的，漂亮的脸上有些不高兴。

粟和的外形，是无可挑剔的。

阮里红本身也是年轻的，保养得也好。她有一个优势，那就是能让男人忽略掉她的年龄。

这小玩具跟她撒娇，要陪她，她坚持了半天，到底没说出那一句不行。

就这样，粟和留在了阮里红这儿。

温火的听力极佳，尤其是在静谧的晚上，即便房间隔音很好，她也能听到粟和和阮里红说话的声音，就是听不清他们在说什么，但这也足够叫她想去阳台待一会儿了。

她打开阳台的门，看着整个夜空，耳朵里出现沈诚的声音，他又说了一遍他的手机开屏密码。

她一点也不好奇，但还是回身把他手机拿来了，解开他的手机，只有设置，微信，电话，短信在页面。哦，还有相册，相册在正中央。

她鬼使神差地点开，然后就看到了自己，各种状态的照片……

【5】

时间过得很快，眨眼电影节都过去几个月了，温火也几个月没去学校了。

这段时间，她跟导师沟通都是通过语音、视频。导师对她的态度没什么变化，还是一如既往地严苛，他们也不会聊专业之外的话题。

秋明韵在电影节后给她打过电话，她当时在洗澡没接到，想不到怎么跟秋明韵说，就没回。

她想回学校拿点东西，也觉得可以面对秋明韵的一些问题了，就跟秋明韵说了一声。再见到秋明韵，她发现她的状态，跟秋明韵差不多。

国华东路的 CHONG COFFEE，秋明韵和温火坐在露台位置，面对面，都没说话。

朋友和闺密的区别又在这一刻、两人相对无言的尴尬中被放大开来。朋友之间很多事情就没有闺密之间那么容易问出口，交人不交心的感情就是脆弱得像一张纸。

其间秋明韵来了一个电话，她接完，终于说话："你还好吗？"

"嗯。"

这一声答应，秋明韵找回了跟温火住在一起的感觉，慢慢把手伸向她。

温火把手递过去。

两只手握住，两个人都笑了。

秋明韵不问她跟沈诚是怎么回事，温火这么优秀，就算是配沈诚，好像也没什么不行。她不信沈诚说的温火只是他学生。

两个人聊了一会儿，秋明韵把之前烧香时，给温火求的符给她："顾玄宇死了，我之前去烧香，给他求了符，也给你求了一个，这个是老师父念过咒的，据说能保平安。"

温火接过来："谢谢。"

她也有给秋明韵买书，英文原版，秋明韵一直想要，她就托栗和给秋明韵买到了，递给秋明韵的时候，秋明韵眼睛都亮了。懂得保持距离，又会为对方着想，朋友这样就很好。

温火后知后觉，才注意到秋明韵说的事："顾玄宇……"

秋明韵看向桌面："其实知道他得病时，我就想过，会不会治不好，原来真的治不好。"

"那你……"

"没事，难过的时候过去了。曾经我以为，不让我爱他，那我肯定会死，特把生命当儿戏。后来时间久了，生活被各种事填满，真的就没空想起他了。那时候的承诺和保证，现在看，我只想从没发生过。人真的会变，时间真的可以淡化一切，我越来越能体会到这两点了。"

秋明韵在笑，看起来已经释然了，可温火听来就是觉得她很难过。

爱情并不是无解，只是时间还不够，真的是这样吗？

秋明韵把自己没动的芝士蛋糕推给温火："生命太脆弱了，你无法想象一个活生生的人突然消失了，明明昨晚还见过面，或者联系过，听过他的声音，突然就不在了，那种缺失感。甚至不只是心理上的，更是生理上的，你感觉你哪一部分突然就失去知觉了。"

温火想到了自己。

她以后也会变成一个突然消失的人，她身边的人一定会很难过。

她脑海浮现出一个画面，她父母、哥哥、老师、同学站在病床前，捂着嘴眼泪横流，嘴里叫着她的名字，她却听不到……

可她已经努力过了，是活着太难了。

别人都在睡觉的时候，她睁着眼睛，在想还有几个小时到天亮，这样活着太难了。她最近头发掉得越来越多，以前还想着贴假发片，现在她连那个欲望都没有了。

似乎从沈诚带韩白露参加电影节开始，她就不好了，被欺骗后的震惊、委屈、愤怒，她自己理不清的情绪，还有失眠导致的精神紧张，生理疼痛，全都压迫着她。

她不是没办法开导自己，让自己从这样糟糕的状态中走出来，是她做不到。

太无力了，人生太无力了。

她可以假装没事，然后让自己的论文进度快一点，营造一种她很健康的假象，可假的东西怎么能长久呢？所以再遇到沈诚，她原形毕露，原来她这段时间真的糟糕透了。

她活不下去了，真的活不下去了，她的失眠症已经要影响到心脏了，她就想这样无悲无喜地过完剩下的日子，有几年是几年。

秋明韵看她走神了，绕到她那一侧，搂住她的肩膀："火火，我希望你以后能快乐。"

温火回神，扭头看她："你好像在说，我们明天就见不到了。"

秋明韵笑得有些苦涩："我真的有一种我们过了今天，再也不会有什么交集的念头。我过段时间就要去英国了，我想换个地方，换个行当，重新开始。"

温火微微敛起眉："好突然。"

"你跟沈老师之间的事也很突然，不过最突然的，还是他竟然没结婚，孩子都不是他的。"

温火闻言眉心更皱了。

秋明韵又说："想到沈诚这样的男人不属于韩白露那种戏精，对我来说也算是一种安慰了。"

温火肩膀僵住，缓慢地扭过头去："你说什么？"

秋明韵被她的神情吓住了，以为自己说错话了，愣着回忆了一下，好像也没说什么："沈老师不属于韩白露这句话？"

"沈诚没结婚，孩子也不是他的？"

秋明韵惊诧："你不知道吗？他开发布会时说的啊。还有证据，孩子的亲子鉴定报告，然后户口本上也是单身……你不知道？"说完她意识到一个问题，"你们一直没联系？"

温火就像是身体被灌入冻土，从里面开始被冻住。

她的心情要怎么形容呢？她第一反应是不信，可秋明韵不会骗她，沈诚在骗人吗？他的确有这个本事，可当着那么多人去撒谎，他仍然有这个本事吗？

她心情复杂的程度，已经超过过去两个月，她甚至开始怀疑自己的真实性，她是真的吗？

秋明韵找出当天发布会的视频，拿给她看。

视频里，沈诚刚开口，温火就关掉了，她不想听到，这是下意识的行为。她在排斥，她不想知道真相，不想知道她跟沈诚的一切都变得合理了。

秋明韵不再强迫。

秋明韵为温火做完这最后一件事，就消失在了她的生命中。

好像很伤感，但事实上，每个人每天都在跟无数人最后一次见面，其中更多相识便是人生中唯一一次交集。

程措的工作室。

沈诚就想知道温火的失眠症到底有多严重。

程措不会告诉他的："你已经从我这儿套走很多消息了，我再跟你说我这医生也没必要做了。你体谅体谅我，我不能这么干。"

沈诚问他："你是什么？"

程措愣了一下："啊？"

"你是什么？"

程措没懂，试探着答："医生？"

沈诚给他看一张照片，是温火现在的样子，骨瘦如柴。

"病人变成这样，现在或许有办法治好她，你也拒绝，你跟我说你是医生？"

程措看到温火那样子，皱起眉。

沈诚又说："医生是治病救人重要，还是墨守成规，抱着职业守则照本宣科重要？"

程措沉默了。

沈诚理智强硬的态度也拿掉一些，声音里的分量轻了很多："她不太好。"

程措抬起头来，盯着沈诚看，他不信沈诚这话里的心疼是真的，沈诚太会伪装自己，他从小到大被沈诚骗过很多次，每一次他都信了，可每一次都不是真的。

但是，他也没有把握，沈诚在说假话。

程措抿了一下嘴，把他的记录簿拿出来，说："你说得对，她确实不太好，她睡不着。她的大脑总是过于兴奋，不停地转。她过去吃了很多药，看了很多医生，都没有治好。"

沈诚翻开，一页一页地看，程措记得很详细，把温火就诊时的所有状态都写下来了。

2018 年 5 月 21 日，温火在街头站了一个晚上，看着川流不息的车辆，她说她感觉有地方很疼，可她说不出来是哪里疼。

2018 年 6 月 14 日，温火的药吃完了，她问我：是不是我再吃一瓶就可以睡着了？我没答。

2018 年 7 月 3 日，温火一晚上看了四部悬疑恐怖片。那几部影片我也看过，我只记得画面黑暗、诡异，她却可以就拍摄手段侃侃而谈。我知道她的病更重了。

⋯⋯⋯⋯⋯⋯

2019 年 1 月 19 日，温火想去蹦迪，可她已经很久没睡过了，我没允许。她问我，她其实可以尊重她身体的选择，它不想休息，她依着它，不好吗？我没答。

2019 年 3 月 8 日，温火的状态很糟糕，她的心脏已经超负荷了，我给她挂了心脏科的号。

⋯⋯⋯⋯⋯⋯

2019 年 4 月 4 日，温火说谢谢我，她找到了能帮她睡着的人，她每次从他那里离开，她都可以入眠。我认识她那么久，第一次见她那么开心。可找助眠工具这个方法是我编的。

2019 年 6 月 10 日，温火的胳膊有被硬物勒过的痕迹，我怕她自残，她说是她不小心弄的。

⋯⋯⋯⋯⋯⋯

2019 年 8 月 2 日，温火的状态好很多了，眼睛有神了，身体各项指标终于快要接近正常值，她说她最近都能睡着，我很开心。

2019 年 11 月 11 日，温火手上有一些伤痕。我很担心她，她说她没事，能睡着的感觉太好了。

…………

2020 年 3 月 9 日，温火最近的睡眠质量好像又反弹了，但比她最早睡不着的时候要好。我不认为她喜欢她现在的状态。

2020 年 5 月 29 日，温火要去找一位教授，那位教授的母亲和妹妹都死于心脏方面的疾病，都源于失眠引起的心脏衰竭。我问她是睡眠工具不管用了吗？她没答。

2020 年 6 月 3 日，原来温火的睡眠工具，是沈诚。

…………

沈诚看着、听着程措说话，他脊梁变凉了，疲惫感上来了，他知道，他的双相情感障碍发作了，他整个人都陷入一种巨大的不安和自我否定中。

无所不能的沈诚，也不能避免躁郁症里，抑郁那一面发作。

他对郁郁寡欢的自己没有任何掌控能力，在私人医生的建议下，他规避掉让他感到消极的事，尽量让自己保持着躁狂症的核心状态，也就是精神层面的高亢。

这样的他干劲十足，思维敏捷，效率极高，当然，也免不了会暴躁，会显得脾气很差。

但他能控制住，控制自己是他的强项，他控制不了高亢情绪，控制不住偶尔会出现幻视、幻听的症状，但他可以控制自己的表现。

当然主要原因是他在吃药，所以他对自己的行为是可察的。

抑郁就不是这样了，无欲，无求，无悲欢，疲惫，消极，自卑，想死，这些情绪他藏不住。

他开始还不明白，她委屈什么，她怎么能那么委屈，他哪里对她不好了？但看了程措的记录，他对她哪里好了？

本来他以为，他在跟温火的这段关系里，是一个无辜的角色。毕竟是她主动挑起的纷争，那她就应该做好一切心理准备，她不该委屈。

后来他在她离开后，旧病复发了，他意识到她对他的重要性。也许这里边有习惯的因素，他习惯了温火在身边，习惯了她的小聪明和分寸感。人都会对自己习惯的东西低头，他默认这是他开始在意温火的理由。包括他偶尔会想要跟她进入婚姻，这辈子就对着她一个人。

因为在意，所以他想要把她重新带进自己的世界里，死都不让她逃走，这个逻辑没问题，他甚至感动到了自己，他竟然原谅了她的欺骗，还对她这么好，她还有什么委屈和不满？

直到看到程措记录的内容，他才发现她也生病了，病得很严重，她把他当成了救命稻草。

他似乎已经知道答案了，却还是问程措："是只有我才能让她睡着吗？"

程措哪见过这么低落的沈诚？他从一个心理科医生的角度看来，沈诚似乎有更大的问题："表哥，你……"

"是不是？"

"是。"

轰的一声，沈诚三十几年搭建的城堡，墙皮脱落，顶梁断裂，坍塌了。

他那天还问她，"跟他好了吗？"她一定很难受，她明明只跟他好过。

晚上，温火躺在床上，看着沈诚的手机，他竟然拍了她四千多张照片，六百多个视频。

这个病入膏肓的老男人。

她又想到秋明韵说的话，想到电影节上沈诚曝光她……那时候她怎么就没想到这点？

沈诚怎么会让自己陷入出轨的舆论当中，还允许事情发酵成这样？

之前因为情绪问题，她一直忽略的地方，突然就变得清晰了。沈诚跟韩白露没结婚，他没孩子这一点，也没怀疑的必要了。

他的手机跟她的换了，也是他故意的吧？

也许开始不是，但看到她手机掉出来的那一刻，他一定是故意的了。

就算是真的，沈诚没有结婚，没有孩子，她也不是他的情人，又能怎么样呢？难道她还会假戏真做，真的跟他在一起吗？

她没看发布会，但她能猜到沈诚一定是把韩白露推到了风口浪尖。

或许他们之间没有爱，或许他们之间还有别的仇恨，但都不能作为洗白沈诚行为太过歹毒的理由。

这么歹毒的男人，这么对一个女人，她哪够他吃呢？她不想成为下一个韩白露。

而且她很清楚，沈诚搞这些小动作，并不是在意她，是他再难遇到像她这么合口味的小玩具了。

但他失算了啊，以前的温火会跟他玩游戏是因为合同，没了合同还能是因为睡着，现在她对睡觉的态度都是爱睡不睡了，她怎么可能再回到那个狼窝呢？

他给了她车、房，但温火并不缺这些啊，她确实不嫌钱多，但挣钱要跟其他需求混在一起才让她有欲望。比如之前她要睡着这个需求。

现在的温火对睡着的需求不大了，挣钱就变得索然无味，况且她从来也不缺钱。

温新元偏心温冰，却也没短了她的吃穿，她不能跟一些富二代一样动辄几千、几万地消费，但日子也还过得去，中等水平。阮里红也常给她钱，她一直攒着。

那时候她就想着等跟韩白露结束合作，拿着韩白露给的酬劳和自己攒的钱，去加拿大，找阮里红，找粟敌，告诉他，谢谢他让她发现物理，爱上物理，她要把一生都投入到物理当中。

然后她租下他以前做实验的地方，接着他的发现研究下去，跟更多志同道合的朋友一起。

…………

粟敌，就是让温火发疯一样迷上物理的人，也是让她失眠的人，这一切、一切的源头，都是他。

但他死了。

【6】

温火出来喝水，粟和坐在下陷沙发区的地毯上，以皮沙发为桌写字。他听到动静，扭头看了温火一眼，说："西厨有鲜梨汁。"

温火只想喝水。

粟和没有因为温火走过来而停下写字，一手漂亮的英文字迹在线圈笔记本上呈现。

温火坐在沙发上，看着空荡的电视区，电视在墙后，要摁开关它才会转过来，现在那个地方挂着阮里红收来的一幅画，戈雅的《1808年5月3日夜枪杀起义者》。

她为了这幅画两年跑了无数趟马德里，总算是如愿以偿了。

温火以前不明白阮里红挂这么一幅西班牙爱国主义画作干什么，无论是构图还是色彩，都不符合她的审美。直到她无意间看到阮里红的备忘录，里边有个文档名叫"我们火火"。

那里边记录的全是温火提到过的东西，吃的、喝的、用的、玩儿的，她每一项都记了。

但她理解错了一点，温火当时提到这幅画，并不是从美术角度出发对它产生兴趣，是这幅画营造、渲染的恐怖气氛很符合她那个时候的心情。

她只是找了个结论，又或者说代表，代表她对命运的反抗和最终败下阵来的狼狈，以及哪怕失败也仍然不低头的顽固和勇气。

为什么那个时候她会有这样的心情？她的失眠症也要从那个时候说起。

粟和写完了，把写完的那一页撕下来，用桌上的打火机点着了，火苗带着火星在他手里跃起，那张纸最后化成灰烬落在烟灰缸里。

温火问他："给粟敌写的吗？"

粟和点头："给别人写都不用烧掉。"只有写给已经离开的人他才会烧掉。

"你想他吗？"

粟和的笑容有点苦涩："想，他是我弟弟。"

温火也想："他是让我勇敢面对陌生环境的人，是我从小就崇拜的人。"

说到这个，粟和说："那时候我还不高兴，我比他好看那么多，你怎么就喜欢跟在他屁股后头，哥哥、哥哥叫得勤。"

"他不用脸就能征服一个人，这是人格魅力。可是没用，这救不了他。"温火淡淡地说。

粟和突然想到一个词："是不是有个词叫天妒英才？"

温火点头："嗯。"

粟和跟粟敌两兄弟，同母异父，粟和天生具备艺术感，外形也是叫人一看就惊叹的那一种，简而言之，他可以靠脸吃饭。

粟敌就不是了，粟敌个子不太高，长得也一般，但他聪明，有不一般的智慧，那种摁不住、每天都溢出状态的才华，让他从小在人气方面，并不输给粟和。

温火到加拿大之后要上 ESL 课程，也就是以英语作为第二语言的语言班，她虽然好学，但没有语言方面的天赋，所以总是中等偏下的水平。

是粟敌给她补课，教她标准的美式英语发音，帮她拿到学分，顺利进入多伦多公立中学。

从那时候起，粟敌就在她心里神化了。他好像什么都会。她突然想到中国古时候花魁和状元的戏文。戏文里，似乎越是漂亮、离经叛道的女人，越喜欢文人墨客。

她不知道有没有写戏文的人意淫的成分，但她也相信，特别有才华的人就是会招人喜欢。

后来粟和去参加了选秀，接着去了表演学校，粟敌则是拿了一个又一个文化奖，文学的、数学的、化学的、医学的等等。

温火在他身上看到"学海无涯"这四个字，不由自主地跟上了他的脚步，摄入更多知识。

这样的日子维持了几年，温火每天都在学习，觉得很充实，但她没有一个方向，也没有特别喜欢做的事。

因为她的榜样粟敌也没有。

粟敌什么都强，但似乎没有真正想做的事。

直到有一天下午，他一改平常的专注冷静，慌里慌张地回来把自己关进房间，饭都没吃。

等他再出来的时候，物理成了他的人生目标。他抛弃他少年成名后所有的成就，扑入一个未曾涉猎过的领域，开始近乎疯狂地挖掘、研究。

往后，他教给温火的，就只有物理，他给温火展现了一个复杂庞大充满未知的物理世界。

温火就在他的带领下，也走上这条路。

她开始还以为她不是喜欢物理，只是喜欢跟在粟敌的身后，渐渐地，她发现，她在物理上找到了粟敌都不能完全满足她的精神富足。

她爱物理，仅仅是因为物理本身值得，而粟敌，只是一个把她领到物理门前的人。

两个人有了共同的人生方向，后面的相处更和谐了。他们一个研究天体，一个研究高能粒子，但他们又总能聊到一起，互相给予灵感和帮助……

充盈着积极意义的生活让他们感到幸福，如果没有那件事发生，他们可能会这样一直惺惺相惜、幸福下去，但它偏偏发生了。

粟敌有了一个想忠心对待的人，但那个人太坏，在知道他的心意后，立刻交了个女朋友。

粟敌和粟和虽然天差地别，但他们兄弟两个对感情都是一样的态度：极致，永恒。这个天之骄子因为得不到完整而极致的感情，选择了死。

那时温火还不懂，得不到就死不是很不负责任？难道一个人的人生就只有爱跟死两件事？

当她因为灯塔和标杆的缺失，越来越难以入眠后，她突然觉得自己明白了。就像有人喜欢吃糖葫芦，有人讨厌吃糖葫芦，会成为什么样的人，过什么样的生活，都只是一种人生选择。

粟敌的卓越与生俱来，是上天给他开的一扇窗，那他某一扇门必然是关上的。这好像是世界法则，是上天为了世界的平衡在冥冥之中设计好的。

何况人生不如意事十之八九，上天其实什么都没做，只是人生来就不会一帆风顺，注定会经历酸甜苦辣咸，五味俱全。

粟敌的死，让温火有了睡眠障碍。

温火就是在那时候提到了戈雅的画。她那段时间状态说"差"都是粉饰过的，她每天都像丧尸电影里的丧尸，站在十米之外就闻到腐臭，感到阴寒。

睡不着太痛苦了，尤其她刚开始陷入这种苦恼，身体的不适让她反应尤其大，无论是精神上还是外表上，她都像是变了一个人。

她逃回了国，情况却没有任何好转，反而更严重了。

阮里红不知道温火和粟敌是朋友，更是知己的关系，也不知道他在她的人生方向上有那么大的影响，所以听到她失眠的消息时，就以为是遗传的。

因为温火的外婆就有睡眠障碍，晚年尤其严重，最后死于暴发性心肌炎。

阮里红那时候误入歧途，就是怕自己遗传到失眠症，结果自己没遗传到，她女儿遗传到了。她帮温火想过很多办法，要么不管用，要么温火拒绝配合，总之那几年日子挺难。

粟和只是猜测："你失眠，是不是因为粟敌的死？"

温火淡淡笑了一下："很明显吗？"

粟和摇头："不明显，只是我知道我们三个人之间那些事，所以我才会这样猜测。"

温火说："其实不完全是。我是觉得我们都是俗人，但俗人也有自己的信仰。类似于软肋，我们总是要其他事为它让道。有一天，这个东西被摧毁了，那就等于是脊梁断了。"

粟和明白："粟敌是你的信仰。"

"跟随粟敌脚步的那段时光是我的信仰，有他告诉我应该怎么做，我才有方向。"温火之前一直不想提起这件事，并不是她猜不到她的病因在哪里，是她假装不知道。

假装，是她还算擅长的事。

粟和就知道是这样："那是不是说，除非他活过来，否则你都不会好了？"

温火其实已经找到了另外治疗她失眠的办法，只是发生了那么多事，她不想治了。

粟和见她不答，也不问了："本来我很恨那个害死他的人，可当我不考虑后果、不计较未来地爱上红姐，我发现那个人好像也没错。是粟敌把他当成了目标，不是他把粟敌当成了目标，是粟敌想不通，是粟敌太偏激，是粟敌因为崇拜想要追随他，是粟敌太在意他……"

温火喝完一杯水，这一晚上想了好多以前的事，她想让脑子歇会儿了，准备回房了。

粟和喊住她："你想知道间接害死粟敌的人是谁吗？"

温火不想知道："已经过去很久了，知道了我会想太多。我没精力想了。"

粟和就没说，看着温火回了房。

也好，他也不知道该怎么告诉温火，那个让粟敌以死来证明他的忠诚独一无二、举世无双的人，就是现在跟她纠缠不清的沈诚。

粟敌喜欢物理，是因为沈诚喜欢物理，所以给温火打开物理大门的，根本就是沈诚。只有沈诚在身边时，温火才能睡着，因为他才是源头。

沈诚才是温火人生的方向。

当温火的世界只有黑色时，粟敌把手伸向了她，而给她点灯的是沈诚。

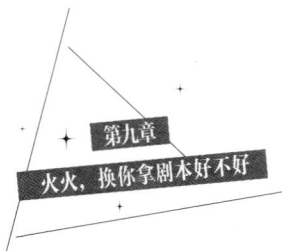

第九章

火火，换你拿剧本好不好

【1】

粟和把线圈笔记本收起来，从扉页夹层里拿出他跟粟敌还有温火的合照。似乎从他们父母叫人理解不了的相处开始，他们的人生就注定不会是约定俗成的正常。

所以他们对于某些人很执着。

其实说执着也不完全正确，粟敌除了学习就只对沈诚感兴趣，他以为那是一种特殊情感，这很正常。但事实上，他执着的好像只是沈诚身上那股子劲儿。

粟和是知道沈诚这个人的，当时在他们那里很出名，附近无人不知。

很多人意想不到，这个花臂、银发、眉钉、疤比牙多的男人竟然是个搞物理的。

沈诚这个人本身的颠覆性很强，也就是你会在跟他接触的过程中，不断颠覆自己对他的印象。粟和那时候听粟敌说起他，就是这个感觉。

粟敌是个很聪明的人，很少有他感到好奇的事，更别说人，沈诚是第一个，他当然在意。

在意到钻进牛角尖，他终于还是没能放过自己。

粟敌自杀前写了一封遗书，他竟然很清楚他在做什么。

他这样清楚，知道都是自己解不开那个结，而沈诚只是一个被仰慕的人，粟和就没办法去找沈诚要一个公道。这跟他没关系，他不必承担粟敌死的责任，要他负责那是道德绑架。

粟和虽然愤怒，但这个道理他还是知道的。

粟和坐在地上，仰着头靠在沙发上。中国有句话叫因果循环，种什么因，结什么果，沈诚和温火这番纠缠好像就是注定的。

这说法是一种观念里提出来的，这种观念还主张，灯代表光明，光明即智慧。

沈诚应该就是粟敌没有失误、看起来明亮、实际上混沌不堪的人生中的一盏长明灯，而粟敌又把这盏灯送给了温火，所以温火手里那一盏，从来都是沈诚的那一盏。

粟和因为知道这一切，所以没办法对沈诚有好感。沈诚无辜，并不代表他不能讨厌沈诚。讨厌，很多时候是一种不需要理由的情感输出。

但他还是理智的，他不会过分干预温火和沈诚的发展，除非沈诚伤害她。那他作为温火的朋友、她妈妈的男朋友，肯定是要插手的。

他直起身子，看着烟灰缸里那一小堆灰烬，说："以后就不给你写信了，我好像没话要说了。"

他笑了笑，恍惚间好像看到了粟敌的脸："Farewell, Brother（再见，哥哥）。"

沈诚在知道温火的病之后，整整三天，拒绝见任何人，拒绝说话、吃饭、睡觉。他很疲惫，每一寸肌肉都在疼，可还是觉得他没感受到温火那些年所承受的千分之一。

程措的记录簿像一把刮骨刀，他精心保养才有的骨质在它面前不堪一击。

他坐在地上，靠着吧台，一条腿平放着，一条腿弓起，头发有些乱，胡子长出来了，浅浅一层，但影响力很大，只看到这些就能想象到他这三天经历了什么。

窗外的阳光跳跃着，沈诚坐在没有温度的豪宅里，自责、自卑刚好严丝合缝地罩住他。

果然，想死的心有了，通天的沈诚也只能是受着。

他为什么要介意温火靠近他的原因呢？她为了什么很重要吗？她带给他的快乐和放松，那种紧绷的精神的释放，又不是假的，他何必要介意？

他这些天一直在问自己，她只是生病了，想治病，正好韩白露主动找上她，她接了这个买卖，来到他身边……她错在哪儿了？错在只有他沈诚才能让她睡着吗？

沈诚在此之前还能想通他对温火的在意，太习惯一个人在身边，总是会产生一种情愫。就像暧昧上了头，就以为那是爱情。

他承认自己在意温火，但要说爱，他觉得不够。

可就在看到程措记的那些笔记时，每一件事，他参与的，全都拥挤着回到他脑海。过去一年他跟温火的相处就像快进电影，在他眼前重复放映。

他因为温火改了无数次航班。

他每每看到地段好的房子，就想着温火住进去会不会很热闹。

他买东西开始先紧着温火的喜好，吃东西也是。

他开始注意他的动作是不是重了。

⋯⋯⋯⋯

这些根本影响不到他的小细节，攒在一起，竟然通通都是他陷进去的证据。他恍然大悟，不断在心里默念着：原来如此。

在加拿大多伦多的时候，沈诚认识了粟敌，一个在思想境界层面跟他志同道合的中加混血儿。沈诚起初是很看重这段友谊的，甚至给了他找到自己的权利。

那时候在多伦多，想找沈诚可不容易。

他总是神出鬼没，好像混迹在各种地方，却又不曾真的与谁为伍。粟敌那时候问他，去哪里找他时，他犹豫了一下，还是告诉粟敌了，可想而知他对于他和粟敌的惺惺相惜是珍惜的。

只是他把粟敌当朋友，粟敌却并非如此，这让他有些心理、生理上的排斥，也让他想到了姜堰。

正好那时候安娜贴上来，灌他酒，想跟他生米煮成熟饭。

虽然没成功，但他没拆穿。后来安娜怀孕了。

他根本没跟她发生关系，那孩子自然也不是他的，但他也没拆穿。

他并不担心，他总有办法把自己择出去，那时他最要紧的就是让粟敌改变对他的态度，他还是想跟他做朋友，一起研究物理。

他万万没想到，粟敌这么偏激，竟然在他公布跟安娜在一起、安娜已怀孕时，自杀了。

他从没想过害粟敌的命，可粟敌的死好像又真是他一手促成的。

他开始想不通，很长一段时间，他都在一种巨大的负罪感中苟延残喘，长时间精神压迫，最终导致他患上双相情感障碍。

时而疯狂，时而抑郁，就是他的病症。

可除了他自己，还有他的私人医生，没人知道。这也印证了那句话，越是有病的人，就越会装得很正常，正常到你根本想不到他还有病。

但病是不可控的，病症自然也是，沈诚再能装，也还是无数次裸身站在穿衣镜前，想着用什么方式自杀。

医生为了救他的命，那些年没少想辙。

其实粟敌和姜堰的一些行为，也足够叫他产生阴影了。

有阴影，他会下意识避开所有。

所以他压根儿就没真正谈过恋爱，他根本不知道，爱一个人，他会是个什么样子。

温火让他知道了。

原来爱，是会让人想起时满足、愉快，也会让人心酸、痛苦的一种多元化、极其复杂的感情。原来他爱上的人，轻易就能让他好不容易好转的病情复发。

原来。

【2】

已经中午了啊，沈诚手机不合时宜地响起，他没管，接着是门铃响起，他也没去开门。

直到唐君恩带着消防队破门而入，他微微抬起眼帘，淡淡说了句："出去。"

唐君恩看他没事，转身带消防员到外厅，跟他们沟通，然后依程序，办后边的手续。

送走消防队，唐君恩疲惫地走到他跟前，坐下来："还以为你死了。"

沈诚喝一口酒："你经常烂醉，不也活得好好的？"

唐君恩说："就是因为那对我来说很正常，但对你来说不正常，所以我才担心。我抽风很叫人意外吗？你抽风才叫人意外。"

"我没事。"

唐君恩都不想拆穿他："你还没事？疼死了吧？"

沈诚没说话。

唐君恩以前觉得谈个恋爱还能怎么样，能翻天吗？谁知道沈诚谈个恋爱，真就翻天了，这么轰轰烈烈的恋爱，他这凡人是不配谈了。

他把手机拿出来，给沈诚看了一张上午拍的照片："别说兄弟不仗义，都是为了你。"

照片上的人是温火，他从早上找不到沈诚后，就去找了温火一趟，打听到她家地址，到了她家楼下，却没敢上楼。他没立场。

没想到温火和她妈从大厅出来了，他手快拍了一张照片，拿来给沈诚看了。

沈诚把手机拿过来，温火的胳膊、腿被拍出来都显得很细，可想现实是什么样的。黑眼圈那么重，眼睛也没了神采，看不出一点生气。

唐君恩叹气："这丫头片子我也搞不懂，她到底喜不喜欢你？不喜欢干吗还作践自己？"

沈诚知道她不是作践自己，是她睡不着。他好心疼，突然想死。

他抿紧嘴，硬是逼退了一部分消极情绪，他必须得做点什么，这样被情绪、被病情绑架太不像他了，他从不低头的。

想着，他站起来，大步迈上楼。

唐君恩也站起来，看着他匆忙的背影："你怎么了？"

沈诚洗了澡，刮了胡子，换了衣服，出来问唐君恩："这身，还行吗？"

唐君恩往后仰，看着他的伟岸身姿："嗯，还行。不是，你要去哪儿？"

沈诚转身回到衣帽间，挑领带。"找人。"

唐君恩跟进去："找那丫头片子啊？"

沈诚没答，选了一条领带，戴上。他戴领带还挺熟练的。他是一个生活中可以把自己照顾得很好的人，并不是那些有钱就衣来伸手，饭来张口的。他的秘书从来不用帮他送洗西装，也不用帮他收快递，更不用天天到他的住所叫他起床，不用给他搭配衣服，不用像保姆一样事无巨细。

他都可以自己来。

唐君恩坐到沙发上跷起二郎腿："那你见着她要说什么知道吗？用不用我传授你几招？我跟你说，就她这种二十多点的丫头片子，你就拿钱砸，指定能把她砸迷糊。"

沈诚不认同："偏见。"

唐君恩咂嘴，换了个姿势："你还别不信，钱真的好使，要不就色诱，色诱你会吗？你等会儿记得敞开西装，最好你的鲨鱼肌从衬衫里透出来，效果绝对好。"

沈诚停住手："浮夸。"

行吧。唐君恩还懒得给他出主意呢，这搞个对象比上山还费劲。

沈诚收拾好自己，低头闻了闻自己身上的味道，觉得没有酒精味了，但怕他鼻子泡在酒精里太久，已经不好用了，于是他走向唐君恩："你闻闻我身上还有酒味吗？"

唐君恩故意耍坏，凑到他怀里闻了一口："真香啊，沈老师，你这香水不便宜吧？"

沈诚拍开他的脸："滚。"

唐君恩看他的状态回来了一些，放心了："好好好，我滚，祝您马到成功，最好下礼拜拍卖会，你能直接把小宝贝儿带到现场来。"

温火又是一晚没睡，就腾出午饭后两个小时准备养养神。躺下来时，有东西硌到了她的腰。她拿起来，是沈诚的手机。

他最近不找她要手机了，她也没很必要的原因想起他，所以她觉得自己很快就能把他忘了。

想到这儿，她有一点解放的轻松，却也有一点空虚。

想想她才因为老男人上头，就惹出这些个曲折离奇，也挺叫人唏嘘的。

她把玩着手机，手机突然响了，她手一滑，手机"啪"的一下砸在她脸上，她拿起来，是沈诚之前打给她的号码。

要换手机了？她接通。

她没说话，电话那头也没说话。

两分钟过去，她打算挂了，沈诚开口了："你有时间吗？"

"换手机吗？"

"嗯。"

"你到万柳商城给我打电话。"

"好。"

温火是不会告诉他她现在住址的，就万柳商城挺好的，换了手机就再见。她从床上起来，套了一件厚卫衣，穿上一条小腿裤，休闲又随便。

她出门时阮里红刚打完电话，问她："去哪儿啊？四点约了精神医生。"

虽然温火不想治了，也不觉得自己还有得治，但温火不想伤阮里红的心，就接受了她所有的安排。

"嗯，我记得，我一会儿就回来。"

"那我送你。"

"不用，就到万柳，我买点东西。"

阮里红看她坚持，就不说什么了。

温火刚出家门，沈诚就打电话说他到了，她微微皱眉，他是刚好在附近，还是早就知道她的地址了？这么快？

她约到他到 COSTA COFFEE。

她一进门就看到他了，沈诚这样的人出现在平民偏小资的咖啡厅里，其实还挺违和的，但没有人在看他，他的位置很偏。

而且梁京这地方，更多时候不会有人好奇附近有什么人，发生了什么事。

她走过去，坐下来，把手机放在桌上："我的呢？"

沈诚从她进门就一直盯着她看，直到她坐到自己面前。她真的太瘦了。

他没说话，拿起自己手机，先看相册。

果然，温火把他拍的照片和视频都删了。他把手机放下，说："你删了我的东西。"

"你拍的都是我。"

"我拍的，我拥有摄影著作权，你顶多占个肖像权，我不商用，你这个权利就没有价值。所以你没有资格删我的东西。"

温火笑了："你拍我那么多照片，你经过我同意了吗？"

她那时候就是这么趾高气扬，沈诚像是梦回初见。

"那你接近我，经过我同意了？"

又来了。温火不想跟他掰扯："一句话，换不换？"

沈诚不换："我说了，我丢的时候是什么样的，你还给我的时候就得是什么样的，你现在把我照片删了，我跟你换不了。"

"你丢的？你好意思说这种话？不是你换的？你当我那时情绪不对，智商就下线了吗？"温火听不下去他不要脸的话了。

"你有证据证明是我换的吗？"

温火被他堵得哑口了。

"你没证据，你跟我说什么？"

温火已经删了："那我已经删了，你说怎么办。"

沈诚轻描淡写："找不回来，就让我再拍一遍。"

温火猛地站起来，椅子腿和地板摩擦，发出尖锐的声响："你有病！"

她说完就走。

她也挺有病，为什么会相信沈诚这个老狐狸？

沈诚不慌不忙，给她发短信："实在找不回来，你帮我做一件事，我也可以同意把手机换回来。"

温火停住，看着这条短信，想了一下，给他打电话："什么事？"

沈诚接了，说："衣衣生病了，阿姨请假了。我最近也有点感冒，怕交叉感染，所以没办法照顾她。"

温火知道衣衣是他女儿，现在应该说，是他收养的女儿："你想让我帮你照顾她？"

"就今天一晚，你跟我回家。"

"只是照顾女儿？"

"只是照顾女儿。"

"好，一晚之后，手机换回来，然后你走你的阳关道，我过我的独木桥。我录音了，如果你做不到，我就曝光你。"

"嗯。"

他再无耻也不会拿衣衣一个孩子开玩笑，所以温火相信衣衣是真的生病了。她不信沈诚，但她可以相信一个孩子。

衣衣确实生病了，但沈诚答应分道扬镳并不是他真的同意，是他根本不怕曝光，曝光就曝光。

【3】

沈诚看一眼车内后视镜，后面那辆车一直跟在他车后边。就一眼，就看了一眼，他开始觉得车内空气不流通，整个人也变得不耐烦起来。

温火答应跟他走，却不上他的车，她要另外找人送她，对他的不信任毫不掩饰。

有必要这么防他？

粟和开车，温火跟他说："等会儿你把门牌号拍下来，明天早上八点来接我，没有接到就报警。"

粟和临时被温火叫来，还有点没弄清楚状况："你要是不信任他，为什么还要答应呢？你也不是没钱买部新手机。"

"我帮忙打下手的实验室老板电脑坏了，实验记录都没了，我正好有拍摄部分实验过程的习惯，所以我手机里有视频。"

粟和记得温火的资料都找回来了啊。

"前几天你不是说你文献那些都找回来了？"

"我用的第三方云盘，不付费的，只备份照片，不备份视频。另外文献都在 office 上，OneDrive 同步的，那些丢不了。"温火说。

意思就是视频找不回来了，而她现在需要的就是视频。

粟和明白了："你觉得他会对你怎么样吗？"

温火不知道，但她要避免，要将一切坏的可能都扼杀在摇篮里："我没有精力再跟他玩游戏了。"

粟和不说话了。

沈诚养衣衣的房子坐落在紫荆山庄。

车拐进中苑路，阮里红来了电话。

温火跟她说明："医生明天再看吧，我临时有点事情。"

阮里红问："什么事？"

温火没瞒着她："找沈诚拿手机。"

"不是说不要了吗？"

"我会保护好自己的。"温火那时候会允许沈诚那么对待她，是抱着一种自己承担的心理。

毕竟她接近沈诚的目的不单纯，而且一直在骗他，他恼羞成怒，她能接受。

谁都要为自己的行为负责，温火没那么矫情。后来接受不了，是因为得知沈诚也一直在欺骗她。

这就等于俩人都坏，其中一个人给自己包装了一下，把罪责都推给对方，这就让温火难以忍受了。这也是她一定要跟沈诚划清界限的一个原因。

事情发展到现在，几经反转，沈诚那点污渍被他洗白，所有人都在同情他，但温火不会。

沾上世俗的事都过于复杂，所以不要混在一起去处理，一码归一码，就会很清楚。沈诚再干净，戏耍她还装无辜这一点也是真的。

就像她再有理由，欺骗他也是真的。

两个坏人，就别往一块儿凑了。

因为失眠，温火近来状态越来越差，像现在这样理智的时候并不多，所以每次理智占了上风，她就会强制自己去想很多，等于不断给自己心理暗示，不要重蹈覆辙。

睡着已经没那么重要了，沈诚也就没那么重要了。

她在心里重复着这句话。

就这样，温火在不断暗示自己的过程中到了沈诚家。

粟和拍下东二门街景："几号楼你等下发给我。"

温火点头，解开安全带："嗯。"

粟和打开车窗，伸手跟温火拜拜，温火到沈诚车前时还转身跟他挥手："你回吧。"

粟和半扇身子伸到窗外："有事儿给我打电话！"

温火点头，还要再说点什么，旁边车上的沈诚开口了，语气不善："你还上不上？"

温火的话就没说出来，瞥他一眼，拒绝进入他打开的副驾驶的门，坐到车后排。

沈诚的躁郁症出现发作的趋势。

他怕自己出口伤人，那他费的这些心思就都是无用了，所以他抿紧嘴，一言不发。

到家门口，他停车，进门。

温火把楼号给粟和发过去。

进了门，沈诚一个回身，把温火堵在玄关，狭窄的空间只剩下两个人并不平稳的呼吸声。

沈诚身上的味道扑鼻而来，温火眼前开始出现过去一些零碎画面。

他问她："疼吗？"

温火紧闭了一下眼，用并不发怵的眼神回看他。

沈诚没有靠她很近，脚下还有一步的距离，但可能是他跟温火相比过于高大的原因，他们之间的氛围有些令人紧张。

"你防贼似的防我，怕我吃了你？"沈诚说。

"怕。"

沈诚说话时呼吸打在温火耳鬓，又轻轻吹动她几根鬓角发："那你还来？"

"人要勇于对恐惧的事发起挑战，挑战成功后就再也不怕了。"温火的口吻云淡风轻。

她和粟和你来我往地互动，沈诚还没消气，现在她又说出这么挑衅他的话……他走近两步。

他看起来很生气。

温火为自己着想，见好就收："衣衣在哪儿？"

沈诚的理智回来了，退开，带她去衣衣的房间，医生和陪护都在，看见沈诚自觉地站起来。

温火看有陪护在，没有很惊讶，沈诚不会放着专业人士不找，找她一个没干过陪护的人来照顾孩子的。孩子生病是真的，但也是他把她带到这里的借口。

没办法，要想拿回手机，她总得适当做出一些妥协。

医生对沈诚说："体温控制住了。"

沈诚点头，到旁边洗手池洗了手，消了毒，走到衣衣的床前坐下，轻轻摸着她脖子和脸连接部分的肿块。

他去找温火时，家里保姆告诉他，衣衣发烧了，他叫医生看过才知道，她是感染了腮腺炎。

沈诚用生理盐水清洁棉给衣衣擦脸，然后给她换了一片退烧贴，最后把她的碎发用手指捋顺。

温火站在一旁看着，突然想起去年冬天，她对鹌鹑蛋过敏，身上起小红点，也是高烧不退，沈诚就是这样在床边照顾她的。

他那时候一句话都不说，没有斥责，没有安慰，也没嘱咐，就一直重复着给她更换退烧贴。过四个小时给她量体温，然后打电话订餐，粥和汤里加什么，不加什么，很细致……

思绪飘得远，她回神时房间里只剩下她跟沈诚，还有衣衣。

沈诚给衣衣掖好被角，站起来，把清洁棉丢进垃圾桶："吃饭了吗？"

温火近来很少有饥饿感，她的胃已经习惯了微量摄入，就像她大脑已经习惯了不停运转。

保姆做好下午茶，沈诚叫温火一起。

温火知道沈诚的目的就是要把她带到家里，却还是问他："你不是说你感冒了吗？"

沈诚切开和牛，没看她："心疼我？"

温火翻了个白眼："你家没镜子吗？你浑身上下哪里配？"

"那你问什么？"

温火说："你没感冒，却说谎，那么我有理由怀疑你把我骗到你家里，是要对我图谋不轨。"

沈诚把刚才那句话还给她："你浑身上下哪里配？"

"是啊，我不配你还这么千辛万苦把我骗过来，你不矛盾吗？我都替你矛盾了。"

沈诚把自己盘里的和牛切好，推到她面前的餐位："吃完再说。"

温火坐下来，没吃东西，而是把手伸过去。

沈诚抬起眼帘看了一下，放下餐具，擦了擦手，然后把自己的手递了过去，跟她的手握在一起。

他这个动作把温火看呆了，她甩开他的手："你有毛病？我在跟你要手机！"

沈诚浅浅"哦"了一声："我以为你要牵手。"

"谁要跟你牵手！"

沈诚说："我要跟你牵手。"

温火当作没听到："衣衣你自己可以照顾，你不行还有陪护，根本用不着我，你要是个人，就快点把手机给我，我就不打扰了。"

"你打扰吧。"

温火皱眉。

"我没关系。"

温火眉头紧锁。

沈诚从橱架上拿了一瓶矿泉水，给温火倒了一杯，说："吃完去睡一觉，衣衣下午会醒来，我有工作要处理，顾不上她。"

睡一觉……温火已经很久没有睡一觉了。她不作声了。

沈诚说："今天之后，我会把手机还给你。"

温火听他这么说，便不再急于这一会儿，但睡觉就算了吧，她早不想睡了。

沈诚吃完饭，给主卧的浴缸里放了水，然后不顾正在偏厅看衣衣画册的温火的意愿，把她强拉到浴室里，说："进去泡着。"

温火不泡，仰着头看他："你以为我还是以前那个以接近你为己任的温火？"

沈诚没这么以为："就算你不想接近我了，你接近我的那段经历也抹不掉。聊天记录我还没删，你要重温吗？我印象最深刻的还是你问我，能不能叫我老公。"

温火哑口无言。

她的伶牙俐齿在沈诚这几句话下根本发挥不出作用。

沈诚找到必杀技了——动不动就提接近他那回事。

温火反击："谁都有看走眼的时候，我眼瞎了不行？利欲熏心没看清要接近的对象是人是鬼。"

沈诚问她："你没看清楚，也没用清楚？你用了我那么久，现在说我是鬼？过河拆桥？"

温火笑了："真心一般，你也不看看你多大岁数了。"

沈诚往前走："再试试？"

他声音莫名压低，有点酥，温火对他上头时的情绪一股脑全都回来了。"老男人还挺上头"这几个字在心里啪啪地打她的脸。

她举白旗："好，我洗。请你出去。"

沈诚这才放过她。

温火脱衣服，迈进浴缸，躺下来，看着颇有质感的观景台。

她胡思乱想着，泡了二十分钟左右。

泡完，温火才发现她没衣服可换，还穿来时的衣服？她正犹豫着，沈诚在单向玻璃推拉门外问："泡完了吗？"

温火下意识拿衣服挡住。

沈诚拉门进来，手里拿着一张大毛巾。

温火手忙脚乱，突然不知道该挡哪里，他是真讨厌："谁让你进来了？你要不要脸啊老男人？"

沈诚没说话，用毛巾裹住她，直接打横抱起，抱到床边，带着她一起倒在床上，然后拉开被子，把两个人盖住，左手钳着她的腰，右手当枕头由她枕着。

温火挣扎了两下没挣开："你放开我！你能不刷新我对你无耻程度的认知了吗？"

沈诚闭上眼："别说话，睡觉。"

温火不睡："我不想睡！"

"我想睡，你陪我睡吧。"

"我凭什么陪你睡？咱俩散伙了你忘了吗？你这些行为我都可以报警说你骚扰。"

"睡醒了再报。"

温火很无奈，脑袋开始乱，来时给自己的暗示现在全记不清楚了。理智又开始陷入冬眠，她慢慢觉得眼前的一切从原始样子里剥离开来，另外拼组成一个新鲜事物，在她脑海漂浮……

渐渐地，她没节奏的心跳平稳下来，身体开始疲惫，眼皮也在打架了。

"只有沈诚才能让她睡着"就像另外一个强有力的心理暗示，打败她的理智，带着她沉睡。

其实从科学角度出发，沈诚会让温火睡着，应该只是因为她的心理暗示。也有一部分原因是她那时相信程措。

程措是个很专业的心理医生，他说找人陪睡是一个办法，温火信了，找了，成功了，于是她就给沈诚贴上了一个"能让她入睡"的标签。

她不断暗示自己，最终演变成只有沈诚才可以让她入睡，只有他可以。

沈诚听着她呼吸变得均匀，身子也软下来，没那么紧绷，稍微放松了一下手臂。

他低头看着温火的脸，轻轻吻了一下她的鼻梁。

晚安。火火。

【4】

温火半夜没有意识地醒过来一次，就是感觉自己醒了，但眼睛睁不开，意识说不好是清醒的还是模糊的。真正醒来是第二天中午了，她睡了十多个小时。

醒来时床上只有她一个人，她身上穿了内衣，整套的，她常用的牌子。

她没在卧室找到其他衣服，把搭在灯架上的大毛巾披在了身上，揉揉眼，往外走，走到楼梯区，听到楼下男女说话的声音，她以为是医生和护工。

沈诚看起来绅士，彬彬有礼，但心有防线，不会允许旁人踏入，当然家门也算在这道防线之中。

她没多想，直接出来了，然后她就被七八号人围观了。

人太多，她有点眼花，当下没看清楚都是谁，不过阮里红和粟和的脸她确定看到了。还有两身梁京地方派出所民警的制服，也很吸引人眼球。

粟和傻眼了，下意识看向阮里红，果然，她的脸色很难看，眼神也不对劲了。

两位民警反应一般，像是见多了这种场面。

另外是程措和楚添，还有一个一身棒球服，看起来吊儿郎当的唐君恩，他们三个的反应相对阮里红小一点，比民警大一点。

最后一位是金歌，她很端庄，但在看到温火的那一眼皱起眉，拍了一下沈诚的胳膊。

沈诚是在场人里反应最快的，在金歌拍他时，他已经拿起手边的风衣，走向温火，把她整个人罩在自己的胸膛前、他们的视线外，给她穿上了衣服。

扣上最后一颗扣子，沈诚转过身来，对各位说："我是很随和，但各位真的太不礼貌了。"

阮里红眼睛越来越红，走过去，没给他好脸："起开！"

沈诚挡在温火前头，高大的身体替她挡住所有目光，让她免于尴尬，但阮里红是温火母亲，他还是要给她一些面子的，挪了一下脚，让她们可以看到彼此。

现场人太多，温火没怎么穿衣服从楼上下来的画面太经典，就像在拍电影，半个小时过去了，还有人没从那个画面里醒过神来。

温火通过这半个小时弄清楚了原委，原来是粟和早上八点没接到她人，直接报警了。

这帮人九点多就在沈诚家了，但沈诚一直都没有叫醒她，跟他们打了半天太极，一直拖到刚才她衣衫不整下楼的那一幕。

阮里红跟温火说着话，轻轻撸开她袖子，看了一眼。

温火没注意她的动作，视线一直在沈诚身上，他在跟民警说着什么，态度很谦逊。

阮里红跟温火说话，拉回她的注意力："他有没有对你怎么样？"

温火想了一下她睡着之前，好像什么也没发生："没有。"

"真的？"

温火低头看了一眼自己白净的胳膊，说："你不是看到了吗？"

阮里红舒了一口气："你差点吓死我。"

温火没说话。

三个局外人坐在沙发区面面相觑，也不知道要干什么。程措是被唐君恩叫来的，当时他正跟楚添在一块儿，楚添就跟着一道来了。

主要是唐君恩把事情描绘得太严重了，什么温火被沈诚绑架了，什么温火家里人报警了，警察把沈诚家包围了，什么媒体在外边跟踪报道，他以为要出大事儿，过来一看全是胡说八道。

沈诚凭一己之力就把粟和、阮里红，还有两位民警稳住了，至于什么媒体记者，影儿都没看见。

很快，两位民警走了，现场只剩下两伙人，沈诚一伙，温火一伙。

阮里红把温火领到粟和身边，转过身来时眼里有杀气。

她是个很有气场的女人，只看她眼神就能看到她张扬的一生，跟金歌那种捉摸不透的感觉不太一样。

她态度很差，拒绝直接跟沈诚说话，她觉得他不配："金导，第二次见面也不太愉快啊。"

金歌很抱歉："让您担心了。"

阮里红不听这些冠冕堂皇的漂亮话："您能管管您儿子别对我女儿死缠烂打吗？三十好几的人了怎么净干青瓜蛋子干的勾当？我女儿欠他的？还给他照顾孩子？不答应不还手机？这是人说的话？"

唐君恩在一旁想偷笑：可以沈老师，不答应不还手机这一招够不要脸。

程措是知道沈诚一本正经耍赖不要脸的德行的，被阮里红一说，突然想站在温火那一头了。

金歌已经跟沈诚沟通过了，知道了事情的经过，也早把手机拿了过来，这会儿双手递给阮里红："我很抱歉又让您担心了，但您这话说得过分了。这是两个人的事，两个人相处的模式，没触犯法律，没违背道德，我认为长辈没有干涉的权利，遑论用羞辱性的言辞去评断。"

阮里红走近一步，气势逼人："没违背道德？那我女儿之前的伤是自己个儿生出来的？"

金歌处变不惊，翻出手机里温火和韩白露交易的合同的扫描件，递给阮里红："那我儿子就天生该被人欺骗、戏耍、愚弄是吗？"

阮里红看到温火的签名，扭头看她，惊诧。

温火不知道该怎么解释，就没说话。

沈诚收起了平和，他把这事儿瞒得死死的，有可能会走漏风声的地方都被他封住了，他是不可能失误的，但金歌又确实是知道了，那应该就是……

他看向唐君恩，果然，唐君恩快把脑袋缩进领口里。

唐君恩不是个多嘴的人，但沈问礼和金歌近来天天因为沈诚唉声叹气，他于心不忍。

"即便是知道温火骗了沈诚，我也不干涉他们，我相信年轻人有年轻人的解决方式，可您似乎想不明白这一点。我以为我有必要提醒您一下，真的撕破脸皮来聊，您未必会得到满意的结果。"

金歌不愧是文人，太懂说话的艺术，看上去在给阮里红铺台阶，其实句句都表明她的态度。

阮里红看了一下合同，计划被打乱，但这么多年商场实战的经验不是虚的，随机应变："欺骗就是伤我女儿的理由？你们要是觉得被骗了可以报警啊，找媒体啊，公之于众啊。让第三方来判断对错，是对是错我们都认。私底下动手，怎么？您代表司法？已经超越普通公民的身份可以滥用私刑了？"

针锋相对，间不容发。

火药味在两人之间流窜，在场晚辈看戏的态度全都转变成噤若寒蝉。

双方气场不同，但实力相当，都有理并且都知道让自己的理听起来更在理。唐君恩他们一会儿觉得沈诚无辜，一会儿觉得温火无辜，立场全乱套。

粟和就没这个烦恼，因为他的中文水平不够，根本听不懂。

温火和沈诚两个当事人看起来都没什么想法，他们在状况之外，对长辈的输赢兴趣不大。

金歌不是要跟阮里红争嘴上的输赢，她只是决不允许有人这样诋毁沈诚，谁家孩子都是宝贝，自己打得，骂得，别人？不行。

她说："是不是沈诚混账，动手打女人，得温火来说，如果温火说是，我接受公开处理。"

阮里红扭头看向温火，一字一句地问她："火火，告诉妈妈，他有没有打过你？"

就玩闹时有过，但这让她怎么说？沈诚有时是不太正经，但没做过出格的事。最过分的就是上次俩人闹崩，他没注意，把她手臂上掐出了一点瘀青。

阮里红走近一些，拉起她的手，给了她底气："别怕，妈妈在。"

沈诚知道这是为难温火，主动站出来，平息了这场矛盾："是我的错。"

金歌愣住了。

唐君恩他们三个也是。

阮里红松了一口气，有一种这一仗打赢了的感觉。

温火微微皱眉，他干吗背这个锅？他又没打过她。她是讨厌沈诚很多行为，但她不是白莲花，她不会无脑地把自己塑造成一个受害者。

沈诚走上前，跟阮里红道歉："对不起，是我手上没轻没重，弄伤了火火，我承担责任。"

金歌不冷静了，沈诚承认错误，那他们就是过失方，就是被钉在耻辱柱上接受审判的一方。他就那么喜欢这个小姑娘吗？这样的委屈也要受？

阮里红胜了，踏实了，问温火："火火，你想怎么解决？"

温火还在想，沈诚刚才主动站出来，是在给她解围吗？还是怕她污蔑他真的动手了？可他知道她不会。所以他是在给她解围吗？

阮里红看温火不说话，替她做决定："从现在开始，你离我女儿越远越好，再也别出现。"

有点狠，唐君恩屏住了呼吸，程措也是。

沈诚眼帘微微下垂，看着地面，过了很久才说："能不能换一个？"

温火在阮里红身后，只能看到沈诚半个身子，但可以看到他的脸，她竟然在他的眼里看到了害怕，他竟然害怕阮里红提出的这个条件。

沈诚再抬起头来时，害怕里还有些疼："我可以道歉，公开道歉也行，但别让我离开她。"

阮里红下意识看向温火，她果然看着他。阮里红必须承认，没有一个女人能拒绝这样的男人，绅士、深情、可怜。

尤其是可怜，女人一旦觉得一个男人可怜，那她基本就完了。

她怕温火动摇，决定先带温火走，跟沈诚说："没得商量，以后再出现在我女儿面前，咱们就来试试硬碰硬。我不活了，你也必须死。"

说完话，她搂住温火的胳膊往外走。粟和跟上去。

他们人走了，金歌扶了一下沈诚的胳膊，什么都没说。她如她所说，不干涉沈诚的选择，她也挺喜欢温火这个小姑娘，温火看起来很有灵气，但这跟允许阮里红侮辱沈诚是两码事。

谁不心疼自己孩子呢？所以她没忍住。但沈诚主动承担责任，就是把那丫头放在了心尖。

说实话，她除了憋闷，还有点酸。这是给别人养的儿子啊，有了媳妇忘了娘，她这替他冲锋陷阵，打得如火如荼，他自己反倒缴械投降了。

下辈子生女儿吧，生儿子干吗呢？生的都是白眼狼。

她心里有些不是滋味，但也能理解，想想当初沈问礼也是这么过来的，眼里只有媳妇。沈诚这兔崽子，不愧是他爹的儿子。

别的她也不说了，以后这事她不管了，管半天也是费力不讨好，让他自己折腾去吧。

长辈都走了，晚辈才敢说话。唐君恩把帽子摘了，大大地呼一口气："还得说长辈之间的斗法带劲，你来我往的，可太刺激了。"

程措去拿了三瓶水，他们需要压一压被提到嗓子眼的心脏。

楚添没他俩那么大的反应，他更多是嫉妒，沈诚眼里只有温火。

程措虽然也有些被刺激到，但比唐君恩看得更深，专业在那儿。

他跟沈诚说："表哥，你这一招很有水平啊，以退为进，温火她妈妈的意见不重要，重要的是温火的心开始松动了。"

他不信沈诚一个在公众面前演戏洗白自己的人，会让自己处于过失方的境地，他更愿意相信，他是在博取温火的同情。

唐君恩不赞同程措的说法："你表哥是个能人，那丫头片子也不是孬人，她能被骗了吗？"

程措看过去。

唐君恩说："是真的还是演的，温火心里比我们都有数。"

沈诚一直背对着他们，经历一天的兵荒马乱，他的情绪已经被他压到极限了，他就要压不住了，送客了，不管他们说什么，都没让他们留下来。

把人都送走，他背靠着门，慢慢滑向地面。

头好疼，阮里红让他再也不要出现在温火面前的话就像个诅咒，不停侵扰、啃噬他的脑神经。他心跳的节奏乱了，呼吸的频率乱了，抑郁再次光顾了。

他摁住心口，想起来拿药吃，可他站不起来，他身子太沉了、太沉了，阮里红的话太重了……

接着，他感觉到氧气变得越来越稀薄，他越是奋力地攫取，却越是有一种窒息感。

这么多年，他独自一人面对生病的自己，都没感觉到委屈和艰难，阮里红一句让他不要再跟温火见面，让他好难，他好委屈。可他说不出一句委屈的话，他还是主动道了歉。

他怕，怕真的见不到温火了。

他慢慢收起双腿，抱住，蜷缩起来，来抑制身体的颤抖，也试图缓解肩膀上的重量和痛感。

就在他又要出现幻觉时，门铃响了，他就像是在坠入无底洞前被人拉了一把一样，总算是撑着墙站起来了，然后打开了门。

站在门口的是温火，起初他以为自己又幻视了，阖眼后她还在，便一把把她拉入门内。

是她！

她回来了！

门关上，他抱住她。

温火被他紧紧抱着，身子要碎了，双手在他胸前推拒："沈诚……"

沈诚不说话，就抱着她。

温火快喘不过气来了："我忘了把手机还你了……你松……"

沈诚没让她说完："别说话，先让我抱一会儿。"

就一会儿，一会儿就好。

【5】

温火出了沈诚家门就一直在想他的神情，他有一种她形容不上来的，会让她心悸的哀伤。

上了车，阮里红握住她的手，想分散她的注意力，但她还是感觉到沈诚在她脑袋里，他填得太满，她看不到自己了。

粟和问阮里红："回家吗？"

阮里红说："金山街，去提车。"

粟和刚要发动车子，温火喊停，说："我手机没还，我去还一下手机。"

阮里红拉住她的手，没让她走："聪明的女人不会在同一块石头上绊倒，重蹈覆辙的人都没好结果，只是又把痛苦的时间延长了一些。"

温火告诉她："他把我骗过来，只为了让我睡着。"

阮里红微愣。

"我没改变心意，还是不想跟他再有什么关系，但一码归一码，他没有打过我。我是很自私，但也不能这么自私。"

阮里红脸色更难看了，她觉得她的白菜被猪拱了。

温火反握住阮里红的手："妈妈，我可以自己解决。"

阮里红看着温火下车，到底没拦住她。她不是不信温火能解决这件事，是她不相信沈诚。

粟和在这时候说："其实我比你更讨厌沈诚，我更不希望他们有什么关系，但我没有干涉的权利。干涉是可以用在这里的吧？我觉得既然是为温火考虑，还是以她的意愿为主。"

阮里红瞥他一眼："中国有句古话，父母安排的婚事，女儿不一定要嫁，父母反对的婚事，女儿一定不要嫁。"

粟和扭过头来。

阮里红又说："我不限制她谈恋爱，但她跟沈诚在一起并不开心，你没发现吗？"

粟和有自己对爱情的理解："爱不都是开心的啊。我可以在一段感情里尝到很多种滋味，所以我才会对这段感情、对那个人印象深刻。"

阮里红有时候很喜欢粟和他们这种偏执人格"不爱即死"的爱情观，有时候又觉得幼稚。

粟和后面一句话语调有些不自然了："你对我没有这些滋味吗？"

阮里红沉默了。

看着粟和有些无辜的神色，阮里红才发现自己其实很双标，她喜欢他偏执，又讨厌他偏执，也就是说，她希望粟和在她需要的时候偏执，不需要的时候懂事。

再想想温火，她很爱温火没错，却也不能否认她不希望温火和沈诚在一起是有私心在里边。

她口口声声说不限制温火谈恋爱，其实就是怕有人抢走了温火。

她为什么会喜欢偏执型人格障碍的人？那是因为她本身也是一个这样的人。她跟温火相依为命很多年，温火回国没问题，但回国后被别人拥有，她的占有欲便不允许了。

在粟和卑微的询问下，阮里红直视了自己不堪的内心。她看着粟和，这个漂亮的男孩儿。他是很幼稚、偏执，但他好像能影响到她的情绪和判断了。

她竟然通过他那张可怜兮兮的脸，决定听一听他的话，让温火去处理自己的感情生活。

粟和有点难过，想问又不敢问了，转回去。

阮里红说："你怎么不问我了？"

粟和又转回来，看着她。

阮里红把手伸过去："再问我一遍。"

粟和试探着问："你对我没有这些滋味吗？"

阮里红轻轻摸了一下他的脸："有。"

阮里红的原名叫万唯，父母离婚后，她妈妈给她改成阮里红。但其实，真正符合她气质的还是原名，万物可唯。也可能是因为有这么一个名字，所以她这一生还真挺潇洒的。

她的每段感情都是不被世俗所接受的，讲道理，她确实没资格去干涉温火对爱情的选择。

那随温火吧。

她只做一个站在温火身后的倚靠好了。

就这样，长辈之间的战争到底是夭折在了两个有主见的晚辈手里。那以后就不管了，让他们自己去把握吧。毕竟人生这条路，她们只能陪他们走一半。

如果遍体鳞伤、声嘶力竭后还是要爱，那她要怎么去阻止？

沈诚抱着温火，就像抱住了整个世界，那种他所有的不理智都在她一个人身上存在的感觉，清除了他耳朵里所有的声音，让他只能听到她一个人。

它们净化他的消极状态，慢慢把他从深渊里拉起来，负面情绪负隅顽抗，终是败下阵来。

温火被他紧抱着，只能从他胸膛找氧气，呼吸到他身上的沉香味。她被他拉扯、拥抱而晃荡的心跳渐渐趋于平静。

不知道过了多久，衣衣的哭声传来，温火提醒沈诚，他才放开她，说："等我一下。"

温火只是来还手机的，她希望跟沈诚再也没有见面的可能，所以她要把手机还回来，以防止他下次还用这个理由把她骗过来。

沈诚走开两步，像是想到什么又转身，牵住了温火的手，他要带她一起去，他怕她走了。

他的手很有力量，也很凉。温火低头看着他的手，他就是用这么好看的手，攥了一个天下在里边，现在他又用这只手，把她攥住了。不，不能用攥，他没敢用力，好像怕弄疼她。

刚刚失了理智一样紧抱着她的沈诚，好像已经不见了。

温火在想他怎么了，他是沈诚啊，那个轻易就可以颠倒黑白的人，很多人惧他，他怕什么？

沈诚把温火牵到衣衣的房间，然后去看衣衣。

衣衣一直看着温火，一副对她很好奇的样子。

沈诚给她介绍："火火阿姨。"

温火走过去，纠正他："我是火火姐姐。"

沈诚坚持："是阿姨。"

温火也坚持："我比你爸爸小很多岁，所以是姐姐。"

沈诚不再跟她争，随她了。

衣衣烧退了，现在就等炎症消了。沈诚喂她吃了点半流食，然后叫来了陪护照顾她。温火全程在一旁看着，想起她这一趟来的目的，说是为了照顾衣衣，可她却连五分钟都没照顾过。

陪护来了,沈诚把温火带出门,两个人站在沈诚不久前接受"审判"的楼梯口。

温火把手机递给他。

沈诚不接,看着她。

温火就把手机放在了壁炉上的架子里,说:"我走了。"

沈诚说:"我没结婚。"

温火视线从他脸上挪下来,随便看向哪里,什么话都没说。

沈诚又说:"衣衣不是我的孩子。"

温火轻轻抿了一下嘴唇。

沈诚接着说:"你有没有一点,是因为我,所以才接近我?"

温火要走了,时间不早了:"我妈还在外边等我。"

沈诚拉住她的手,她背朝着沈诚,不想去看他的脸,他的脸比粟和的好看,她看不了他难过地说卑微的话。没有人看得了。

沈诚握着她手腕的手慢慢往下,慢慢握住她的手:"你说我是你见过最厉害的男人,你最喜欢我了,有没有真心的成分?"

温火心跳突然加快,他冰凉的手心开始发烫,传递给她的,是他已经言明的炽烈的爱。

他在对她表白,这个能翻天的男人在对她表白,用最卑微的姿态。温火嘴唇不易察觉地颤抖起来,眼皮微动,全都暴露了她挣扎受困的心情。

温火慢慢挣脱他的手,说:"今天有雨,再不走要被淋了。"

她全程没有转过身,她脸上全是逃避和口是心非的破绽。哪怕她睡了一觉,大脑好像也还是没休息好,她好像更看不透自己了。

她得走。

她跑出大门,跑回车里,发白的嘴唇、无神的眼睛把她的糟糕状态都透露给了阮里红。

阮里红好心疼,却也没回去给沈诚一巴掌,叫粟和开了车。

车上了路,面无表情的温火开始流泪,眼泪就这么从双眼掉落,接连不断。她脑子很乱,不知道该想些什么,但就是觉得难过,特别难过,哪里都疼,生理上的疼。

阮里红手忙脚乱地给她擦:"火火……"

温火想起山本耀司说过的话:"自己"这个东西是看不见的,撞上一些别的什么,反弹回来,才会了解"自己"。

沈诚慢慢走到沙发上坐下。

明明昨天还有办法把她锁到身边，今天怎么就留不住她了呢？

手机还回来了，他再没理由见她了，连哄带骗？他舍不得了。

他算了半生，算到站在世界的前端，他不觉得自己无耻，可只要一想到要算计她才能让她看自己一眼，他也觉得自己恶心了。

如果他真在乎她，也仍然要靠骗，那他的在乎好不值钱，她又怎么会想要？

短短几分钟，抑郁又不放过他了。

因为温火折返而偃旗息鼓的负面情绪，卷土重来。

【6】

手机换回来有半个月了，温火除了开始两天有些反常，走神，发呆，看起来跟丢了魂儿一样，后面都还好。主要是导师给她打了几次电话，聊物理相关的话题她总是会好受一些。

尽管如此，阮里红还是担心她，就想着，实在不行就回加拿大，换个环境生活，或许一切都会不同。于是私下给她联系了加拿大的实验室，给她申请面试。

物理是温火的兴趣，以后就算是扎根实验室，阮里红也无条件支持她。

阮里红这些事儿没藏着掖着，温火都知道，但没拒绝，就是说她不反对回加拿大。

温新元听说阮里红又要带温火走，没什么反应。

温冰不同意。

温冰的面瘫还没治好，他不会对温火笑了，这样也好，温火看不到他难过的表情，心就不会疼。

一家四口在阮里红回国多月后，终于安排吃了一顿饭，却吃得并不愉快。温新元和阮里红在饭桌上逞口舌之快，什么尖酸刻薄说什么，丝毫不顾忌温火和温冰的感受。

他们也没什么感受，习惯了。

温冰不想温火走，他舍不得她。

温火告诉他："我以后会回来的，哥你结婚的时候，我就回来了。"

温冰摇头，指指自己的后脑勺："他们会打我的。"

温火的心被刺了一下，挪近他一些，拉着他的手到自己后脑勺，给他摸到自己脑袋后面的疤，说："不会，他们已经打在我头上了，不会再对你动手了。"

温冰死抓着她："他们会的！"

以前温冰的玩伴在他傻了之后，让他做人肉轿子，驮着他们在胡同里乱窜。有一回，一个被驮的胆儿小，害怕，就一直踢腿，温冰被踢疼了松了手，他人掉下来了，脑门上摔了一个包。他们非要惩罚温冰，让他去一号线的隐秘车站探险。一号线终点站是樱桃园，但它并不是真正的终点站。

首都地铁车站都有编号，樱桃园站的编号是103，也就是说前边还有101和102，具体什么原因没有答案，众说纷纭，但一直有闹鬼的传闻。

他们让温冰半夜探险，温冰以为自己做错了事，就想接受惩罚，没想到他们是要吓唬他。

那时温新元出差了，阮里红还在精神病院，家里就奶奶一人。她岁数大了，行动不便，所以温火得到消息后就没告诉她，自己赶了过去。温火到废弃车站时已经是晚上一点多了，温冰被吓得脸色惨白，浑身发抖，还尿了裤子，脸上更是有不明物弄的小伤口，流了满脸的血。

她快气炸了，要去找警察，但他们把温冰摁住了，还拿碎酒瓶子在他的脸上比画着。

温冰害怕，又哭又叫。

温火不敢动了，任他们欺负。

温冰急了，反抗起来，但脑袋坏了反应怎么能快呢？眼看就要挨一板砖，温火冲过去替他挡了。

沉闷的一声在废弃车站回响，温火的后脑勺被砸了，血流下来，浸湿了衣裳，啪嗒啪嗒滴在地上。那帮人一看玩儿脱了，撒丫子全跑了，手电筒和削尖的木头楔子被他们扔了一地。

温火脑袋上的疤就是那时候留下来的，从此温冰留下心理阴影，老觉得有人要给他开瓢，他自己不怕，他怕温火再给他挡，温火小脑袋那么一点，再打不就打坏了吗？

他现在提到这件事，是不想温火走，他好不容易把妹妹盼回来了，他不想跟她分开。

温火跟他说："那我答应你，如果他们还欺负你，我就回来，可以吗？"

温冰不要："你看别人都有哥哥，你不能没哥哥的，他们都会欺负你的，哥哥要保护你。"

温火拉着他的手，让他摸到自己的头顶："火火已经长大了，可以自己保护自己了。"

温冰还要说什么，温新元没让他说："她要走你就让她走！她跟着她妈妈吃喝不愁，比咱们爷俩过得舒坦，你给她操什么心？"

阮里红冷笑："女儿是你不要的，你现在说她跟我吃喝不愁？我带她连一顿饱饭都吃不上的时候你的抚养费就是打不过来，我们娘俩要寄人篱下，我要让人占便宜才能让火火睡回沙发。后来碰上同胞我们才能有个地方住。你现在看我们吃喝不愁了，你也有脸说这句话？"

温新元不怕翻旧账："要不是你被洗脑，我在机关的工作能丢？你被送到医院，是我按月交钱，你才有药吃。你出院时妈妈中风，钱都拿去给她扎针了，你不是不知道，我拿什么给你？卖血卖肾？如果不是你坚持离婚，日子捱捱还能过，你非要出国寄人篱下，你赖谁？"

阮里红跟他扯不清，他从来不关心她死活，她当时就是因为压力大，得不到释放才轻易被人洗了脑，但凡他把心思放在她、放在家里一点，也不至于落得那般结果。

两个人都拢着各自的理，谁也不原谅谁。

温火又想起她对沈诚说过的一句话，真是每一扇门里都是一个世界。梁京人，大院儿出身，也不都是沈家那种身家地位的。

哪怕是皇城根儿下，贫贱夫妻百事哀的道理也没有一点点变质。

这顿饭最后怎么散的温火忘了，但阮里红和温新元这辈子都不打算再见了。阮里红给温冰打了钱，跟他说她随叫随到。温新元没对温火说点什么，但温火上车时，他还是抬起了手。

温火在后视镜里看到了，但没有回头。

温冰从温火上车就在哭，妹妹是他最重要的人，她走了，他觉得自己再也不会好了。

后天举行沈家的赌石拍卖会，阮里红既然打算带温火回加拿大，就不准备参加了。但之前一直接洽的合作方不同意，并以违反合约为由强制她到场。

阮里红什么脾气？她能被人威胁？违约就违约，她又不是赔不起。

合作方看她不吃硬的，慌了，又开始跟她说软话，重要的是还会投其所好。她正好缺靠谱的心理科医生，他就给她找了一堆，她推辞不了，就决定去露个面。

她没告诉温火，打算到那边打个卯就回，谁知道温火早知道了。

温火去学校跟导师聊了一下，导师当然是希望她留下来，按部就班考高能所的博士，然后再考虑去国外一些实验室积累经验，最后回国上国华、京大当教授。

他这级别的导师培养一个学生不容易，他本身是不想放过的。

温火加拿大籍，当时只有国华招收外籍研究生，那时她没考虑她会在梁京待多久，满脑子都是物理。

后来失眠越来越严重，她开始治病，跟韩白露合作，接近沈诚……

再后来发现病治不好，她打算回加拿大，去粟敌以前的实验室，接着她的物理人生。

兜兜转转，她还是要回加拿大，结果没什么不同，只是过程发生了一些变化——她除了失眠还添了心痛的毛病，不过能忍，忍不了就疼着，疼又不可怕。

温火从学校离开，找了程措一趟，最近发生了太多事，他们好久没聊过了。

程措看温火的状态越来越差，不知道该说点什么。

温火跟他说："我过段时间就回加拿大了，以后咱俩微信联系吧。"

程措皱眉："这么突然？"

"早有这个打算。"

"那你的失眠呢？不治了吗？"

"不治了。"

程措认真地说："温火，我表哥真的不行吗？"

温火用假笑掩饰自己的不自然："不行，我喜欢不上他，我现在不想跟不喜欢的人一起入睡了。"

"你干吗骗你自己？"

"我没有。"

"我是心理医生。"

"你是个庸医，你没治好我的病。"

程措哑口无言，无法反驳。

温火说："我真不喜欢，别乱点鸳鸯谱了。"

程措看她心意已决，理智上不想再劝，但他知道真相后觉得，他们不该就这样。

一个蓄意接近，一个将计就计，确实都很没品，可沈诚并没有结婚，而且只有他能治温火的失眠，他们又都对物理情有独钟……这都不叫缘分了，这是天生一对，如果这样还要错过，那爱情两个字真是讽刺。

他跟她说："过两天沈家的赌石拍卖会，你不去看看吗？"

"以什么身份？沈诚的前情人吗？"

"我表哥出差了，拍卖会那天他赶不回来，我邀请你去是想好好跟你道个别，我就那天有时间。"程措说。

温火问他："你确定吗？"

程措举起手来："我确定，他真的出差了。"

温火想到阮里红也要去，那到时候一起吧。

程措看她没说话，以为她是怕跟金歌见面尴尬，说："我表姑是就事论事，对你没意见的，你不用有压力，她是很好的人。"

温火没压力："我知道。"

程措来了电话，他看一眼来电，接通："要回来了？"

这四个字叫温火抬起头。

不知道那头说了什么，程措笑了笑："你如愿以偿了，回来得请我吃饭。我可是见证你这段暗恋史的男人，必须值一顿程府宴。"

接着程措看了温火一眼，到一旁又说："出个差能把我表哥这样的男人拿下，你很能啊楚楚。"

表哥，楚楚。

程措很小声，可温火还是听见了。

沈诚和楚添吗？原来他们一起出差了。

她突然想到他前一段时间的表白，也许那根本不是表白吧？表白怎么连个"我喜欢你"都没说呢？是她自作多情了。

她待不下去了，说都没跟程措说一声，站起身来，扭头就走。

程措听到门响，转身时温火已经走了，他赶紧挂了电话，追出去，喊住她："你等一下！"

温火没停下。

程措追上她，拦住："你干吗啊？"

温火不干什么："我该走了。"

程措也不傻："怎么了？怎么突然生气了？我说错话了？"

温火没生气，她有什么可生气的，生沈诚的气吗？呵，他配吗？深情款款跟她说些个有的没的，还把她骗去家里，结果自己扭头去跟别人出差了啊，真牛。

程措看温火要吃了他似的，有点发怵："不是，你怎么了啊？"

温火也没给他好态度："你还有事儿吗？没事儿我走了！我忙，没空跟你浪费时间。"

程措蒙了。

温火走出六七米，又折回来，跟程措说："你表哥真牛！是个人物！真会演戏！我差点就被他骗了，我以后不会了！我擦亮眼！"

程措看着温火离开，后知后觉地意识到："沈诚又得罪她了？"

温火上了车气都没消。她知道自己没答应沈诚就没资格干涉他跟谁在一块儿。自己不跟人好还不让别人跟他好？但她控制不住，程措电话里讲的那些太能左右她情绪了。

她有一百个不跟沈诚在一起的理由，每一个都让人挑不出毛病，就说一个他对韩白露做的那些事，她真的能确保自己将来不会是韩白露二号吗？难道她要犯女人通病，认为自己与众不同？她要用自我感觉良好去跟薄情的男人赌？

她当然会拒绝，正常的女人都会拒绝。明知道危险，只是看起来是好看，内里全是陷阱，她还要一脚迈进去吗？她不知道沈诚私下做了什么，但就明面上这些，她无法接受，她拒绝，她不认为她错了。

但理性拒绝跟感性愤怒并不冲突。

她听到沈诚和楚添出差她就是生气了，就是不开心了，就是不爽了。她是个正常人，能消化所有消化不了的事，却没办法不带任何情绪地消化。

这才几天！可以，棒，男人的嘴，骗人的鬼。不，是沈诚的嘴，就没一句实话。

他就会骗她，就会演戏，她差点忘了，他是个影帝啊！她不生气，她一点都不生气，值得吗？完全不值得！她才不生气！

沈家拍卖会是吗？肯定都是一些富二代，她就在沈诚的地盘上找男人，她找一窝！不能输给他啊！她要穿得很漂亮，她还要挽着他们的胳膊，跟他们出双入对！

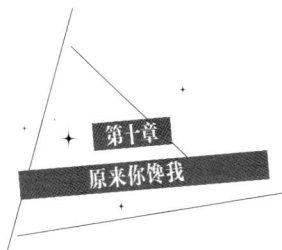

第十章
原来你馋我

【1】

阮里红给温火买了辆车，买的时候没打算回加拿大，但买都买了，就没必要退了。退也挺麻烦的，定制款车行拿在手里也不好再卖。

交车时保险公司的人也在，跟阮里红聊之前被撞那辆车的保险问题，说肇事司机找到了，等下就过来。

阮里红还没问是怎么找到的，人已经到了，看上去精神恍惚，见到温火就是一阵道歉。

后来才知道，他是个商业间谍，被其他公司雇佣到远征工业偷师的。他在远征工业任职的部门不是核心部门，他什么都没拿到。后面赶上部门整顿，他身份造假，慌了神，所以不慎撞了温火。当天他被开除，带了情绪，出来看到温火的车就又撞了一次，撞完就跑了。

本来这事情已经告一段落，沈诚找到了这个人，所以就有了这个人跟温火道歉的这一幕。

温火是一个自以为对处理人与人之间关系游刃有余的人，但其实她很容易被上心的事左右。

沈诚给她车、房时，她觉得他单纯。他"套路"她说喜欢他时，她又觉得他心机深。他宠她时她觉得自己太坏。他将计就计玩弄她的时候，她真的恨透了他……

后面他又是澄清，又是哄她睡着，还那么卑微说那么动人的话，她不可能不被触动。

但他扭头就跟他的追求者快快乐乐出差了，这算什么呢？就一直拿她当猴儿耍呗？现在他又把这个撞她车的人揪了出来送到她身边……她已经不知道要用什么情绪来面对他了。

她拿起手机，打开微信，看了一眼被拉黑的沈诚，他朋友圈什么内容都没有，不过头像换了，换成女人的一双手在给一个男人系领带。

系领带是特写，整个头像只能看到手还有领带。

她不知道戴领带的人是不是沈诚，但给他系领带的手不是她的。她根本没给他系过领带。或许是楚添？

什么意思？

他们已经好上了吗？

沈诚跟别人好上了吗？那老男人跟别的女人好上了？

好像也没什么不正常，他俩散伙了，他又没病，肯定会跟别人好上啊，她操心什么？她憋闷什么？只是，他已经属于别人了？

好烦。

温火好烦。

她果然不是个好东西，不愧是为钱、为睡着就跟人交易欺骗别人的女人，自己不要的东西，也不想要别人要，好双标，好无耻，好不要脸。

她烦透了，没把沈诚从黑名单里放出来，而是跟阮里红去挑晚上参加拍卖会的礼服了。

沈家的赌石拍卖会，场面壮观。

唐君恩得到沈怀玉授意，拍卖收入全都用于慈善项目。

活动流程是各位嘉宾进展厅参观参展拍品，讨论、估价，有两个小时时间。然后就是重头戏了，拍卖，竞价，落槌成交。

最后是晚宴，唐君恩找了很有名的西厨厨师长，还有幸运阁的主厨。

程措算是内部人，早早过来帮忙了。会场布置是找的专业公司，用不着他们操心，但有些名人的个人习惯需要照顾，就得内部人来把控细节。

唐君恩和程措忙里忙外，直到温火过来，才给自己找了个理由休息一下。

温火的礼服露全背，前边领口也低。直角肩，大长腿，她本来就白，裙子的底色还是墨绿，更显白了。

唐君恩看着她款款而来，要不是认识她，他都以为是哪个演员。

程措也看着，突然理解了表哥的快乐。

唐君恩喝一口美式咖啡，说："你说沈诚是在哪儿淘到的这种有智商又有外表的女人？"

程措说："她自己贴上去的。"

唐君恩心理更不平衡了："我也不丑吧？怎么没人贴我呢？"

程措说："你只是不丑，又不是帅。更何况我表哥比帅还多了很多附加条件。别说女人都会选他，就算是男人也选他。"

唐君恩瞥他："你不说话能憋死不？"

"你非要问我。"

"我……我欠得慌！"

两人斗着嘴，温火到跟前了，

温火接过程措递过来的咖啡，问："几点开始？"

唐君恩说："半个小时之后吧，展厅开启，你可以进去看看毛料，就是石头。有解说人给你介绍，可以买两块切切看，我们现场有专业的切割人。"

温火对石头不感兴趣："有帅哥吗？"

唐君恩跟程措对视一眼，再看向她："那得看你对帅的定义是什么了，要是沈诚那种水平的，估计是没有，旗鼓相当的也就是演员。剩下一些二代们长得只能说过得去。"

演员也行。温火又问："在哪儿呢？"

唐君恩不敢说了。

程措开口道："你是来跟我道别的吗？我怎么看你是来捕鱼的？啊？捕鱼达人？"

温火看他俩也说不了什么正经东西，懒得搭理了，越过他们走到专设的休息等待区，看到有几个年轻人在聊天。她在电视上看到过他们，他们演过网络剧，看起来很嫩。

这些小演员都是经纪公司托关系塞进来的，除了让他们见世面，还想让他们在大牛面前混脸熟。

温火走过，他们很有礼貌地站起来跟她打招呼，还双手邀请她坐下。

真懂事，某些老男人就没这么有礼貌。

温火性子有点冷，在面对除了沈诚以外的人时最能体现这一点，今天她想改变一下自己。做个风趣健谈的人好像也没什么不好。

　　想着，她就跟几个小年轻聊起来了，话题从互相介绍，到有没有女朋友，自然流畅。

　　后面展厅开启，她也不去，跟他们聊起了演技。

　　她以为最好的演技莫过于沈诚的了："我见过一个人，真真假假，虚虚实实，是个把艺术和生活结合得很理想的大师。就是有个缺点，过分沉溺于表演，也就忘了他自己是谁了，身边人也都不相信他了。所以姐姐给你们的经验就是要真诚。"

　　留着狮子头发型的男生偷偷观察温火。这个姐姐没比他大两岁，但看起来好通透，而且说话时有一些蹙眉、勾唇的微小动作，很可爱，让他不自觉坐得更近。

　　阮里红和粟和到了以后跟她打了个招呼，直接进展厅了。

　　程措看见阮里红，主动跟她打了招呼，找了一位向导全程为她服务，给她介绍在场的拍品，顺便"科普"了一下主办单位的成长历史。

　　沈问礼和金歌同时进场，跟阮里红、她的合作伙伴碰上。

　　阮里红是打算路过的，但她的合作伙伴不想错过这个认识沈问礼的机会。

　　他主动跟沈问礼打招呼，沈问礼礼貌接受，跟他聊了聊。

　　金歌走向一旁的阮里红，这一次见面她们之间的火药味消失了。金歌主动跟她说话："阮女士。"

　　阮里红不是那么小心眼的人，而且说实话金歌行为举止从未有过不妥，比她大个几岁还主动跟她说话，她就没继续端着，回了一声："金导演。"

　　金歌淡淡笑了一下："没想到您对赌石也感兴趣。"

　　阮里红把自己的名片递过去："平时有玩玩儿宝石，沈家赌石拍卖会这么大的活动，这么大的场面，我既然在梁京，哪有不来的道理。"

　　女人的战火很好挑起，也很好熄灭，两个人聊了聊，氛围就变得融洽了。

　　展厅是个套厅，最外一个厅有长桌式自助餐饮，这个时间只有中西式下午茶，中式主要是粤式。还有杜嘉酒庄和伯瑞香槟的酿品，有服务生在一旁服务。

　　粟和拿了一颗半熟芝士，看一眼展厅里的阮里红，再看一眼休息区的温火，她们娘俩在这种场合真是如鱼得水。他虽没有不自在，但感觉不到乐趣，难免有点无聊。

　　程措接了个电话，出去接人，经过粟和身旁停住了："你怎么不进去看啊？"

粟和说："我吃点东西。"

程措知道他有病，怕他在这人多的环境压抑，就拉上他一起去接人了。来的人是沈家的老朋友了，两个设计师，最近才官宣要结婚了。

他们跟沈诚是前后脚下的车，本来俩口子关注度很大，沈诚一下车，从他脚迈下来的那一刻起，门廊附近徘徊的人就都走不动道了。

高定皮鞋，墨兰色的袜子包着他的脚踝，好细，好性感。

他从车上下来，把上车前解开的一颗扣子系上。就这么一个动作，让程措听到有一位演员的两个助理小声讨论："这个手！手控福利！沈老师杀我！"

粟和进场时，也有人这么说他来着。

程措先跟设计师打招呼："杨老师！"

杨老师跟他熟，冲他笑笑："不是吧程医生？你怎么干起礼宾部的活儿了？"

"这不是因为你来了吗？别人我肯定不管啊。"

"我信。你说什么我都信。"

三个人聊了两句，杨老师走向沈诚，手递过去："沈老师，好久不见。"

沈诚礼貌地跟他握了手："好久不见。"

程措刚想跟沈诚说那个不叫他省心的丫头片子在里边，楚添就来了。她本来就是跳舞的，身材有优势，还穿了凸现身材的礼服，很是让人眼前一亮。

楚添是不具备入场资格的，她跟温火不一样，温火就算没程措的邀请，凭阮里红也是座上宾。

楚添跟程措说了半天好话，拿他们的友情做文章，程措没办法，就给她要了个名额。不是竞拍人，不是嘉宾，她在现场的身份就跟那些随演员到场的助理、经纪人差不多。

沈诚跟两位设计师一起进场，楚添和程措、粟和随后，几人像是一道来的。

温火还在休息区跟小演员聊咖啡里的物理性，这是她擅长的，可以滔滔不绝地讲。几个小演员听不懂，但她声音好听，而且有隐形的小酒窝，就很享受，还配合她露出惊讶和感兴趣的表情。

沈诚看到这一幕，变了脸，打散重组的眼神倏然间阴森、恐怖。

程措一看，完蛋，他刚忘记告诉沈诚了。

粟和倒觉得挺有趣的。温火那边聊得尽兴，跟小演员坐在一起，大腿贴着大腿，小演员一直盯着她，要被迷死了。

温火好喜欢讲物理啊，她说完一个高端物理的冷知识，接着说下一个。其中一个小演员看到了沈诚，立刻站起来，礼貌地叫人："沈老师。"

温火一扭头，看见一双长腿，往上看，是沈诚的脸，再看看他身后，嚯，楚添。

她以前学习累了也会看看情感论坛，看看奇葩的真人真事。就有人说，二十岁的女孩儿不要找三十岁以上的男人，他们城府极深，没有爱，也没有例外，任你撕心裂肺，他对你的感情也是有限的。

他可以轻易抽身，你却会泥足深陷。

现在看来好像是这么回事，沈诚移情别恋得好快。不对，是他就没恋过，他只喜欢她的身材。现在他又喜欢跳舞的身材了。

她转过头来，继续跟小演员说话："加个微信？改天一起吃饭，你们想听物理我都可以给你们讲。哦，对，你们刚才说白天要拍戏，那晚上也可以，你们可以把酒店房间号告诉我。"

程措屏住呼吸。

她在说什么？死亡宣言？

沈诚叫她："姓温的！"

温火听不见："我们去看毛料吧？"

小演员们在旁边不敢说话，身为晚辈的谦逊知礼经纪公司教导过很多次了。

楚添站在程措身边，她其实是最娴静的，比温火不知道要懂事多少，可沈诚就只会看向不懂事的温火。他太偏心温火了。

温火站起来，挽住小演员的胳膊，半个身子靠在人家身上，笑着走向展厅。

沈诚一把拉住她，没让她离开。

温火好烦，甩开他的手："你有毛病？能不能不要动手动脚？"

两位设计师似乎是看出了什么，相视一眼，笑着走进了展厅，不打扰沈老师跟这位女士沟通了。

程措懂事，招呼几个小演员进展厅，楚添没留下的理由，也随他进去了。粟和是想留下来的，他得保护温火，但程措没让，把他拽走了。

休息区只剩下沈诚和温火，沈诚看她这条裙子，暴露就算了，还是绿色的，真是费心了。

温火捋捋头发，没拿正眼看他："这位老先生，您不去陪您女朋友，跟我在这儿浪费什么时间？"

沈诚没听她说话，他就想知道她穿的这是什么东西！

"你没钱买衣服了？裹了两块绿布就出门了？没有人提醒你这种场合要端

庄吗？"

温火瞥他："你管得着吗？我乐意。"

乐意是吗？乐意给别人看是吗？沈诚拉住她的手，把她拖到了旁边的客房，把门关上："你想让谁看？你又想接近谁了？"

温火挣扎："你起开！别碰我！"

她双手挡在胸前，拒绝他继续冒犯："我是真没想到你这么不要脸，都有女朋友了还惦记着前情人。"

沈诚哪有女朋友？她又没答应跟他在一起，他刚想反驳，突然意识到她……这是吃醋？

他的怒意顿时散了一大半，故意说："你不也明知我结婚了还接近我？有女朋友怎么了？你温火会为谁考虑他有没有女朋友？"

温火被他气到了，这个人好烂，他真的好烂："你还是人吗？"

沈诚去亲她嘴唇："我可以不当人。"

温火咬住他舌头。

沈诚偏要亲她，他犯病的时候卑微，但现在又不犯病，他要把她亲一遍。

温火威胁他："你再近一步，我出去一定报警，监狱等着你！"

沈诚会怕？

"那你最好让我被判死刑，不然我出来接着找你。"

"你以为你蹲过号子还能是沈诚？还能翻天？所有人巴不得踩你一脚。"温火又不傻，"再说，那时候我早结婚了，我丈夫不会保护我？能让你找到我？"

沈诚真喜欢她天真起来的样子："你可以试试看我能不能找到。"

"行啊！你再动我一下，看我会不会报警！"

沈诚告诉她："我提醒你一下，等我出来，会当着你丈夫的面……"

他没说完，但温火明白，她对沈诚的印象在今天被刷新了，这个男人简直是渣无下限。

外头，唐君恩找来了，敲了敲客房的门："沈诚？你在里边吗？"

温火不敢说话，她不想让人看到。

沈诚看出来了，偏要说话："在。"

唐君恩说："拍卖开始了。"

沈诚看着温火，嘴唇贴着她的嘴唇："暂时没空。"

"你干吗呢？"

沈诚的身体正贴着温火，弄得她心烦意乱理不清楚。

唐君恩的手落在门把手上："我进来了。"

温火急了，呼吸凝住。

沈诚也不喊住他，拧门把手的声音传来……

温火攥住了沈诚的衣裳，仰头看着他，眼神请求着。

沈诚左手摸上她的脸，这个小可怜一样的神情他好久没看到了，他出声道："我这就出去。"

唐君恩这才没进来："行吧，你快点。"

门口的脚步声远了，温火松了一口气。

她很大方的，但拍卖会人太多了，她没那么不要脸。

沈诚躬身，附耳说："我放松不了了，怎么办？"

温火不管："干我什么事？你不是有女朋友吗？你找你女朋友啊。"

沈诚不知道她在说谁，但是谁不重要，她吃醋了，他听出来了。

"你不想我吗？"

"不想。"

"说谎。"

沈诚看她眼神发飘，把她抱起来，亲她下巴。

温火双手已经不自觉地勾住了他的脖子。他仰起脸，亲吻她。从她的角度看沈诚，他好帅。这脸太棒了，怎么有女人拒绝得了呢？

温火硬气不起来了，沈诚发现了。早知道这招这么好用，他还费那么多事干吗？主要他一直不觉得自己外在多优越，他觉得一般。

看来温火不这样觉得。

温火理智什么的都下线了，她也做不到在心里对她和沈诚头头是道地分析了。

她不要分析，她要沈诚。

她就是吃醋了，她醋死了，她不要沈诚属于别人，这个让人上头的老男人必须得是她的。

前一秒还坚持自我，还要把沈诚送进监狱的温女士，在被他亲了几口七荤八素后，立场全颠覆。

她把自己否定，过去那段时间的痛苦挣扎也全忘了，把一个女人的善变展现得淋漓尽致。

随便吧，她就要沈诚。

这个吻绵长细腻，有点苦，好像是她眼泪的苦味，也好像是沈诚眼泪的苦味。他们这段时间，好像真的很难过，好像找不到在一起的理由，可是怎么能够分开呢？

温火抱住他。

她喜欢他啊，那些最喜欢他的话，全都是真的啊，但她会装啊，她口是心非啊。

她最喜欢用理智来说服自己，道理都是一套一套的，但其实她从来没被说服过。她偏不承认，她就是不要承认。

楚添逼了她一把，让她看到自己的自私虚伪，还有她早已经漫出来的对沈诚的喜欢。

她亲着亲着就哭了，眼泪止不住。

沈诚停下来，看着她。

温火一边哭，一边笑："对不起。"

沈诚心疼了一下，像针扎，也像车碾，他顺了顺她的头发："对不起，火火。"

【2】

拍卖会开始，沈怀玉主持，介绍重要来宾，然后把所有拍品的渠道公开透明化，接着照流程把主持权交给拍卖官。

严肃，正式。

程措坐下来就找沈诚，偌大的厅就是不见他的踪影，程措没忍住问唐君恩："我表哥呢？"

唐君恩说："外边客房呢，不知道在干什么。"

程措又找温火，也没找到："那温火呢？"

听到这俩字，唐君恩反应过来，拍卖官的话都没听，扭头看他："对啊，温火呢？"

程措扫视一圈，找到阮里红，她旁边只有粟和，但好像并不在意温火目前的下落，难道她知道温火在哪儿？

他说："开场之前我表哥跟她有话说，但都一个多小时了，应该早说完了。"

唐君恩挑眉："一个多小时……"

程措秒懂："我不信，这么没分寸吗？而且咱们是见证他俩闹崩的人，长辈都出来放狠话了，怎么可能有转圜的余地？"

他把温火哄来是希望她跟沈诚有破冰的机会，但他知道这种可能微乎其微，所以对于唐君恩的猜测，他第一反应就是否定。

唐君恩也不确定，他们确实闹得太严重了，见个面就和好太不现实，他不说话了。

除了他们，沈怀玉也在找沈诚，问金歌："他没来吗？"

金歌听程措说他到了："来了，可能有公事。等等吧。"

沈怀玉习惯了，也没说什么。沈诚专注事业以来，事业总是排在第一位，不像小时候那样跟长辈亲近了。他们起初不习惯，这么多年过去了，也没什么习不习惯的了。

粟和一直扭头看大门，就是不见温火进来。

阮里红看着司仪手上的托盘，刚在预展时，她就看这块石头有点意思。

莫西沙的玉料，皮相风化感很差，雾层很厚，白光灯打上去玉肉颜色很深，灰中发黑。

原主人是玩杠杆的，就喜欢风险大的项目，很多人不看好这块石头，觉得主人是生死局玩多了基本的眼力都没有了。

但阮里红不这么认为，赌石赌石，要是把风险都降到最低，怎么担得起一个"赌"字。这主人既然生死局出身，那对输赢肯定看开了。

她也想赌一把，赌这块要价十万的料可以出十条高品镯子。

她理想中的成交价是十六万，要是出十条，她只卖两条就能回本，想着，她握住叫价牌。

跟着巴基斯坦人久了，她也有那么点对珠宝之类的上头，就没注意到，跟温火聊天的小演员都老老实实看这场戏了，温火却不知道去哪儿了。

粟和看她神情专注，就没提醒她温火不见了。

"隐于闹市的四合院"，光是这个总结，就够叫人感到平静了。

阒静的环境，阒静的客房。

温火笑着哭，"对不起"三个字说完之后，他们就不知道说点什么了，相对无言。

沈诚突然低头，吻在她的眼泪上，声音有点不清楚，像是含了什么，也像是被什么堵住了嗓子："别哭。"

温火眼泪更汹涌了。很奇怪，她听到这两个字，就觉得委屈、心酸，也觉得自己下流、无耻。她攥着沈诚衣裳的前襟，手心都冒汗了："我就哭。你还会心疼吗？"

"嗯。"他心疼。

温火含在嘴里的一口口水呛到了自己，前几天经历的心痛打了一个回马枪，又扎回她心里，脑里。她脸被呛得通红，却也不要从沈诚怀里离开。

沈诚抱起她，把她抱到这间套房的客厅餐桌上，让她坐好，脚搭在桌沿，给她倒了水。

温火双手捧着杯，喝了一口，再看沈诚，她仍然觉得他诱人。她把杯子给他。

沈诚接过杯子放在一旁。

温火以前演戏的时候可以对沈诚展开一百副面孔，现在她真情实意，反倒有些畏首畏尾。她看着沈诚，好一阵才说："沈老师，我想要抱抱。"

沈诚心化了。她有没有迷死那些小演员他不知道，她现在这个样子要迷死他了。

他轻轻抱住她。

温火在他怀里，很小声地说："你知道那天在你家，我为什么顾左右言他吗？"

沈诚没说话。

温火脸蹭蹭他的衬衫，他的体温透过高级布料熨干了她刚哭过的潮湿的脸。

"因为我不会拒绝你。"但我死不承认，我也不让别人提醒我，我要骗我自己，用理智给自己洗脑。我以为我能骗过的，但你太难忘了，我忘不掉。只是一个楚添，我就原形毕露了。我一点也不勇敢，我屁嘴硬。

沈诚亲吻她的头发，他心疼温火，不忍心这个时候欺负她。

温火声音有些闷，可能是哭过的原因，说话也开始不清楚了："你有想我吗？这段时间。"

沈诚的话有点苦，好像有点看不起自己："想到发疯。"

温火瘪嘴，眼泪又掉下来。

沈诚拇指指腹擦擦她的眼泪，说："是你不愿意，你怎么比我还委屈？就算我知道你骗我，你有很多理由接近我，唯独没有因为'我'，我也没想过分开。"

他也有过一个硬给自己洗脑的阶段，就是他认为主动权在他手上，他随时都能跟她散伙。

事实上，很多次他跟温火的关系结冰，他都是用"她休想离开他""她凭什么以为她算计他那么多还能脱身"这样的方式来表明他的态度。

他一直都没有想过跟她散伙。

那天他意识到这一点时，也被吓到。

这就说明，他对温火的感情，比他当时认知的还要深还要远。

就像有一些树，从陆上看不过数米高，从地下看，根系庞大，早已经延伸、盘结，凝聚成他不可撼动的力量。

他改牵住她的手，显得很正式："我再问你，你说，你最喜欢我了，有没有真心的成分？"

温火不说话。

沈诚突然紧张，呼吸变浅了，环境更安静了，落针可闻。

好像是过了一年的样子，温火突然扑上去，手钩住他脖子，腿盘住他腰："你瞎啊！我喜欢你喜欢得都要死了！"

沈诚抱住她，笑了。

他很少笑的，不，是很少像这样笑，真心地笑。他以往的笑总是出现在商场，免不了虚情假意。

温火在他颈间蹭，声音小了，有点委屈："你必须跟她分手，你不能跟别人在一块儿。你跟别人在一块儿了我怎么办？我不行，我不愿意。"

他永远都抵挡不了她撒娇，他就知道他永远都对她心软："哪有别人？"

温火的脑袋支起来，看着他："你不是跟楚添在一起？你俩一起出差了，还一起来的，你刚才都承认你有女朋友了。"

"那你都以为我有女朋友了，你还说这些话？你有身份不愿意吗？"

温火又没那么道德，有道德也不会在以为他已婚的时候接近他："你不是知道？我不要脸。"

"那你还介意我有没有女朋友干什么？反正有没有都不会妨碍你对我下手。"

这不一样，温火说："以前我不介意，现在我不想跟别人分享。"

温火要完完整整的沈诚，只属于她一个人的那种。跟韩白露分享沈诚的时候，就一个破电影节都差点杀了她。她好不容易正视自己了，敢于遵从自己的内心了，她绝不能分享！

她说："你要么爱死我，要么弄死我，反正分享不行。我要就要全部，没全部我就不要。"

沈诚给她，她要什么都给，她不就是要他人吗？他给："那你要我是因为我，还是因为你觉得我身为男人好像很吸引人？"

这个问题的意思就是：你是看上了我的脸，还是看上了我的内涵。

温火听出来了，故意说："我很想说我是看上了你的内在，但我不能骗自己，要不是因为你长得帅，我可能也不会看上你。"

沈诚刚还开心，现在脸沉下来。果然，温火服软一定有原因，不会单纯因为他这个人。

温火看他不高兴了，笑了，捧着他脸在他鼻梁上亲了一口："沈老师，这世上那么多男人，我就觉得你这么一个长得帅，你还不懂？"

沈诚也弄不清自己了。他前边还觉得她要是馋他，那他把她迷得晕头转向，她就乖乖地回来了。可她真的这么说了，他却憋闷了。

他大难临头还能不动如山，偏偏在温火的事情上，很多行为和想法都青涩得像个少年。

有时候他能给她下套，有时候又觉得他掉进了她的套里。做生意，他没输过，跟温火斗智斗勇，他看上去是赢了，但仔细想想，全都输得底儿掉。

他不想只是短暂地拥有她一下，他要确定，所以严肃起来："火火，跟我在一起，好不好？"

温火也严肃了："你跟她分手。"

"我是退而求其次的人？你不要我，我就随便找一个？"

这话好毒。那温火怕嘛。就因为程措一个电话，这段时间的悲观情绪全化为乌有，都转成愤怒。她杀过来，她要报复，她还想给他们难堪，她要做个彻头彻尾的坏人……

她那么在意，她当然要确认沈诚到底是不是跟楚添在一起了，是不是属于别的女人了。

沈诚说："没有别人，只有你，你不要我，那我就自己过。我自己也过了很多年，很容易，我能做到。"

温火又瘪嘴了，搂住他脖子："沈老师我错了，我不逃避了，你带我回家吧。"

【3】

阮里红二十二万拿下了那块莫西沙的玉料，果然引得一些收藏家的侧目。越是内行的人，越能懂得赌这块石头，不是勇者，就是真有一双慧眼。

粟和觉得这活动太严肃了，有些犯困。

拍卖厅冷气有点足，阮里红看他昏昏欲睡，怕他着凉，握了他的手，把他从睡意里拉了回来。

看热闹不嫌事大的媒体就把这一幕拍下来了。仅用了半个小时，新闻稿和鸡汤就覆盖各大热门平台。

这个闹中取静的四合院，突然就不安静了。

沈诚开了客房酒柜的一瓶酒，给温火倒了一点。

温火看着他。

沈诚不给倒了："你就喝这点。"

温火瘪嘴。

沈诚没办法，又给她倒了一点："好了。"

温火这才端起酒杯，抿了一口。

沈诚坐在一旁，衬衫扣子解开了三颗，领带被扯开一半，挂在他脖子上。

他对自己外在的打理还是很上心的，温火以前觉得他是知道自己长得好看，所以注重仪表，后来见过他朋友、他家里人，最后见到衣衣，发现他们跟他一样是精致的。

这就说明他们这类人的活法就是这样，什么都要求一个"最"字。

总是严格要求自己，总能保持自律。

他有时候又显得"纯"，可能是因为他那个对温火小心翼翼又患得患失的眼神吧。他好像有点怕再失去她，都舍不得挪开眼。这让温火想起她小时候想吃芸豆卷、山楂糕，阮里红给她买了，她舍不得一次性吃光，但也不想藏起来，就目不转睛地盯着。

她偷偷看他："沈老师，看不够吗？"

沈诚很坦诚："看不够。"

温火以前听他说这话太难，现在好容易，她有点飘，把酒杯放下，跟他说："我饿了。"

沈诚伸手擦擦她嘴角的酒液："想吃什么？"

"我看外边有螃蟹。"

她在说外边的自助，沈诚懂了，系上衬衫扣子，准备去给她拿。

温火帮他系扣子、领带，系到一半，她想起他那个头像，又不给他系了，还使劲往上推，勒了他脖子，让他红了脸。

沈诚皱眉："谋杀亲夫？"

温火把手机拿出来，从黑名单里翻到他的头像，问："这女的是谁？靠这么近？"

沈诚还以为怎么了，把自己手机拿出来，找到这张照片的原图。

温火一看，是她自己。

她什么时候给他系领带了？

她拿着沈诚的手机看半天："什么时候拍的？"

沈诚反问她："我手机里那些照片你删之前都没看过？"

温火不想回忆她都跟沈诚做过什么："没有。"

"就算我现在告诉你什么时候拍的，你能有印象吗？"

好像是这个道理。温火又问："那你为什么不放一整张，为什么要截一部分，还正好把我脑袋截掉了？"

"你能接受我们的关系被别人知道？"

温火不能接受："那你为什么又要放呢？你找不到别的头像了？你之前那个黑的不挺好的？干吗要换？换就算了，干吗换这个？"

沈诚把领带系好，说："我是在表达，我虽然没有结婚，但心里有人了。"

温火懂了："意思就是说你刚爆出你没结婚，就有人撩拨你了是吗？可以，沈老师总是这么有市场，打开微信就是大型选妃现场。"

沈诚又皱眉："我刚才那句话的重点，难道不是在'我心里有你'？"

温火就觉得重点是他微信里有很多女的。她又小心眼了，挪过去，拉着他胳膊晃："沈老师，我们等一下清理清理微信的好友吧？我们一起，好不？"

沈诚吃不腻她撒娇，她跟他撒一辈子，他就能吃一辈子。他边享受边故意地说："不太好，都是合作伙伴，删了不合适。"

温火松开了他的胳膊："你怎么还不走？磨蹭什么？我都饿死了！"

脸变得真快。沈诚笑了一下，出门给她端了一盘姜米酒蒸鲜蟹钳、芝士焗生蚝，还有一份罗勒炒鸡饭。巧克力冻、芋圆也给她拿了一些，还有水果。

拿得有点多，他换了个托盘，然后从高温柜里拿了两副餐具。

旁边的服务生看呆了，走过去，说："先生，需要帮忙吗？"

"不用，谢谢。"

服务生提醒他："要是两个人的话，可以到餐厅就餐，我们主厨现场烹饪。这边食物总归是放了个把小时了，不新鲜了。"

沈诚要是带温火去吃饭，那这拍卖会还能进行下去吗？所以他说："我是一个人。"

服务生看了一眼他盘里的两副餐具，那意思就好像在说：您蒙傻子呢？

没办法，沈诚就放下了一副："多拿了。"

回到客房，温火已经坐在餐桌前等待了，本来她乖乖的样子很让他喜欢，可视线往下一点就看到那块不规则的绿布了，喜欢的心情被吞掉一半。

他把托盘端到她跟前，然后打电话给秘书，让他去买一套礼服来。

温火吃着蟹钳听他说话，他念的三围好耳熟，等他挂电话后她问他："你的胸围跟我一样吗？"

沈诚给她擦擦沾了酱汁的嘴："就是给你买。"

温火挑眉："干吗？"

"我不喜欢你身上这件。"

温火不换："又不是穿给你看，那几个弟弟挺喜欢的，他们说我身材很好。就是因为这件衣服，他们才能看到我的身材。"

沈诚把她嘴里的蟹肉拿走，托盘也端走："那你让那几个弟弟给你拿吃的！"

温火看着沈诚，他的纯劲儿又上来了，好幼稚。她擦擦手，走过去，往他身上靠，蹭啊蹭："沈老师。"三个字被她转了一百八十个弯。

沈诚很冷淡："干什么？"

"你好小气。"

沈诚反击："你不小气，就一个头像都能生气。"

这就是在互相伤害了，温火说："那这样好不好，等下要是别人看我，你就帮我挡住他们的视线，用你的眼神杀死他们。"

沈诚本来挺气的，她一说话他气就消了，还差点笑出来，满脑子都是"我的火火好可爱啊"。

温火觉得他要玩花的了。果然，沈诚把樱桃放进她嘴里。

温火呜呜哝哝地说："你拿出来！"

沈诚轻"哦"一声。

沈诚又亲她嘴唇一口："你不诚实。"

沈诚喜欢这样的温火，更喜欢这样的温火只属于他一个，他满足了她，也满足了自己。

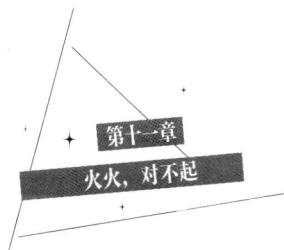

第十一章

火火，对不起

【1】

四个小时的拍卖会，结束时正好八点。

程措对唐君恩说："我刚看见几个熟悉的面孔。"

"谁啊？"

"你前女友，温火前男友，我表哥常青藤校友。"

唐君恩竖起耳朵，眼也瞪起："温火有前男友？沈诚常青藤校友？还有联系吗？没听他说过。"

沈诚没成年就去加拿大了，混了好几年，吃喝玩乐外加搞搞物理。他在物理方面天分很高，所以至少能入那些门槛高的学府和私人实验室的眼。

学位拿到手，他回了国，沈问礼指导他进了高能所，成为研究员。

他本身不喜欢那种科研氛围，就在跟韩白露"结婚"后离开了高能所，开始做专利代理。但他空有资本、技术，没有经验，这一路维持下来就不温不火。

他为了突破瓶颈，在朋友的介绍下，了解了一下欧美那边商学院的项目。但那种商科项目重点在于培养高级管理人才，也就是说为有家族产业可继承的二代，或者已有企业在经营的人服务，像沈诚这种打算自立门户的，跟他们主打方向不贴，就拒绝了朋友的推荐，准备了一年考了耶鲁大学的 MAM（高端管理硕士）。

他学了差不多两年，其实要是为了拿学分的话用不了两年，他主要是想积累点人脉。

除了一些熟人，外界对沈诚这段经历知之甚少，所以程措说起沈诚的常青藤校友，唐君恩还有点在状况之外。

程措说："温火那前男友是她本科时认识的，那男的好像是比她大几岁，开民宿的，那时温火在他酒吧被人调戏，他出面解围，说是她男朋友，这个玩笑就开起来了。后来温火学校很多人都以为他们在一起了，没人再骚扰她，她也就没澄清过。"

唐君恩切换一副看戏的态度，在现场找了找："哪儿呢？你确定你没看错吗？不过话说回来，你怎么知道的？"

"我是温火的医生，她必须得把她的情感经历如实告诉我。"

唐君恩咂嘴："我看你就是趁机套隐私。她的情感经历跟她的失眠症有必然联系吗？"

程措不跟他这种外行人说了："你还是想想你等会儿跟你前女友碰面，你要说什么吧。"

唐君恩的人生也很丰富，没比沈诚逊色，但在沈诚的生命里，他是个配角，就不会没眼力见儿地给自己加戏，把他该扮演的角色扮演好就行了。

程措也是这样有分寸的人。

还真不怪他们这样的人离成功更近，知道自己是谁太难得了。

唐君恩说："她是个记者，任何有一定影响力的场合，我都能跟她碰到，我们早习惯了。"

程措不说什么了："行吧。我现在就想知道我表哥和温火哪儿去了，这多长时间了？真不靠谱。"

唐君恩知道沈诚在哪儿："等着，我去找他。"

程措把酒杯放下："我也去。"

秘书把礼服送来了，牌子她知道。这一件整体没什么毛病，钻和刺绣都叫人眼前一亮，也不枉它在该品牌今年春夏高定秀场上艳压群芳。就是有点保守，一眼看过去只能看到衣服。

温火不穿："你不如再给我弄一条头巾，遮住脸。"

沈诚竟然认真考虑起她这个说法的可行性。

温火把盒子盖扔过去："你自己穿吧！"

沈诚还在给她敲蟹腿，把肉挑出来，放碟里："那我等一下问唐君恩借身衣服好了。"

唐君恩的衣服都很风骚，他总是懂得在正式场合让自己显得没那么正式，比如紧身的衬衫，臀部收紧的西裤……

温火想象了一下那个画面，抿了一下嘴："穿穿穿！我穿！"

沈诚把蟹肉端给她："乖。"

温火看一眼碟里的肉，再看看筷子，不想自己动手，就冲他张开了嘴。

沈诚喂她吃了一口。

温火喜欢："好吃。"

沈诚也吃了一口。温火看着他把刚喂自己的筷子又放进他嘴里："你干吗用我的筷子？"

"只拿了一双。"

"你故意的？"

"服务生只让我拿一双。"

温火不信："你就是故意的！你就是想跟我用一双筷子。"

沈诚无奈："你说得对。"

温火瞪他："沈老师，你心机好重。"

沈诚不想跟她说了，他也觉得服务生只让他拿一双筷子这个理由太不切实际，但这真的是事实，他本来真的拿了两双的。

温火挖苦完沈诚，就去把衣服换了。

沈诚知道她漂亮，也想到这衣服会让她更漂亮，但没多想，他以为自己不至于那么心胸狭窄。

温火一出来。嗯，他就是心胸狭窄了。

他过去搂住她的腰，往怀里压："我们回家吧？"

温火问："累了吗？"

沈诚只是单纯不想跟别人分享她而已，但他不会承认："有一点。"

温火流露一些心疼的神情："可怜。"

沈诚以为她接下来就是要同意跟他回家了，谁知道她说："那你自己回去吧。我玩儿一会儿，晚上跟我妈一起回去。"

沈诚脸沉下来："火火，你别任性。"

火火。温火想起他近来一直喊她火火，比起叫"姓温的"那时候，温柔了不少。她贪婪地想要更多，就拉着他胳膊，踮脚，嘴巴凑到他耳边，悄声说了一句什么。

沈诚有些别扭、难以启齿。他哪叫过别人这个？

温火牵住他的手："好不好？"

沈诚跟她讨价还价："叫火火不行吗？"

温火摇头："不行。"

沈诚说实话："我没叫过别人那个。"

温火不管："我又没让你当牛做马，就一个称呼，这都不愿意，那你还愿意干什么？"

"我可以当牛做马，那你能给我当什么？小麋鹿？"

温火呆了，他在说什么？

以前的沈诚，身上都是刺青，要不就是疤，头发常年银色，看上去就不像个好人，所以那个时期说这种话并不违和。

现在他洗尽铅华，换了身皮，再说就不太合适了。

温火觉得自己没理解错："小麋鹿？"

沈诚不承认："你刚让我叫你什么？"

温火现在对那个不感兴趣了，她就想知道，沈诚到底还有多少是她不知道的。这个道貌岸然的男人，到底是不是像看起来这样绅士、斯文。

还是说，他的绅士、斯文都是装的？

沈诚没办法，学着她凑到他耳边那样，俯身靠近她耳朵，轻声说："宝宝。"

温火刚才让他叫的，就是宝宝。她本来还在想沈诚会不会有一个浪到没边的过去，听到他叫了一声宝宝，她酥了，什么想法都抛到脑后去了。

沈诚一看管用，接着叫："宝宝。"

温火像是在被人用羽毛搔着心，有点痒，有点麻，好奇怪，又好舒服，她整个人都软了，半倚在他身上。谁受得了被沈诚这个濒临绝种的男人温柔地叫宝宝？

沈诚尝到甜头了，知道温火的恶趣味了，她喜欢听这些奇怪的东西，就总忍不住想逗她。

"宝宝，你还好吗？"

温火捶着她胳膊："你，闭嘴！"

沈诚偏头去寻她眼睛："不是你让我叫的？"

"那我让你叫起来没完没了？叫两声得了呗，还老叫、老叫。"

沈诚牵住她的手："那，回家？"

温火低头看着他们牵在一起的手，没控制住自己，眼睛弯了，嘴角也弯了：

"嗯，回家。"

两人正要走，门被推开了。

温火下意识甩开沈诚的手，跟他拉开一段距离。

沈诚不爽了。

温火装作不知道发生了什么，揪着裙子，扮无辜。

唐君恩跟程措相视一眼，然后才走过去，不怀好意的眼神在他们两人身上来回逡巡："你们俩在这儿干吗呢？"

温火挠挠脑门："哦，对，我来参加拍卖会的，对，拍卖，那什么，我先去了，你们聊。"

话闭，她跑了。

沈诚脸色更难看了。

唐君恩看一眼这客房，好家伙，装饰用的击剑服都散架了，遍地狼藉，这是打仗了吗？

"你俩在这儿击剑来着？"

程措挑眉："击剑？"

沈诚没空搭理他们俩，甩下他们走了。

唐君恩走到餐桌前，看一眼一地狼藉，咂起嘴来："我就说我们是瞎操心。你还觉得没这么快，爱情这个东西，它有慢的时候吗？"

程措错了，是他低估了爱情这个东西。

温火跑出来就撞到了粟和，也不能说"撞"，他就是来找她的。

他看她换了一条裙子，问她："换衣服了？"

温火没答："结束了吗？"

粟和本来没往沈诚身上想，她这一逃避，他知道了："你刚一直都跟沈诚在一起吗？"

温火没说话，她不想说谎，却也不想承认。

粟和其实有这个心理准备，他们纠缠的样子太像粟敌在意的样子了，比粟敌幸运的是，他们是双箭头。

"你觉得我怎么样？"温火问他。

粟和摇头："女人，你应该看她做了什么，而不是说了什么。所以无论你说什么，你只要行动上给他让路，那我就能知道你的心意。"

温火又不说话了。

粟和说："我不知道你从什么时候知道他开发布会一事的，但你一定知道了。因为后来你做的很多事，明显对他没那么抗拒了。"

温火沉默着。

粟和又说："手机的事，你可以找到非跟他交易的借口，那你返回他家里，给他还手机的事呢？你能解释吗？当时我在，红姐也在，我们都可以替你去还，你想都没想，跑回去了。"

温火不想听了："别说了。"

粟和突然有点难过："我怕你将来会受伤。"

——我几乎能想到你会有多疼，但我又阻止不了你向着他的心。

——你看起来好喜欢他，喜欢到连死都不怕了。

阮里红过来时就看到他们各怀心事地站在一起，很养眼，却没精神："怎么了？"

温火回神："没事。"

粟和也摇头："说她的新裙子，有点好看。"

阮里红看温火裙子换了，好奇："怎么换衣服了？出去了？"

温火正不知道要怎么答时，有人叫了她一声，声音浑厚。

三个人一起回头，来人留着络腮胡，是那种典型的大叔风格的熟男。

他冲温火笑了一下，走过来："好久不见了。"

温火礼貌回应："好久不见。"

他走到温火面前，停下："还记得我是谁吗？"

温火记得："项云霄。"

项云霄保持着笑容："那你还记得，我为什么叫项云霄吗？"

他是要温火回忆起，那天在南诏民宿的天台上，他们聊了一晚上，聊了各自的理想，还有各自一些不为人知的小秘密。

"因为你相信，积云烧霄。"

积云烧霄是他自己发明的词，他的名字也是他自己取的。他是个孤儿，他认为，他的人生是从他叫项云霄的时候开始的。

项云霄就是传说中温火的"前男友"。

阮里红感受到俩人之间不太寻常的氛围后，像审查女婿一样审查起眼前这个男人，也没忘了问温火："这位是……"

温火正要说，项云霄已经把手伸过来："伯母您好，我是温火的朋友。"

阮里红礼貌性地笑了笑："是哪一类的朋友呢？"

温火皱眉。

项云霄也没不好意思，说："是听到她跟有妇之夫在一起，心疼得好久没吃饭，后来得到澄清全是误会又高兴得跳起来，马不停蹄地赶到了梁京。赶到这里又不敢找她，怕打扰她，却在新闻上看到她一张侧脸照，不管不顾地跑过来，哪怕没有邀请函，面临被轰出去的风险……的那种朋友。"

他说话时视线一直在温火身上。他不是那种情感外放的人，所以他对于温火考国华的决定只有支持，爱慕她的心思也可以永久地藏住，但温火最近的新闻太多了，他坐不住了。

他想，是不是没人保护她？如果是，那他不要默默关注了？他喜欢的人在被欺负啊。

阮里红喜欢这段话，她作为长辈，觉得情真意切。

温火不喜欢，她还是喜欢沈诚叫她"宝宝"，想到这件事，她的眼睛都笑了。

项云霄看她笑了，便大着胆子邀请她单独聊聊了，指着旁边的休息区："我们去那边叙叙旧？"

温火跟他没什么可聊的，正要拒绝，沈诚过来了，还带着他两个"小弟"。

粟和默默吸了一口气。

这是一场大戏啊。

温火看着沈诚，他好帅。完了，她有滤镜了，她现在看沈诚就是天神下凡。怎么会有他这种男人呢！啊啊啊！好不公平！

沈诚看都没看项云霄一眼，先是跟阮里红这个长辈打了声招呼，然后走向温火。

温火抬头看他，心想：干吗？

沈诚从口袋里拿出一只耳环，给缺了一只耳环的温火戴上了，说："你刚掉在我身上了。"

唐君恩和程措差点现场鸡叫。

项云霄神情变得不自然。

阮里红皱起眉。

粟和：就知道会是这样……

温火还在状况之外，摸了摸耳朵："我掉的吗？"

沈诚还回答她，一本正经："嗯，掉了。"

【2】

项云霄见过大场面，很快恢复神色，看上去不是很在意沈诚宣示主权，接着对温火说："你之前说只要我来，你就会腾出时间来跟我吃饭。"

温火不记得了，但这种话不都是客气话吗？她没让他太难堪："下次，这场合不好叙旧。"

沈诚看过去，还下次？

项云霄很满意沈诚这个眼神，微微俯身，瞄着温火眼睛的动作太温柔了："你说了算。"

沈诚往前迈了一步，横在温火和项云霄之间。

他这一步很自然，好像只有这样几个人之间的站位才和谐，但几乎所有人都知道，他是为了挡住项云霄对温火的觊觎。

项云霄站好，这才看到沈诚似的："沈老师。"

沈诚脚尖转动，整个人面向项云霄："项总。"

项云霄淡淡地笑："沈老师这样人品高洁的师长，真的很难得。"

这顶高帽沈诚不要："我人品高洁吗？还好。我也无耻，更是霸道，喜欢什么，就要牢牢抓住。"

项云霄定睛看着他。

沈诚并不退却。

两个人之间再没有话，但暗潮裹了寒气在他们周遭流窜，殃及两旁，所有人都不敢吱声。

阮里红本来觉得这横空出世的人或许可以代替沈诚在温火心里的地位，沈诚这个戴耳环的动作直接歼灭了她的想法。

温火这坏丫头这么长时间找不到人，原来是跟他在一起。

阮里红把温火拉走，自己不想看，也不想让她再看这两只开屏的孔雀上演求偶大戏。

粟和跟上她们。

唐君恩看主角走了，出来解围："咱也别在这门口挡道了，吃东西去吧？等一下还有节目。"

散了场，唐君恩挽着沈诚的胳膊，冲他挤眉弄眼："失而复得的感觉怎么样？”

沈诚没说话，表情也很正常，但以唐君恩对他的了解，他就是在笑。

程措在他俩身后，刚想追上去也聊两句，楚添跑出来，眼圈有点红，像是受了多大委屈，吸引了他的注意力。他拉住她胳膊：“怎么了？”

楚添吸吸鼻子：“没事。”

程措太了解楚添了，她本来挺聪明一女孩儿，就是因为喜欢沈诚，所有关于沈诚的事她都像失了智一样，显得愚蠢。加上她原本性格有点怯弱，总是不讨喜。

别人讨厌她，程措不讨厌她，严格意义上来说，楚添也是他的患者，他永远不会讨厌患者。

程措又问：“发生什么事了。”

楚添眼睛动了动，像是坚持不住了，吞了几口口水，抿了一下嘴：“我高攀了。”

温火被阮里红拉进宴会厅，刚坐下来，还没说她，赌石圈儿里一位知名人物走过来，要跟她喝杯酒，认识一下。

阮里红没空搭理他，谁也没她闺女重要，正要让他滚，她那位合作伙伴又过来制止了。

温火懂事，退到了旁边的圆桌。正好旁边都是娱乐圈的小年轻，他们岁数相当，也有共同话题。

粟和跟她一起，他听不懂阮里红聊工作的那些事。

几个小演员冲温火笑：“火火姐姐。”

温火问：“你们等一下是还有节目吗？”

他们点头：“会唱歌。”

聊了两句也没别的可说了。在跟沈诚和好之前，她还能跟他们搭讪，现在她发现，还是沈诚更香一点。

想到沈诚，她又想他了。

粟和看她脸泛桃花，似乎是看到了她脑袋里的画面，提醒她：“收敛一点，这是在公共场合。”

温火看他：“你知道我在想什么吗？”

粟和放下酒杯：“你一定要我说出来吗？”

温火摇头：“不用了。”

粟和仿佛看到了粟敌，那男人到底有什么好？把他身边这些自制力强的人都弄成这样。

温火喝了一口杞果甘露，很甜，正要喝第二口，走来一个女人，手里酒杯递向她："哈喽。"

粟和看了她一眼，很有气质，跟粟敌那种学问人身上的气质一致。

温火问她："你在跟我说话？"

她看一眼温火身旁的空位："我可以坐下吗？"

温火点头："可以。"

她坐下来，自我介绍："我是梁宝仪，沈诚的……"

"沈诚"两个字让温火抬起头来。

梁宝仪似乎是很满意她的反应，笑了笑，又说："沈诚的校友，正好在附近参加活动，听说他在这里，顺便过来看看他。我也很久没见到他了。"

温火反应一般："那我帮你给他打个电话吧？"

梁宝仪神情闪过一丝不自然："这样吗？"

温火已经把手机拿了出来，当着她的面要给沈诚打电话，找了半天没找到他的手机号。

梁宝仪安慰她："要不，我打给他？你好像没有他的联系方式。"

温火想起来了，她把他拉黑了，她让梁宝仪看着她把沈诚从黑名单拖出来，然后打过去。

沈诚刚在沈怀玉那桌坐下，温火给他打电话，他立刻站起来，跟在座人说："对不起。"

他人一走，沈怀玉好奇了："他怎么了？"

唐君恩告诉他："您要有孙媳妇了。"

沈怀玉挑眉："孙媳妇？这回靠谱吗？"

唐君恩点头："特靠谱！那丫头讨人喜欢，眉眼有股子英气，有咱奶当年的风范。"

沈怀玉感兴趣了，放下叉子："谁家孩子？"

唐君恩知道一点温火的家世："王公坟出来的。"

沈怀玉更感兴趣了："哦？家里姓什么的？"

唐君恩说："姓温，爷您甭想了，没到您这份儿上，您不会认识的。她妈妈您认识，就是今天拍下那块莫西沙毛料的加籍华人。"

沈怀玉有印象，是个看起来很干练的女人，同时也捕捉到了关键："那丫头，也来了吧？"

唐君恩冲他竖起大拇指："还得是我爷这脑瓜子聪明！"

拍卖会结束后的晚宴是按圆桌会的形式摆桌，沈怀玉他们这桌离着温火那桌太远，他看不见，就问唐君恩："我要是想看她，会不会唐突了人家？"

唐君恩觉得会："您要是想看，我等下去给您拍一张照片。要是能成，您迟早能见到。我就是憋不住，想告诉您，让您有个心理准备。"

"要是迟早能见到，这照片就不拍了，也不太礼貌。"

唐君恩笑："好嘞。"

金歌看唐君恩和沈怀玉在聊着，感觉是她心里想的那件事，轻轻挖了一块蛋糕。

沈问礼给她要了一杯热水，放在她面前："在想什么？"

金歌说："儿子来了。"

沈问礼知道："我看见了，但是他刚不是又出去了吗？"

金歌又说："那个丫头跟他一起回来的。"

沈问礼不说话了。

金歌端起热水杯，突然笑了一下："咱们俩抚不平的伤，有人替咱们俩抚了。"

沈问礼知道，但有点怅然若失。

上一次沈诚结婚他还没这种感觉，看来这回是真的，让他们骄傲的儿子心里有人了。

沈诚走到外厅接电话，接之前还清了一下嗓子："怎么了？"

很性感，很有磁性，温火那边那么吵，也还是酥到了："沈老师。"

"嗯。"

"你校友说她很想你。"

"谁？"

温火看一眼旁边的人："梁宝仪。"

沈诚没听说过："不认识。"

温火知道了，要挂："哦，那我挂了。"

沈诚叫住她："你给我打电话，就是说这个？"

不然呢？温火说："对啊。"

沈诚提醒她："没有别的原因？"

温火知道他在说什么，抿了抿嘴，注意表情管理，然后说："那，你觉得还有什么原因？"

"我不知道。"

"那我也不知道。"

沈诚不知不觉走到了电梯口："真的没有吗？"

温火忍不住想要笑了，嘴角控制不住了，啊，好烦："那你猜啊。"

沈诚声音放低，接近于嘘声："想不想见我？"

温火心里"啊啊啊"，面上也笑弯了眼睛，嘴上却说："不想。"

"不想吗？"

"那你呢？你想见我吗？现在。"

梁宝仪听蒙了。

粟和也是，他都要吐了，他做错了什么，为什么要让他经历这些？

要不是程措过来，强行给她掐了电话，他俩还能就这两句没什么营养的话说它一两个小时。这就是刚刚确定关系的男女朋友，腻到死了。

程措是来借梁宝仪时间的，但她在温火这儿他就顺便让温火听听看她是怎么挤对楚添的。

楚添刚才委屈要走，就是这位常青藤高级知识分子对她阴阳怪气。就说这拍卖会一旦曝光，什么臭鱼烂虾都会涌进来，无论是项云霄还是梁宝仪，都证实了这一点。

梁宝仪和项云霄是一种人，他们认为有什么东西不属于他们，也不能属于别人。

他们都曾和沈诚、温火有过接触，虽然说不上亲密，但也是说得上话的。

但他们心高气傲，不想主动去发展一段关系，而且那时候他们身后还有无数追求者，他们没必要上赶着对谁好。

当有一天，那个就站在他们身侧的人，跟别人在一起了，男才女貌，互相成就，他们就难受了，觉得是自己放弃了这个机会，对方才能有这个和谐的结果。如果他们当时下手，就没其他人什么事了。

他们酸了，眼红了，不舒服了，于是来哗众取宠了。

嫉妒会使人面目全非，这是一个结论，并不是谁的恶意。

梁宝仪就是要看看所有活跃在沈诚身边的人。

梁宝仪成功挤对了楚添，是因为楚添根本不算沈诚身边的人，而且楚添本身也没什么战斗力。温火就不一样了，她一向无情，对旁人话都不愿多说，抬手不是报恩就是报仇。

别说常青藤联盟，就说国际联盟，她都不怕。

找上门来应付就好了，怕也无济于事，不如冷静一点。

这是粟敌教给她的。

永远不要怕别人把自己当成敌人，跟自己处于对立方的关系越多，越能锻炼自己，越能发现自己的问题。逆境待多了，反思多了，人就完整了。

温火一直遵从这个信念，除了在沈诚一事上失误较大，其他时候胜率都在百分之九十五以上。

程措本意是想为楚添打抱不平，可一来看到一脸败相的梁宝仪，他突然觉得没必要了。

梁宝仪被温火刺激到了，她以为沈诚既然公开否认他和温火的关系，那就是真的。她完全没想过，他否认或许并不是因为他们没关系，而是为了保护她。

梁宝仪既然可以把阴阳怪气发挥到最高境界，那也可以还算体面地离场。

其实除了他们，还有很多不怀好意的人过来，这场拍卖会的意义早被他们重新定义了。但小丑只有在专属他的电影里才可以为所欲为，在别人为主角的故事里，注定掀不起波浪。

梁宝仪走后，楚添也没多待。她虽然不精，但梁宝仪的实力她是领教过的，她都输给了温火，那温火现在的身份，似乎已经不言而喻了。

谁不喜欢追逐优秀的人？但得要脸。

楚添终于可以把放在沈诚身上的心拿回来了，看了沈诚那么多年，她也该看看别人了。

程措坐在梁宝仪刚坐过的位置，问温火："现在还要走吗？"

温火看向他。她差点忘了，她是要回加拿大的。

程措一看就知道她稀里糊涂："你这见色起意的问题有点严重啊，不是要回加拿大吗？怎么看见我表哥走不动道了？计划有变了？"

温火不喜欢他这个说法："我是好色的人？"

程措点头："你是。"

温火懒得跟他说。突然，她想起他之前那个电话，问："你之前打电话，说楚楚拿下了你表哥，是什么意思？"

程措一下反应过来："不是，你这回改变主意，不会是因为我那个电话吧？"

温火不承认："别说其他的，回答问题。"

程措确定了，笑了："我就说你那天炸毛是为什么，还以为我表哥又得罪你了，闹半天是我得罪你了？楚楚不是楚添，是杨楚楚那个设计师，表哥不是沈诚，是人名叫曾表，我们都叫他表哥。"

温火突然有点难受。

意思就是说，她自己吃干醋，把自己打包好了送到沈诚身边，让他享用了？

程措觉得他有必要跟沈诚邀功，这误会太及时了，得值两块百达翡丽。

他还在笑："不过也是好事，你能知道我表哥对你的重要性。"

温火不说话了，她觉得有点丢脸，不，是太丢脸了。都怪沈诚！

宴会散场，唐君恩留下来送客，沈怀玉先走了，沈问礼、金歌随后，一行人来到室外。

阮里红拉着温火往外走，跟金歌他们碰上了。

两位女士经历在拍卖会开场前的"和解"，已经可以平和地道别了。

金歌看一眼被她拉着的温火，再看一眼出来朝他们走来的沈诚，他的视线一直在她身上。

温火也看见沈诚了，她挪不开眼了，她要看着他，可是好多人，这样合适吗？合适！有什么不合适的！她就要看！

阮里红生养温火，温火可以说是几乎没让她操过心，这是第一次，她觉得温火不争气。

沈诚先跟金歌和沈问礼打了个招呼，然后走到阮里红跟前，询问："伯母，我有些事情想跟火火说，可以借她一些时间吗？"

这里人太多，阮里红要怎么说"不可以"这种话，还是在人家的地盘上，但她是谁？所以她说："不可以。很晚了，火火该睡觉了。"

温火说："妈，我好几天没睡……"

阮里红瞪她，把她剩下的话给瞪回去了。

她知道温火没睡觉，她也心疼，但沈诚就是头狼，天底下哪有把自己闺女送狼窝里的？

金歌这时候是不能出来说话的，她没立场。温火毕竟是女孩儿，她不能帮自己儿子要人。换位思考，如果她是阮里红，她恐怕比阮里红还要激动。

粟和提醒阮里红："尊重。"

阮里红想起那天在车上粟和说的话，呼了一口气，问温火："妈听你的，你是跟我回家，还是跟他？"

温火看一眼沈诚，她想说沈诚，可她不能让阮里红难堪，说："我跟你回家。"

阮里红明显松了一口气，牵住她的手："嗯，妈带你回家。"

温火走之前没再看沈诚，她怕她后悔。沈诚最近有点"绿茶"，他万一露出委屈的神情，她真有可能抛下阮里红跟他跑了。

他们的车开走，金歌走上来，对沈诚说："慢慢来，不要吓跑人家，人家比你小那么多。"

沈诚又想起温火挂嘴边那句"老男人"了，他大她那么多，好像是委屈她了。

慢慢来吧，不急。

回家路上，阮里红什么都没问，也什么都没说，她在等温火坦白，但温火一直盯着手机。

粟和看阮里红脸色不好看了，提醒温火："别看手机了吧？等一下头晕。"

温火懂了，把手机收了。

到家以后，温火先去洗澡了，阮里红坐在沙发上捏起眉心。

粟和走过去，帮她按太阳穴："等下洗完澡，我帮你按摩。"

阮里红摇头："你那个技术？"

"我技术不好？那你总让我慢一点，说我太强。"

阮里红无奈："那你年轻还不强，我换一个年轻人也是这样的。"

粟和停下手，坐到她旁边："你要换一个？"

阮里红睁眼就看到他着急的神情，她何德何能？她握住他的手："不换了，除非有比你好的，但我看没人比你好。"

她以前几乎不说这样的话，所以粟和傻了。

阮里红听不到他的回应，转头看他人傻了，笑："不信吗？"

粟和猛点头："信！"

阮里红对自己身材和脸的打理是一绝，跟温火出门没人觉得她们是母女，所以她和粟和在一起并没有遭到太多非议和白眼，阮里红从不用因为这些觉得委屈他。

她唯一觉得委屈他的，就是他从来不是她的第一选择。

女儿、儿子，阮里红永远把他们放在第一位，其次是自己。现在她想把粟和放在跟温火、温冰并排的位置了。

不为什么，她舍不得了。

这个小东西，把她当唯一，她怎么能只把他当玩具呢？

阮里红摸摸嘴唇："我们回加拿大。"

粟和知道啊，他们计划回加拿大了："嗯，明天买票。"

温火洗完澡，躺床上，拿着手机，等沈诚的消息。

等啊等，等了半个小时，沈诚发来："睡了吗？"

温火"噌"的一下从床上爬起来，拿着手机一边笑着一边想：回什么好呢？

这时，沈诚又发来："下楼。"

下楼？温火给他打过去："什么？"

沈诚说："我在你家楼下。"

温火下了床，光着脚跑到全景窗前，往下看，黑魆魆，什么也看不见。

她说："你骗我。"

沈诚把电话挂了，切换成视频通话。

温火一看，真的是她家楼下！

她披上件羽绒服就往外跑，出门前还没忘记拿上垃圾。

阮里红喊她："去哪儿？"

温火说："我丢垃圾！很快就回来。"

接着门关上了，阮里红才继续说："我说回加拿大，是我们两个人回。"

粟和看一眼门口，再看看阮里红，他知道她什么意思。温火的失眠有得治了，她也有牵挂了，加拿大没必要去了。

至于他们，本来也是为温火的失眠而来，既然她好了，那他们也该回去了。

他们都该把更多的时间留给自己，在对方需要的时候出现就好了。温火也长大了，阮里红得懂自己在她生命里的角色。她陪不了温火太久。

温火跑下楼就看到靠在车头的沈诚，西装！长腿！她的男人啊！好帅！

她把垃圾丢了，跑过去，扑进他怀里。

沈诚抱着她，给她拉了拉漏风的羽绒服。

温火在他怀里蹭："你怎么来了？我回来的时候，你不是发微信说慢慢来吗？"

"我很急。"

快一天了，温火嘴角就没下来过，眼睛也弯弯得像小月牙："急什么？"

"急着见你。"

【3】

温火穿着裙子，光着腿，羽绒服只能捂住上半身，没多会儿下半身就觉得冷了，她把腿伸到沈诚两腿间，想取暖。

沈诚直接把她抱起来，抱进车里，打开暖风。

温火光着脚蹲在副驾驶座上，不看他，看着前方，嘴角的笑怎么都藏不住，但她还要装："你找我干什么？"

沈诚去牵她的手："你睡得着吗？"

温火不给他牵手，躲开，两只手握在一起，不给他任何机会牵到："你别听程措瞎说，我是跟谁睡都睡得着的，不是只跟你才行。"

沈诚手大，可以把她两只手都包住："我没你睡不着。"

温火把脸扭向窗外，怕被沈诚看到她在笑，否则她再凶他也不信了，她不能让他太得意。

她还在想着，沈诚已经把她抱到自己腿上——她还维持着蹲着的姿势，他双手从她后背穿过，环住双腿，直接抱过来。

温火瞪大眼，反应过来时，已经坐在沈诚腿上了。她看着他近在咫尺的脸："你干吗？"

沈诚搂住她："抱你一下。"

温火正好坐在他腿上，她能感觉到他男人的骄傲。她下午跟他腻了很久，不能再腻了。她自己的男人，得省着用。

以前她以为他是韩白露的，那不用省着，现在是她的了，她得省着了，女人得精打细算。

沈诚看她眼珠子转就知道她没琢磨好事："又想什么？"

温火回神，钩住他脖子，看着他漂亮的脸："沈老师。"

"嗯。"

温火凑到他耳边，超小声说："你可以再叫我一声宝宝吗？"

"我有什么好处？"

"你想听什么？我都叫给你听。"

沈诚看温火歪着脑袋，乖乖巧巧，没忍住亲了她一下。

温火后知后觉地摸摸嘴唇："你干什么？"

沈诚经常看到她素颜，她也不太爱化妆，她素颜很漂亮。他觉得自己没有加滤镜，以前不喜欢她的时候，他也有被她清晨一个抬眸撩到过。

温火挑眉："这就是你想要的好处吗？"

"再一次。"

温火想起他刚从加拿大回来时，喝了酒，吻了她，也说了这三个字，恍如隔世。她还在回忆时，沈诚的吻已经落下来。

温火没跟沈诚以外的人亲过，她不知道好的吻技应该是什么样的，但她就觉得被沈诚吻很舒服。

沈诚亲够了，看着她被亲红的嘴唇，还有迷迷糊糊的眼睛，想把她拐回家了，可他过来只是想要看看她，带她回家太贪心了，于是他咬着她耳朵，低声说："跟我回家吗？宝宝。"

温火痒痒，缩了缩脖子："不要。"

沈诚提醒她："你现在在我车上。"

"那我要是不愿意你还能开走吗？"

"能。"

他好不要脸。温火眯着眼看他，心里想着要怎么骂他。

"好吗？"沈诚问。

"你都要开走了，还问我干吗？"

"我想听你说愿意。"

温火说实话："我妈妈不愿意。我再不上楼，她等会儿就下来找我了，看见我在你车里，肯定把你腿打折。你要是残废了，那我怎么办？"

沈诚听懂了，意思是这人今天他是带不走了："那明天呢？"

"明天我想想办法。"

沈诚最后只能眼睁睁看着他的小东西一蹦一跳地走向一楼大厅。

温火走之前还跟他再见："拜拜。"

沈诚点头，摆了一下手，有一万点不愿意，但没办法，他在阮里红眼里已经很讨厌了。

温火走到门口，就想着再回头看他一眼吧，就一眼，看完回家睡觉。然后她扭头，想偷偷看一眼，结果沈诚还没走，就这么看着她。

她有点尴尬，但看着沈诚的脸，实在是控制不住自己，就又跑回去，跃起，跳到他身上，双腿盘住他腰，双手搂住他脖子，说："带我回家！我不管我妈妈了！"

沈诚双手托着她屁股，抱着她那个小心翼翼的样，就像是抱了个传家宝："想好了？"

温火点头，想好了。她不行，她不能看着沈诚走，这段时间她太委屈自己了，太压抑自己了，明明心里惦记他惦记得要疯了，还得找一堆借口逼自己不爱他，她委屈死了，她要补回来！

从现在开始，她要把过去辜负的时光都找回来！

就在沈诚把温火抱进车里时，阮里红下楼了，就这么把准备偷跑掉的他俩当场捉住。

画面一转，阮里红站在沈诚面前，旁边是老实巴交的温火。

沈诚怕她回去训斥温火，提前说："是我的错。"

阮里红瞥他："不然呢？难道还是我闺女错了？"

温火想给他解释："妈，是我……"

阮里红猛地转头："你给我闭嘴！"

温火闭嘴了。

阮里红该跟沈诚说的话，早在他家里那次就说得差不多了，她现在也没什么可说的了，加上温火也不争气，偷偷跑出来跟他私会，她好像也没立场死乞白赖地责怪人家。

她最后说："以后再来直接上楼，别偷偷摸摸的，还以为你要怎么着我闺女。"

沈诚很听话："好的。"

温火还想着跟沈诚回家那事儿，看阮里红也不是很生气，就想跟阮里红说，但阮里红一个眼神甩过来，她立马打消了这个念头。还是慢慢来吧。

阮里红把温火领上楼，关上门，坐到西厨吧台椅上气不打一处来，她早知道温火下去是偷着见沈诚，但她还是对那个画面接受不了。

这闺女不能要了。

温火看不见沈诚了，理智回来了，给阮里红煮了一杯牛奶，端给她："妈妈。"

阮里红把牛奶推开，不喝她的东西。

温火再推："妈妈。"

阮里红看向一旁，也不看她。

温火绕到她面对的方向，去牵她的手："妈妈。"

阮里红眼睛突然酸了："干什么？你现在翅膀硬了，谈对象了，满脑子都是男人，叫我干什么啊？你还知道我是谁吗？"

温火知道啊。

"妈妈你别这样。"

阮里红心疼她啊，不绷着了，伸手理理她的碎发："火火，妈怕你以后难受，你明白吗？"

温火明白："我开始也怕自己难过，他太可怕了，他没输过，我瘦瘦一个人，不够他算计的，韩白露是跟过他的人，最后落得那样的下场，我怕我也会那样。"

阮里红心疼的就是这一点："那你这是为什么呢？"

温火告诉她："我不能因为害怕受伤，就否认我喜欢他吧。"

阮里红就知道是这样。

"我心里有他，所以我在意他带别人去电影节，我在意他明知道我靠近他不单纯，还是将计就计，我在意他跟别人出差了。"

她低下头，看着脚尖："因为喜欢，所以在意。"

阮里红牵住她两只手："真的不能喜欢别人吗？他那样的人，妈妈也没把握能赢，以后他要是欺负你，可怎么办呢？"

温火就认了："没关系，我能对自己负责。"

阮里红心疼死了，把她拉进怀里抱着："火火啊，你就不想让我活。"

温火知道这对阮里红来说挺难的，她再潇洒，温火和温冰也始终是她的牵挂，现在就等于是让她眼睁睁看着温火走到杀伤力不可估量的核武器身边，她是做不到的。

但温火不想离开沈诚了，不想，发现自己心里有他后，她回想这两年，竟然全是他的好。

她跟阮里红说："如果有一天我会死在他手上，我也一定会拉上他一起。你知道我的，可以一起上天堂，但也要一起下地狱。"

话已至此，阮里红再说什么都不会改变她的心意，便也不再多说了。

其实阮里红也知道，温火没做决定的时候，八匹马拉不回来，做了决定也是如此。

她就是管不住自己的嘴，当妈的就是管不住自己的嘴。

这天晚上之后，阮里红就回加拿大了，她的房子、车子，该给温火的，都给温火留下了。还有她准备在国内开展的事业，也一并丢给了温火。

温火不会做生意，坦白说自己会给阮里红赔光，阮里红无所谓，就是给她赔的。

粟和走之前找温火单独说了两句话，神情严肃，温火还以为他出什么事了。

温火跟粟和的关系没有跟粟敌那么好，当时就是在一起玩儿，后来回国联系断了，她也很少想起他。他突然认真地跟她说话，她还有些不自在。

粟和告诉她："如果哪天你因为沈诚难过了，就回加拿大。"

温火很敷衍："嗯。"

"我没有开玩笑。"

"我也没有。"

粟和叹气："你们这种智商高的，就是跟正常人想得不一样。"

"你也不正常，回去别忘了看病。"

粟和知道："我有吃药，可以控制。"

"嗯。"

粟和不跟她聊沉重的话题了，说起沈诚："你知道你跟那个人又在一起，我是什么心情吗？"

"什么心情？"

"我之前看你们的论坛，有个帖子很符合当时我的心情。就是你严肃地跟我说，你们没有可能了，然后把他说得一无是处，我信了，跟你一起说他的坏话，然后第二天你们和好了，我的身份和处境就很尴尬。你懂那种感受吗？你就是这样的。你那时说得好像这辈子都不会跟他好了，结果……"

温火不承认："是吗？"

粟和翻了个白眼："你太是了。"

温火觉得他最近中文水平越来越好了："这是你的错觉。"

粟和懒得说了："随便吧。反正我永远都不会喜欢他。但我也知道，我喜不喜欢不重要。"

温火说："你喜欢我妈妈就好了。照顾好她。"

当然，粟和会照顾好她："在你们的文化里，你应该叫我爸爸，对吧？"

温火不叫："我们没有这个文化，你不要乱看那些论坛。"

粟和记得阮里红也说过，他的身份应该是温火的继父，继父就是爸爸。他还想跟她争论，结果被她推向了候机厅："快走吧。"

就这样，阮里红和粟和回加拿大了。

温火不知道的是，阮里红把她名下所有财产都给了温火，她知道沈家有钱，也有地位，她不允许温火跟他在一起时抬不起头来。

粟和没意见，他不爱钱，他爱阮里红这个人。

【4】

温火的生活恢复了平静，跟过去一年没什么不同，她每天都在研究所和寝室之间奔走，看起来很枯燥，好像也很充实。

她的论文有了新的进展，这都要归功于沈诚，他真的厉害，让温火重新崇拜了一个人。

沈诚又有一家事务所挂牌上市了，资本入场，他每天都很忙，可还是会腾出时间来接温火吃饭。

温火越来越会装蒜了，天天扮委屈，要亲要抱。

她还是喜欢藏在他的行李箱里，然后突然出现。

要不就是藏在他办公室，在他处理工作的时候去逗他。

沈诚拿她一点办法都没有。

他们好像回到了刚认识的时候，每天都是新鲜的，每天都更喜欢对方一点，每天都要跟对方说"早安""午安""晚安"。

温火再没有失眠过，沈诚的双相情感障碍好像遇到了克星，也再没发作。

沈诚身边的人开始默认温火的身份，沈家也承认了这个看起来冷冷、乖乖的小姑娘。

唐君恩还是喜欢开沈诚的玩笑，叫温火"我们家小宝贝儿"，只不过每次都被沈诚修理算计一通。

唐君恩拍了一部电影，拿了奖，但感情生活不太顺利。

程措被自己的患者喜欢上了，有些苦恼，就找温火去蹦迪，缓解烦闷的心情。结果沈诚知道了，杀过去把在舞池里蹦得欢的温火揪了出去，修理一顿。

当然，程措也好不了，工作室差点倒闭。

沈诚严令禁止温火再去蹦迪，温火跟他闹别扭，第二天就跟师兄去吃饭了。

沈诚得到消息时正在聊新的项目，最后意料之中地因为他突然反悔，合作泡汤了。

晚上温火躺在床上，他进卧室教育她，讲了一堆大道理，问："知错了吗？"

温火背朝着他，不说话。

他过去一看，她早睡着了，胳膊都压出印了。

他气得够呛，借工作之由飞到德国，还把她微信拉黑了，电话也不接她的。

温火开始两天觉得挺好，后面几天不是滋味了，她想那个老男人了，开始胡思乱想他是不是跟别的女人在一起了，她慌了，急了，买票飞去了德国。

沈诚当时刚结束工作，回酒店看到委屈的温火，立马心软，过去抱她，亲吻她的眼泪。

温火搂着他，声音都在抖："沈老师我错了。"

沈诚心都化了，他觉得自己完了，没悬念了，这辈子注定栽在她身上了。

温火还是喜欢叫他老男人，她尤其喜欢在吵架后的和好游戏中叫他老男人。

温火把他的电脑壁纸、手机壁纸都换成了自己的照片，以至于沈诚开会时，突然来消息，手机屏幕亮起，是一个女人的照片，引得员工议论纷纷。

沈诚看他们都要揣测他有看网络美女的癖好了，就让秘书发了企业邮件，说他已有女友。

后来，温火再去沈诚事务所，他们就都知道她是谁了，她再在沈诚脖子上种小草莓，他们也不再感到好奇。温火渐渐失去了这个兴趣。

但很快她又挖掘出新乐趣，她想打扰他，可他的自制力太强了。

沈诚根本不会被她影响，但也不放过她，都是到家让她吃点苦头。

温火尝试了几次，最后的结果都是软成一根面条，慢慢也就不淘气了。

他们就这样，把那时亏欠对方的，都用自己的方式还了。

时间顺延，眨眼又是一年，温火的论文发了，远征工业也还是去了。留校助教还是考高能所让她纠结了一阵子，沈诚也不干涉她，但把所有选择的利弊跟她讲清楚。

有沈诚这样经验丰富又绝对有实力的男人做男朋友，温火的路似乎更顺畅了一些。

本来她就因为过于优秀很招人嫉妒，什么好事儿都是她的，难免更让人讨厌。当然，这些嫉妒温火的人，暂时不知道温火跟沈诚的关系。温火不想公开。

沈诚尊重她，不愿意惹闲话。他自己无所谓，但不愿意委屈温火，就依着她了。

个别知情的，像杨引楼这些人，他也可以控制住他们的嘴，让他们没法去乱说。

但这都是之前，现在他不这么认为了，他想公开了。因为温火竟然在他一个学弟面前松开了他的手，这让他很生气。

事情是这样的——

前天晚上，沈诚去温火学校接她吃饭，他看四下无人就牵了她的手，然后这个学弟就过来了，她立刻就松开他的手了，还站开了，跟他保持距离。

沈诚也不跟她吃饭了，两天没理她，有时间了也是跟唐君恩打球。

唐君恩看他一脸受伤，问："说吧，你媳妇儿又干什么了？"

沈诚不想说，烦："没事。"

唐君恩笑："其他事能给你造成烦恼吗？你在温火的事情上但凡有你处理其他事十分之一的智商，你也不至于成天让她欺负。"

"她欺负我？她？她没那个能耐。"

"嗯嗯嗯，是是是，没有，你说得都对。"唐君恩都懒得跟他说了。

沈诚说实话了："她最近有个学弟……"

他还没说完，唐君恩就笑个不停了："然后又嫌你老了是吗？哈哈学弟，那肯定很嫩，二十多点，你再看看你，濒临入土。"

沈诚就把唐君恩接下来几个冲刺国外电影节的项目搞黄了，后面几天，唐君恩道歉，跟他哭，求他高抬贵手给一条活路。

沈诚心狠手辣，理都不理他，开始计划把温火弄到自己的户口簿上。

温火这几天看沈诚不太高兴，就买了小老虎装，准备角色扮演，让他开心一下。沈诚提不起兴趣，满脑子户口簿的事。

温火使出浑身解数，问："沈老师，我好看吗？"

沈诚正在看书，瞥她一眼："你做亏心事了？"

温火摇摇尾巴："没有啊，我就是想让你开心一下。你最近几天晚上睡觉时都不抱我了。"

沈诚还没说话，温火就一副知道了什么的样子："你是不是腻了？这就是男人！男人都是这样的！没两天就跟以前不一样了！"

沈诚看她倒打一耙，书也不看了，把她摁在沙发上亲，亲了好久，才回答她："好看。"

温火问他："沈老师，唐君恩说你以前是花臂，还银发、眉钉，说你的名字叫人闻风丧胆。你以前是混社会的吗？"

沈诚不承认："他胡说的。"

温火不信："他很认真的。"

沈诚跟她交易："那我要是告诉你,你能不能把你学弟微信删了?"

温火从他身上爬起来,看着他。

沈诚被她看毛了："怎么?"

温火眯眼："我就说你最近两天奇奇怪怪的,原来是因为这个?沈老师,你心眼儿有针尖大吗?我能看上学弟,还有你什么事儿?你比人大那么多,又没有竞争优势。"

沈诚翻身把她压住,眼睛很危险："你敢再重复一遍吗?"

放大的沈诚的脸,真的很帅。温火看了那么久都看不腻,她永远为沈诚着迷,无论她说什么气他的话,只要看到他的眼睛,她就会甘愿沦为他的臣民。

她爱沈诚,她好爱他,每天都比昨天更爱他。

他像是一本没有结局的书,每翻一页,都是新的精彩。

温火每天都在为他上头,她控制不住自己的心和身体,永远倾向于这个男人,永远。

她搂住他的腰,眼睛弯弯的,像是蜜里泡过的嘴角扬起来,双手做喇叭状在他耳朵,超小声地说:"沈老师,我爱你。我爱你。我爱你……"

沈诚的气全消了,眉眼柔和起来,在她眼睛落入一吻:"火火。"

"嗯。"

"要不要嫁给沈老师?"

温火怔住。

【5】

温火从阮里红手里接过来的公司,丢给了沈诚经营。沈诚直接断掉自己左膀,把最信任的人之一安排去给她打工了。为了平衡手里人的心理,沈诚帮他进了湖畔大学,还给了他百分之三十六的股份,更是为他融资上市铺路。

沈诚对于人才的开发和利用很有想法,在他的操控下,几个核心人物让温火公司的市值水涨船高,她的身价也越来越高了。

但温火不知道,她一丁点经商的头脑都没有,也不感兴趣。

自己公司年会上,她就像个工具,只需要接受各行各业人士前来敬酒,然后听他们客套。

此时沈诚还在回国的飞机上,暂时过不来,就把唐君恩叫来帮温火应付这场合了。

唐君恩看温火心不在焉的，跟两位熟人说完话就走了过去，拿着杯跟她手里的酒杯碰了一下："想什么呢？"

温火在想沈诚去日本前那个晚上对自己的求婚，但她没说，摇了一下头："没想什么。"

唐君恩突然笑了："说实话到现在我都难以置信，你能成为沈诚的例外。我认识他三十几年，他就没有例外，没有，你明白吗？"

温火想了想："我和他本身就没法往正常的关系上套。"

唐君恩点头："说得也是。"

温火想起她跟沈诚闹崩的那么多次："我接近他就是不那么道德的，我不给自己洗。当然，他也没比我好多少。严格意义上来讲，我们的认识就是一个错误。这对于他计算好的人生来说，就已经是一个例外了。他在例外的前提下做出什么事，都没什么好惊讶的。"

唐君恩几乎没有跟温火聊过天，但他知道她不是省油的灯，毕竟她是让沈诚颠覆原则的人。今天深入聊了两句，他突然觉得自己有一点理解沈诚了。

温火这一路走来，每一步都踩在沈诚的意料之外，她当然会成为他的例外。

沈诚总以为他可以掌握温火，结果温火总在关键时刻脱离他的控制，她就像一个不确定因素，在他的世界里上蹿下跳。

他这种人甚至把未来十年都算得清楚，没有失误，突然有一天，失误了，输就是既定的。

对于温火来说，她跟沈诚估计是一样的心理，都以为自己在这段关系中是主导者，就算不是，也不至于被动，但偏偏就被动了。

她可能也没输过，唯一输的一次就是输在了沈诚手里。

自然，沈诚就进了她心里。

唐君恩心里想着，慨叹：还得是他们互相成全，除了他们彼此，再没人能征服他们了。

什么叫绝配？这就叫绝配。

唐君恩不拿她当外人了，要给她看看沈诚不羁的过去："你问他了吗？银发、花臂那事儿，他怎么跟你说的？"

温火问了，沈诚不承认："他说你在骗我。"

"扯淡，他这是换了身皮就当别人没记忆了？"唐君恩看她，"他说我在骗你，你信吗？"

温火对沈诚的过去不感兴趣，知道他情史，她还得生气。算了。

唐君恩上回被沈诚搅黄了项目，那委屈劲儿还没过去，他就想着使一回坏，让他俩吵架，那他心里能稍微得到点慰藉。

他找出沈诚过去的照片，给温火看："翻吧，这后边都是。"

温火翻着唐君恩的相册，一张一张看沈诚的照片，真是银发，挑染的，发根还是黑色的。

耳垂、耳郭上是黑钻的耳钉。照片不太清楚，她数不过来，他有七八个耳洞。他还戴眉钉，也是黑的。两条胳膊都是九分的花臂，Old School（守旧派）的拼接。

他那时候的眼神跟现在完全不一样，如果说现在他是看不出悲喜，让人无法猜到他的底牌，那时候的他就是不介意把底牌亮出来。

他无所谓，就是让人看到他的底牌，也仍然有一种叫人畏惧的自信，就好像没有输过。

温火可以理解人年轻时不知天高地厚，但没明白自己盯着照片上的眼睛时间久了，竟然有一种头皮发麻的感觉。

这种感觉就好像在告诉她，沈诚没有不知天高地厚，不知天高地厚的是她自己。

温火翻了很多张沈诚的照片，几乎都是偷拍，要么酒吧，要么拳馆，或者咖啡厅、车行、篮球场、火车站也都有。他跟各种肤色的人聚在一起，站的却永远是领头人该站的位置。

唐君恩说："他在你生日给你定制那辆哈雷肥仔，你就没好奇他一个原身是在高校教书的老师，怎么对定制改装的门道那么清楚？"

温火过生日时沈诚给她买了辆定制版哈雷戴维森 Fat Boy，起因是《绝地求生》的摩托车。

蓝洞有一款游戏，叫 *PUBG*，《绝地求生》，俗称吃鸡。

温火被学弟带进了坑，她反应快，技术也有，有一段时间几乎每天都要花几个小时在上边，沈诚对学弟这么大怨念也有这个原因。

以前温火回家会跟他看电影，或者推公式，要不聊聊资本。她虽然对资本不感兴趣，但是她很虚心，想要知道，她从不拒绝吸收知识。

自从跟学弟开始吃鸡，俩人天天双排，开麦，她再跟他聊天，都是大炮、98K、托腮板。

他年轻的时候是玩儿 CS 的，比温火接触这种战术竞技游戏早，花了半天就把 PUBG 都摸透了。

家里电脑密码都是他设的，温火的 steam 号也是他的，他直接登她吃鸡号加他小号。

晚上温火和学弟"双四"，沈诚就在书房上号拉温火，她一直拒绝，他一直拉。

温火看他那么坚持，就同意了。她没几个好友，觉得这个人可能是她无意间加的，也没怀疑。

打小地图，沈诚就跟开个挂一样，一点面子都不给温火和她学弟。他栓狙打得很好，而且都有让温火蹭助攻，很让人有安全感。

学弟风头全被抢了，到决赛圈时就打得有点乱，一梭子一枪不中，三倒最后救不起来了。

沈诚全程装样子，孤独带飞不开麦，装备都先给温火。三个人，他偏要骑摩托，就带温火，温火开始还觉得这个人挺绅士，后边他对她有点过分好了，她就明确告诉他："你别这样，我有老公。"

沈诚得意啊，但还要表现出无所谓的样子，接着把她当公主伺候。

第二个圈的时候他就开始玩儿花了的了，出一堆幺蛾子，骑摩托车带温火空中转体。

温火觉得他多半是有病，但直说太不礼貌了，就在他明确暗示想听她夸他车技好的时候，一个劲夸这辆摩托，还扯什么哈雷、改装，转移话题。

最后快吃鸡的时候，他开麦了，问温火："想吃鸡吗？"

温火后背一凉，扭头看向沈诚的书房，这个声音……

她不敢说话了，后面沈诚也没再说话，因为他杀太多人被检测了。

沈诚这个大腿没了，温火一打三没打过，吃了个鸡屁股。游戏结束，她摘了耳机，去书房找沈诚，他也刚摘下耳机。

她当时还光着脚，挑眉看他："是你吗？"

沈诚双手搭在胸前，还是那个问题："想吃鸡吗？"

果然。她走过去，自然地坐在他大腿上："你怎么不告诉我，你还会玩儿游戏？你还有什么惊喜是我不知道的？沈老师。"

沈诚手覆在她腰上："你们那叫玩游戏？不是在炸鱼？你俩 kDa（指竞技类电子游戏中杀人率和死亡率的比率）加一起超过 2.5 了吗？"

温火瞥他："是是是，我们炸鱼，我们菜鸡，你是枪神。"

沈诚皱眉："我什么？"

温火改口："你帅。我没见过像你这么帅的男人，绝了沈老师。"

"那以后还跟废物一起玩儿吗？"

温火就知道他小心眼、爱吃醋的人设不会倒，她很想吐槽他，但她现在在他手上，就憋回去了："不跟了，太废物了，跟我老公没法比。"

沈诚很满意，搂住她的腰："吃鸡了吗？"

"我一打三能打过吗？我只是会玩儿，又不是玩儿得好，这要能吃鸡，我也该被检测了。"

从那以后，温火就不跟学弟吃鸡了，学弟也不好意思再找她了。那时候他还不知道温火的男朋友是沈诚，但觉得她男朋友好强，就不上赶着自取其辱了。

温火渐渐失去了兴致，又开始每晚跟沈诚推公式，聊物理。

沈诚可能是知道自己这个手段有点下作，直接扼杀温火的新兴趣，就在她生日的时候给她买了辆定制版哈雷肥仔。当然，礼物还有温火公司惊人的市场份额，以及可观的净利润。

温火越想越多，沈诚到底还有多少事情是她不知道的？

他这三十九年，是怎么能干别人五十年都干不了的事儿的？

沈诚就是在这时候回来的。

唐君恩见他来了，把手机收了，找个理由溜了。他得在沈诚发现之前赶紧走，省得沈诚又小心眼。他可没项目让沈诚祸害了。

沈诚旁若无人地牵住温火的手，问她："吃饭了吗？"

他太疼她了，一举一动都是个拿她当命根子的意思，温火想象不出来他以前在多伦多天天过的是什么样的日子。

但她可以想象他以前比现在招人喜欢，那时候的他好嫩、好鲜，光看照片她都流口水了。

她摇头："牙疼，不想吃东西。"

沈诚微微皱眉："张嘴。"

温火张开嘴："啊——"

没有坏牙，牙龈也没有发炎，沈诚问她："多久了？"

"就你进来之后，疼起来的。"

沈诚看着她。

温火凑到他耳边小声说："可能是沈老师你太甜了。"

沈诚无力地笑了笑。

接下来的活动俩人都没参加，去金歌那儿接衣衣了。

沈诚不想委屈温火，就把衣衣过继给他小姨了，也就是金歌亲妹妹，比沈诚大个十来岁，结婚后一直没要孩子，现在岁数大了，生不了了，又想要孩子了。

当然，沈诚还是很疼衣衣。

对衣衣来说，也只是多了两个爱她的人，而对温火来说，却是有一个完完整整的老公。

很多男人在女人和其他事情发生冲突的时候，都下意识委屈自己的女人。

在他们眼里，女人既然跟了自己，成为自己的女人，就应该通情达理，该让步、妥协。

沈诚不一样，在沈诚眼里，所有人、所有事，都得给他的女人让步、妥协，没有例外。

他就是这样，说他不讲理也好，没社会道德普遍要求的善良也好，他就这德行，改不了。

什么都给温火让道其实很扭曲，但没办法，他有精神病，本身就很扭曲。

金歌看到温火，给她拿出来两条镯子，用料正是阮里红之前在拍卖会上拍的那块石头。

阮里红拿下那块石头就回加拿大了，温火直接给了沈诚，沈诚给了沈怀玉，沈怀玉开出来一副极品镯子。

当年拍卖会最好的料子就是阮里红拿下的那块，阴差阳错到了沈怀玉手里，他爱不释手。

温火也就凭着那块石头得到了沈怀玉的青睐。

唐君恩抚了大半年都没抚平沈怀玉失去妻子的创伤，温火就这么稀里糊涂地给他抚平了。

沈怀玉觉得温火这丫头有福气，再加上她眉眼间确有亡妻的一些感觉，就把当年要给而没给亡妻的爱都给了沈诚和温火这小两口。

那块石头开出来的镯子，沈怀玉送给了温火，温火时常戴着，隔三岔五拿给沈怀玉保养。

这回就是沈怀玉保养好后让金歌还给温火。

金歌从楼上下来，见温火托着下巴，目不转睛地盯着沈诚刮沉香木粉，笑了笑："这么喜欢？"

温火回神，没否认："嗯。"

金歌知道沈诚招人喜欢，但温火这么坦白，她还挺意外的："那什么时候嫁给他呢？嫁给他，他就是你一个人的了。"

温火又想起沈诚那句"要不要嫁给沈老师"。

温火说："我想着过两年，我独当一面了，就对外宣称我们走在一起了。"

"他本来就大你几岁，你真的要他等到那个时候吗？"

哦，温火差点忘了，沈诚是老男人了。

金歌握住她的手："火火，虽然你要他等，他一定会等，但别让他等太久，好吗？"

温火低下头，不说话了。

回家路上，温火还在想金歌的话，其实让沈诚等太久，她也舍不得。但沈诚就那天晚上像闲聊一样提到过嫁给他这件事，后面再没提过，难道要她来提醒吗？那老男人的尾巴还不翘起来？

沈诚看她在走神，牵住她的手："牙还疼？"

温火把乱七八糟的想法收起来，两只手包住他的手："嗯，得你亲我一口才能缓解。"

沈诚在开车，没办法，正经地说："那先疼着吧。"

先疼着吧？温火拉起他的手咬了一口。

沈诚皱眉："你属狗的？"

温火没答，看着他的手，真好看。突然，那几张花臂照片又浮现在脑海。她解开他袖扣，挽起他袖子，往上撸，干干净净，一点痕迹都没有。

她问他："沈老师，你真就跟过去说再见了？"

沈诚听出了她的话外音："唐君恩又跟你说什么了？"

温火摇头："我直接看的照片。我很好奇谁都逃不掉的杀马特时期，你是怎么维持超前十几年的时尚品位的？你那时候的造型，现在刚流行。"

沈诚不承认："你看的不是我。"

温火又不瞎。

那时候韩风刚刚吹过来，国内明星到普罗大众，全都换上了那种洗剪吹造型。

温火看沈诚那几张照片，发型简单、大方，就只染了色而已。现在那些偶像的造型几乎就是拷贝他当年的造型。

是因为他青春时期没在国内吗？还是因为时尚是个圈儿，几年一轮回，他的简单、清爽才是时尚本身？

沈诚又说："他在骗你，别信。"

温火本想算了，沈诚这么死乞白赖地否认，反而激起了她的斗志。这回她没找唐君恩，直接打给粟和。

沈诚要真有那么野，那加拿大土生土长的粟和肯定知道。

粟和听她问起沈诚在加拿大的事，以为她知道他和粟敌的过往了，沉默了许久才说："怕的就是这一天。"

温火没听懂："什么？"

"他没想害粟敌，但粟敌确实是因他而死。"

第十二章

这一次，我被你点燃

【1】

温火在粟和说完后三十秒钟才反应过来，五雷轰顶。

很多莫名其妙、看上去并不相关的细节全连了起来，她的脑袋顿时塞满"原来如此"。

她没听粟和继续说，匆忙挂了电话。

沈诚注意到她的反常，问："谁的电话？"

温火摇头，笑得很假，把她的不安和紧张全都暴露了。

沈诚没再问，但他把温火的表情记住了，这是继上次他们互相戳穿身份，闹到不可开交后，她第一次露出这样复杂的神情。

复杂的背后是不安，她不安起来不是那种声嘶力竭，好像又很沉默。

形容不上来，就觉得她对世上的一切都失去了期待，她只想把自己置于一个角落，安安静静、没有生息地腐烂、死亡。

那是一种只要靠近就被她感染到的悲观情绪，沈诚从那个电话起，就陷进了无边的猜忌。

他不是怕自己不堪的过去被她知道，他是怕她难过，她难过起来太折磨自己了，程措对她病情的记录还刻印在他脑袋里，他心疼。

晚上吃饭，温火只吃了两口，沈诚问她要不要再吃一点，她一阵反胃，到卫生间吐了。沈诚跟到卫生间，蹲下来，抚摸她后背："胃不舒服？"

温火摇头，她就是想吐，但她没说。

沈诚没得到回应，也不说了，但顺她后背的动作没停。他很温柔，动作很轻，却每一下都像是透过温火薄薄的身板抚到她心上。

温火能感觉到沈诚平稳的心跳，有些温热、清新的呼吸打在她耳旁，她好想转身抱住他。

他真的很好，她真的很喜欢他。

但粟敌说的话影响力和破坏力太大了，电话挂断那么久了，她还记得他说那句话时的口吻和音量。粟敌死了啊，因为沈诚。

沈诚知道吗？他是不是知道她和粟敌的关系呢？粟敌是她亦师亦友的存在他也知道吗？青春期看不清楚未来的时候，是粟敌帮她找到了方向，他也知道吗？

她好想问他，又好怕知道真相。

沈诚看温火状态越来越差，给医生打了电话。

那是沈诚的私人医生，专攻精神科，其他小病也可以治。那时候沈诚病情很不稳定，他就常驻在沈诚家里，关注沈诚的情况。后来沈诚就跟他解除这种绑定关系了，并不是沈诚的病情好转，而是沈诚不愿意把社会资源独占。

当然这是医生自己的猜测，他会这么猜也是因为沈诚帮他进入了梁京大学第一医院。

具体沈诚是不是不想独占社会资源，这恐怕只有沈诚自己知道了。

沈诚并不是一个擅于沟通、愿意对别人讲心事的人，很多事都是别人知道了，问他，他再考虑要不要答。唯一明确表达的，就是对温火的感情了。

他这样的性格，要想让他坦白跟粟敌那段经历，很难，主要那也是他的病因。

医生来以后，温火不见人了，她说困，就睡了。

沈诚不想打扰她，就准备让医生白走一趟了。医生问他最近怎么样，他说好，医生定睛看着他，不信。

沈诚近来确实很好，只要温火在他视线之中，他就会感到平静，不会亢奋，也不会特别低落、抑郁、难以纾解。

医生似乎看出来了："你把治愈你的机会交给一个人，当有一天这个人要走，你就完了。"

沈诚没有反应。

医生紧了紧公文包，说："深渊是无止境的，没有最，只有更，你别想着到底就解脱了，没底，你解脱不了，你必须自己走出来，而不是靠别人走出来。

别人绳断导致你掉下去，比你自己攀爬掉下去更疼，摔得更碎。

"因为你不知道这根绳子什么时候会断。"医生提到程措，"我才知道程医生跟您是亲戚关系。他水平很高，可以信赖。您不愿意对我说的话，跟他说也可以。

"但不要做傻事，我不在你身边了，我救不到你。"

后面一句话，医生说得语重心长："这个世界不值得，但有人值得，死了不会比活着好。"

沈诚就是不想被家人知道他的病，才不找程措，他信任程措的水平，但他不愿意。

送走医生，沈诚上楼。走完最后一级台阶，卧室门近在咫尺，他眼前突然变得模糊，悲观情绪又带着死亡笼罩下来。好久不见了，它们还是这么面目可憎，张牙舞爪着涌入他身体。

温火的绳子断了吗？

明明发生了什么他都还不知道，怎么那种要失去她的感觉就这样强烈呢？

到底发生了什么呢？

他手扶着墙，带着额头上细密的汗珠，走到书房，看着温火正在充电的手机。

他知道密码，温火也强迫他添加了他的面部识别，似乎只要打开她手机，就知道发生了什么，但他还是没有。

他坐下来，打给了唐君恩。

唐君恩刚与人运动完，有点累，嘴都白了："怎么了？"

沈诚问他："你跟火火说了什么？"

唐君恩还没意识到问题的严重性，还在嘻嘻哈哈："吵架了？可以的，果然，没有女人能和平接受你复杂的过去，除非这个女人不爱你。"

沈诚不想听这些："你说了多少？"

唐君恩终于听出了他的疲惫，惊坐起，神色也紧张起来："这么严重？"

沈诚很累，他知道病症在掌控他，他不知道他这样正常地说话还能维持多久："告诉我。"

这是第一次，沈诚在唐君恩面前犯病，唐君恩惊慌失措，他没见过这样的沈诚，只听声音就觉得他仿佛在凭一己之力挡住末日降临："我就说了你在加拿大的事……"

安娜。

粟敌。

沈诚知道了，挂了电话。温火打的那个电话是她托的人帮她查他的过去吗？她会查他吗？

她会找谁呢？

那个混血儿？对，那个混血儿。

沈诚没去调查过那个跟温火认识的混血儿，开始以为他是温火过去的男朋友，这个关系就让他不舒服，他怎么愿意去调查？后来意外知道他和阮里红的关系，就更没有调查的必要了，沈诚不觉得他能够造成什么威胁，也因为他是温火熟悉的人，沈诚不想因为调查他让温火讨厌。

他是加拿大人，温火肯定是找的他。

沈诚立刻叫人去查，本意是查到联系方式，他要亲自问清楚，但秘书调查之后给他的信息已足够令他明白整件事情的原委，不用再联系了。

原来他是粟和，是粟敌那个兄弟。

原来温火就是粟敌说过的，那个来自中国的奇奇怪怪的小姑娘。

绳子断了。

沈诚摔得粉碎。

温火早早躺在了床上，却一直都没有睡着，她知道医生来了，但不想见。她摸着肚子，有点凉，就像今天的天气，九月的天这样大的雨还挺少见的。

怎么就一定要这样呢？

谁不好呢？怎么就一定要是沈诚呢？

她现在还能想起粟敌离开之前疯魔的样子，她感激他让她看到无穷无尽的物理世界，所以她本能地对粟敌偏心，所以无论那个伤害他的人是不是身不由己，她也一样把他假想成敌。

现在告诉她，她爱的沈诚就是她的假想敌？

原来是这样吗？

粟敌因为沈诚爱上物理，温火因为粟敌爱上物理。回国后，又是因为物理，她被韩白露相中，来到沈诚身边……这是什么呢？这是什么啊？是什么啊到底……

她咬住胳膊，怎么突然那么难过呢？

一直都是沈诚吗？让她模糊的前途突然清晰的从来都是沈诚吗？可粟敌怎

么办呢？他给了她去迎接这一切的勇气啊。

她要怎么忽略掉粟敌一条人命，欺骗自己然后跟沈诚在一起？

她浑身都开始疼，反胃的感觉再次袭来，她从床上下来，披上衣服，拿上车钥匙出门了。

她没穿骑行服，只是在车库头盔托上拿了个头盔就上路了。

沈诚这房子在郊区，旁边是山道，温火穿着白裙子在雨夜跑山，太不正常了，频频引人侧目。

半山腰上是温泉村，梁京周边比较大的温泉会馆，沈诚是会员，带温火来过，这边人都认识她，当然主要是认识她的车牌号。

他们看到温火淋着雨骑车，就跟老板说了，老板立刻借着此事联系了沈诚。

沈诚接着电话快步走到卧室，她真的出门了，可他一点动静都没听到。

他刚刚耳鸣了，仿佛身处一个音频为 100Hz 以上的世界，他被这种高分贝的声音压迫着，痛苦万分。

就像海洋生物遭遇声呐，器官受损，最后搁浅，死亡。

粟敌重新回到他的生命里了，还是以这种方式回来，他接受不了，他的双相情感障碍的严重程度在他知情的那一刻，达到顶峰。

抑郁伴随着躁狂，不断给他的大脑施加压力，大脑再驱使、支配他的身体，导致心理和生理双重崩溃，直到温泉会馆的电话打来，他连从椅子上站起来的力量都没了。

精神病，就是这么可怕，它轻易就摧毁了一个无所不能的男人。

他困难地换衣服，开车去找温火。

他担心她，就算是要死，也得在死前确定温火是安全的。

他可以一命偿一命，但温火必须要好好的。

他的妻子必须要好好的。

【2】

温火骑车到山顶，山顶有一家饭店，外观设计很有二十世纪七十年代的感觉，沈诚也带温火来过,这家老板的妻子早逝,他就从市中心搬到了这里,养猫,养狗,每天看日出日落。

老板看到温火时很惊讶，但顾不上惊讶，她身上还湿着，老板就赶紧把她迎进了门。

温火坐在木凳子上,手里捧着老板给她灌的热水杯,看着老板端来一条烤鱼,热腾腾的白气在他们之间升起,他们的模样全都被遮住了。

就好像没有人难过,也没有人因为妻子离世就变得沧桑。

老板给她盛了一碗米饭,也不说话。他不会安慰人,而且温火看起来也不要安慰。

温火吃不下,最近她牙疼,胃口不太好,什么都不想吃,吃了也要吐掉,就呆呆地看着烤鱼盘里咕嘟咕嘟冒着泡的鱼汤和外边焦、里边葱白的鱼肉。

时间一分一秒过去,老板吃了两口也吃不下了,给她热了一杯羊奶,放了糖。

温火一闻到羊奶的味道又反胃,跑到卫生间吐了。

老板想给她男人打电话,但这一看就是吵架了,那他打过去,不是会辜负她的信任?毕竟她在难过的时候想到了来他这里。

温火从卫生间出来时脸色很差,嘴唇都是白的。

老板已经把羊奶处理掉了,鱼也端走了,还开了窗子透气,可她还是把头盔戴上了,隔绝味道。

然后就是细碎的抽泣声。

她在克制自己,外边雨也大,可老板就是听得很清楚。她在哭,她戴头盔就是要偷偷哭。他还是给她男人发了条消息。她看起来好难过,他承担不起这个责任。

沈诚来的时候,温火还戴着头盔,肩膀小幅度地抽动,她身上湿透了,他心疼死了,把带来的大衣给她披上,蹲下来,没立刻摘她的头盔,而是低声问:"回家好吗?"

温火肩膀抽得更厉害了。

沈诚缓缓抱住她,不说话了,就抱着她。

老板看着这一幕,全是羡慕,他可再也抱不到他喜欢的女人了。

沈诚一直等到温火情绪好一点,才把她打横抱起,准备离开。

老板送他们到菜园子外,提醒了沈诚一句:"珍惜你可以抱到她的机会,你还有机会,有些人,已经没有了。"

沈诚停顿一下,没说话,走了。

回家路上,温火坐在副驾驶座继续沉默,沈诚也不开口。

外面雨很大，把车都下成了船，里边像是楚门的世界，已经演崩了，只能用无声来完成下面的剧情。

到家，沈诚带温火洗澡，给她放水，亲手给她洗掉身上的雨水，还想洗掉她的难过，但有点难，它们附身在她的表皮，用冰冷的触觉来告诉他它们多顽固。

他把她抱上床，从身后抱住她。

她从始至终都没拒绝，以前他们吵架她都激烈地反抗，这一次她像极了上一次她离开时的样子。

沈诚抑制不住自己低落的情绪，他跟它们对抗了那么多年，它们似乎总是处于不败之地，强大到哪怕他现在还能够抱到温火，也仍然感到恐惧。

这一夜，雨一直下，他们一直没睡，他们彼此都知道，但谁也没挑破。

温火和沈诚冷战了，沈诚不问，温火不说，这段关系开始朝着散伙的方向发展。

俩人瘦得很快，尤其是温火，她现在东西都不好好吃，吃多少吐多少，沈诚想了很多办法，厨师换了一个又一个，都没能改善温火的胃口。

金歌心思细腻，感觉到不对劲，隔三岔五到他们那儿去一趟，看看温火，跟她说话。

温火状态太差了，好像又回到失眠治不好的那段时间，经常一个人在夜晚盯着天上看，要不就在高速、山道上骑车，只戴一顶头盔。

沈诚担心她，就开车跟在她车后。

金歌觉得这样下去不是办法，就希望他们有什么话都说清楚，这样就算是不能在一起，注定要分开，也好过这样彼此折磨。

沈诚不行，不能，做不到，他不能离开温火，温火也不能离开他，他可以就这样，他愿意就在这样跟在她身后，他可以保护她……

金歌没办法，不再劝了，陪他一起，保护她。

程措给温火看病，温火也不要，见都不见医生，程措只能凭着沈诚的描述来判断，她可能是得了抑郁症，毕竟她近来确实太反常了。

只有沈诚知道，她是压抑、难过，他们之间横着粟敌的死，可她却已经离不开他了。

不知不觉，半个月过去了，沈诚还在找厨师。

厨师自信满满地做了一顿爽口晚餐，温火只看了一眼就到卫生间吐了。

沈诚半个月都没大声说话，就怕让温火反感，可一顿饭都做不到让她满意，他生气了，他发了脾气，厨师被吓到了。

秘书近来被沈诚的医生告知了他的病情，秘书很能理解沈诚为什么会这样，在送厨师离开时给人家道歉。

不是厨师做得不好，是沈诚生病了，他现在的情绪脆弱得像一张纸。

厨师愣住，体谅了，连声叹气："有钱人也有有钱人的难处，他们夫妻看起来好痛苦。"

秘书听到这话，也没忍住，湿了眼眶。

他跟沈诚那么多年，才知道沈诚的病情，沈诚一个人扛了那么久，到底是怎么做到的呢？

房间里，沈诚摁了摁心口，平和地呼吸，确定自己可以好好说话了，才走向卫生间，走到温火跟前，蹲下来，去牵她的手。

温火撑不住了，眼泪像雨，啪嗒啪嗒掉在马桶里。

沈诚搂住她肩膀，叫她的名字："火火。"

温火真撑不住了，转过身来，把压在心里的话一股脑都说出来："你有没有话要跟我说？"

沈诚不说话。

温火挣开他的手："你别装死，你现在有没有话要跟我说！"

沈诚不是不说，是他不知道要怎么说，他的病情在温火知道粟敉的死跟他有关后，就急转直下，他已经不能好好表达自己的想法了。而且他怕失去，他怕坦白的结果就是失去温火。

温火站起来，抹抹眼泪："你不是很牛吗？你不是呼风唤雨吗？你现在怎么连句话都说不出来？你说啊！能不能像你在多伦多时那样，对一切事物勇敢坦诚，无所畏惧？"

沈诚呼吸困难了，心跳加速，很快，是他以往没有的心率。

温火冷笑，不强求了，眉眼是决绝："好。好。沈诚。"

她要走，她一定要走，哪怕再也不睡了，也一定要走，她转身就走。

沈诚已经没力气追上去了，在温火离开时，他像一座被抽走顶梁柱的攀云大殿，顷刻覆灭，铁青的脸色预示他对生命的绝望。

温火跑进电梯，眼泪一路飙洒，她拼命摁数字键，逃离的欲望那么明确，可偏偏手不听使唤，怎么都摁不对楼层。她又气又急，再度崩溃，仰着头，号啕大哭。

电梯门终于合上了。

她靠着电梯内壁，缓缓滑向地面，哭成一个泪人，这个世界不会好了吧？肯定不会好了，活着真没劲。可她现在不能死啊。

电梯到了，门开了，她看着等电梯的住户，他们也看着她，对她的狼狈模样很是担心，主动询问："你没事吧？你怎么了？"

温火突然很怕走出这道门，就这样，她没下电梯，又跟着电梯里的人上了楼。

别人问她："你去哪层？我给你摁。"

她看着按键盘上熟悉的数字，却说不出口。

这时有住户认出了她，帮她摁了楼层号："你是沈老师的太太吧？"

沈老师的太太。温火的心真疼，她没法回答，也回答不出来，到楼层后匆匆下了电梯，返回家里，找到沈诚，他像个死人一样坐在地上，没有半分从前的精致。

她走过去，蹲下来，许久，她慢慢摸到他的手，攥住："沈老师。"

沈诚看着她，她回来了，他应该开心的，可他开心不起来。就像武侠小说里的心魔，当心魔成功占据他的身体，他就没了自己的思想和反抗的能力。

温火眼泪不断流下，很小声地问："你说，好不好？"

沈诚不能。

温火尝试着抱他："沈老师，你告诉我，你说我就信，你告诉我。"

沈诚做不到。

温火去亲他的嘴唇、眼睛，眼泪都掉在他脸上："无论真相是什么，只要你告诉我，我都让它过去，好不好？只要你说……"

沈诚想说话，可他说不出，他只能看着温火难过下去。

温火的心要碎成渣了，为什么到这种时候了，她连粟敌的死都不管了，他都不能说一句话呢？这么难吗？只要他说话，她就会义无反顾地奔向他……

她缓慢地站起来，慢慢往后退，她也不愿意再说话了。

沈诚眼泪在眼眶，他没哭过，他现在想哭都哭不出来，就这么看着温火一步一步离开他。

门关上，温火攥紧了手里的车钥匙，像是做好了心理准备，准备回加拿大，说她逃避也好，没出息也好，她不想留在这里了。

但就在出电梯门的时候，她还是像是被撕裂一样，感觉满身都是口子，然后蘸了盐，从里到外，连细胞都仿佛连上了痛感神经。

她越发艰难地往外走，撕裂感一步比一步强烈，要她离开沈诚，几乎就是要她去死。

她好不容易走到车前，却怎么都发动不了，直到路人告诉她，她压根没插钥匙，她也不听，还坚持着开始的动作。

路人看她精神不太正常，不管了。

温火打不着车，扭头看一楼大厅，沈诚没有追出来，她眼泪更凶了。这一次，她终于发动了车子，骑出门，上了路，过了两个红绿灯。

她不知道她在路上骑了多久，但这条路的路灯样式都没变，她就返回了。

她不能离开沈诚。

他不说，她就不要他说了，不就是妥协吗？她来，没什么大不了的。

粟敌不重要了，什么都不重要了，她爱沈诚，沈诚最重要。

她赶回去，跑上楼，要给他一个拥抱，要道歉，这段时间他好难，她要搂着他的腰、在他怀里睡觉，她要嫁给他，要把自己的名字写进他户口簿……

可当她进了家门，见到的却是躺在血泊中的早已经闭上眼睛的沈诚。

她愣了三秒，大叫出声："啊——"

她跑过去，摔倒，爬起来，慌乱地抱起他，怕弄疼他，又怕他再也不知道疼，疯了一样喊他名字，疯了一样打电话，怎么都摁不到数字，也点不开通讯录，好不容易打出去，电话接通，她却连一句完整的话都说不出来，她的世界被死亡填满，她再不能理智、冷静地表达。

电话挂断，她等不及，就背起沈诚往跑走。

她小小的身板是怎么承受住沈诚一个大男人的重量的，她不知道，但就是把他背起来了。

出了门她大喊，把邻居喊出来，一个劲儿给人鞠躬，哪怕身上还有一个奄奄一息的沈诚，哪怕她每一次鞠躬都有可能再也直不起腰来，也重复这个动作："求求你救救我丈夫！求求你！求求你！"

邻居当然会救，夫妻两个，一个帮忙抬人，一个去楼下开车。

去医院的路上，温火一直搂着沈诚，帮他止血，脑袋里乱七八糟的，什么都有，似乎还有死神的召唤。她跟沈诚好像就要到这儿了。

邻居怕温火想不开，毕竟她的状态没比昏迷的沈诚好多少，就一直劝她。

他们说这种意外每天都在上演，但不会有人因为这种意外离开。

温火没告诉他们，沈诚是自杀。

【3】

沈诚抢救回来了，但昏迷不醒。

他是自己用刀子刺向了脑袋，他甚至知道刺向哪里他会死，他那么聪明，却没算到温火还是回来了，她还是舍不得他。

脑损伤，颅内出血，高烧不退，出现脑疝先兆，后来肺部感染，温火被医院告知他可能会持续昏迷。也就是说他成了植物人。

温火在这期间一直没离开过，沈诚一直在她的视线之内，哪怕阮里红回来，她也没离开他一会儿，忙里忙外，听医生的安排，然后不放弃去寻找更好的医院、医疗团队。

但得到的回应都是机会渺茫。

因为沈诚自己没有意愿醒来，就是说活着对他没有诱惑力了，他没期待了，包括对温火。

温火不放弃，两个月瘦了一大圈，但一直坚持吃饭，她每一餐都是自己搭配，很有营养，一边吃一边吐也坚持要吃。

沈诚的秘书过来时，她就在吃饭。

她刚帮沈诚弄好气管导管，得空了，吃口饭，还边吃边上网查资料。

秘书交给温火一个水晶盒子，那个盒子一看就是戒指盒，温火已经持续肿了两个月的眼睛差点又没忍住流泪。

她缓慢地打开，好大的钻，真漂亮。

秘书说："沈老师定制的，但因为制作复杂，所以拖到现在才拿到。这颗钻石，世界上只有一颗，制作工艺是来自世界最大的品牌，它的首席设计师……"

后面的话，温火都没听，她就盯着这颗钻石，眼泪接连不断地掉。

秘书走后，金歌和阮里红来了。

这几个月，金歌像是老了十岁，往日的尊贵和优雅都不见了，狼狈样跟温火不相上下。沈诚一出事，整个沈家就好像断了筋骨。

金歌开口："火火。"

温火看过去。

金歌跟阮里红对视一眼，像是做这个决定她们也顶着一片天的压力："我和你叔叔商量过了，我们不能耽误你，你还很年轻，你的未来……"

温火没让她说完："妈。"

阮里红下意识答应，答应完却意识到，温火是在叫金歌。

金歌愣住了，眼泪在掉。

温火把刚才秘书送来的戒指给自己戴上，然后给她们看，还笑着——哭着笑："好看吧？沈诚的品位真的好。"

阮里红崩溃了："火火……"

温火问她们："有没有办法在我丈夫醒不来的情况下，我依然能跟他到民政局登记呢？"

阮里红再叫她："温火！"

温火恍若未闻，手摸上肚子："孩子出生的时候总要上户口。我有丈夫啊，又不是没有，所以我不想弄个单亲家庭。"

她这几句话，要了阮里红的命："火火……你还要妈活不活……"

金歌听到温火的话，目光就落在了温火的肚子上，她慢慢靠近，颤抖着手摸上去："原来是这样。"

原来温火那段时间吃了就吐，情绪那么不稳定，是怀孕了。

温火挪了挪，更方便她摸到："是儿子，我撒泼打滚，医生没办法，悄悄暗示了我。"

金歌摸着温火的肚子，突然很感动，沈诚要是知道他有了自己的孩子，应该会很开心吧？他那么喜欢衣衣。

可是，这对温火太不公平了，她才二十多岁啊，他们怎么能这么自私呢……

温火看着她哭湿的脸，似乎猜到了她的想法，说："我温火要么终身不嫁，要么嫁给沈诚。如果你们不同意我嫁给沈诚，那就看我孤独终老好了。"

她很坚定，谁都劝不了，金歌和阮里红到底还是失望而归了。当然失望的主要是阮里红。

唐君恩和程措是晚上过来的，温火不让他们大声说话，说是会影响到沈诚休息。唐君恩再也不能像以前那样调侃，自觉放低了音量，声音里充满对温火的抱歉："我不知道过去……"

他已经说过很多遍了，自从知道粟敌的事曝光后他就一直在道歉，温火不怪他，纸怎么包得住火？

程措拍了拍唐君恩的肩膀："我表哥有双相情感障碍，他以前就自杀过很多次。如果说真要怪谁的话，我们都有错，我们作为他的身边人，竟然不知道他一直在苦苦支撑着。"

他在知道沈诚的病后，扇了自己两巴掌，然后把自己锁在工作室反思了几天几夜。他之前看出沈诚不对劲，但他没当真，也没逼问沈诚，如果他再细心一点，那今天的一切都可以避免。

温火没空跟他们说太多，她还有很多功课要做，她找了很多治疗沈诚的办法，她要再去验证，然后把可行的方案拿给专业的医疗团队开会、讨论，看能不能实现。

她赶人了："有什么事以后再说吧，别打扰我们了，我们今天刚结婚，要洞房的。"

说着话，她给他们晃了晃自己的戒指："我老公给我买的，好看吧？天底下最好看的。"

程措和唐君恩都要心疼她了，她怎么能用那么轻松的口吻说那么叫人难过的话呢？她自己会有多难过呢？他们已经这样艰难了，她是怎么熬的呢？

温火真的不想跟他们废话了，把他们推走，病房门也关上了。

门关上，她靠在门上，慢慢坐下来，不知道第多少次哭成泪人。她不怕苦，她是在想这样逼一个没有求生意愿的人到底对不对。

沈诚自己不想活了，她再坚持，好像很自私。

她不敢哭得很大声，怕吵到沈诚，也怕吵到儿子。她摸着肚子，小声跟他说话："妈妈好像坚持不住了，妈妈不想你爸爸痛苦。"

作为一个女朋友，她一点也不称职，沈诚生病了，她竟然一直到他自杀才知道。他得多疼，多难过，他一定很想得到她的安慰，她还总是吵吵闹闹，她太自私了。

其实粟敌的事她能想通，跟沈诚在一起那么久了，她不会因为离开的人跟活着的人较劲。她很难过粟敌的离开，至今想起都难过，因为她没有想象中那样无情，但她更爱沈诚啊，她怎么会因为粟敌去否定沈诚于她生命的意义呢？

但就是因为怀孕，她性情大变，想法变多了，就不能平静地去消化了。

沈诚也因为生病了，精神出现问题了，想不通一些事情了，拒绝跟她坦白。其实她那个时候就应该想到的，她要离开时，他一定很无助，很痛苦。

她抱住自己的胳膊："妈妈是个瞎子，妈妈看不到你爸爸的反常。"

明明他像一盏烛灯，出现即是光明，她怎么能瞎成这样，就是看不到这盏烛灯？纵使烛台伤口斑驳，也拼命护住灯芯、稳住灯火，照亮她前路，温暖她薄躯。

她凭什么一路走来顺风顺水，难道不是因为沈诚一直在她身侧吗？她怎么能眼盲心瞎至此呢？

她在门口坐了很久，久到她觉得凉了，怕感冒影响了儿子和沈诚，赶紧起来，回到病床前，看着那个浑身插满管子，却依然帅气的男人。

她轻轻靠过去，脱了鞋子，躺在他身旁，抱住他胳膊，亲亲他胳膊："老公，今天洞房花烛。"她说着又忍不住要哭了，声音在抖，话里都是哭腔，"你真的不要醒过来吗？"

没有人回应她。

她慢慢搂住他的腰："我知道你对我很失望，你已经不想看到我了，可我好想你啊，你能不能可怜可怜我？你醒来好不好？我保证我再也不让你生气了……"

其实在她去深入了解沈诚的双相情感障碍后，就已经觉得自己再说什么都不配了。她失眠痛苦的夜晚，他也在被精神问题折磨。他并不是一个冷漠无情的人，因为粟敌的离开，他也很多年都走不出来。他其实从未想过伤害谁。

温火不愿去想这一点，所以很多时候都避免这个事实出现在她脑袋里。

越多地想到她对沈诚有那么多误解，她就越能理解他为什么不愿意醒过来，越是理解，她就越要逼自己认清现实——她不能再这么拖着他了。

如果他真的想离开，她应该放手。可是她舍不得，这是要挖她的心啊。

她紧紧抱住他，再疼也终于说出口，人已经哭得上气不接下气："我再等你一个月，如果你还是不愿意醒来，我就放你走……"

这话是她揉碎了心，咬碎了牙说出来的，有多疼，非亲身经历，无法想象。

从此，世上再无下凡的天神。

沈诚成了人间绝响。

【4】

虽然温火提出一个月的时间，却也没放弃寻找可以治好沈诚的办法。

时间飞逝，距离一个月的期限越来越近，沈诚没有丝毫醒来的迹象，他的状态一天不如一天，温火一天比一天不知道如何坚持下去。

以泪洗面的日子久了，她以为她眼泪要流干了，可一看到没有生机的沈诚，她就忍不住。

沈诚爱干净，所以她每天都给他擦身子，给他刷牙洗脸。她其实可以做一辈子的，她开始后悔跟他说一个月了，她不想跟他分开，现在至少还可以见到人，真的放他走，那她连人都见不到了……

她给他洗完脸，给他讲故事，今天只能讲一个小时，因为她要去问没有男方的情况怎么成功办理结婚登记。

她给沈诚讲了一个关于精神病人的故事，内容是故事主人公如何克服精神障碍重获新生。

因为沈诚的病，温火几乎成了第二个程措，把心理问题和精神疾病都要研究透了，还成立了青少年心理健康义务辅导机构，专注青少年心理问题，培训家长和教育人员，正确引领、教导孩子。

她做了程措没想过的事，成了让大家感动流泪的人，可她却公开说，她不伟大，她只是想这个世界少一些人经历她丈夫的痛苦。再有就是她想多积点德，让老天看到她的努力，把她丈夫还给她。她还可以更努力，只要这个社会需要，她赴汤蹈火，在所不辞。只要把沈诚还给她……

但老天可能是听不到。

沈诚还是安安静静地躺在那里，无论她帮助了多少人，为社会做出了多少贡献，他都只会安安静静地躺在那里。

念完故事，温火轻轻摸了摸沈诚的脸，说："乖乖等我把结婚证拿给你看，以后我们就合法了，我就是你的妻子了。"

说完，她轻轻吻了一下沈诚的嘴唇，背上包，出门了。

温火的实验室也要开起来了，她有很多新的想法，没有沈诚帮她开阔思路，她自己一个人倒也能行，就是过程有点难。

她愿意带着沈诚的理想，继续物理研究到生命完结，然后功成名就地去见他。告诉他，他的眼光真的很好，他老婆特别棒。

她的照片在百年以后会被挂在各个教室里，网上会有她传奇的一生，所有人都会承认她是二十一世纪最伟大的物理学家之一。

她有一个长得好看的丈夫这件事也会被口口相传。

她摸着九个月大的肚子，又想，儿子会不会也喜欢物理呢？她淡淡地笑了一下。现在似乎只有儿子才能让她笑出来了。

　　到约定地点，温火发现对方已经到了，先道歉："不好意思，我到得有点晚。"

　　对方笑了笑："没关系。"

　　温火没耽误彼此的时间，说："我的情况金导应该跟你说了，你看能实现吗？"

　　对方表示很遗憾。

　　温火知道，她查过资料，也问过人了，但不行啊，她一定要跟沈诚结婚："能不能想想办法呢？拜托了，需要提供什么我都可以。"

　　对方摇头："对不起，真的不行。"

　　温火急了，声音都不对了："求你了，我儿子马上要出生了，我得给他上户口，我、我、我不能让他没有爸爸……求求你。"

　　对方说："单亲家庭也是可以办理户口的，这个挺容易的。"

　　温火当然知道，她只是不知道要说什么才能让他帮帮自己了。

　　在对方无数个"对不起"之后，温火像行尸走肉回到医院，然后在沈诚病房门口看到金歌等沈家人，沈怀玉都来了，还有唐君恩、程措，他们就等在门口，看到她时，神情凝重。

　　她很奇怪："怎么了？"

　　没有人回答她，他们看上去像是在酝酿什么，不知道要怎么跟她说。

　　她推开病房的门，病床的人没了，她慌乱地扭头，眼泪就积在眼眶里："发生了什么？"

　　金歌伸出手去："火火……"

　　温火躲开，往里走了走，确定沈诚确实不见了，再度转过身来，声嘶力竭："你们把他怎么了？你们凭什么！他是我丈夫！你们凭什么！凭什么啊！"

　　她跑过去，推他们每一个人："杀人犯！刽子手！你们把他还给我！还给我！"

　　她喊得太凶，情绪太激动，持续了几分钟人就晕倒了。

　　温火作为一个孕妇，尽管有好好照顾自己，但她总是控制不住情绪以及对沈诚的想念，所以她的状态并不好。这次晕倒，医生给她下最后通牒了，不能再这样不拿自己当回事了。

　　她像是死了一样，视若无睹，听而不闻，刚醒就趁人不注意，偷偷跑出医院，到处打听他们把沈诚弄到了哪里。

没有人告诉她，她就一个人在大街上逛，步伐拖沓、缓慢、晃晃悠悠。

还没到一个月啊，凭什么啊？她都没有跟他好好告别，怎么能瞒着她把他送走呢？她没有资格跟他说再见吗？她怎么没有资格呢？她那么爱他啊，怎么就没有资格呢？

她走一步，晃三晃，看起来总像是要摔倒的样子，而左边就是车辆疾驰的车道。

再过两天就过年了，可是邪门了，一点过年的气氛都没有，好像也不邪门，过年的气氛已经很久没有了啊。

她二十几年来过得最开心的一个年，就是跟沈诚过的那个，沈诚给她包饺子，还喂她吃。她又开始哭，她想吃饺子了，但不是沈诚包的一定不好吃。

她再也吃不到沈诚包的饺子了。

她一步一步走向路中央，她忘了她肚子里还有沈诚的孩子，她只知道再往前走一步，她就可以见到沈诚了，她慢慢走过去。

往来车辆的喇叭声越来越密集，声音越来越大，她却只能听到沈诚在叫她的名字，他叫她"姓温的"。

她答应着，往前走。

就在她差点被车撞到时，身后有人拉了她一把。她胳膊像是脱臼一样被扯住，最后撞进一个怀抱里，有一股熟悉的香味，像是身处教堂那样让人平静、温和。

她觉得她应该是死了，都开始出现幻觉了。

接着，抱着她的人握住她肩膀，开始检查她有没有被碰到，然后凶她："你看不见车？你故意的？姓温的！你要造反？"

好熟悉的声音，温火抬起头来，好熟悉的脸，她真的死了，她看到沈诚了，是他的脸，他有特别好看的脸，男人、女人都喜欢他的脸，她自己也喜欢，她不会认错的，她抱住他，放肆大哭，哭得很丑，也很难听："他们把你送走了……我还没跟你说再见……我不想说再见……我们不要再见好不好……"

她语无伦次，但知道抱着他，抱得特别紧。

她抱着的人顺顺她的头发，不凶她了："好，不再见。"

温火死死抱着他，儿子也不管了，儿子没有老公重要。

两人就这么抱着，抱到唐君恩开着跑车过来，停在他们跟前，摁了摁喇叭："不是上民政局吗？还去不去了？能不能先把证领了回家腻歪去？大街上搂搂抱抱真不拿人家当外人啊。"

温火钻出一个脑袋，看到唐君恩还有点意外，泪眼模糊着，下意识说："你也死了吗？"

唐君恩脸都绿了："你能不能盼我点好？我媳妇儿都没娶，还没给我们老唐家传宗接代，我能死吗？我妈不得劈了我啊？"

温火慢慢醒过来，如果她没死，那、那……她猛地抬头，是沈诚的脸，她眨了好几下眼，他还在，她终于认识到，老天把沈诚还给她了。

她又是一声爆哭，再次扑进他怀里，要抱，也要打他："你是个人吗？你看看我现在还有人样吗？你怎么舍得就是不醒来呢？我成寡妇了你知道吗？我还带个孩子……"

说到孩子，她又停手了，给他看自己的肚子："你看，你儿子，九个多月了，要生了。"

沈诚看着她，百感交集。

可以看到她真好。他就像做了一个长长的梦，梦里发生了什么他不记得了，就记得有一个小泪人天天为他掉眼泪，所有人都劝她放弃，她好像听不懂中国话，就要死守着他。

他是深度昏迷的亚重症患者，有专业医疗团队和温火专业、无微不至的促醒康复治疗、护理，还有功能训练，所以他昏迷的这三个月，对他来说没什么显著影响。医生说这跟他的身体素质好有关，因为他一直注重身体保养，所以他昏迷醒来的副作用小。

他醒来，做检查，沈家人都过来，然后他回家洗了澡，换了衣服，收拾了自己，准备等温火回来就去民政局。这段时间以来，他意识中听温火说过最多的话就是结婚了。

他欠她一个正式的身份，他得给她，还得公告天下。

谁知道温火提前回来了，那时他还在家里，温火以为他死了，都不想活了，还偷偷跑掉了。他听说后立刻赶过来，在她犯傻之前阻止了。

他是不想活的，可他舍不得温火啊，没人知道他是怎么跟死神拼杀再重新回到她身边的，所有人都只会知道一个概念，那就是他醒了。

他的命是他自己博来的，就因为余生太长了，他不能让温火一个人走。

这是第一次，他对温火的感情战胜了他的病症，却绝不会是最后一次。

原来真的有这样的感情，可以让一个人在没人看到的地方一人摇旗，一人呐喊，一人站在悬崖边上，面对飓风狂沙、千军万马，就为了回家。

他不关心儿子，就关心这个小东西，他捧住她的脸，用拇指擦擦她的眼泪："火火。"

火火。温火以为再也听不到他叫她名字了，连忙答应，生怕这声呼唤是幻听："嗯，我在！"

沈诚柔声说："嫁给沈老师，好不好？"

温火哭了，一边哭一边点头："好！我嫁给你！现在！立刻！我嫁给你！我只嫁给你！"

唐君恩已经从车上下来，把车钥匙丢给沈诚："快点吧，等下民政局关门了。"

沈诚抱起温火，他打开车门，直接把人抱进车里，然后上车，疾驰而去。

领完结婚证，温火看着结婚证上自己显得有些水肿的脸，再看看沈诚的脸，有点不高兴："为什么你昏迷这么久还很好看，相反我变丑了呢？"

沈诚牵住她的手："因为你怀孕了。"

温火低头看看儿子："怀孕了就变丑了吗？那我能不生了吗？"

沈诚点头："你要是舍得我没意见。"

温火看着他，可以动的沈诚太让她感动了，她得多做好事，报答这个世界："我怎么能草菅人命呢？生！丑也生！"

说完，她想起沈诚刚醒，着急地问："你有没有找医生啊？医生怎么说？你这样跑出来没事吗？我们回医院吧！还是再去看看，全身做个检查，然后……"

沈诚俯身吻住她，打断她喋喋不休。

这个吻，熟悉、细腻，吻着吻着，温火眼睛又红了。她好想他啊，她抓住他的衣裳，声音抖着，像是哀求："这一次，能不能跟我走到百年？"

沈诚吻掉她的眼泪："不止百年，还要来世。每一生，每一世。"

后来，沈诚为温火举办了盛大的婚礼。

他和温火的感情在他出事那段时间，成了佳话。

后来，小小诚出生了，温火给他取名叫沈宝贝，沈诚没意见，沈家也没意见。

就在上户口的时候，她突然清醒，怕儿子以后怪她，硬是给沈怀玉打了电话，由他现场赐名。

沈怀玉给小小诚取名沈听温，什么意思，不言而喻了。

后来，沈诚的双相情感障碍还是没治好，但没关系了，温火永远都不会松开手里的那根绳子，她永远都不会让沈诚摔下去。

温火的失眠倒是治好了，不过也说不好是真治好了，还是因为她每一天都可以在沈诚的陪伴下睡着。

后来，沈诚买下了粟敌曾经待过的实验室，以他的名义收了学生，并把工作室交给这帮学生打理，他和温火指导、协作，渐渐做出了成绩。

温火有那么牛的老公，不利用有点占着资源不干事的嫌疑，就在他帮助下真的成了物理学家。当然，她有实力，缺的是机会，沈诚给她的也只是机会，能不能把握，还是靠自己。

后来，沈诚带温火骑车跑山，两个人又来到山顶那个饭店，老板端出烤鱼盘，点着炭火，鱼汤咕嘟咕嘟地冒着泡。

老板问他们，为什么他们为帮助心理疾病患者所创立的慈善机构取名叫盲灯。

温火看一眼沈诚，说："我是盲，他是灯。"

老板听不懂："什么意思？"

两个人都没再说话。

后来老板才知道，他们慈善项目做得广泛，各个领域都有涉及，还成立基金会去专门进行慈善事业。其中有一个项目很有意思，沈诚为十几座桥、三十几个地区、几百条马路都安装了路灯。

那个项目的标语让他汗毛都竖了起来，他忍不住慨叹，恐怕只有沈诚这样的人才能在天堂门口走上一圈后，再度回到尘世了。

字不多，很精炼——

"明灯万盏，火燃人间。"

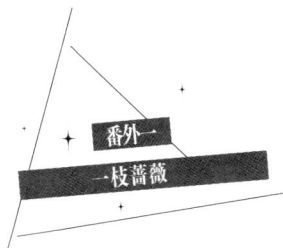

番外一
一枝蔷薇

温火生下沈听温虚了很长一段时间，沈诚执着那点昏迷醒来后的副作用，刨除工作和陪伴温火的时间，就是在做康复训练，要不就是锻炼身体。

医生明确告诉他，副作用不大，可以正常生活了，他苛求完美，一定要回到之前的状态。

中午，程措到温火那儿，想看看沈诚的状态，结果沈诚没在。

温火把苹果递给他，让他给她削："去健身房了。"

程措把苹果接过来，没一丝疑虑，像是习惯性受她压迫似的，给她削起苹果："知道了。"

温火说："他要把脑袋上的疤做掉。"

正常。程措说："这很沈诚。"

温火说："其实他完全可以那个时候逼自己一把，活下来。"

程措把削好的苹果给她切成块，装碟子里，插上水果叉，递给她："你觉得苍蝇不叮无缝的蛋这话三观正吗？"

"不正。"

"'你受了磨难不是你伤害别人的理由'是跟它一样被曲解的一个说法。"程措说，"磨难不见得会给人成长，也可能会摧毁一个人。他都被摧毁了你跟他讲'你是受苦了，但这不是你伤害别人的理由'就好像在对一个精神病人说'你是精神病人，但这不是你在公共场所行为怪异的理由'。"

温火细嚼慢咽地吃苹果。

程措又说："不是每一个人都有强大的内心，我们不能要求每一个人都在被伤害后坦然接受，仍然积极地面对生活。"

温火反驳："你这话就好像在说，应该对那些因为自己受苦，就把苦难强加给别人的人宽容。"

程措摇头："他把苦难强加给别人他当然要负责，犯了罪当然要认罪伏法。我是说更多人应该在这些灾难上反思自身，然后吸取经验和教训，想办法去规避。而不是吃瓜看戏，站在局外，凭自己的理解去支配局里面的人应该怎么样，也不要去妄加判断，品头论足。"

温火听他说。

程措说着有点难过："灾难来临，受波及的人都很难过，不管是对是错，旁观者真的没必要去发表什么偏见性意见，这些意见很有可能是压死骆驼的最后一根稻草。如果每个人都能管住嘴，我相信会少很多精神崩溃的人。不过也没办法，只要活着，人总要面对这种人、事、声音。"

他作为心理医生，每每提到这些都是遗憾和痛心的："古往今来都是这样，你看历史上就有很多抑郁而死的名人，君王言而无信，同僚不予支持，郁郁寡欢，失意而终。大奸大恶之人，我们上报国家，有理有据，国家不会视而不见。自以为是正义之士，拿着那点打听来的'真相'做文章，义正词严，慷慨激昂……我就想知道，您是当事人吗？您知道什么啊？

"因为不用负责啊，想说什么说什么。每个人都在这样做，每个人都在这样说，他觉得多他一个不多。有时候他们也不是很在意真相，他们就是要跟风，就是要攻击别人。就是这一个又一个拿着软刀子的杀人凶手，让一个又一个原本健康的生命走进我的诊室。

"你看那些骂人的，他认识当事人吗？他所谓的真相是从哪儿来的？还不是从别人口中！这年头录音录像都能移花接木，通过别人的嘴知道的真相能有多真？

"他们当中，有些是趁机发泄，有些是没脑子，风往哪儿吹往哪儿倒。有些是被利用，就是有人牵头，煽动情绪，他不由自主地帮这个牵头的人去攻击别人。

"有些是原本就因为个人原因不喜欢这个当事人。不喜欢是不需要理由的，他就因为不喜欢人家，在他眼里，所有关于这个人的负面消息就都是真的。这些人往往生命力顽强，不会被事物打击，但当事人不见得是这样，他们承受不住的，所以生病的人越来越多了。

"事也好，人也好，难道只是因为你不喜欢，他就要接受你的伤害吗？你伤害他你是言论自由、行为自由，他反驳就不行，就侵害你的利益了？非要把人逼死了，然后全世界都开始爱他吗？信息时代接收到的信息太多，不见得是好事，不，一定不是好事。"

温火察觉不对劲，把苹果放下，人也坐起来："怎么了？"

程措太难过了："我有一个病人，昨天半夜投河自杀了，因为网络暴力。为什么说人怕出名猪怕壮，真不是一个俗语而已。"

温火不知道说什么。

程措把话题绕回来："我表哥避免接触让自己感到低落的事，就说明他的病已经很严重了。你跟栗敌两个都是可以让他崩溃的人，偏偏你们还有关系，这一切都是个圈儿，他当然解不开。这跟他的强大没关系，再强大的人也会被精神、心理问题打败。类似的我见太多。"

温火低下头，她想象不到，但她可以理解沈诚在那种情况下的行为。

程措声音变小了："所以温火，不是他不逼自己，是他那时候的精神状况不允许。我是心理医生，我太知道精神世界、心理层面的影响力了。"

温火想起自己，她好像也被情绪绑架了一段时间。

程措接着就说到了这件事："就像你怀孕的时候有很多反常的举动。当然不是所有人怀孕时都有很大反应。但有反应的人，真的是因为控制不住自己，真的没办法。"

温火抿抿嘴，不想回忆自己那段时间，因为那段记忆紧接着就是沈诚受伤，她不愿再回顾沈诚昏迷不醒的样子了。

她不让他说了："我们聊点别的。"

程措看他好像影响到她了，道歉："对不起，我病人离开了，我情绪也不太稳定。"

温火理解："我刚才说沈诚可以逼自己一把，也是没走心的一句话。我经历了失去他的整个过程，我其实比你还更能理解他，知道他那时候有多难。"

程措轻轻叹气。

事情过去那么久了，提起来她还是会感到难过。

温火拍拍他肩膀："你别太执着，换句话说，你觉得那些在别人的灾难上妄加评论的人过分，又何尝不是一种偏见呢？也许他也曾是一个受害者，他也只是控制不住自己。"

程措微怔。

温火说："你研究人性和心理已经到偏颇的程度了，放轻松一些，自如一些。你都说了古往今来，古往今来都解决不了的问题，你能解决吗？"

程措被温火提醒，才发现他也被情绪操控了，是啊，比他有能耐的人都解决不了，何况他。

温火在沈诚受伤这件事后，就很少去聊是对还是错这些东西了，平常心就好。

这就又推翻了温火以前对待生命的态度，她以前不是这样的。

但是很正常，人就是每天都在变，所以就不聊人，不聊生命，不聊社会，不聊世界这些虚的东西，就一天天地过日子，这样就好了。

程措在跟温火聊过之后，感觉一下子顺畅了很多。确实，太执着于某一种现象正不正确，就是会陷入牛角尖，负面情绪也不断循环。

两人聊着天，温火快递到了，她从沙发上跳下去，很激动，程措好奇："什么啊？"

温火拿到手的是一个挺大的盒子，嘴角微扬。

程措瞧着那个盒子："到底是什么啊？"

温火不说，把盒子收起来，然后跟他说："我要给儿子喂奶了。"

程措懂了，这是送客："行吧，我下次再来找他。"

送走程措，温火上楼去看儿子，他刚生出来的时候真的很丑，脸皱皱的，还黑，她跟沈诚都不黑，她一度怀疑这儿子到底是不是沈诚的，难道她中间跟谁苟合了？

没有啊，从头到尾就沈诚啊。

现在再看，儿子长开了一些，皮肤也白了，眉眼能看出沈诚的影子了。儿子像爸爸还挺少见的，不过也好，像他好，他帅。

她洗完手把他抱起来："儿子，来，咱们吃奶奶。"

温火产后第一次喂奶时乳头破皮了，沈诚心疼，对着刚出生什么意识都没有的沈听温教育了十多分钟，温火在旁边看着，又感动又好笑。

他也不是第一次当爸爸了，怎么跟个傻子一样？难道因为第一次的孩子不是他亲生的？

那次之后，沈诚就不让温火喂奶了，但温火奶多，必须得排除，就把儿子食量之外的保存起来。挤奶的过程不是很痛苦，就是麻烦，其间，沈诚还帮忙分担了一下。

沈诚就是这时候回来的，正好赶上儿子饭点，就迅速洗了澡，靠近温火要帮她卸下负担。

温火不让他如愿。

沈诚被她拒绝就下楼了。

温火当下还没意识到问题的严重性，喂完奶洗完澡，又看了半天文献，等她发现沈诚不见，下楼去找他的时候，他已经在书房睡着了，就趴在桌上。

她走过去，轻轻摸他的脸，他最近好像很累，听他秘书说，最近工作上的事情有点多。

她把他攥着的手机，慢慢拿出来，屏幕解开，竟然是她的照片。

她翻开他的相册，全是她的照片。

她把手机放下，搬来一把椅子，坐在他旁边，也趴下来，跟他面对面。

以前她只拿沈诚当工具的时候，很冷静，对他就像对那些跟她无关的人，连欣赏都近乎没有。后来她开始馋他，然后开始爱他，她就有滤镜了，他形象瞬间高大。

她弯了弯唇角，真好，可以这样近距离地看着他，知道他会醒来，真好。她以后一定再多做好事，然后求一个百年。

人哪，果然要失去过才知道得来不易。

她看着看着，沈诚醒了，看到她没有惊讶，自然地伸手，把她搂进怀里。

温火坐到他腿上，搂着他脖子："我给你弄点汤？"

沈诚不饿："我想吃奶。"

温火笑了，笑得无奈："没有。"

"那饿死我好了。"

温火想起他秘书惧怕他的样子，几乎可以想象他对旁人是个什么态度。其实也不用想，他对唐君恩都没个好脸色。再看看他对她这副样子，难怪金歌要说他们沈家都是妻奴了。

她捏他的鼻子："我下午买了小肠陈的卤煮火烧。"

沈诚没有唐君恩对卤煮的那种情怀，他们小时候吃的都是在大街上摊位做的。那时候炸灌肠这种东西受欢迎，有一个很大的原因就是平时都沾不到多少油水，所以就有人好这口。

唐君恩现在想吃也不是想吃那个味儿了，吃的都是过去的那种感觉。

就像他吃东城一家拉面，吃了十几年，拆迁换店，换到哪儿他跟到哪儿，它真格多好吃？再好吃也就一个味儿，现在好吃的东西太多了。

说到底，他吃的是最初吃到时他那个深刻的印象。

温火以前跟沈诚闹脾气，说他们之间差距太大，都是梁京人，他站在顶峰，她困于水沟。

当然她并不觉得自己日子过得不好，她就是要跟他吵架、要气他，她舒服。

仔细想想，她也好，另外一些人也好，真的把沈诚他们这种人神化了。他们也吃小摊，家里东西十几二十块钱买来的都有，温火给他买几百块钱一件的T恤他也穿。他还很喜欢一个小老虎的卡包，温火给他买的，四十五块钱包邮，他就用它，用了很久。

他过生日的时候，温火斥"巨资"给他买了一堆东西。虽然钱是她的，但公司是他在经营，说白了花的还是他的钱。

她这么大心意，结果他反应一般。

想到这里，她又想起一个事儿，严肃起来："对于我怀孕这件事，你没有要跟我说的吗？"

"怎么了？"

看看他这无辜的嘴脸，温火眯眼："以前那么久，我怎么怀不了？怎么突然就怀了？你别说你不知道，要让我查出来，咱俩就好好算算账。"

沈诚不认："我不知道你在说什么。"

温火猜测："你结扎了吧？后来疏通了是吗？疏通是因为你知道你自己岁数大了，而我还很年轻，你怕我跑了，就想用孩子绑住我是吗？你怎么这么坏呢？沈老师！"

沈诚饿了："我饿了，我们出去吃饭吧。"

温火看他这一逃避，就知道八九不离十了，她生气了，躲开他，就不去："滚！别碰我！"

沈诚看她真生气了，从身后抱住她。

怕温火不讲理那一面被他气出来，他说："当然，主要问题在我。"

温火忘了："那你为什么都不告诉我呢？反正你让我怀孕就是你不对，我有错也是因为你。"

沈诚点头："嗯，你说得都对。"

温火不想让他抱，扭身子，不让碰："你起开！我不喜欢老男人抱着我！"

温火撒腿就跑，但没跑掉，沈诚轻轻松松搂住了她的腰。

一番恩爱不知不觉就到了后半夜，沈诚跟温火躺在地毯上，望着顶上的灯，想他们这一路以来的不容易。

沈诚错误的处理方式让粟敌丢了命，他患上双相情感障碍。他会因为粟敌生病，那就说明他真的把粟敌当朋友，也真的认为自己有过失。

温火因为粟敌离世得了失眠症，因为那是让她在陌生国度感到安慰的挚友，也算老师。

两个人的病因都是粟敌，冥冥之中的牵扯，他们注定纠缠，真相也注定要揭开，彼此的心结也必须要解除，这是他们跨不过的一关。

就是解除的方式太残酷了。

谁能想到温火正好怀孕了呢？事情偏偏发生在她妊娠反应强烈的阶段，她情绪不稳定，容易多想，她开始拒绝沟通，沈诚的病情因此一天比一天严重。

当她抛弃一切，对粟敌的死也不再理会时，沈诚已经被病魔绑架，就这么"寸"。

也好像就该是这样，就该这么刻骨铭心地记住这段经历，那后面每一天他们才能更珍惜。

温火突然笑了，像是满足的笑，也像是觉得自己好傻那种无奈的笑。

沈诚没有看她，像是懂她为什么笑。

温火笑得越来越欢，笑声很好听，她慢慢转过身来，看着沈诚："沈老师。"

沈诚把她头发别到耳后："嗯。"

温火笑着笑着就哭了，她明明知道是沈诚救了她的命，却也要傲娇地问他："我救了你的命，你承认吗？"

沈诚浅浅地笑："嗯。"

"那你能不能抱抱我？"

沈诚伸手抱住她，假装不记得她才说过不想让老男人抱。他刚抱住，她突然改口："哦，对不起，我口误了，是报答我。"

沈诚不松手，淡笑着："你想我怎么报答你？"

温火很认真地想了想："你已经以身相许了，那就跟我日日逍遥，快活到死吧。"

沈诚很无力："你倒不心疼我。"

温火抽抽搭搭："那你愿不愿意？"

"愿意。"

沈诚死过一次的人了，知道自己要什么了。繁华三千，真不如手边这一枝吃人不吐骨头的蔷薇。

所以啊，他不要三千俗世，就要这一枝蔷薇。

以后无论飞多高，又或者坠多深，温火都不用担心，她只需要漂亮、勇敢，他会在她身后，给她照着光，帮她记住她的漂亮和勇敢，妥善保管，珍藏密敛。

他会为"温火的丈夫"，这个他唯一热爱的职业，倾其所有，奉献一生。

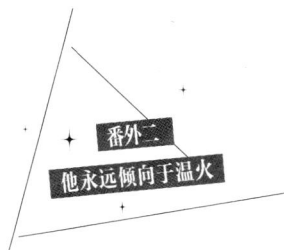

唐君恩这些天有些烦恼，感情上不太顺利。

程措给他出了一堆馊主意，他实施后追妻路又被延长了几千里，然后他就把程措拉黑了，沈家家宴上俩人见面都不说话。

温火早早到沈怀玉的宅子，听金歌说要看孙子，就把沈听温抱了过去。

衣衣也在，这几天她都住在金歌那儿，看到温火，很甜地叫妈妈。

他们的关系很混乱，沈乃衣过继给沈诚小姨后，还是跟着沈诚温火夫妻俩，小姨那边隔三岔五去两回。除了身份变了，其他都没变。

小姨也挺委屈，这要个孩子还不跟着自己。

幸好这孩子被沈诚教得很好，知恩图报，在沈诚跟她讲清楚她的身世后就一直持感恩的态度，把小姨也当亲妈对待。

温火摸摸衣衣的脑袋，蹲下来给她擦擦小花脸："宝贝等一下不能再吃甜食了。"

沈听温摇摇晃晃地走过来："妈妈，我是宝贝。"

温火突然就后悔给他取小名为宝贝了，这小家伙以为全天下就他一个宝贝呢。她把他小腰搂住："你跟姐姐都是宝贝，是听听宝贝和衣衣宝贝。"

沈听温接受了这个解释，跟衣衣衣投进金歌怀抱玩耍了。

温火走向会客厅，正好碰到唐君恩从入户玄关过来，垂头丧气的。她看他没有理人的意思，就没主动打招呼，跟他擦肩而过，去招待亲戚了。

沈诚在酒窖。

沈怀玉藏了很多酒，勃艮第几个酒庄比较好年份的酒他都有，多是朋友送的，他自己不好这个。

唐君恩到酒窖，就近在卡座坐下来，很委屈："你媳妇儿看见我都不带搭理的，真高冷。"

这个阴阳怪气的语气。沈诚看都没看他："你有什么好搭理的？"

唐君恩瞪他："你变了。"

"变是好事。"

"变得六亲不认，就认媳妇儿了。"

沈诚挑好了酒，扭过头来时，唐君恩捏起了一支雪茄，左手是雪茄钳，看起来就像是失恋了。他也不问，他知道唐君恩憋不住，肯定会跟他说。

果然，唐君恩下一句就是："你说这女的，怎么就特喜欢自作聪明呢？"

沈诚把酒放下，靠在桌沿，听着。

唐君恩尝试着点了两次雪茄，两次都在打着打火机后停顿："她那些把戏我脚指头都想得出来，她还觉得自己挺能耐呢。"

沈诚不想打击他："你想得出来，所以呢？"

唐君恩放下雪茄，揉了揉眼，前一句话里的看穿一切已经没了，语气别提多丧："没什么用，我还是被她弄得失眠了好几天，我觉得我可能动真格的了。但这太扯淡了。"

沈诚问他："你觉得我在温火相关的事上，还算通透吗？"

"不通透。"

沈诚说："其实我都想得明白，但还是会照她的节奏走，原因显而易见。"

唐君恩知道，沈诚在所有事上都能游刃有余，唯独对上温火，智商就显得特别不稳定。有时候吧，觉得他还行，没差他巅峰水准多少，有时候吧，就特辣眼。

"你不是说女人有钱就会变坏吗？"这种不正常的话，就是他在不正常的时候说出来的。

他确实能想通，就算智商会短暂下线，就像肌肉有记忆一样，他那种一直处于顶尖状态的大脑也会惯性做出正确的判断，但他还是选择倾向温火。

他永远倾向于温火。

那么多想接近他的女人，怎么就温火一个成功了？

说白了，如果没沈诚放水，十个温火又怎么样？他可是在多伦多有一段叫人脊梁发寒的经历的男人，他能这么好攻克吗？

或许是因为沈诚那个时候恰好寂寞了一下子，又或许纯粹是天时地利人和，他们互相算计到了一起。然后在长达两年的纠缠中，低下尊贵的头颅，承认自己在这段关系当中一败涂地，承认了彼此的重要性。

人一旦不较劲了，那幸福自然而然就来了。

看看，多通俗易懂的道理，唐君恩也知道，但就是没办法理智地对那个女人。

唐君恩呼了一口气："我像个配角一样参与你的人生，其实你的人生又何尝不是我的人生？"

我们都一样，生老病死，爱恨难全，没什么不同。

唐君恩通过沈诚的点拨，想起他过去狼狈的样子，在狼狈的他身上，看到了自己的影子，顿时想通了一些。

关键时刻，还是兄弟好使，沈诚总能知道他想什么。

沈诚看他眉眼间的疲惫散了，拿起两瓶酒："走了。"

唐君恩拿上雪茄，随他出了酒窖。

温火看到沈诚，眼睛都笑弯了，下意识露出来的那些小表情、小动作很小女生样，一点也不像是当妈妈的人。可以看得出来，沈诚把她当孩子在宠。

沈诚走到她身旁，放下酒，准备在西厨酒架上拿醒酒器，温火小指头钩住他线衣的口袋。

沈诚停下，看一眼她的手，淡淡地笑，想拿开，反被她握住："这么多人，你要干什么？"

温火从身后抱住他，脸贴着他后背，双手抄进他口袋，很小声说："沈老师的腰真有劲。"

沈诚提醒她："你不要淘气。"然后他笑着看温火快步离开。

沈听温进来了，有问题要问他。

沈听温问："我什么时候可以再去马耳他？"

沈听温每年都会出国几次，自己去，家里人不干预，不过有陪护老师。

沈诚记得他夏天的时候去参加了目的地是马耳他的国际夏令营。

"你不学习的时候都可以。"

沈听温开心了。

"能告诉我为什么想去吗？"

沈听温突然腼腆，有点不好意思。

沈诚懂了，不再问了。

后来他才知道，这小家伙有了惦记的人。可能他那个时候还不懂什么是惦记，但他知道，自己喜欢跟谁玩在一起。

当然，这都是后话了，就留给后来去讲述吧。

盲灯，就此结束，沈诚和温火的故事，却永不落幕。